科技大学2024年度立项规划教材

中国现当代小说文本细读

主　编／胡志明
副主编／龚梦姣　黄平丹　金心怡

武汉出版社
WUHAN PUBLISHING HOUSE

图书在版编目（CIP）数据

中国现当代小说文本细读 / 胡志明主编；龚梦姣，黄平丹，金心怡副主编. -- 武汉：武汉出版社，2025.6. -- ISBN 978-7-5582-7561-6

Ⅰ. I207.42

中国国家版本馆 CIP 数据核字第 2025PY1236 号

中国现当代小说文本细读
ZHONGGUO XIANDANGDAI XIAOSHUO WENBEN XIDU

主　　编：	胡志明
副 主 编：	龚梦姣　黄平丹　金心怡
责任编辑：	刘沁怡
封面设计：	孟　元
出　　版：	武汉出版社
社　　址：	武汉市江岸区兴业路 136 号　　邮　编：430015
电　　话：	(027) 85606403　85600625
http://www.whcbs.com　　E-mail:whcbszbs@163.com	
印　　刷：	湖北大合印务有限公司　　　　　经　销：新华书店
开　　本：	710 mm×1000 mm　1/16
印　　张：	14　　　　　　　　　　　　　　字　数：280 千字
版　　次：	2025 年 6 月第 1 版
印　　次：	2025 年 6 月第 1 次印刷
定　　价：	68.00 元

版权所有・翻印必究
如有质量问题，由承印厂负责调换。

目　录

绪　论 ……………………………………………………………… 1
　　一、什么是小说 ………………………………………………… 1
　　二、什么是文本细读 …………………………………………… 3
　　三、如何进行小说文本细读 …………………………………… 7
第1讲　《故事新编》中自反性叙事下的荒诞诗学 ………………… 9
　　一、先锋性叙述模式 …………………………………………… 9
　　二、戏剧化的情节设置 ………………………………………… 13
　　三、悲喜交融的修辞艺术 ……………………………………… 16
第2讲　《边城》中的身体美学与文学乌托邦 ……………………… 21
　　一、《边城》的身体观 ………………………………………… 21
　　二、《边城》的身体美学形态 ………………………………… 24
　　三、《边城》中身体的出场方式 ……………………………… 31
第3讲　丁玲小说中的自恋镜像与主体性探寻 …………………… 39
　　一、自恋形象的归化与异化 …………………………………… 39
　　二、自恋情结的建构与消解 …………………………………… 42
　　三、自恋情态的冲突与融合 …………………………………… 44
第4讲　《虹》中的青春成长试炼与身份认同 ……………………… 50
　　一、家庭困厄：封建旧制下的压迫与顺从 …………………… 50
　　二、社会桎梏：残酷的成年礼 ………………………………… 53
　　三、破茧成蝶：青春的成长与蜕变 …………………………… 56
第5讲　《寒夜》中的身体书写与人性勘探 ………………………… 62
　　一、医病和医人的伦理与纠葛 ………………………………… 62
　　二、性别和性命的存在与辩证 ………………………………… 66
　　三、伤身和伤逝的困惑与反思 ………………………………… 69
第6讲　老舍小说中的相声艺术及喜剧美学 ……………………… 74
　　一、幽默的语言艺术 …………………………………………… 74

二、捧逗的叙述方式 …………………………………………… 80
　　三、滑稽的人物塑造 …………………………………………… 83

第 7 讲　《暴风骤雨》中的日常身体与性别化空间 …………… 89
　　一、"讲话"背景下的身体话语构境 ………………………… 90
　　二、日常身体与社会场域互嵌的文化审视 ………………… 94
　　三、女性身体的划界与越界 ………………………………… 100

第 8 讲　《白鹿原》中的身体话语与民族国家想象 …………… 106
　　一、身体历史与民族国家的批判性重构 …………………… 106
　　二、身体启蒙与民族国家的现代性演绎 …………………… 112
　　三、身体解放与民族国家的本体性楔入 …………………… 115

第 9 讲　《额尔古纳河右岸》中的生命意识与性别诗学 ……… 122
　　一、生命意识的知性书写 …………………………………… 122
　　二、生命场域的沛然呈现 …………………………………… 127
　　三、生命价值的终极追问 …………………………………… 130

第 10 讲　阿来"山珍三部曲"中的乡土修辞与疏离美学 …… 138
　　一、家园危机与信仰迷失 …………………………………… 138
　　二、欲望纵恣与人性畸变 …………………………………… 143
　　三、精神突围与自我拯救 …………………………………… 147

第 11 讲　贺享雍劳动美学中的在地书写与伦理建构 ………… 153
　　一、劳动话语的历史构境 …………………………………… 153
　　二、劳动样态的主体建构 …………………………………… 161
　　三、劳动理念的伦理重塑 …………………………………… 166

第 12 讲　《文城》中的叙事伦理与伦理叙事 ………………… 172
　　一、人物形象的伦理透视 …………………………………… 172
　　二、情节结构的伦理构境 …………………………………… 175
　　三、历史背景的伦理观照 …………………………………… 178

第 13 讲　林白小说中的身体修辞与身份建构 ………………… 183
　　一、异质空间的身体凝视 …………………………………… 183
　　二、疼痛失落的身体记忆 …………………………………… 185
　　三、心灵创伤的身体疗治 …………………………………… 186
　　四、回归母性的身体展演 …………………………………… 189

第 14 讲　《无伤时代》中的创伤记忆与情感认同 …………………… 192
　　一、屋檐之下：人伦的困惑 ……………………………………………… 192
　　二、走出屋檐：折翅的飞翔 ……………………………………………… 197
　　三、重返屋檐：放逐与追寻 ……………………………………………… 200
第 15 讲　《回响》中狂欢化叙事的建构与阐释 …………………………… 205
　　一、《回响》中的狂欢化世界 …………………………………………… 205
　　二、《回响》中的狂欢化文体 …………………………………………… 208
　　三、《回响》中的狂欢化意蕴 …………………………………………… 213

绪　论

一、什么是小说

小说是一种文学体裁，通过虚构的故事、人物和情节来反映现实生活，表达作者的思想感情和审美观念。它以叙事为主，通过人物对话、内心独白、描写、议论等多种手法，展现人物性格、命运以及社会环境的变迁。小说具有广泛的表现力和深刻的内涵，能够跨越时空界限，触及人类心灵深处的普遍情感和问题。

小说的种类繁多，按照不同的标准可以划分为不同的类型。按照篇幅长短，可以分为长篇小说、中篇小说和短篇小说；按照题材内容，可以分为历史小说、科幻小说、侦探小说、言情小说等；按照艺术风格，可以分为现实主义小说、浪漫主义小说、现代主义小说等。不同的小说类型具有不同的特点和表现手法，但它们都致力于通过虚构的故事来揭示生活的本质和人性的复杂。

小说作为一种文学形式，具有独特的审美价值。它不仅能够提供娱乐和消遣，还能够启迪思考、陶冶情操、传递知识。小说家通过精心构思的情节、鲜活的人物形象和生动的语言，将读者带入一个又一个奇妙的世界，让读者在阅读的过程中体验到不同的情感和思想。因此，小说不仅是文学创作的重要组成部分，也是人类文化宝库中不可或缺的瑰宝。

小，物之微也；说，释也，一曰谈说也。中国"小说"一词始见于《庄子·外物》："饰小说以干县令，其于大达亦远矣。"庄子以"小说"贬斥其他诸子之言为"小道"，而难抵"至道"，"小说"意指琐屑言论或投机取巧之语，与现代文学文体意义上的"小说"大相径庭；《论语》视小说为"异端之说"，虽"有小理可观"，但"致远恐泥"，"是以君子不学"；其后桓谭《新论》言"（小说家）合丛残小语，近取譬喻，以作短书，治身理家，有可观之辞"，"小说"虽仍被视为琐碎残缺的语言，但桓谭认为"短书"之类文献有可观之辞而不可尽弃，初步将"小说"与作品体裁相联系；刘向《七略》认为"小说家"既不能像纵横家一样"便说六国"，又不能如儒家般"传食诸侯"，故将"小说家"置于"诸子略"之末。直到班固《汉书·艺文志》将

"小说家"列为十家之一，提出"小说家者流，盖出于稗官。街谈巷语，道听途说者之所造也"，小说才从先秦粗糙、原始的史学体系中独立出来，成为一种独立的文学形式。

从中国小说创作景观来看，汉魏六朝志人、志怪小说初具规模，经唐传奇、宋话本进一步发展，至明清文言、白话小说创作已臻成熟、蔚为大观，但20世纪前的中国小说研究阙如。鲁迅《中国小说史略》开篇即言："中国之小说自来无史；有之，则先见于外国人所作之中国文学史中，而后中国人所作者中亦有之，然其量皆不及全书之什一，故于小说仍不详。"[①] 基于此，鲁迅对中国传统"小说"所做史学意义上的术语考订，确已梳理出中国古代小说的独特谱系和特性，即中国古代"小说"自众史家对其著录论述起，其显在的范畴、概念所指即与"物之微"的地位相联系。

自晚清"小说界革命"始，文体革新成为文化革新的首选形式，白话文小说创作佳绩频出的同时，小说研究成为"显学"，其研究进展，带动了中国文学史的发展。刘晓军在《唐人"始有意为小说"辨》中指出，鲁迅"现代小说家"的身份促使他以"现代小说家的眼光审视他古代的同行们"，其小说观念和评价体系有"以西例律我国小说"的嫌疑[②]。

无论是"以西律中"还是"以今律古"，自现代文体革新运动起，西方现代小说创作理念和方法的引入使得中国小说创作的现代化进程加速推进，这已经成为不争的事实。因此，中国现代作家在文化革新旗帜下的"有意为小说"，实际上已然处在中西方文体观念的对接"完成时"。由此，再对中西方"小说"概念本源及其意义延异做分门别类的考据梳理、反复商定，恐烦琐而难增新意，最终可能陷入意义繁殖过程所编织的"深渊"，不若简化分类标准，借用西方文体划分的智慧，将"中国现当代小说"中的"小说"，视为中西文体观念合流之后的一种成熟形态的现代文体样式，沿用当下现存词语的既定意义——指文学作品话语系统的结构形态之一，区别于诗歌、散文、剧本、报告文学等基本体裁，其最一般的基本特征表现为："深入细致的人物刻画，完整复杂的情节叙述，具体充分的环境描写。"[③] 从广义上来讲，小说又能以题材、主题、篇幅长短、流派、风格等划分为多种类型，其概念已经不再是中国古代小说中"非专门化"的文学代名词。

小说，作为现当代最为广泛流传与普及的文学体裁与形式，已近乎成为

---

① 鲁迅：《中国小说史略》，载《鲁迅全集·9》，人民文学出版社2005年版，第4页。
② 刘晓军：《唐人"始有意为小说"辨》，《学术研究》2019年第8期。
③ 童庆炳：《文学理论教程》（第二版），高等教育出版社2004年版，第197、199页。

文学的代名词。在现当代文学的广阔舞台上，任何文学思潮与艺术风格的演变，乃至艺术创新的火花，几乎都首先在小说的领域中闪耀。若试图超越小说的视野，去探讨现代的艺术思潮与美学走向，无疑是缘木求鱼，难以触及实质。因此，小说美学的兴起，正昭示着现代文学理论对小说这一文体的日益重视，它已成为现代文学理论体系中的核心与枢纽。

西方现代小说理论深受现代哲学与美学思潮的浸润，形成了诸多流派并存的繁荣景象。现象学、存在主义、阐释学、结构主义等哲学与美学理论，为小说研究注入了多元化的方法与视角。在这一背景下，艾姆斯的小说美学、霍兰的小说心理学、洛奇的小说语言学、洛特曼的小说符号学以及巴尔特的小说叙述学等理论应运而生，它们各自从独特的切入点出发，运用多样化的研究方法，对小说的审美特质、构成元素、结构层次、母题探索及叙事特征等进行了全面而深入的剖析。

总之，小说理论尚处于不断发展的阶段，其理论视点和焦点在不断变换，这一"叙述过程"本身就未臻成熟。无论其是否有效指导或解释过现代小说创作，它无疑都是现代理论思维高度发展的结晶。在这个层面上，其存在具有天然的合理性。

二、什么是文本细读

孙绍振、孙彦君等学者致力于建构中国化文本细读学，他们成功地将深奥的细读理论转化为具有实践指导意义的操作方法，并创新性地提出了"文本细读的十重层次分析"[①]体系。此套理论与方法深受西方现象学思潮的启迪，其各层次分析均紧密围绕"还原"这一核心方法展开，与胡塞尔所倡导的"回到事物本身"的哲学理念遥相呼应。具体而言，它倡导我们在研究过程中摒弃一切预设的理论框架与概念束缚，转而直接聚焦于文本本身的原始面貌，力求通过细致入微的解读，揭示出隐藏于文字背后的本质结构与深层意义。

值得注意的是，文本细读所直接面对的核心对象是"文本"本身，而事物的本质结构并非孤立存在，而是需要通过我们对"现象"的敏锐感知来逐步揭示。在这个过程中，读者的"细读"体验无疑至关重要，它不仅是连接文本与本质的桥梁，更是深入理解文本、把握其精髓的关键所在。

（一）文本

文本作为文学活动的基石与核心对象，是文学创作、阅读与评价不可或

---

① 孙绍振：《文本细读的十重层次分析》，《文学细读》2023年第1期。

缺的唯一载体。在文学领域内，文本可细分为中心文本与伴随文本两大类别。在批评术语中，中心文本常被直接称为"文本"，而与之相关联、能影响文本意义阐释的所有文本，则被界定为"伴随文本"。

细读活动聚焦于中心文本，其精髓在于拒绝将伴随文本纳入解释范畴，甚至倡导有意识地剔除伴随文本的影响。然而，在实际的文本解读过程中，伴随文本往往成为固定文本意义不可或缺的参照，文学解释难以做到完全摒弃伴随文本。因此，细读更多地体现为一种努力排除阅读过程中主观意图倾向性的尝试与冲动。

文本（text）的拉丁词源是 texere，意为编织，例如纺织品 textile；也可表示制造的东西，如建筑师 architect。从词源看，文本是为某种目的和意图组织的符号系列。"文本"在不同的学科中有不同的含义。王先霈、王又平的《文艺批评术语词典》中对其有以下介绍。

> 从语言学的观点看，"文本指的是文本表层结构，即作品'可见'、'可感'的一面；这与文学批评家把文本当作形式客体的看法很接近。对于语言学家，文本的表层结构是一系列语句串联而成的连贯序列。语句流隐含着某种确定的阅读速度和节奏，某一表达信息的特定次序，指导读者的注意力，控制他的记忆。"（福勒：《语言学与小说》）

……

> 从符号学的观点看，文本表示"以一种符码或一套符码通过某种媒介从发话人传递到接受者那里的一套记号。这样一套记号的接受者把它们作为一个文本来领会，并根据这种或这套可以获得的和适合的代码着手解释它们。理解作为一个文本的文学的表述，就是在这种方式中，把这表述看作是向解释开放的，尽管这表述同一定的普遍规则相联系"（史柯尔斯：《符号学与解释》）。

……

> 在后结构主义那里，文本的概念有了很大的改变。克莉斯蒂娃指出："我们将文本定义如下：一个超越语言的工具，它通过使用一种通讯性的言辞来重新分配语言的秩序，目的在于直接地传递信息，这些言辞是与那些先于其而存在的和与其并存的言辞互相联系的。"巴特解释说，在这一定义中包含了"意指实践"、"意指活动"、"生产性"、"互文性"等概念，并需由这些概念来说明文本的内涵（参见《文本理论》）。

> 概括地说，后结构主义认为，文本的结构是开放的，是与其他文本相交织的；意指是活动的、多元的，因此文本也是"离心的"、"解构

的"。巴特说:"文本无所谓构造。文本中的一切都一次次得到意指和多次运用,文本没有一个极尽的整体,也没有终极结构。"(《S/Z》)德里达也说:"广义而言,文本没有确定性。甚至过去产生的文本也并不曾经有过确定性。……(文本的)一切都始于再生产。一切都已经存在:文本储藏着一个永远不露面的意义,对这个所指的确定总是被延搁下来,被后来补充上来的替代物所重构。"(《弗洛伊德与书写的意味》)他还强调:一个文本"不再是完成了的作品资料体,内容封闭在一本书里或字里行间,而是一个区分的网络,一种踪迹的织体(a fabric of trace),这些踪迹无止尽地涉及它自身外的事物,涉及其它区分的踪迹"(《继续生存》)。

……

一个文学文本"不仅仅是一套词汇,而是一个符码网,这一符码网使书页上的记号可以被当作一种特殊的文本来阅读"(史柯尔斯:《符号学与解释》)。霍克斯把托多洛夫关于文学文本的特殊性的论述概括为三个方面。一、每一部文学文本都具有改变它所蕴含并已经制造出来的整个系统的潜能:它不仅是复述预先规定的范畴并以新颖的方式把它们组合起来,恰恰相反,它修改它所包含的东西。二、文学文本能够颠覆它所继承的语言系统:它并不只是展示包含着它的语言的独特形式,它还扩展和修改那种语言。因此,"文学在语言内部是摧毁每一种语言固有的形而上的东西。文学话语的本质超出了语言(如果不这样,它就没有存在的理由);文学就像是一件语言用来自杀的致命武器。"(《小说中的幻想》)三、文学文本完全是有意义的而且是指示性的,不能把它"降为"我们对其内容的阐明(《结构主义和符号学》)。意大利符号学家艾柯认为,文学文本不仅有雅各布森等人说的"自指性",即以自身为中心的特征,而且具有含混的特征,它通过激发读者"趋向于解释的努力"和将其注意力吸引到所用语言的"出乎预期之外的灵活性"上去,给读者发出美学经验的信号。这种经验就是"作为创造物的美学文本的特殊的符号学含义"。具体地说,在一个文学文本中:一、在不同层次上,许多信息被含糊地组织起来了;二、各种含混遵循一个精确的规划;三、任何一个信息中正常的和含混的手段都对所有其他信息中正规的和含混的手段施加语境的压力;四、由一个信息违背一个系统的"规则"的那种方式和其他信息违背其他系统的"规则"的那种方式是一致的。结果产生了一种"美学的个人习语",一个文学文本独具的"特殊语言"(《符号学理论》)。洛特曼也指出,文学文本或艺术文本同日常生活中的信息交流有区别，如：从选择本身产生的强化效果，高度的组织结构，多重复杂的语言符码，对诗与散文之间区别的突出等等，从而使文学文本成为"包含着众多信息处理系统的历史的真实结构"。但他同时指出："任何艺术文本，只有当它所起作用的集合体中存在着美学的交流时才能发挥社会功能。既然符号——交流不仅要求要有一个文本，还要有一种语言，那么孤立地处于一种特定文化语境和文化代码系统之外的艺术家的作品，就像用一种不能理解的语言写成的'墓志铭'。"因此要确定什么文本是艺术性的而什么不是，其必具的先决条件是"正好在这种文化的代码中存在着艺术性的和非艺术性的结构之间的对立"（《艺术文本的结构》）。①

（二）细读

细读是新批评派为实践批评的"科学性""客观性"而提出的阅读和批评方法。王先霈、王又平的《文学批评术语词典》也有相关论述。

早在1929年，瑞恰兹在《实用批评》的序言中就试图寻找一种新的阅读和批评方法，"向那些想知道自己对诗歌（或同类事物）有何看法和感受、为任何喜欢和不喜欢它的人提供一种新技术"，"为若干能比我们目前的教学方法更有效地提高分辨能力和提高对于所读所闻的理解能力的教育手段铺路搭桥"。这是建立"细读法"的起点。后来布鲁克斯更明确地说："我们必须尽量客观、尽量科学些。在实践中，我们通常只能把诗歌同产生它的文化联系起来看。把诗歌联系到某一特定的教条或某一主题或某类意象，都告失败。因此我们的注意力只能集中在诗是怎样构造的，诗在诗人头脑中是怎样定型的：诗的形式结构、修辞组织、含义的层次、象征手法、意义的矛盾冲突、反讽、作为有机体的诗等。我们的探索应当是一种工具，借此可以作出准确的批评，用于所有的诗。"（《精致的瓮》）美国批评家古尔灵等人把细读描述为三个过程：1."要细读就必须对文本中的词、对这些词的所有直接意义和内涵意义有相当的敏感。了解词的多重意义，甚至了解像词典里所追溯的词源意义，能为了解作品内容提供重要的线索"。2."掌握了作品中个别词语的意思之后，还要找出结构和模式，即词与词之间的相互关系。其中包括：指代关系（代词指代名词，一个声音指代一个讲话人，同位语指代人名、地名，时间指代过程等），语法关系（句型及其修饰语，并列词或并列短

---

① 王先霈、王又平：《文学批评术语词典》，上海文艺出版社1999年版，第167—169页。

语，主语和动词的一致等），语气关系（选词，讲话方式，对题材和读者的态度等），以及系统关系（相关的隐喻、象征、神话、意象、典故等）。这些内在关系渐渐显示出形式，一个所有从属模式都被容纳在内并因而得到说明的原则"。3."必须辨认的还有语境（如一首诗里的讲话人的天性和个性）"。这其中要识别讲话人、听话人和反讽等等（《文学批评方法手册》）。布鲁克斯也强调说："的确，就词义的差异及内涵的重要性而言，就讽喻的曲折、文字游戏、或重音变化而引起词义的变化而言，就意象和隐喻的延伸从而决定'这首诗说了什么'而言——一句话，就批评家运用威廉·燕卜荪和 R. P. 沃伦所提出的独特方法而言，他必须准确地了解诗人究竟写了些什么。"（《新批评与传统学术研究》）细读的方法是以文本为中心的"向心式批评"，又是只论及单个作品的"个体批评"。燕卜荪的《含混七型》、布拉克默尔的《沃莱斯·史蒂文斯诗歌举隅》以及布鲁克斯的《精致的瓮》等都是细读的典型范例。自新批评的派别在文坛活跃以来，细读被许多不同的批评流派和方法所吸收。伊瑟尔曾举例说，解构批评与新批评"均强调细读，而且解构主义的主要鼓吹者都确实将其描述成最严密的细读。如不考虑它们在实践中的明显差异，那么对文本的细读就是两者的共性"（《走向文学人类学》）。细读也被批评为"原子论的"、"武断的"、"联想的"批评。韦勒克为此辩护说："'细读'导致了卖弄学问和牵强附会，这一点跟其他所有治学方法并无二致；但它肯定到此为止。因为任何知识部门能够取得的进步与实际取得的进步，靠的都是对对象作仔细的、详细的考察，靠的是将事物置于显微镜之下，即使这样做会使一般的读者甚至学生和教师厌烦不堪。"（《批评的诸种概念》）[①]

结合新批评的批评实践，我们界定细读法为"深度阅读"，这既是对"充分阅读"的进一步阐释，也蕴含着前述两种理解的精髓。所谓细读，旨在彻底摒弃由伴随文本产生的偏见，转而扎根于文本本身，深入挖掘并拓展文本及其语言符号所蕴含的意义世界，力求实现对文本内涵全方位、深层次的把握。

三、如何进行小说文本细读

小说文本细读应当从多维度深入剖析。

[①] 王先霈、王又平：《文学批评术语词典》，第 272—273 页。

首先，要聚焦文本的结构与形式，包括对小说叙事技法、情节布局、角色刻画、对话设计以及细腻描写的全面审视。此举使我们能更透彻地领悟作者如何利用语言与结构精妙地传达主旨与情感。

其次，细读需敏锐捕捉文本中的象征与隐喻。小说中，诸多细节与描绘往往蕴含深意，透过对这些象征性元素的解读，我们能揭开文本深层意蕴的帷幕。例如，平凡场景或物品背后，或许正映射着广阔的社会图景与人物复杂的心路历程。

再次，细读亦不可忽视文本的文化与社会背景。小说作为时代的镜像，映射出特定历史时期的社会风貌与文化特质。深入了解这些背景，有助于我们更精准地把握作者的创作旨趣与文本所承载的深层意义。

最后，细读还需细细品味文本的语言风格与修辞艺术。小说语言不仅是信息传递的媒介，更是氛围营造、人物塑造与主题表达的利器。通过对语言的深入剖析，我们能更充分地领略作者的文学造诣与文本的艺术感染力。

本教材为想要深入理解小说创作思想、意旨的，具有一定文学素养的大学生设计，其中精选的篇章，旨在实行细致的小说阅读技巧训练，按照历史发展的顺序进行编排。尽管它未能全面展现中国现当代小说史的完整体系，但本教材努力在经典作品的深度与阅读的易懂性之间平衡。考虑到篇幅的限制，本书并未直接包含原文内容，因此，学习时学生需要先阅读原著，以便更深入地理解文本。为了帮助学生更全面、深入地理解内容，本教材特别设计了"延伸阅读"部分，并对推荐的文章进行了简明扼要的评述。我们建议学生学习时主动阅读原文，以丰富自己的阅读体验。此外，本教材中的思考题设计灵活多变，旨在检验学生对分析材料的理解程度，并提供进一步思考的路径，或对延伸阅读材料进行整理归纳。学生可以根据自己的学习需求，有选择性地完成，以实现学习的个性化和深入化。

第1讲 《故事新编》中自反性叙事下的荒诞诗学

在鲁迅众多的作品中，《故事新编》虽延续其一贯的批判风格，但打破了以往的严肃氛围，在辛辣的讽刺中，透露出"油滑"的特点。在该小说集中，鲁迅赋予崇高人物以世俗特性，用荒诞不经的情节重塑历史神话故事，揭露社会真相，彰显出其超前的文学创作理念。《故事新编》承载着鲁迅深刻的思想感悟以及前卫的文学艺术追求，因其颠覆性和独特性，成为学界关注的焦点。江胜清指出，《故事新编》荒诞性叙事，体现着鲁迅的艺术思想和创作能力，也因为对荒诞性的追求，使文本艺术形式产生裂变，衍生出复杂多样的艺术审美特色①。然而，《故事新编》的荒诞诗学不是单一的形式，而是多种艺术表现形式的耦合。因此，我们需要结合鲁迅的精神世界和作品创作的背景，从多角度对《故事新编》的荒诞诗学进行分析。

一、先锋性叙述模式

五四新文化运动时期，鲁迅扛起"反传统"大旗，在对传统文化进行批判和剖析的同时，积极寻求改良方法，勇于实践，谱写了中国现代文学史上新的篇章。鲁迅并不止步于此，而是坚持不断地进行文学创作探索，突破传统小说的叙述方式和表现形式。荒诞手法是鲁迅先锋性文学创作中极具个性的艺术表现形式，以《故事新编》为典型代表，他在序言中所谈到的"想从古代和现代都采取题材，来做短篇小说"和"至于只取一点因由，随意点染，铺成一篇"② 是作品充满复杂性的重要原因，既凸显其艺术审美追求，也注定了《故事新编》不拘泥于传统的小说表现形式，而是自由舒展，表现出小说创作的"先锋性"实验色彩：通过调整历史神话人物不同于以往的生存状况，颠覆崇高人物在人们认知中的传统印象，赋予其新的世俗化性格特征；通过对荒诞场景的描写，营造出贴切人物发展的环境氛围；将不同时空中的

---

① 江胜清：《论〈故事新编〉的荒诞感》，《江西社会科学》2004年第6期。
② 鲁迅：《故事新编·序言》，载《鲁迅全集·2》，人民文学出版社2005年版，第353—354页。

文化碎片有序衔接，打破历史小说的厚重氛围，构建出如梦似幻却又清晰明了的荒诞世界。

（一）反差叙事塑造人物形象

在《故事新编》中，鲁迅颠覆了传统人物的形象特征，通过反差来塑造人物新形象，并对以往人物的命运发展轨迹做出调整，人物性情、命运表现出形象特征和行为变化的反向发展趋势。新旧两种形象特征之间的强烈反差投射出荒诞色彩，服务于人物形象的塑造和故事"新编"的核心内涵。

《故事新编》的创作时间跨度长达十三年，鲁迅认为它"不足称为'文学概论'之所谓小说"，虽然从旧书中获取了一些依据，但"并没有将古人写得更死"①。故此，《故事新编》获得更多自由阐发的空间，表现出鲜明独特的艺术特质。从《故事新编》中可以看到，鲁迅对崇高神话人物进行多角度、全方位刻画，打破了这些人物在读者心目中已有的刻板印象，让读者产生一种陌生的反差感，从而彰显荒诞故事背后的深刻意蕴。如《补天》中女娲整日陷于寂寥之中，对自己无聊时创造出的人类感到无法理解和厌烦，她更像是一位俗世的女子，与传统神话故事中女娲造人的崇高性大相径庭。女娲在和自己造出来的小东西互动时，只觉得嘈杂不堪，甚至头昏眼花，性情上也和普通百姓趋同。女娲补天时耗尽精力而亡，死后却无法安宁——禁军在她的肚皮上安营扎寨。《奔月》中后羿一改从前的"英雄"形象，同平民百姓一般过起抠搜日子，为获取食物心力交瘁，受制于家庭主妇嫦娥的支使与鄙夷，表现出唯唯诺诺的"小市民"特征。在琐碎生活的牵绊中，嫦娥也选择离他而去，生活变得一团糟，最终陷入生存和精神的双重困境。《采薇》里伯夷、叔齐出逃的原因竟是害怕小命不保，一路大放厥词，饿死之后还被扣上贪吃天神母鹿的恶名。《起死》中庄子化身庸俗的道士，路上复活尸体，倒了大霉，所遇之事也荒诞不经。

不难发现，《故事新编》中的主角是人类创造者、英雄、圣贤，具有崇高的精神品质和理想追求，然而在鲁迅笔下，他们被拉下神坛，言行举止世俗乖张，被赋予鲜明的现代气息。鲁迅抓住人物的典型性特征，在奇特的想象中，利用反差叙事使人物的性情和命运发展轨迹发生重大改变，与先前的传统认知形成强烈反差，既制造出浓厚的荒诞效果，又促进人物新形象的形成，使故事读起来活泼怪诞，但仔细品味又觉合理真切。

（二）反常场景营造环境氛围

场景营造是衬托人物性格和烘托环境氛围的重要手段，小说中的人物依

---

① 鲁迅：《故事新编·序言》，载《鲁迅全集·2》，第354页。

托故事场景而活，人物行为和情节发展受场景制约。《故事新编》将人物置于荒诞场景中，利用场景布置营造出的环境氛围促进非常规人物形象的合理塑造。如《奔月》中对后羿早起到远方寻找食物所看到的场景描写如下：

> 一气就跑了六十里上下，望见前面有一簇很茂盛的树林，马也喘气不迭，浑身流汗，自然慢下去了。大约又走了十多里，这才接近树林，然而满眼是胡蜂，粉蝶，蚂蚁，蚱蜢，那里有一点禽兽的踪迹。他望见这一块新地方时，本以为至少总可以有一两匹狐儿兔儿的，现在才知道又是梦想。他只得绕出树林，看那后面却又是碧绿的高粱田，远处散点着几间小小的土屋。风和日暖，鸦雀无声。①

后羿因生活所迫，早起打猎，一开始看到以前熟悉的高粱田，知道那里猎物稀少，又看到茂盛的树林，幻想里边可能存在大量猎物，结果全是些蜂蝶，压根没有猎物踪影，这让他感到些许失望。为了捕获猎物，他只能绕出茂密的树林，遗憾的是树林后面仍是一片绿油油的高粱田，同样没有猎物，再一次捕猎无望。草木茂盛碧绿，天气风和日丽，然而后羿却垂头丧气，一无所获。茂密的森林本该遍地是猎物，事实却很反常，后羿奔忙在山林田间捕猎而不得的场景，影射出后羿无奈的生存境遇。在鲁迅笔下，对后羿狩猎场景的描写反衬出后羿窘迫的境遇和内心的无望，以荒诞场景为依托营造生存环境氛围，颠覆了后羿以往崇高的英雄形象，落寞得让人唏嘘。

场景营造能够展现人物生活背景和时代氛围，孙月琴指出："鲁迅在小说创作中，常常用民俗勾勒环境，以生动形象的风俗画面，准确地反映人物所处的社会背景和生活场景。"②《故事新编》从人物生活的场景着手进行细致描写，将人物的情绪和感受相结合，服务于环境氛围的营造和人物形象的塑造。比如《理水》中对文化山上学者们生活情境的一段描写：

> 飞车向奇肱国疾飞而去，天空中不再留下微声，学者们也静悄悄，这是大家在吃饭。独有山周围的水波，撞着石头，不住的澎湃的在发响。午觉醒来，精神百倍，于是学说也就压倒了涛声了。③

平民百姓受难于灾荒，缺粮少食，生活困苦不堪；文化山上的学者们却拥有源源不断从奇肱国用飞车送来的粮食，他们衣食无忧、高谈阔论、生活

---

① 鲁迅：《奔月》，载《鲁迅全集·2》，第 374 页。
② 孙月琴：《笔墨简练　意蕴丰富——浅谈鲁迅作品的环境描写技巧》，《南京师范大学文学院学报》2000 年第 3 期。
③ 鲁迅：《理水》，载《鲁迅全集·2》，第 386 页。

安然。作者通过对洪灾期间学者们生活场景的描写，披露了两极分化的、荒诞的社会现实。《奔月》中的场景描写则更加生活化，如："后羿忽然睁开眼睛，只见一道阳光斜射在西壁上，知道时候不早了；看看嫦娥，兀自摊开了四肢沉睡着。"① 后羿需要早起打猎，嫦娥则悠然地摊开四肢沉睡着，二者形成鲜明对比，后羿同普通人一般的日常生活图景折射出其已经成了为生活奔波忙碌的凡夫俗子。如此生活场景与大英雄后羿的身份格格不入，后羿最后沦落到窘迫无奈的处境也就不足为奇了。

（三）反异存在制造时空错置

《故事新编》中抓住故事发展的两个层面，把古今时空中的元素融合到一起，产生了独特的时空错位感。在错置的时空里，构造了穿越古今、虚实交错的文学世界，"'荒诞'是将大不相同、互不相容的东西杂揉在一起，形成一种强烈的反差冲突，借以表现事物的本质"②。杂糅互不相关的内容，可能会导致文本内容变得突兀，然而正是使用这样非常规的表现手法，不用刻意设计，便能够产生强烈的时空错位感。《故事新编》杂糅了历史和现实两个时空，将不同时空的内容融合到同一场景中，制造时空错置。西摩·查特曼认为，故事情节的时间性体现在故事情节发生的纬度层面，空间性则由人物与环境在故事空间中的关系体现出来③。《故事新编》在传统文化积淀中精心寻找素材，其中包含神话、传说、历史多种类型故事，并设置了一个古代叙事空间，而这一古代叙事空间又分割为多块时空碎片，且与另一个现代叙事空间中的故事场景和语言词汇拼接融合，增加了故事的趣味性和新颖性，以及时空错位感。

《故事新编》所包含的荒诞元素十分庞杂，古人说今词的戏拟手法使文本叙事时空具有一定的模糊性。该书从起笔到集结成册，时间跨度13年，涉及古代和现代题材，古今时空互为表里，并无明显边界。交错的时空设置主要体现在人物的语言安排上，现代话语从古人口中脱口而出，如同时空穿越般荒诞不经，如《理水》中学者的对话：

"况且，"别一位研究《神农本草》的学者抢着说，"榆叶里面是含有维他命W的；海苔里有碘质，可医瘰疬病，两样都极合于卫生。"

---

① 鲁迅：《奔月》，载《鲁迅全集·2》，第373页。
② 韩淑春、赵延金：《魔幻现实主义与鲁迅的"荒诞"手法》，《重庆邮电学院学报（社会科学版）》2004年第3期。
③ 申丹：《西方叙事学：经典与后经典》，北京大学出版社2010年版，第113页。

"O.K!"又一个学者说。大员们瞪了他一眼。①

现代词汇和外语词汇不仅制造了强烈的时空混沌感,而且从学者口中说出来也让人感到滑稽可笑。人物语言与所处时空不匹配的错乱设置,在《故事新编》中随处可见,《奔月》中的"炸酱面""白干",《铸剑》中的"保险",等等。人物对话中插入新词汇,是鲁迅"并没有将古人写得更死"在语言方面的极致体现。现代语言运用于古代故事文本让人眼前一亮,而古代文言话语和现代语言在人物对话中的混合使用也值得注意。如《补天》中,女娲看到身边遍身包着铁片的士兵,便问道:"那是怎么一回事呢?"士兵可怜地回答:"颛顼不道,抗我后,我后躬行天讨,战于郊,天不祐德,我师反走。"② 女娲在这段对话里用的是现代白话,而士兵所说的是文言古语,二者口中所说并非同一时代的语言体系,却出现在同一叙事场景中,致使时空感知混乱、叙事时空虚化。如此错置安排两个时空,却并不显得过于突兀,得益于鲁迅对创作材料独特的叙述视角以及深厚的文学创作功底。

二、戏剧化的情节设置

(一)反常合道的离奇情节

亚里士多德认为情节是对"事件的安排"③,事件主要指人物的行动,是对故事结构本身的建构,而非话语层面的安排。通过对事件的安排来表现主题是小说创作中常见的叙事手段,《故事新编》的情节设置出人意料,反常却合道,违背常规的离奇情节看似离谱,实则合情合理。

《故事新编》改编历史故事,结局也常让人始料不及,展露出独具一格的荒诞诗学。如《铸剑》中晏之敖、眉间尺和大王的头在鼎内厮杀后同归于尽,上至皇后下至弄臣全都手足无措,由于分辨不出大王的尸骨,只好将三人的头骨和大王的身体放在金棺里落葬。"逆贼"非但没有受到惩戒,反而和王一同享受祭礼。《补天》中女娲因补天耗尽毕生精力而死亡,披着铠甲的禁军在女娲尸体上最膏腴的肚皮处安营扎寨,改变口风,并更改大纛旗上的科斗字为"女娲氏之肠"。女娲所作所为非但没有被铭记,反而被他人榨干最后的价值。《采薇》中伯夷、叔齐两兄弟流落首阳山,拒食周粟而死,婢女阿金姐为开脱责任,编造谎言,导致伯夷、叔齐死后被安上恶名。《非攻》中墨子成功

---

① 鲁迅:《理水》,载《鲁迅全集·2》,第390页。
② 鲁迅:《补天》,载《鲁迅全集·2》,第362页。
③ 亚里士多德:《诗学》,陈中梅译注,商务印书馆1996年版,第125页。

劝说楚王放弃攻打宋国，然而一进宋国国界就被搜检两回，破旧包袱也被救国队募去，到城门下避雨又被巡兵们无情赶开——救国功臣并没有得到应有礼遇，反而备受冷落。《故事新编》里的故事结局突破传统和谐收尾套路，妙趣横生，荒诞反常的结局给人留下深刻印象；不可思议的情节设置，符合旧故事"新编"的初衷。鲁迅创作《故事新编》的缘由并非随意点染只注重文本表面的滑稽建构，而是将现实生活的体悟融入对传统故事的编排中，借旧故事刨封建社会"坏种"的祖坟，掀开"坏种"们光鲜表象背后的丑恶嘴脸。结合鲁迅的创作缘由深入研读那些离奇的情节安排，不难看出其背后隐藏的叙事逻辑，反常的情节走向实际上合乎情理。

《故事新编》突破传统神话故事情节的安排，拓展了情节设置新空间。《奔月》中，后羿和嫦娥化身平民丈夫和家庭妇女，回归普通生活，日子趋于平淡，为民除害的英雄光环渐隐，生活压力逐渐将他们拖垮——嫦娥因不满每天吃乌鸦炸酱面而选择离开后羿。以往神话中，嫦娥是因想升仙而选择飞天，鲁迅重新安排了新的情节走向，更贴合新的文本内涵表达。《补天》中，女娲一开始像是从梦中惊醒，但记不清梦里的具体内容，只是觉得有点懊恼。女娲造人的崇高性被消解，性情也与普通民众差不多。《故事新编》的时间线索推动了情节的反常发展，《奔月》中过去和现在并置，后羿常常回忆起以往作为英雄时的辉煌，回忆过后又不得不直面当下的窘迫，过去和现实生活状态交织出现，强烈烘托出后羿极度失落的心绪。《采薇》中用烙饼的张数来表现时间的流逝，化抽象为具体，利于更好地把握时间节点，同时也使行文更加富有烟火气。

无论是"怨妇"嫦娥、"煮夫"后羿还是虚妄的女娲，其平常的生活图景和琐碎情节中无不暗示文中的他们已经沾染世俗气息，凭借对人物世俗化的铺陈过程，那些本不该发生在崇高人物身上的情节，也在一步步变得可理解、可接受，符合逻辑。

（二）荒诞世界的主体介入

作为启蒙时代的急先锋，喜欢质疑的鲁迅在批判旧中国以唤出新中国的过程中，面临前所未有的困境——传统糟粕不能要，新的观念不知该如何汲取，难免迷失方向、陷入彷徨。郑家建认为："在现实的种种境遇中，使得鲁迅感受到生存的荒诞，于是，他试图通过写作的方式和一种价值认同来排遣这种不可重负的感受。"[1] 然而，鲁迅没有止步于彷徨境地，正如他所述：

---

[1] 郑家建：《历史向自由的诗意敞开：〈故事新编〉诗学研究》，上海三联书店2005年版，第36页。

"然而我不愿彷徨于明暗之间,我不如在黑暗里沉没。然而我终于彷徨于明暗之间,我不知道是黄昏还是黎明。"① 我们从中可以看到鲁迅处于困境时内心的矛盾交织。如何突破困顿以寻求新的出路?鲁迅将自己的精神意志寄托于文学创作,把无法排遣的郁闷于创作中释放。

鲁迅借《故事新编》的荒诞性叙事来化解内心的苦闷,主动介入故事的发展安排。《铸剑》最初的文本形态较为简洁,经过鲁迅重新加工,变得生动饱满,体现了新故事背后创作主体的介入。鲁迅曾解释过自己仇视猫的原因:"它的性情就和别的猛兽不同,凡捕食雀鼠,总不肯一口咬死,定要尽情玩弄,放走,又捉住,捉住,又放走,直待自己玩厌了,这才吃下去,颇与人们的幸灾乐祸,慢慢地折磨弱者的坏脾气相同。"② 鲁迅对猫的仇视在《铸剑》中也有映射:眉间尺在某个夜晚发现一只老鼠落到水瓮里,就用芦柴将老鼠按到水底,一会又让老鼠浮出水面,接着又将老鼠抖落并按到水中,如此反复,最后眉间尺"不觉提起左脚,一脚踏下去"③,老鼠口吐鲜血,大概是死掉了。眉间尺玩弄老鼠的行为举止像极了鲁迅所仇视的猫,而猫欺软怕硬、幸灾乐祸的性情又和部分国人相似,鲁迅便将二者相联系甚至借猫讽人。虐鼠情节的安排,使眉间尺身上多了一份陋习,人物形象塑造愈加丰满。眉间尺的优柔寡断、软弱无能预示了他难以完成母亲交代的为父报仇的任务。身上肩负着报仇重任,性情却是优柔的,眉间尺陷入两难窘境,而让眉间尺摆脱困境暗含了鲁迅对现实的思考。值得注意的是,随着黑色人宴之敖的出场,眉间尺的性情发生了重大转变。宴之敖替眉间尺复仇的条件是他的剑和头,一向软弱的眉间尺竟然同意了如此过分的要求:"暗中的声音刚刚停止,眉间尺便举手向肩头抽取青色的剑,顺手从后项窝向前一削,头颅坠在地面的青苔上,一面将剑交给黑色人。"④ 弱者形象的转变正如人们面对现实困境而化身决绝"革命者"参与抗争一样,是鲁迅体察现实后将其投射到对眉间尺性情演变的描写,也是鲁迅自我意识主动介入故事文本的绝妙呈现。

鲁迅通过宴之敖和眉间尺的复仇故事,表现人的生存境遇和生命的荒诞虚无。以人物对话解释眉间尺信任宴之敖的原因,抹除故事发展的不合逻辑。宴之敖协助报仇的原因是纯粹的,两人复仇的方式具有"奇特性、游戏性",复仇结果具有"无意义性",复仇的"悲壮和正义"被"游戏、滑稽和无意义

---

① 鲁迅:《影的告别》,载《鲁迅全集·2》,第 169 页。
② 鲁迅:《狗·猫·鼠》,载《鲁迅全集·2》,第 240 页。
③ 鲁迅:《铸剑》,载《鲁迅全集·2》,第 433 页。
④ 鲁迅:《铸剑》,载《鲁迅全集·2》,第 441 页。

性消解"①。鲁迅对传统故事文本《铸剑》的改编，增加了很多精彩的细节描写，刻画了眉间尺和宴之敖两位复仇者形象——通过他们面临的生存困境、戏谑的复仇过程以及荒诞无意义的复仇结果揭示人生的荒诞境遇，在这样的困境中他们主动选择进行斗争，为达到复仇目的不惜付出生命的代价，表现出极强的抗争精神，也算是荒诞境遇下有力的抵抗。

三、悲喜交融的修辞艺术

（一）深刻警醒的幽默意识

林语堂最早将英文"Humor"音译成中文"幽默"，"幽默是一种人生的观点，一种应付人生的方法。幽默没有旁的，只是智慧之刀的一晃"②，如此阐释有助于大众对幽默概念的理解。同样的，鲁迅也是推动中国幽默文学发展的大师，他既赞同林语堂的幽默观，又有自己的不同见解。关于"幽默"，鲁迅在不同情境下有不同的阐释。可以确定的是，鲁迅对"幽默"至少有两种定义："一种是对林语堂幽默概念的沿用，专指雍容平和的英国式幽默，另一种是鲁迅自己对幽默的理解，其中包含中国传统的幽默作品。"③ 鲁迅对"幽默"理解的多元化，使得作品呈现出纷繁多彩的幽默特质。《阿Q正传》《狂人日记》等作品中，鲁迅抨击旧社会弊病，体现出悲喜交加的夸张幽默特征。《故事新编》通过解构历史神话故事，创造了古今杂糅、虚实相生的荒诞世界，蕴含着鲁迅丰富的情愫，表现出别具一格、深刻警醒的幽默风格。而此类幽默色彩的形成与鲁迅创作时的"油滑"笔法有一定关联，正如鲁迅在《故事新编》的序言中曾说道："这就是从认真陷入了油滑的开端。油滑是创作的大敌。我对于自己很不满。"④ 虽然鲁迅对自己陷入"油滑"创作感到不满，但我们在分析其作品时不该片面认为"油滑"仅仅是鲁迅不足为道的雕虫小技。"油滑"是《故事新编》的突出艺术特征，也正是因为"油滑"才出现许多类似"止不住有一个古衣冠的小丈夫，在女娲的两腿之间出现了"⑤的荒诞场面，产生了鲜明独特的艺术效果。"油滑"一词包含着众多艺术手法，其中最明显的就是幽默化处理。鲁迅的幽默绝不只是流于滑稽搞笑的肤

---

① 蒋济永：《传奇故事的改写与现代小说的形成——从"改编学"看〈铸剑〉的"故事"构造与意义生成》，《中国现代文学研究丛刊》2011年第3期。
② 林语堂：《林语堂文选》（下），中国广播电视出版社1990年版，第79页。
③ 赵铭义：《浅论鲁迅先生的幽默观》，《上海大学学报（社会科学版）》2000年第1期。
④ 鲁迅：《故事新编·序言》，载《鲁迅全集·2》，第353页。
⑤ 鲁迅：《补天》，载《鲁迅全集·2》，第353页。

浅表象，其实质内核深刻警醒、发人深思。

在《故事新编》中，鲁迅常以冷幽默的方式来讲述社会故事，如《出关》中关尹喜提议让老子给众人讲学，讲课一开始："老子像一段呆木头似的坐在中央，沉默了一会，这才咳嗽几声，白胡子里面的嘴唇在动起来了。"① 此处鲁迅对老子的神态进行调侃，也为接下来老子讲学的无聊状况做了铺垫。老子在讲学时似乎察觉到自己讲课效果不佳，想要做出一些改变："然而他没有牙齿，发音不清，打着陕西腔，夹上湖南音，'哩''呢'不分，又爱说什么'嗡'：大家还是听不懂。"② 在讲学的过程中，众人手足无措，瞌睡连连，甚至觉得听老子讲课是件格外受苦的事情。老子停下讲学，想引起注意，但根本没人动弹。最后说了句："呵，完了！"众人如梦初醒，又惊又喜，如获大赦。鲁迅以调侃戏谑的口吻，将老子讲学的敷衍和众人听讲的苦闷状态展现出来，如此铺陈便使讲学变得了然无趣、毫无价值，挑战了老子的权威。《铸剑》中眉间尺穿上青衣背上剑想要实施复仇，混入城里就遇到王坐黄盖车经过，刚要采取行动就被人捏住脚摔倒了，又恰巧摔在了瘪脸少年身上，两人的矛盾持续了煮熟一锅小米的时间，初次行动便以失败告终。鲁迅将眉间尺的初次复仇行动描述得富有画面感，琐碎细节尽显滑稽。第二次复仇是在宴之敖的协助下展开的，眉间尺、宴之敖和王三个人的头在鼎内厮杀，最后同归于尽。对于如何从鼎中打捞出王的头骨这样简单的问题，不管是王后还是群臣都仓皇失措、一筹莫展，耗费大量时间才想到让武士用勺子打捞。如此叙述，用幽默化的方式揭露王手下众人阿谀奉承嘴脸背后的无能。对于怎样分辨王的头骨问题，众人依然是"愚蠢至极"，最后只能将三个头骨和王的身体放在金棺里合葬。乱贼刺客竟然和王葬在一起并享受同等礼遇，充满了荒诞幽默色彩——一方面可以说是对王的极大讽刺，另一方面也消解了复仇者复仇行为的崇高感。《补天》中的人物对话采用文白夹杂以及中文和外文交错使用的方式，让人感到滑稽可笑。《理水》中愚人在对话里把等鸟头先生的朋友来信的难度阐述成比在螺蛳壳里做道场还难，运用了夸张的手法，生动形象且幽默。《出关》中老子和孔子的问候语重复出现，敷衍麻木……鲁迅把对现实问题的揭露批判融入调侃戏谑的创作中，准确地命中叙述对象要害，揭开荒谬现实背后的真相，每一个幽默细节都让人印象深刻，发人深思。

（二）穿透荒诞的反讽表达

鲁迅的创作顺应白话文改革和思想启蒙的需要，把尖锐的社会矛盾、思

---

① 鲁迅：《出关》，载《鲁迅全集·2》，第 459 页。
② 鲁迅：《出关》，载《鲁迅全集·2》，第 460 页。

想困境问题通过反讽手法揭露出来,供大众审视和思考。这一创作风格源自"鲁迅往往在非理性的基础上对人物进行理性思考,他把孤独与寂寞、虚无与荒诞、生存与死亡、绝望与反抗等生命存在样态作为小说题材,有意识地探求本真生命与自由人性"[1]。"我们民族最缺乏的东西是诚和爱"[2] 是鲁迅对国民性的深刻认识,他的作品不是直接抨击庸众的愚昧,而是通过人物语言的安排、情节的设置揭露深层次的社会矛盾,促成主旨上的反讽。《故事新编》在反讽表达的同时,也常常表现出荒诞意味。

布鲁克斯将反讽定义为"语境对于一个陈述语的明显的歪曲"[3],借助对语境的细致安排,可以产生强烈反讽意味。"冷峻、深沉、诙谐"[4] 是鲁迅小说语言风格,其语言特点也是产生反讽效果的重要部分。为了达到反讽效果而借助对语境的编排在《故事新编》中常有体现,如《理水》中正值灾荒,洪水泛滥,民不聊生,大学解散,幼稚园停关。与此同时,文化山上的学者在高谈阔论,探究学术,所做论断脱离实际、自私狭隘。学者们的谈话内容与洪灾背景格格不入,具有强烈的讽刺意味。鲁迅还从主观的写作话语出发,主动制造叙事者本身的讽刺话语。如《理水》开篇首段描绘出洪灾泛滥、百姓受灾的场面,以轻描淡写的口吻交代不同阶级所处的境遇,而这样的灾难场景"从岸上看起来,很富于诗趣"[5],实际上就是在反讽。此外,鲁迅也通过复沓的手法设置人物语言来进行反讽,如《出关》中孔子和老子在第一次见面时的问候寒暄以及离别时的客套话和第二次一模一样,孔子和老子之间的毕恭毕敬与他们之间的矛盾冲突也极不相称。

《故事新编》借用古代故事来讽刺当今时弊,抨击民众落后麻木的愚昧思想。旧故事在鲁迅新的编排下充满荒诞讽刺意味,也正是如此,讽刺变得更加有针对性,同时具有深刻的批判性。《故事新编》对时局的批判与《呐喊》《彷徨》等作品相比更加全面彻底。《补天》《奔月》用世俗消解神话,歌颂劳动人民伟大的创造精神、赞扬先贤的突出贡献,批判现实生活中满嘴"仁义道德"小人的忘恩负义、市侩庸俗之风;《铸剑》歌颂复仇精神,以及敢于和强权抗争;《采薇》《起死》《出关》批判国难当头消极避世、与世无争的虚无主义思想,号召人们积极参与革命斗争。鲁迅拥有广博深厚的历史储备和独

---

[1] 胡志明:《凝视与想象:鲁迅小说身体诗学论》,上海交通大学出版社2022年版,第99页。
[2] 许寿裳:《挚友的怀念——许寿裳忆鲁迅》,河北教育出版社2001年版,第110页。
[3] 赵毅衡:《新批评"文集"》,百花文艺出版社2001年版,第379页。
[4] 陈鸣树:《鲁迅小说论稿》,上海文艺出版社1981年版,第222页。
[5] 鲁迅:《理水》,载《鲁迅全集·2》,第385页。

具的敏锐洞察力，能一针见血地鞭挞时弊，精准深入剖析社会问题，塑造典型形象，运用多种手法，或夸张或对比又或想象，赋予《故事新编》极高的讽刺艺术水准。鲁迅曾说："近几时我想看看古书，再来做点什么书，把那些坏种的祖坟刨一下。"① 刨坏种祖坟即揭露"坏种"们丑陋伪善的面目，还原社会发展历史真相。在抨击丑恶现象的过程中处处体现着鲁迅的反讽表达。

《故事新编》是鲁迅不断推动文学形式创新的产物，以"古今杂糅"的时间诗学与"油滑"的叙述手法进一步消解了历史的权威性，拓展了文学创作的新维度，开启了历史书写转为小说叙事的崭新模式。鲁迅借由荒诞叙事展现历史人物的"后来生活"与"内心世界"，在历史记载的空白处充塞日常生活的基本欲求，通过世俗的生存欲望一再挑战崇高的精神理念。该书中历史时间的停滞或重复循环传达出个人意志终将为历史时间收编的无奈情绪，而读者也能从其中的自我裁判、被包围的无力感以及带有"无所谓"和"无所畏"的双重感知，推演出作者本身与历史人物进退失据的尴尬境遇。

延伸阅读

1. 龙永干：《鲁迅的历史观念与〈故事新编〉的诗学意蕴》，载《中国文学研究》2024年第1期。《故事新编》是鲁迅历史诗学的集大成者。受启蒙史观的影响，《故事新编》对明君、圣贤、庸众展开了激烈的批判，也对被涂抹的"历史"人事进行了本质还原。受"人民史观"的影响，他在《理水》《非攻》中赋予了大禹、墨子等形象"人民性"的亮色。同时，鲁迅从启蒙史观对历史进行整体质性批判的同时，也开启了文化史观的视点。"野史"意识，是鲁迅认识历史的原初意识，它是鲁迅启蒙史观、文化史观和人民史观的基础，也是其艺术表现上突破既定疆域和规则的原生动力，让其具有了新历史主义的色彩。

2. 曹旭：《论鲁迅〈故事新编〉伦理叙事的现代性与阈限性》，载《鲁迅研究月刊》2023年第12期。《故事新编》的创作，鲁迅"回归"伦理叙事，对正面人物予以褒扬、对反面人物进行批判，这是《故事新编》文本与《呐喊》《彷徨》极为不同的鲜明特征。

3. 程振兴：《现代语境中的"讲故事的人"——以〈故事新编〉为中心的考察》，载《鲁迅研究月刊》2020年第6期。鲁迅是一个有着深厚的体裁修养和鲜明的文体意识的小说家，无论是撰写中国小说史，还是从事小说

---

① 鲁迅：《350104 致萧军、萧红》，载《鲁迅全集·13》，第330页。

创作，鲁迅都表现出强烈的小说意识。

4. 李坚怀、赵光亚：《〈故事新编〉的"非小说性"——论文学游戏之于鲁迅历史书写的文体效应》，载《文艺理论研究》2020年第2期。《故事新编》堪称新文学史上一曲孤独的绝响，其卓越的创造性是以非小说的面目出现的，富有形象感的现代话语恣意地侵入，与古代话语交锋碰撞，形成众声喧哗的语言形象世界，由此促成了文学话语的陌生化、审美经验上的间离感，并造就了戏仿与反讽的修辞方式，从而打破了虚实界域，消弭了历史书写的真实性，拆除了小说与非小说、文学与非文学的障碍，解构了小说固有的内在规定性。

思考题

1. 试析《故事新编》的历史意识。
2. 《故事新编》对当代作家创作的影响。

（胡志明　姚　健　执笔）

第 2 讲 《边城》中的身体美学与文学乌托邦

近年来,"身体"在学者们的关注下,一跃成为众人瞩目的焦点,它不再只是一种形而下的肉体,而是极富深意的思想文化载体。在近代中国面临前所未有的思想冲击下,小说中的"身体"呈现更加多元且具有时代意义。黄金麟指出:"20 世纪初叶的中国确实对身体有着一份高度的着迷与坚持。从康、梁一辈开始,知识分子就以一种舍我其谁的态度,努力于推动各种的身体改造运动,营造一个有关身体'应然'的大叙事(grand narrative)。"[①] 相较于鲁迅,沈从文小说的身体叙事更显含蓄节制的诗意。在《边城》中,身体不仅是言说的对象,而且是审美传达不可或缺的重要手段,也是了解沈从文文学世界的一个重要维度。

一、《边城》的身体观

《边城》既是沈从文乡土梦的外化,也是弗洛伊德精神分析学对其影响的体现。《边城》饱含其对故土湘西的思、怨、情、愁,也是他洞悉文明的脚步已玷污故土后产生的忧思,作者试图用对乡土身体真善美的书写,编织出一场美轮美奂的乡土梦。

(一)"复归于婴儿"的身体观

老子《道德经·第二十八章》曰:"知其雄,守其雌,为天下谿。为天下谿,常德不离,复归于婴儿。"[②] 关于老子"复归于婴儿"的身体观,在《老子评传》中有云:"老子最反对人运用心机、智巧和诈谋,他在自己的书中一再提到'婴儿',希望人们都能够返朴归真,象婴儿那样天真无邪、淳朴自然,保持一颗赤子之心。"[③] 故老子推崇未受教养、淳朴自然的本真的身体。老子眼中的"婴儿"是指身体最本真的存在状态,最自然不受外界浸染的身体,是心灵纯净质朴并具备旺盛生命力的身体,是一种理想的人生范式。

---

① 黄金麟:《历史、身体、国家——近代中国的身体形成(1985—1937)》,新星出版社 2006 年版,第 19 页。
② 张索时:《道德经新说》,上海人民出版社 2015 年版,第 59 页。
③ 陈鼓应、白奚:《老子评传》,南京大学出版社 2001 年版,第 194 页。

老子深知，人随着经验阅历的增加，受社会环境的影响，会逐渐远离"婴儿"身体的本真，如"婴儿"般混沌初开的身体则被不断异化，故此，老子提出"复归"之路。但是，"复归于婴儿"不是让你做无知的婴儿，也不是让你毫无城府、幼稚无知，而是对拥有赤子之心的一种强调，强调身体的自然状态。

因此，我们应该学会在物欲横流的社会找到一处心灵净土，找回原来纯真的自己，无需伪装，无需机巧，随心所欲，率真自然。而沈从文的《边城》就是一处心灵的净土，他以乡下人的叙事视角，用美和爱诠释湘西原始文明，创造出独特的湘西世界，并在作品中寄托自己的生命理想和审美意识。正如他晚年所说：

> 我人来到城市五、六十年，始终还是个乡下人，不习惯城市生活，苦苦怀念我家乡那条沅水和水边的人们，我感情同他们不可分。虽然也写都市生活，写城市各阶层人，但对我自己作品，我比较喜爱的还是那些描写我家乡水边人事哀乐故事。因此我被称为乡土作家。[①]

沈从文在《边城》中"表现的本是一种'人生形式'，一种'优美、健康、自然，而又不悖乎人性的人生形式'"[②]。这不仅是沈从文对理想人生形式的追求，还是他对自然"身体"的赞美，对不被文明所浸染的"婴儿身体"的渴望。故此，《边城》中的"身体"是在自然状态下与自然、人性联系在一起的不被文明所浸染的"婴儿"的"身体"。

（二）回归自然的身体观

《边城》中的"身体"处在一个自然和谐的环境中，而这种自然和谐的环境又促使着美好、健康"身体"的形成。这种本然存在的与自然融合的"身体"，迸发着旺盛生命力，展现的是"物我合一"的生命世界。

《边城》中自然孕育的人，用自然选择意识，用生命的本真选择生存处世，如翠翠选择傩送，并非出自金钱的考量，纯粹是一种男女互相爱慕吸引的天性；傩送选择翠翠也是如此。

《边城》中的"身体"处在一幅美丽的风景画中，以大自然的颜色为底色，无浓艳浊重的色调，清新自然、不施粉黛；如清澈的溪水、淡淡的薄雾、两岸摇曳的深翠竹篁、花纹交错的玛瑙石头、河中来回穿梭的渡船和游动的

---

① 沈从文：《自我评述》，载《沈从文全集·13》，北岳文艺出版社2002年版，第397—398页。

② 沈从文：《习作选集代序》，载《沈从文全集·9》，第5页。

鱼等，都充满了灵活流动的生趣，一景一物都是画。画中还有自然的美妙乐音，潺潺的溪水声、翠翠的芦管声、二老的山歌声、草虫的鸣叫声、弹月琴唱曲子声，自然声音和人声浑然一体、悠扬动听。在这里自然生长的一切都生机勃勃，是旺盛的生命力的展现。并且这里没有外界的尔虞我诈，没有尘世的浮华、喧嚣，有的是与自然融为一体的"身体"。这些"身体"在这个世外桃源中与自然和谐并存。老船夫累了便"躺在临溪大石上睡着"①，闲暇时同翠翠"坐在门前大岩石上晒太阳"②。翠翠或是看着美丽的风景、逗逗黄狗，或是听着爷爷说的故事，抑或吹着优美的笛曲。祖孙以天为帐，以地为床，怡然自乐。这种与自然同步呼吸、融入自然的身体，是美好环境下形成的健康的身体，是如"婴儿"般美好的、本真的身体。

茶峒人生活在美丽的风景画之中，这种处在美好自然环境中的身体享受并顺应自然的变化，接受自然带来的一切。受地域限制，他们的房子是临水而建的吊脚楼；居民也依着水做着水面上的各种生意。春水高涨淹上吊脚楼时，他们就拿着竹梯架在城墙上，扛着家当，进城躲水；等水退后，又从城门口出城，从来不与水抗争，也不人为改变自然环境，而是顺应自然。哪怕某年春水冲掉了房子，大家也只是呆望着，"对于所受的损失仿佛无话可说，与在自然安排下，眼见其他无可挽救的不幸来时相似"③，接受着自然带来的损失与不幸，即接受"神"——不能被人左右的"规律""命运"或不能被科学解释的"偶然"。这种与自然、与"神"和谐一致的"身体"是本然的、不受污染的身体，是如"婴儿"般纯粹的身体。

美好的自然环境和纯善的社会氛围是"婴儿"身体存在的基础，所以《边城》中的自然环境为形成"婴儿"身体提供了温床，而其中这种理想的"身体"也是沈从文笔下理想人生形式的体现，并通过作者对人物身体的美好和活力的描摹来实现。

（三）"美"与"力"的身体观

沈从文笔下的《边城》，主要凸显了身体"美"和"力"这两个特点。而美好、活力也是"婴儿"般身体的表现，这种勤劳朴实、强壮结实的身体充满着原始生命力，体现了沈从文对生命强力的歌颂。

《边城》中翠翠是美的化身，其美丽犹如秀丽的山景，"翠翠在风日里长养着，故把皮肤变得黑黑的，触目为青山绿水，故眸子清明如水晶。自然既

---

① 沈从文：《边城》，载《沈从文全集·8》，第64页。
② 沈从文：《边城》，载《沈从文全集·8》，第65页。
③ 沈从文：《边城》，载《沈从文全集·8》，第66页。

长养她且教育她,为人天真活泼,处处俨然如一只小兽物。人又那么乖,如山头黄麂一样,从不想到残忍事情,从不发愁,从不动气"①。这种活泼健康充满活力的身体,在情欲萌动时美丽迷人、引人注目。翠翠选择傩送,并不是因为金钱的利诱,纯粹是因为男女间的爱慕、互相吸引的天性,哪怕最后"这个人也许永远不会来了",她都抱着希望执着地等待。翠翠就是以其表里如一的健康、美丽,不涉功利的自在、坚韧勇敢的身体,成为《边城》中美的化身。这种美的身体是沈从文对原始生命力和自然人性的赞美,熏陶出伶俐乖巧且具有朴质、纯洁人性特质的翠翠。

这种具有"婴儿"般旺盛生命力的身体,还表现在《边城》中健康、结实、有力的男性身体上,他们的身体散发着旺盛的生命力和人性的光辉。老船夫的身体硬朗如同楠木树,在渡船拢岸时他"霍的跃上了岸,拉着铁环"②。天保、傩送两人"结实如小公牛",经过磨炼后"两个人皆结实如老虎,却又和气亲人,不骄惰,不浮华,不依势凌人"③。从这些语句中我们可以看到他们身体健康,皮肤黑黝自然,骨架宽大,肌肉结实。身体在自然中生长得结实如小牛、强壮像老虎,哪怕是瘸了腿的顺顺也是个泅水高手,能下水追鸭子,也能泅水救人。他们是不受"文明"侵染的自然之子,他们的身体是在自然状态下的真正健康并充满旺盛生命力的"婴儿"身体。

《边城》中所呈现的身体世界,是沈从文笔下理想的人生形式,而这种健康的人生形式流露出沈从文对生命的景仰、探索与超越,蕴含着他对故乡人、事、物的依恋,自然写成最富诗情又有韵味的特色小说。所以,"复归于婴儿"中"复归"则体现出沈从文对不被文明所侵染身体的渴望,对充满旺盛生命力与自然人性身体的赞美。

二、《边城》的身体美学形态

在身体与艺术的关系领域中,"身体美学"则是以艺术为核心研究人对自身存在的审美关系的科学。依据审美关系的外观形象性、超越功利性、情感感染性,可以把身体分为物质身体(肉体身体)、符号身体、精神身体三个层次,而这三个身体层次所表现出来的身体美分别是物质身体美、符号身体美与精神身体美,这三种身体美的结合就是最理想的身体整体美。据此,我们可以从物质身体、符号身体、精神身体三个层面去诠释《边城》中的身体美学。

---

① 沈从文:《边城》,载《沈从文全集·8》,第64页。
② 沈从文:《边城》,载《沈从文全集·8》,第63页。
③ 沈从文:《边城》,载《沈从文全集·8》,第72页。

（一）物质身体美

"物质身体，也被称为肉体身体，也就是身体的物质存在。……肉体存在的物质身体毫无疑义地直接与人的实用需要（生理需要，安全需要，归属与爱的需要，尊重需要）密切相关，因此物质身体或肉身身体也就必然与食欲、情欲、自私欲、攻击欲等肉体欲望及其表现密不可分。"[1] 虽然物质身体离不开物质性欲望、要求和渴望，但是，物质身体并不是纯粹的自然物质存在（肉体的存在），而是超越肉体本身存在的"人的存在"。物质身体的美不是表现在肉体存在本身，而是表现在物质身体的延异。因此，《边城》中的物质身体是通过身体的欲望、需求、渴望来展现的。但《边城》中物质身体的欲望、需求、渴望是单纯、美好、自然的，是超越物质身体本身存在的，具有审美性的外观形象，是脱离纵欲主义的审美化身体。

《边城》中的物质身体所表现出来的情欲是自然的，这种情欲本能的流露是身体原始欲望的流露，而身体对情欲的需求亦是生命原始欲望的渴望。在《边城》中，傩送两兄弟都喜欢翠翠，他们直接用语言向老船夫表达自己的喜爱。傩送直白地向老船夫表明："伯伯，你翠翠像个大人了，长得很好看！"[2] 而天保则是在与老船夫谈话时，心直口快地说："翠翠长得真标致，像个观音样子。再过两年，若我有闲空能留在茶峒照料事情，不必像老鸦成天到处飞，我一定每夜到这溪边来为翠翠唱歌。"[3] 作者就是如此简单、直白地用语言表现身体对情感的渴望；身体的原始欲望自然而然地流露。另外，翠翠与二老的爱情是简单的、纯粹的，是情投意合而产生的，这种简单的情欲是物质身体在《边城》中的主要体现。在翠翠与傩送初次见面时，没有露骨的表白，也没有炽热的爱，有的是真、是纯，是一点小误会，有的是翠翠明白自己误会傩送后"心里又吃惊又害羞"。而这种简单、纯真的情欲流露不需要任何附加条件，哪怕傩送没有送过翠翠任何一件礼物，仅仅是在山崖上为翠翠唱了情歌，这都使翠翠在梦中摘了"虎耳草"，感到幸福。哪怕最后"这个人也许永远不会来了，也许明天回来"，翠翠也是坚贞地、无怨无悔地等着。两人虽相爱不能相守，但他们之间的爱情是纯真的、美好的，翠翠爱着傩送，傩送亦深爱着翠翠。

另外，这样纯真的情欲不仅存在于翠翠与傩送之间，而且存在于水手和

---

[1] 张玉能、张弓：《身体与休闲》，《华中师范大学学报（人文社会科学版）》2014年第5期。
[2] 沈从文：《边城》，载《沈从文全集·9》，第99页。
[3] 沈从文：《边城》，载《沈从文全集·9》，第91页。

妓女之间。《边城》中妓女的身体不是为了金钱出卖肉体与灵魂的卑贱的身体。她们被生活所迫，所以才做这行，可她们与水手的真情亦是情欲的自然流露。情感真挚的他们"互相咬着嘴唇咬着颈脖发了誓，约好了'分手后各人皆不许胡闹'"，若水手行船去了，船上的便会想着岸上的那个，同样岸上的也会想着船上的那个，"把自己的心紧紧缚定远远的一个人"①，她们真挚得就算做梦也会梦到心里思念的那个人。这种对爱人的念想，是身体本能流露出的对性爱的渴望，是对生命原始欲望的追求。物质身体所包含的情欲在男女两性间单纯自然地流露，是一种自然和谐的人事关系。有着自然之子的自然生命力与本能情欲的身体，充分地表现出了生活的真与情欲的美。

物质身体的欲望不仅表现在情欲上，还表现在身体对其他物质的需求和渴望上。个人身体对食物的要求，在表面上是个人身体满足食欲的标准和方式，而这种身体对食物的欲望，在很大程度展示了沈从文的人生观念——崇尚自然朴素的欲望与生命。他从不以"健康的欲念"为耻，真实、健康的肉体本身是纯洁纯粹的，其展现的欲望也是自然纯粹的本能欲望。

既然食欲与身体本能欲望联系在一起，那么我们可以通过饮食来了解《边城》中身体的本能欲望。在《边城》中，人们的食物包括春天山上的竹笋，冬天各家晾的青菜或带藤的红薯、栗子、榛子及其他硬壳果，再或者是集市铺子里的"大把的粉条，大缸的红糖"，等等。即使是小饭店"水手职业吃码头饭的人家"做的也都是家常菜，"小饭店门前长案上，常有煎得焦黄的鲤鱼豆腐，身上装饰了红辣椒丝，卧在浅口钵头里"②。这些东西大多是自家有的，而过年过节这几天是必定可以吃肉的。人们对食物的要求简单，不求大鱼大肉，但求温饱健康，就算是船总顺顺的儿子在行船时也一样"吃的是干鱼、辣子、臭酸菜"。简单的饮食，朴素的食欲，流露了身体自然纯粹的欲望本能。另外，作者还通过黄葵花、虎耳草来表现翠翠成熟的身体对爱情、幸福的渴望；用唱迎神歌表现翠翠孤独的身体对热闹的渴望；或用唱歌来表达翠翠贫穷的身体对富裕的渴望，这些物质身体所表现出来的渴望是身体最纯真的渴望。而这些简单直白的身体渴望背后并没有肮脏的欲念，哪怕羡慕有钱人，也仅仅是羡慕，没有想不择手段地得到财富。《边城》中的物质身体是具有超越性的自然身体，展现了沈从文崇尚自然质朴的生命与欲望（食欲、爱欲、物欲）的物质身体。

物质身体与身体的各种欲望、需要、渴望密切相关，因此我们可以通过

---

① 沈从文：《边城》，载《沈从文全集·8》，第70页。
② 沈从文：《边城》，载《沈从文全集·8》，第68—69页。

《边城》中这些自然、朴素的物质需求发现其物质身体是具有超越性的、天生的、依附于肉体的审美性身体，即超越世俗的生命的本然存在，这种物质身体是远离欲望与纵欲的身体。可以说，沈从文通过《边城》中的物质身体表现了最原始的、自然的、共通的人性，以及人性最真切的欲望。

（二）符号身体美

"所谓符号身体是指，作为符号来表征、象征、揭示某种意义的身体；它是人们在物质身体或者肉体身体之上进行的一种审美创造，是人类的符号生产或者话语生产的一种特殊形式，作为其产品的符号身体可以用来表示一个人的种族、民族、地位、身份等差异，是人类身体的一个非常重要的方面。"[1] 符号身体，是通过人类在自身身体上的符号生产（如服饰、妆饰、妆容、发型等）或者话语生产（如音乐等）来表现的，它具有象征意义，能使我们了解身体的社会属性，从而获得审美愉悦。

作为符号身体，服饰自然成为身体不可或缺的一部分，可以说衣服是人的第二身体。衣服的款式、色彩等是一个人的身份、地位、品位等意义的表征。而与服装相属的各种饰物、面妆等同样是象征符号，它们与肉体身体组成一个整体。通过这些身体符号，我们可以了解身体的显存特征，也可以感受由此展现出来的身体美。小说中，去城里的路上"可以见到几个中年妇人，穿了浆洗得极硬的蓝布衣裳，胸前挂有白布扣花围裙"，通过这些普通妇人穿的衣服和衣服外妆饰的扣花围裙，我们可以知道她们的身份并不高。不过，虽是乡下人，她们却不邋遢，她们的衣服浆洗得干净并还配着白布扣花围裙，不说品位多高，最起码是在尽可能的条件下把自己装饰得体，这样的符号身体是乡下纯洁、质朴的妇人表现出来的身体美。而在看龙船那天，团总的妻子"穿了新浆洗得硬朗的蓝布衣服"，女儿"穿了不甚合身的新衣"，"脚下穿的是一双尖头新油过的钉鞋，上面沾污了些黄泥。裤子是那种泛紫的葱绿布做的"，并且"手上还戴得有一副麻花绞的银手镯，闪着白白的亮光"。她们的穿着打扮与一般妇人、姑娘是有区别的，从她们身上的服饰与手上的饰品上看出她们的地位与一般的乡民不一样。即使在同一家族里，团总小姐们的身体妆饰也是有差别的："大姐戴副金簪子，二姐戴副银钏子，只有我三妹没得什么戴，耳朵上长年戴条豆芽菜。"通过身体上的符号生产（服饰、妆饰）与话语的生产（歌声）就能了解到人物的身份及地位。另外，《边城》里"有钱人"的身体一样流露出朴实的本质，贵妇人穿的还是硬朗的蓝布衣服，并

---

[1] 张玉能、张弓：《身体与休闲》，《华中师范大学学报（人文社会科学版）》2014年第5期。

且没有任何首饰；小姐穿的虽是新衣服，却不合身，穿了新鞋却被黄泥玷污了。可以说，通过身体的符号，读者不仅可以了解到人物的身份与地位，还可以看到这些身体的质朴与美好。妓女们除了穿着精致外，还"把眉毛扯得成一条细线，大大的发髻上敷了香味极浓俗的油类"，从身上穿的到脸上描眉，再到头上的发髻都是经过精心装扮的；而这种从服饰、妆容、发型等多方面细致的身体装扮不仅表明她们作为妓女该是如此，而且会使她们的外观更加美丽。因此，我们不仅可以通过服饰、妆容、发型等身体符号了解到人物的身份、地位，还能以此感知身体所表现出来的朴实和美丽。而在《边城》中，"茶峒"作为一个湘西偏远的小城镇又有其独特的身体话语生产——音乐（歌声）。歌声在"茶峒"与身体相互交融，可以说，有人的地方就有歌，有歌的地方就有情。

歌声在《边城》中也是一个重要的身体符号，它与身体相互交融。沈从文在《湘西苗族的艺术》中说："任何一个山中地区，凡是有村落或开垦过的田土地方，有人居住或生产劳作的处所，不论早晚都可听到各种美妙有情的歌声。"① 在《边城》中，身体愉悦时会唱歌、身体闲暇时会唱歌、身体伤感时也会唱歌，另外在男女爱情上也通过唱歌来传达。歌声传达着身体的感受或欲望，而且透过歌声还可以了解到身体当时的存在状态，了解到身体的品位、爱好或当地独有的风俗。在茶峒，人们热衷于用歌声传达情感（快乐、悲伤，等等），如在热闹的端午节，赛龙舟的人们会一边敲着锣鼓，一边齐唱龙舟曲；在迎亲嫁女的喜轿旁，唢呐会热闹地吹奏"娘送女"的曲子；在老船夫撑渡船时，翠翠会用竹子做的竖笛吹着欢乐的曲子，而老船夫便在溪中央快乐地唱着歌；在闲暇时，翠翠也会和爷爷吹着竖笛，唱着小曲，在伤感时，她会"轻轻的哼着巫师十二月里为人还愿迎神的歌玩"，用快乐的歌声冲淡心中的忧伤。因此，歌声可以呈现出身体快乐、悠闲或悲伤的存在状态，可以说身体与歌声自然地融为一体。在美妙的歌声里，身体给予自身或他人音乐性的审美享受，展现了身体的音乐美。

另外，在《边城》里，歌声也是人们表达情爱的方式，这种求爱方式俗称"马路"。每年中秋节有月的夜晚，男女通过歌声来表达对异性的喜欢。翠翠的父母是通过唱歌相爱定情的，翠翠的身体是歌声带来的。同样歌声也给翠翠带来了爱情，天保两兄弟也是通过唱歌来向翠翠求爱的。可以说，歌与爱相融，就连妓女梦到与自己相爱的水手变心，也是"梦里必见男子在桅上向另一方唱歌"。小说中的人物通过这些悦耳的歌声、动人的语言符号来诉说

---

① 沈从文：《湘西苗族的艺术》，载《沈从文全集·31》，第329页。

自己对异性的爱意，如果对方回应了歌声就等同于接受了身体传达的爱意，接受了这个情欲萌动的身体。因此，歌声与身体交融，表现出愉悦的身体美、悠闲的身体美、情欲的身体美，等等。歌声赋予身体自身或他人审美性的感受，使身体处在一个优美的音乐环境中，同时身体又在音乐中展现出身体美。

综上，通过这些身体符号，我们从中可以了解人物的身份、品味或当地的风俗人情等等，以及人物所表现出来的服饰美、妆饰美、发型美、语言美。所以人们可以通过服饰或者其他具有象征、表征意义的身体符号了解身体的自为存在，或者说可以通过身体符号把握身体，感受身体的美。

（三）精神身体美

精神身体不是直接表现的，"所谓精神身体是指，人的身体所显现出来的内在意蕴，一般包括人的肉体身体和符号身体所显现出来的一个人的素质、气质、教养、风度、风格等内在的蕴涵或者'精、气、神'"[1]。因此，《边城》中的身体美同时体现在思想美、情操美、心灵美等内在美上。

"在沈从文看来，人性美在自然，美在人与人关系的和谐，人性是美丽善良的。"[2] 人性应该是善良又充满爱心的。翠翠的身体是《边城》里美的代表。自然给了翠翠一个健康的身体、一颗善良的心；她"从不想到残忍事情，从不发愁，从不动气"，她思想单纯、想法善良，当明白陌生人没有恶意时就放下那瞪人的双眼，从容地玩耍了。这样的翠翠，不仅让我们看到了她的纯真、善良、无心机，还感受到了她的心灵美——心灵上没有沾染一丝尘埃的翠翠在傩送离开后还坚贞地爱着他，在爷爷离开人世后还坚守着渡船。在茶峒，傩送与天保一样值得人们称颂，他们不仅拥有健康的身体，而且拥有优秀的品格。他们"结实如小公牛，能驾船，能泅水，能走长路"，两人彼此相互亲爱，并且性情很好，他们"和气亲人，不骄惰，不浮华，不倚势凌人"，做事脚踏实地，能吃苦耐劳。同样优秀的两人爱上了同一女子，他们既没有手足相残，"也不作兴有'情人奉让'，如大都市懦怯男子爱与仇对面时作出的可笑行为"[3]。为了不让自己的幸福落空，他们选择一起到溪岨唱歌，光明正大地用歌声去争取自己的幸福。可事实是天保没有傩送唱得好，因此天保用自愿退出来成全弟弟的幸福。可以说爱情也没有破坏他们之间的兄弟亲情，喜欢就光明正大地争取，放弃就干净利落地离开，没有钩心斗角、没有刀剑

---

[1] 张玉能、张弓：《身体与休闲》，《华中师范大学学报（人文社会科学版）》2014年第5期。

[2] 高红霞：《论沈从文小说对人性的探究》，《衡阳师范学院学报》2011年第4期。

[3] 沈从文：《边城》，载《沈从文全集·8》，第115页。

相向。这种积极争取、勇敢无私的身体散发着人性的光辉，是身体思想美的具体表现。在《边城》中，不仅翠翠、天保、傩送拥有精神身体美，其他人也拥有自己独特的身体美。

在《边城》中还有这样一些人，他们"重情重义，几乎人人冰清玉洁如处子，个个乐善好施是君子"①。如乐于助人的顺顺、重情重义的杨马兵、尽忠职守的老船夫。这些健康自然的身体不仅充满着生命强力，还散发着人性的光辉。船总顺顺，乐于助人、慷慨大方，喜欢与人结交，并且品格优秀，做人正直和平又不贪财，还常常帮助他人，"故凡因船只失事破产的船家，过路的退伍兵士，游学文墨人，凡到了这个地方，闻名求助的，莫不尽力帮助"②，哪怕说是钱财散去也在所不惜。对于子女，他坚持教导他们正确的人生道理，希望他们为人谦虚、勤劳、勇敢，等等。而兄弟俩也都没有辜负父亲的期望，不仅身体结实、健康，品行也很优秀。"故父子三人在茶峒边境上为人所提及时，人人对这个名姓无不加以一种尊敬。"③ 后来在老船夫过世时，没有任何责任的顺顺还帮忙料理老船夫的身后事，并且还照顾沦为孤儿的翠翠。这样慷慨大方、正直明理、又乐于助人的顺顺，其身体流露出来的侠义气质让我们感受到了属于他的独特的精神身体美。这种充满人性美的身体是生命强力的展露。杨马兵是茶峒的一个普通人。他年轻时曾喜欢过翠翠的母亲，可最后没有获得佳人的芳心，但他并没有与老船夫一家不相往来，反而还同老船夫成了忘年交。他成人之美地替大老说媒，真心实意地向老船夫道喜。即使在大老"坏了"后，他还觉得老船夫为了翠翠好，没有答应婚事是对的，"我赞成你的卓见，不让那小子走车路十分顺手"。在知道翠翠喜欢二老后，又唤住了二老，为老船夫创造机会。在老船夫死后，他无私地陪伴着翠翠、关心着翠翠，用关心和笑语消去翠翠心中的哀伤。比如"翠翠，露水落了，不冷么？"或"很温和地说，'你进屋里睡去吧，不要胡思乱想'"，或说道："翠翠，你放心，一切有我。"杨马兵用他的言语、行为表现着他的重情重义和宽大胸襟，这样的身体是拥有美好人性的典范。老船夫是一个尽忠职守的人：他一辈子尽职尽责地给予过渡人方便，不惧风吹日晒、严寒酷暑，默默做着与外界联系的"一条通道"。他对待子女宽容，在女儿的事情上，他"不加上一个有分量的字眼儿"。他老实本分，做事有自己的原

---

① 洪耀辉：《探寻民族品德的重塑之路——论沈从文的小说创作》，《学术交流》2011年第1期。

② 沈从文：《边城》，载《沈从文全集·8》，第71页。

③ 沈从文：《边城》，载《沈从文全集·8》，第72页。

则，有些过渡的人给他钱他坚决不收，有时退不了的钱，他便换成茶叶和草烟，供过路的人享用。就算是城里人出于敬意，送他东西他也不要，在屠夫不愿意收他的买肉钱时，他则坚持"屠户若不接钱，他却宁可到另外一家去，决不想沾那点便宜"。他不贪图便宜，坚决又委婉地拒绝城里人给的好处。他还是个大方善良的人，如果有人想喝他葫芦里的酒，也从不吝啬，必很快的就把葫芦递过去。老朋友帮他守渡船时，他刚把孙女带到赛龙舟的地方就回来替换老友，好让朋友也去看看热闹。从他身体的一言一行、所作所为都可以看出，他是一个具备优秀品德的人物。其身体行为所表现出来的精神、节气就是人性美，是精神身体流露的身体内在美。

因此，精神身体所表现出来的内在美，是理想的人性美，是真、善、美的结合，是生命美的最高样态，是沈从文对理想生命形式的审美观照，寄托着他对理想身体美的热切期盼。

三、《边城》中身体的出场方式

关于身体，马塞尔莫斯认为："身体是人首要的与最自然的工具。或者，更准确地说，不用说工具，人首要的与最自然的技术对象与技术手段就是他的身体。"[①] 即身体是被文化塑造、影响和训练的载体。同样，在福柯的《规训与惩罚》中，身体的"规训"是核心。而"约束""规戒""纪律"等，总会在人的身体上烙上来自"规训"的印记，即身体作为自然之躯，在生活中必然受到社会环境的各种制约和压抑。

在《边城》中，身体出场方式是一种压抑—反压抑—回归压抑的过程。这种独特的身体展演不仅表现了生命的复杂境遇，还体现了沈从文对身体和生命的深度思考。同时在身体的这种压抑与反抗中，潜隐着身体存在的悲剧。而且沈从文也清楚地知道在现实中冲破压抑的艰难。关于这一认知在沈从文的《看虹录》里也有体现，《看虹录》的第一节与第三节表现的是被现实压抑的身体，第二节讲述了在幻境中释放的身体，即身体摆脱压抑的现状。这也暗示着身体的本然存在只能在非现实的"幻境"中；而这种对于身体压抑的描写，是沈从文对人性被压抑这一事实存在的批判，也折射出他心中理想生命的形态。

（一）压抑

《边城》中身体主要是以本然的形态存在的。而身体的本然存在虽然是生

[①] 马塞尔莫斯：《社会学与人类学》，余碧平译，上海译文出版社2003年版，第306页。

命本真、自由形式的体现,却不能不为现实中各种物质或精神所压抑,如被婚姻观念、道德、性格缺陷、偶然误会等,从而导致人生悲剧。外来的经济文明伴随而来的侵袭掠夺,使得湘西人民逐渐堕落,固有的正直朴素的人情美,几乎消失无余,这些改变激发沈从文对湘西人民命运前途何去何从的关注与思考:

> 我将把这个民族为历史所带走向一个不可知的命运中前进时,一些小人物在变动中的忧患,与由于营养不足所产生的"活下去"以及"怎样活下去"的观念和欲望,来作朴素的叙述。①

《〈边城〉题记》中的这一段文字,饱含沈从文对湘西的一份期盼,它是湘西人性皆善理想境界的呈现,是对湘西自在纯朴、契合自然生活的一种发扬,烛照出湘西文明受外界侵蚀的图景。《边城》叙写了以下四种压抑。

一是受传统婚俗观念的压抑。天保像他父亲一样性格慷慨、豪爽,他开始是通过走"车路",请媒人上门提亲来追求翠翠的,这种方式是汉族人在婚配时的传统做法。在天保的观念里,他认为爷爷能为翠翠的婚事做主,即父母之命。可却被糊里糊涂地拒绝了,他和二老这样说:"老的口上含李子,说不明白。"后来得知弟弟也喜欢翠翠时,他同意与弟弟斗歌,给弟弟公平竞争的机会,但最终失败了。在老船夫认为歌是他唱的时候,他便对老船夫有所怨言:"鬼知道那老人家存心是要把孙女儿嫁个会唱歌的水手,还是预备规规矩矩嫁个人!"② 在天保看来老船夫是可以为翠翠的婚事做主的;另外他还觉得嫁给会唱歌的水手,就不算是规规矩矩的了。可见天保在追求爱情的过程中受到亲情、传统婚俗观念的束缚,使这个勇敢、豪爽的汉子没有求得自己心爱的姑娘,甚至失去了生命。可以说这种身体是在历史规训或偶然误会下形成的人生悲剧。

二是受传统道德的压抑。傩送不能坦然面对大哥的死,过不了自己心里的那关的同时又不知如何去面对乡邻的眼光,在他看来大哥的死是他间接造成的,同时与翠翠和她爷爷也有一定关系,若他与翠翠成亲,便是对不起哥哥。开始说好的是公平竞争,如今却只留下他一个,这样的结果使他有了心结,如解不开这个结,他也不会和翠翠在一起。而父亲又一直希望他选择"碾坊",父母之命的传统道德也使他备受压抑。

---

① 沈从文:《〈边城〉题记》,载《从文自传》,北京十月文艺出版社 2008 年版,第 252 页。
② 沈从文:《边城》,载《沈从文全集·8》,第 116 页。

三是受到性格缺陷的束缚。自然长养下的翠翠天真活泼、美丽善良，但骨子里却含蓄、羞涩。她因从小失去母亲而缺乏母爱，这养成了她胆小怕事、依赖爷爷的习惯。正是这种性格上的不足，让她错过了二老的爱。她喜欢二老，却把这份喜欢默默放在心里，致使爷爷在为她婚事操心时错点了鸳鸯谱：当老船夫问翠翠对于大老提亲的想法时，翠翠没有表明自己的心意，而是"有点不好意思，低下头去剥豌豆"，老船夫再问她时却脸和脖颈都红了，这致命的含蓄导致了老船夫的误会，等老船夫知道翠翠与傩送相恋时，一切都变得不可控。时间已悄然流逝，发生的不幸也成为定局，最后以一死一走的悲剧阻滞了这段爱情。假如翠翠能直白、勇敢地说出对傩送的爱，或许三个人就不会如此纠结，也不会落得个天保死、傩送走的结果。这样的悲剧结果可以说与老船夫有莫大的关系。老船夫极为疼爱翠翠，他把所有的爱都给了翠翠，宠着她，护着她，哪怕是在临死前唯一担心的还是她。为了避免翠翠重蹈她母亲的覆辙，他全心全意为翠翠的婚事操心，但他在慎重的选择中，不仅模糊了翠翠的意愿，还使大老两兄弟产生了误会。大老说："老的口上含李子，说不明白。"傩送说："只是老家伙为人弯弯曲曲的，不利索。"误解像一座大山阻隔了两家的正常交流。就这样，原本朦胧的爱情难以继续。老船夫犹疑、拖沓的性格也是导致这个爱情悲剧的重要原因之一。

四是偶然误会下的悲剧爱情。这段恋情存在太多误会、偶然。老船夫想为翠翠的幸福铺好路，可越是如此翠翠越看不到幸福的方向，她与二老的爱情也越迷茫。哪怕是重病，老船夫也想为翠翠的幸福努力，最后被顺顺回道："我以为我们只应当谈点自己分上的事情，不适宜于想那些年轻人的门路了。"① 在他所有的努力变为徒劳后，他在一个暴风雨之夜永远地离开了人世。而二老在向翠翠表明情感时，翠翠却刚好睡着了，没有听到他的歌声。在大老退出后二老有机会与翠翠在一起时，大老又死了。哪怕是最后，翠翠也因外出错过了与傩送见面的机会，而这一别或许是永远。所以，这段爱情中充满了偶然误会和太多不可抗力。这所有的偶然误会，注定了相爱却不能相守的爱情悲剧。这种"偶然"，似乎暗示着人生命运悲剧的必然性，"偶然"与"必然"的交织导致爱情悲剧的发生。沈从文敏锐地感觉到了生命中的这种偶然性与随机性，通过身体"偶然"的遭遇，体现人生命运的人力不可控制的"宿命论"。

压抑的身体在经过悲伤、痛苦、难过等一系列波澜后，依然生活在"熟

---

① 沈从文：《边城》，载《沈从文全集·8》，第144页。

悉""平静"的环境中；哪怕心里已经不平静了，可还是"正常"地活着。接受着生命中一切压抑身体的因素，或"规律"，或"偶然"，或"命运"；不可否认的是身体被压抑的悲剧是生命本身的悲剧，是在环境中顺其自然产生的人生悲剧。

（二）反压抑

如果被压抑的身体是精神上丧失了"自我"与"主体性"，那么反抗的身体则是努力挣脱环境与风俗的约束，以一种新的生存姿态呈现于新的生活环境中。虽然身体反抗意识往往带有浓厚的悲剧色彩，但不可否认的是，这种反抗是不被道德所束缚的，不因生命完结而停止，是对"命运""偶然"的反抗，既是对生命尊严的捍卫，对苦难人生的跨越，也是对生活中理所当然发生的一切最激烈的反抗——对生命自由的向往，是身体在自由精神的感召下发出的反抗的最强音，是小说中反压抑的终极体现。

《边城》中天保与傩送均拥有慷慨、包容、坦率、珍惜手足之情的高贵人性。天保喜欢翠翠，但在走"车路"提亲失败。走"马路"唱歌又比不上弟弟傩送后，他最终选择远离故土去外滩。离开伤心地、挣脱身体的悲伤，这种远离可以说是他对自己遭遇的一种反抗。他渴望摆脱因这段爱情带给心灵的创伤、摆脱这种身体被压抑的现状、开辟一条远离痛苦的新途。而傩送的表白方式刚好与天保相反，他选择走"马路"，即通过唱歌的方式来向翠翠表达爱意，而这种方式是苗族青年男女自由恋爱成婚的风俗。傩送这种选择走"马路"追求自由婚姻的行为，是对父母之命媒妁之言的一种反抗。

而翠翠又通过什么方式摆脱压抑呢？随着翠翠逐渐长大，在山歌中脸红的身体、被爱情困扰的身体、悲伤的身体、渐趋成熟的身体开始知道情歌里的缠绵，有时翠翠会"采一把野花缚在头上，独自装扮成新娘"，或是看到花轿上晃动的流苏时，心也会随之晃动，等等。她的身体慢慢懂得爱，也开始渴望爱。可在她与二老的这段感情中，她没有找到倾诉、分享、解答内心困惑和疑虑的对象，没有母亲的她对爱已经萌发了一种朦胧的意识。可是老船夫不仅忙于渡船，还理解不了她，这种种都使她感到凄凉和寂寞。她强烈地想要摆脱这种日子，她通过幻想出逃来摆脱这种压抑，可是在想到老船夫找不到她着急的模样时，又担忧起来，为她有这种念头而自责。虽然她知道这"平静"的生活存在问题，她迫切地想要打破这种现状，但苦于没有办法，找不到出路，她只能在梦里摆脱压抑。

在二老给她唱歌的那晚梦中，她摆脱了身体所有的压抑，得到了幸福："梦中灵魂为一种美妙歌声浮起来了，仿佛轻轻的各处飘着，上了白塔，下了菜园，到了船上，又复飞窜过悬崖半腰——去作什么呢？摘虎耳草！"① 歌声原本只是一种听觉，沈从文运用移觉手法，让翠翠的身体乘着歌声"浮"起来，还可以到处飘移，飘到自己熟悉的地方，以及不容易到达的地方，这种把听觉转移到触觉感官上的写作手法，造成歌声与景色相互交融，完成超尘无极的美感体验。因此，"梦"不仅是对现实生活中身体被压抑的承认，也是身体反抗的表现。这种反抗是对生命自由的向往，是在自由精神的感召下身体发出的最强音。同时，像梦中这种超脱世俗束缚的身体，或生命理想的存在状态，在现实中是不可能呈现的，这一理想状态又只可在"抽象"与"幻境"中取得，这也说明了现实对身体的压抑是不可避免的。我们不能否认身体被压抑的痛苦，但这种幻境的营造却是身体期待的想象空间，是身体对理想生活的向往。所以翠翠的"梦"就是她生命最理想的形式、是身体最好的归宿，以及身体反压抑的主要方式。

另外，小说中白塔坍塌、渡船被水冲走、家园被摧毁，都展现出激烈的反压抑思想。"白塔"是这个边远小城镇文明的象征，它隐喻茶峒人的生活环境、风俗习惯，寓意他们"平静"的生活，是他们的精神寄托；而"渡船"是茶峒与外界联系的通道，"平静"生活与外界的接口，是翠翠和爷爷一辈子的坚守。在故事的尾声，翠翠的爱情经历了所有的变故、误会、痛苦、纠结后，这"平静"的日子依然没有改变。最终白塔塌、渡船没、家园毁、爷爷死，这些悲剧接二连三地出现，不仅打破了茶峒人的"平静""安然"的生活，还严重冲击了翠翠看似"和谐"的内心世界。

（三）回归压抑

回归压抑是压抑的身体经过"挣扎""斗争""反抗"，想要打破这种压抑却又没有途径突破后，身体又回归"平衡的状态"。即身体在经过强烈的反压抑失败后，"重新得到平衡"，还原到被社会秩序所接受的状态，即被压抑的状态。

《边城》中天保没有得到翠翠的青睐，为了摆脱爱情带给身体的忧伤，打破这种压抑，他选择离开茶峒去外滩，可最终却违背不了天意，"坏"在了河里。身体最终没有摆脱命运的安排，没有突破压抑。

傩送喜欢翠翠，但因传统道德、道义的压抑，在父母问他是否愿意接受"碾坊"时，他质问父亲："爸爸，你以为这事为你，家中多座碾坊多个人，你可以快活，你就答应了。"② 他心里喜欢翠翠，最终却没有和翠翠在一起，

---

① 沈从文：《边城》，载《沈从文全集·8》，第122页。
② 沈从文：《边城》，载《沈从文全集·8》，第139页。

他选择继续行船，过着和以前一样的生活。傩送最终还是在历史的规训下，或者道德、亲情的束缚下，松懈了、妥协了，离开了家，没有和翠翠在一起。身体重新回归"平静"，再一次被压抑。

身体回归压抑，最集中体现在翠翠与二老的爱情中。她爱二老，二老也爱她，而且在茶峒也允许青年男女自由恋爱。如此简单的爱情，最终却走向悲剧。可以说，在这段爱情中，翠翠的身体经历了一系列的压抑：天保的死，傩送的离开，爷爷的死，等等。被压抑的身体经历了长时间的悲伤、痛苦、挣扎，可最终在爷爷死后，翠翠的身体又回归了"平静"：还是过着同从前一样"熟悉"的日子，只是爷爷换成了杨马兵，就像祖父变成了伯父一样，而守渡船的也变成了翠翠；虽然有时想起祖父感到心酸、凄凉，"但这分凄凉日子过久一点，也就渐渐淡薄些了"①。日子又回归"平静"，黄昏时听着杨马兵诉说着自己父母的旧事或爷爷生前一切事情。所以在小说的结尾，翠翠因爱躁动的身体、染上情欲的身体、悲伤的身体、梦中得到幸福的身体都回归了"平静"，回归到环境所"熟悉"的身体。并且"到了冬天，那个圮坍了的白塔，又重新修好了"②，所有人的生活也再次回到了最开始状态，身体回到所"熟悉"的环境中，重新得到社会秩序的承认，恢复到"平衡"的状态。

沈从文以轻柔写意的笔调，道出湘西淳厚的民风，并写出自己对湘西的温爱。《边城》使他在文学上获得极高的赞誉，他却因情绪及理念不被理解而耿耿于怀。《边城》中展现了一个远离城市污染的乡村，他们民风淳朴，过着自然平静的日子，可这种平静的乡村生活中却隐含了悲剧，而这种悲剧总是以不同形式存在，永不消失。这些隐含的悲剧表达了沈从文对湘西下层人民既不能把握命运，又继承悲凉人生命运的感叹。这是沈从文对乡村生活的独特认识，在他笔下充满诗意的乡村生活里，既有对现实社会的反思与批判，又暗含了深深的惋惜与悲伤。《边城》是沈从文1934年重返家乡后在家乡已经改变的背景下仍抱有怀旧美梦而写的诗化小说。现实的湘西与记忆中的湘西之间的巨大割裂，是沈从文日后创作乡土题材未能再有佳构的一大主因，他已经梦醒，残存的故乡记忆也因都市生涯逐渐改变了影像，使他在湘西梦幻形式的创作道路上停滞不前。《长河》展现了政治革命、内战、现代经济形式，以及"新生活运动"等"现代"事物纷纷进入湘西后，对湘西乡土社会所造成的冲击和影响，让他对现实湘西世界手足无措，再加上都市阅历和经验不断累积，从而使《长河》成为未竟之作，令人叹惋。

---

① 沈从文：《边城》，载《沈从文全集·8》，第150页。
② 沈从文：《边城》，载《沈从文全集·8》，第152页。

综上所述，《边城》中的身体是自然的、健康的、优美的，这样的身体闪耀着神性之光。但在这自然美好的"边城"世界里，潜隐着对原始生存模式的怀疑与忧虑，可以说无奈的命运感贯穿着小说始终。悲剧的具体起因似乎是一连串的误解，在这误解中又表现了"茶峒"人的生命观，即自然中发生的一切都是天意，人应该顺应自然的安排。而在这种无条件地接受一切、顺应"天意"的态度，却暗含着身体存在的问题，即身体在精神上缺乏自我意识与反抗意识。另外，这种顺应一切的态度也暗含着身体被压抑的事实。从中我们可以感受到沈从文对"边城"的担忧和迷茫：这种理想的田园牧歌生活，或多或少地受到现代文明的动摇，如"碾坊"就是现代文明的代表，翠翠受到"碾坊"的压迫，而顺顺将看龙舟的好位置让给团总的女儿，透露出"碾坊"对顺顺的吸引，还有，在别人眼里不要"碾坊"要"渡船"就是傻子，更见得金钱的侵染。文中最后一句"这个人也许永远不会来了，也许明天回来"，明显表现了沈从文的隐忧和困惑：当面对外面世界的灯红酒绿、繁华热闹，谁也不知道傩送会不会被外面吸引，不再回来，或是回来了却已经被"文明"浸染。但是，不可否认的是，《边城》呈现了人性美的身体典范，而在现实生活中，这份美也终将作为典范而长存。

延伸阅读

1. 王娴：《"吊诡"作为方法：从〈边城〉看沈从文的乌托邦书写策略》，载《民族文学研究》2023年第2期。悬置在《边城》内部的多重吊诡关系，看似乌托邦话语逻辑上的破绽，实则对湘西世界"乌托邦与否"起了隐蔽的决定性作用。吊诡之于沈从文的乌托邦书写，不仅构成了具有颠覆性方法论意义的关键概念，同时体现了"牧歌式文体"背后乌托邦叙事的丰富性和复杂性，表明湘西世界早已溢出桃源式古典乌托邦的常规。

2. 文贵良：《"文字德性"与"人性谐调"——论〈边城〉的汉语诗学》，载《中国现代文学研究丛刊》2021年第11期。尽"文字德性"以显"人性谐调"，可视为《边城》的诗学肌理。具体说来，文白结合、以白为主的现代书面白话，呈现出边城茶峒安静纯朴的境界。沈从文以叙事者的身份介入叙事，以"人事—人生"为中心的议论，将边城人们的"人事"转化对"人生"的思考，彰显其生命的意义，升华人性之光。而"处"字结构和替代法的结合，化虚为实，将叙事和议论扎入实有的状态，从而使得叙事和议论不离人物的生命形式。

3. 段从学：《〈边城〉：古代性的"人生形式"与现代性的错位阐释》，载

《福建论坛（人文社会科学版）》2021年第3期。《边城》对湘西世界"人生形式"的担忧，一直没有得到准确的关注和思考。按照"现代文学"理想的"文学形式"塑造的翠翠，遮蔽了老祖父的存在，导致我们忽略了后者才是理想的湘西世界及其"人生形式"的化身。把小说的主角还原为老祖父，不仅可以澄清沈从文理想"人生形式"的古代性内涵，也可以从中观察"现代文学"的现代性是如何扭曲了我们的阅读和理解的自我反思。

4. 陈茜：《沈从文〈边城〉中的"音景"探析》，载《江西社会科学》2020年第6期。沈从文是一个从部落中走出的作家，他尝试"用人心人事作曲"的方式进行文本创作。他小说中有些音景直接与人事相连，它不仅表现人事，传达意义，还推动情节的发展。同时，音景又具有象征意义，看似平常的音景，体现了作者对现实的思考。

思考题

1. 试比较《边城》与现代乡土小说的异同。
2. 试析《边城》中的道家思想。

（胡志明　王旖　执笔）

第3讲　丁玲小说中的自恋镜像与主体性探寻

"自恋"一词源于古希腊神话,指过分地关心自己的完美状态的一种心理。五四时期张扬个性解放,引发知识分子对于中国女性身份和地位的关注。丁玲接受过五四思想的洗礼,其作品充斥着独特的女性话语色彩,往往与女性自我、肉体、灵魂等联系在一起,表现出了强烈的自恋倾向。丁玲的过往经历及个人气质与小说有着紧密的联系,她早期的自恋倾向投射在个人化的写作中,使小说中的女性散发着光辉,带有强烈的英雄主义色彩,但"自恋"本身所具的破碎感,给小说蒙上一层感伤的基调。

一、自恋形象的归化与异化

丁玲小说中人物形象是展现自恋倾向的最佳窗口,自恋型的角色往往自我幽闭,渴望被爱却又漠视外部世界,体现为自我凝视、自我规训、自我毁灭三种状态。

（一）孤独中的自我凝视

自恋常常表现为镜像之恋,镜像与女性形象有着不可分割的关系,其中自我探索与自我认知是镜像的重要功能,自我迷恋与自我鉴赏则是镜像的另一种功能。拉康认为自恋是一种主体迷惑状态的呈现,"以自身的身体作为爱的对象的爱情方式"[①]。这就牵涉到一件不可或缺的物品——"镜子",女性面对镜子,会有一种自我陶醉感,她们从镜子里认识自己,以此建立一个新的自我。《梦珂》中就有对镜自视的描写:

> 梦珂从小板床上起来,轻轻一跳站在桌子旁边,温温柔柔的去梳理鬓边的短发,从镜中望见自己的柔软的指尖,又拿来在胸前抚摩着,玩弄着。这时她被一种希望牵引着,忘了日间所感得的不快。她又向镜里投去一个妩媚的眼光,一种佚情的微笑,然后开始独自表演了。这表演

---

① 福原泰平:《拉康:镜像阶段》,王小峰等译,河北教育出版社2002年版,第57页。

并没有一个故事或背景,只是一人坐在桌子前向八寸高的一面镜子做着许多不同的表情。①

梦珂把对镜自视当成了一场表演,不知不觉中把内心的形态外化成了表演的姿态,在这场独演中,她带着浓烈的自怜气息,通过"身体姿态、身体运动以及各种各样的身体扮演建构了一个不变的社会性别化自我幻象"②。梦珂摆脱了他者的凝视,通过女性独有的体验构建了自我新形象。从本质上讲,女性对镜子的迷恋正是对身体自恋的延伸,镜子里的自己并不是真正的自己,是一个从父权制的扭曲中解脱出来的自己,是想象中真实的自己。

弗洛伊德指出,自恋之人往往喜欢自我玩弄,自我欣赏,使心理达到满足的状态。达到心理上的满足之后,自恋之人便会出现性倒错的情况,同性恋可谓是自恋的一种变体,通过欣赏另一个和自己属性相近的个体来满足自己,彼此互相欣赏、依恋。《暑假中》中塑造了几位青年女教师都反对肉欲横流的现实社会对于女性的压抑,在长期互相照顾的生活中,彼此的感情在不断变化。表面上,她们只是同事或者朋友,但是春芝、承淑等人在学校时整天忙于亲吻和拥抱;玉子和娟娟在床上用力地拥抱着,然后肆无忌惮地亲吻起来。《暑假中》这种同性之间的爱情关系,展现了女性对于自我价值的体认。

(二)"他恋"中的自我规训

除了孤独中的自我凝视和同性恋现象能展现主人公的自恋状态外,"他恋"中的自我独立也能充分显现其自恋倾向。用"力比多"来分析"自恋"现象,自我和客体力比多是相互依恋、此起彼落的关系,当"客体力比多"遭遇挫折,就会迅速地转向投入"自我力比多";当自我力比多高于客体力比多,自恋就生成了。梦珂与莎菲最终的选择就符合"自我力比多"高于"客体力比多"的状态。

梦珂起初对表哥晓淞有着真诚的爱意,后来发现自己心心念念的表哥和风流的章太太在一起,她的心如刀绞般剧痛,"竟甘心搂抱那样一个娼妓似的女人时,简直象连自己也受到侮辱"③。最后她发现身边的男性都有着卑劣的灵魂,彻底失望了的她选择离开。莎菲对于爱情有着极度病态的渴求,是一个"恋爱至上主义者",她痴迷于凌吉士这个貌美的侨生:"我要占有他,我

---

① 丁玲:《梦珂》,载《丁玲选集》(第二卷),四川人民出版社1984年版,第41页。

② 朱迪斯·巴特勒、刁俊春:《表演性行为与性别建构——关于现象学和女性主义理论》,《新美术》2013年第6期。

③ 丁玲:《梦珂》,载《丁玲选集》(第二卷),第34页。

要他无条件的献上他的心，跪着求我赐给他的吻呢。"① 她使尽浑身解数，主动接近凌吉士，在与这位美男子多次交往过后，她发现凌吉士美丽且高雅的皮囊下掩藏着肮脏的灵魂，而她追求的是灵肉结合的爱情，最终莎菲"用力推开"了凌吉士，拒绝了色的沉沦。

对于自我意识与个人爱情的关系处理，梦珂与莎菲做到了自我与爱情和平共处，甚至自我感受远远超于爱情带来的独特感受，这样的行为和观念在那个时代是十分大胆的，过往的爱情生活中，女性往往处于附属地位，而对于梦珂、莎菲，要先有了自身的愉悦，才能有二人共同的愉悦。丁玲的作品，以塑造女性角色为主，从女性视角要求理想的"爱"，展示了一个"他恋"中的独立自我形象。

（三）绝境中的自我毁灭

自恋者不同于普通人，他们往往把出走、死亡作为人生的慰藉。对于自恋者来说，最大的痛苦就是对自己不满，从而导致精神上的创伤，甚至产生对死亡的渴求。丁玲小说中的角色，往往先处于自我怜悯之中，再自我封闭，最后在悄无声息中走向毁灭。梦珂、莎菲与阿毛姑娘三位女性的自我毁灭是由内心世界和现实社会的矛盾引起的，她们以自我毁灭的方式来减轻痛苦，寻求心灵上的慰藉。

自恋者遭受了现实社会的挫折后，渐渐演变成了自我救赎的逃离者。梦珂逃离令她不满的学校后，又陷入了苦闷的爱的陷阱，离开家过独立生活时，生存的痛苦又逼近她。"她本是为了不愿再见那些虚伪的人儿才离开那所住屋，但她便走上光明的大道了吗？她是直向地狱的深渊坠去。"② 梦柯的演员生涯让她受尽屈辱，最终走向了自我的沉沦。尽管蕴姊和朋友们都十分爱惜莎菲，但她永远处于不被理解的孤独寂寞中，爱情破灭后，她也产生了"悄悄地死去"的念头，最终她搭车南下远离一切。梦珂与莎菲都渴望超越自己，但又发现自己深陷空虚和绝望，逐渐变得沉默寡言，不能轻易地向别人表达自己的情感，因为她们感知的外部世界并不称心如意。在《阿毛姑娘》中，作者的创作视野由城市转到乡村，乡下姑娘阿毛面对城市中种种诱惑，开始寻求女性解放的出路，她敢于质疑传统旧社会的陈规旧范，敢于与不公的命运做斗争，经历了重重失望后，她的理想最终破灭，心理失衡的她以吞食火

---

① 丁玲:《梦珂》，载《丁玲选集》（第二卷），第58页。
② 丁玲:《梦珂》，载《丁玲选集》（第二卷），第37页。

柴这种残忍的方式结束了年轻的生命，这是她做出的最后一次激愤的抗争。可以说，阿毛姑娘是比莎菲女士更强硬的叛逆者。

二、自恋情结的建构与消解

（一）叙事色彩个人化

叙事色彩个人化是相对于宏大的历史叙事来说的，是作者表达自我、张扬个性的一种表现形式，也是作者在自我表现或自我治愈中寻求慰藉的途径，无论自我表现还是自我治疗，最终目的都是为了发现自我和认同自我，其作品多以个人的声音表达"我"的苦闷。文学创作并非孤立的，"文本的意义同文本产生的历史语境有关"[1]。五四时期倡导"人"的解放，呼吁保护"人"的尊严。丁玲塑造了许许多多的女性形象，尽管她们的出身、职业和成长的环境各不相同，但是她们都反对封建礼教，厌恶黑暗的社会，向往着光明未来，她们的成长与五四精神有着千丝万缕的联系。

丁玲早期小说中，经常出现女学生这一类的角色，她们往往有着居于大城市的苦闷情绪，最典型的是《莎菲女士的日记》。在该小说中，"我"是频繁出现的叙述人，"我"是美丽的、高贵的、不同于平凡普通人的。女主角毫不畏惧地自恋地审视自己，是一种特殊的女性回归自己的方式。《梦珂》中，我们能从年轻的梦珂身上看到作者的影子——丁玲本人在十八岁时赴上海求学，她对当演员也有兴趣。

吉登斯谈到自传在女性写作中的作用时，认为："（自传小说）事实上在现代社会生活中都处在自我认同的核心。"[2] 作者把自己的情感体验、价值取向、心理愿望和价值诉求都用自传的方式表达出来，使自恋和自我认同相互交融。自传体小说里的主人公并不全部等同于作家本人，但是我们看到小说里的种种，颇能从侧面显示出作家处处隐藏着的自我。"这便是丁玲作为一种独立的女性写作身份与女性叙述视点的统一。"[3]

（二）心理探寻隐秘化

荣格指出："心理学作为对心理过程的研究，也可以被用来研究文学，因

---

[1] 张京媛：《当代女性主义文学批评》，北京大学出版社1992年版，第6页。
[2] 吉登斯：《现代性与自我认同》，赵旭东等译，生活·读书·新知三联书店1998年版，第87页。
[3] 刘思谦：《丁玲与左翼文学》，《西南民族大学学报（人文社科版）》2006年第11期。

为人的心理是一切科学和艺术赖以产生的母体。"① 小说里涉及的空间、人物、记忆，都是作家心理意识的产物，每篇小说都渗透着作家在不同阶段的心理状态，可以说是作家的心理自传。

探寻心理的隐秘不是轻而易举的，这非常考验作家的观察与分析能力。丁玲不借助对话、肖像描写等手段间接表现情绪，而是长驱直入到灵魂的深处，直接展现人物的心灵。如《莎菲女士的日记》中："我把他什么细小处都审视遍了，我觉得都有我嘴唇放上去的需要。"② "我决心让那高小子来尝一尝我的不柔顺，不近情理的倨傲和侮弄。"③ "他今天会来吗？什么时候呢，早晨，过午，晚上？"④ 从莎菲坦率的表露中，丁玲紧紧抓住了莎菲的情绪起伏，并展现出她迷乱的心跌宕起伏、瞬息万变。

自恋的人往往会被困于自己狭窄的社交圈中，谈论自己的生命经验和个人隐私，他们最喜欢分析和展示自己，认为写作是体现自我存在的方式。《自杀日记》充满了主人公伊萨的复杂情绪，她将自己的人生经历和自己的内心世界细致地展现出来，这种写作手法不仅使人物形象更加丰满，同时也让读者对这个时代的女性产生了更多的关注。丁玲小说中的心理描写也经历了从大胆地"表白"到默默地"隐藏"，这种"隐藏"与作家创作的成熟具有一定的必然性，但她始终对女性的自尊与个性都有某种程度的重视。

丁玲小说心理描写具有深刻性，在于它不但具有鲜明的"五四"反封建时期的精神风貌，而且扎根于现实，与时俱进，深刻地显示出新时代女性自恋的状态、自我独立的情态、走向自我毁灭的心路历程。作为一名女作家，她对中国妇女的苦难有深入的了解，她在小说中真实地展示了女性的自觉和为成为一个真正平等的"人"而奋斗的精神。

（三）身体书写异质化

自恋理论伴随着西方女性主义理论出现，女作家为了在这个复杂的社会里寻找自己，对自己的身体着迷。身体是文学的一个重要书写对象，过往的男作家以书写女性的身体来满足他们的掌控欲，而女作家受到传统文化的约束，往往避免对身体表露太多，身体书写便慢慢地与文学创作疏远。女性身体书写被西方的女权主义者们提出，她们认为只有女性主动书写自己的身体，

---

① 荣格：《心理学与文学》，冯川、苏克译，生活·读书·新知三联书店1987年版，第124页。
② 丁玲：《莎菲女士的日记》，载《丁玲选集》（第二卷），第56页。
③ 丁玲：《莎菲女士的日记》，载《丁玲选集》（第二卷），第73页。
④ 丁玲：《莎菲女士的日记》，载《丁玲选集》（第二卷），第72页。

才能夺得男权社会下的女性话语。"（身体）不再只是一种形而下的无言之躯，而是承担着各种意义的文化载体，铭刻着各种意识、欲望的留痕。"[①] 女性写作擅长于把精神和肉体世界交织在一起，以女性敏感的身体为介质来感受世界，使女性的个人体验成为一个独立的世界。

丁玲的小说呈现了一个充满女性隐私和欲望的世界，强调女性的形体、欲望、感受与想象，女人们在这世界里尽情地展示自己的身体，爱抚着自己，欣赏着自己。丁玲笔下的女人们通过对肉体的探索得到精神上的归属感。《梦珂》中就有大量的女性身体描述，但其中的女性身体书写，是在男性"看"与女性"被看"的状态之中的。当学校的男教授试图侮辱"被看"的女模特时，梦珂挺身而出但随后陷入校园舆论的漩涡，当"被看"的女性在故事发展中转化成梦柯的时候，不管是晓淞还是澹明，小说中的男性都在或明处或暗处窥看着梦珂的身体。《莎菲女士的日记》中也有大量的身体书写，身体可以说是莎菲等知识青年反对封建压迫、追求自由的武器。以前，女人的身体是男人的附属品，在男人的天空之下，妇女的躯体被遮蔽、被丑化、被"看"，成了男性发泄欲望的对象，而作家通过莎菲打破过往固有观念，为女性身体书写开辟了道路，女性可以表现出自己身体的欲望，甚至可以"玩弄男性的身体"，并享受情欲。"性"已不只是男人的一种权利，莎菲主宰了自己的身体，她满足了身体本能的欲望，解放了被压抑的灵魂。

三、自恋情态的冲突与融合

（一）良性的自恋意识

弗洛姆认为："假如自恋是良性的而且不超过一定限度，它便是一种必要的和有价值的倾向。"[②] 丁玲的小说就体现出一种良性的自恋意识，它把自我表现得富有生命且激情洋溢。丁玲在创作中表现个人命运、反思社会变迁的重要人物类型是具有叛逆性的青年女性，如她早期塑造的梦珂、莎菲与阿毛。这种创作观念与丁玲的身上流淌的个性解放的血脉有关，她一直是女性的代言人。

在中国封建文化中，自主决策是男人的特权，"男尊女卑"的观念和女性自身所受的束缚，使女性获得真正的自由更加困难。然而，妇女们在自我身份的追求方面，脚步并未停下。莎菲最可贵之处就是她不回避与男人的交往，

---

① 胡志明：《凝视与想象：鲁迅小说身体诗学论》，上海交通大学出版社2022年版，第1页。

② 弗洛姆：《恶的本性》，薛东译，中国妇女出版社1989年版，第75页。

也不回避自己身体本能的欲望，她在与形形色色的男人的交往之中去把握切合自己理想状态的爱情。丁玲以莎菲的视角来打量这个世界，打量在她身边出现的男性，直白地表达女性心中最为理想的爱情欲求。莎菲嘲笑云霖与毓芳不敢拥抱、不敢赤裸的爱情，她对性的强烈渴求，是对封建禁欲论的一种挑战，也是五四女性追求自由恋爱和婚姻自主的最直接的渴望。

读者们经常将丁玲小说中的主人公同生活中的丁玲联系起来，我们可以把这些极端身体化和情绪化的主人公，看作现代"个人"的存在形态。丁玲小说中的女性，不是圣母，不是大家闺秀，也不是打上旧时代烙印的小女人，而是勇于大胆追求与尝试新的生活方式的时代新女性。即使在时代的风云下，她们十分迷惘，但是心中往往亮着一盏明灯，莎菲们生发出的自我意识带着时代超越性，英雄色彩与自恋倾向融为一体。

（二）高扬的感伤情调

大革命的失利，极大地冲击了中国的社会，许多先进知识分子无法接受理想破灭的现实。对当时的青年作家来说，他们的青春热情已经超越了理智的限制，迫切地想要寻找一种方式来表现自己，国家民族的挫折与个人成长中的挫折纠缠在一起，其作品也呈现出感伤的情调。

丁玲小说中的自恋者，正是新思潮之下、新世界之中、新生活秩序之内觉醒了的孤独个体，被困于新旧文化交替中，他们常常与负面的事物发生冲突，感觉自己痛苦和无助，在不同的小说中，冲突也不相同：在《梦珂》中是现实困境与理想状态的差别，在《莎菲女士的日记》中则是理智和感情的矛盾纠葛，《阿毛姑娘》中是幸福的希望和不可能实现的失望间的冲突，小说中的主人公阶级和境况不同，但是性格气质、行为方式及最终结局都有一定的相似性——她们都积极追求美好的理想，最终都走向悲剧命运。梦珂洁身自好，却同画室女模特的处境一样，不管是在姑姑家还是戏场里，都成了被男性"看"的主体。莎菲这个"恋爱主义者"追求的完美恋爱是虚无的，她在凌吉士漂亮的外表和卑鄙的心灵中苦苦挣扎，最终却什么都没抓住。阿毛追求心中的幸福生活，却发现幸福是不可追求的虚无之物。青年人的成长会让人感受到人生的磨砺，从而产生一种锋利的疼痛，带给人一种挥之不去的忧伤。莎菲是一位性爱方面有着矛盾心态的年轻女性，她的性爱行为表现了一代知识分子对女性自尊和女性价值的坚持。她代表着当时社会的进步力量，然而在强大的社会压力面前，她却连去实践、去行动的机会都没有就失败了。在小说中，丁玲没有给莎菲指出正确的出路——莎菲沉浸在感伤的情绪中，同时还伴随着沉重感和命运的苦难感。《阿毛姑娘》里，阿毛姑娘从与世隔绝的乡下来到繁华的都市，她努力地想要生活得更好，可是她却发现，富人们的生活并不快乐，最终她知道了这个世界没有快乐和痛苦之分，所以她选择了自杀。这篇小说体现了作家对人生存在和人生意义的反思。而《自杀日记》中，女主人公伊萨是一个苦闷感伤的文学青年，她对一切事物和人都没有任何留恋，决心死掉，却没有自杀的勇气，只好不断拖延死期和寻找没有痛感的自杀方式。

五四运动后，科学民主的主张不但没有得到落实，反而被更加强势的独裁统治和迷信所压制，这是"感伤"生成的客观原因。进步女青年们都"在黑暗中"，被无边的黑暗包围着，她们没有强大的思想武器去反抗，只能在空虚无聊的生活中彷徨。"感伤"的主观原因与自恋意识的存在状态有关：自恋者把死亡作为人生的慰藉，找不到幸福与未来的意义。值得注意的是，虽然阴暗的环境孕育了感伤，但如果作品中失去了对理想事业、理想爱情与理想生活的追求，作品中的感伤情绪就会随之消失。

（三）残缺的个人姿态

个人姿态是指个体在日常生活中所表现出的稳定的、有一定倾向性的心理特征。作者的个人姿态会使他的作品具有鲜明的特色。荣格认为，所有的艺术家都是自恋狂，而自我主义则是人们灵魂气质的核心。根据作家的创作经验和素材积累不同，自恋所呈现的形态和内涵也有所不同，但无论作者选取何种主题，其表现手法、艺术风格、情感基调、语言色彩都是由其个人姿态所决定的。

对于自恋者而言，个性不是独到的见解，而是一种与众不同的姿态，只有将自己和别人绝对区分开来，她们才能感觉到自身的存在。丁玲在小说中塑造的并非高品质高道德的纯洁少女，而是自我封闭的孤独人物和张扬自我欲望的人物。也就是说，丁玲在作品中塑造的形象并不是完美的，甚至可以说"残缺"的。自恋本身就是一种"残缺"的心理，"残缺"与"完整"相对，丁玲笔下的自恋者们都带有心理上的"残缺"，直接的表现是幽闭自我。最典型的就是莎菲女士，她对现实的空虚和虚幻感到不满，以一种封闭的态度与现实斗争，心中积攒着困惑。她通过对内心世界的认同来获得力量对抗世俗、弥补精神上的"残缺"。莎菲心灵的"残缺"和她填补心灵"残缺"的方式，都是以自恋为出发点的。《我在霞村的时候》中的贞贞也并非"完美"，她青春靓丽，却在遭受残酷的折磨顽强抗争，她以身体为代价获得日军的秘密情报，最终走向延安，在革命生活中追寻自身的价值。虽然她不完美，但却是丁玲心中的"理想自我"。同一作家，时代不同，感受到的时代氛围有所不同，个人的生活处境与经历也不同，作品中的"自恋"意识所呈现的情态也不同，但是该意识的总体特征是相似的，随着时间流逝而在作品中是相互承接的，因为作者的个人姿态是难以变化的，而且大的时代背景也是相似的。丁玲早期的自恋倾向投注在个人化的写作中，投注在独立的女性个体上，使小说中的女性个体散发着光辉。随着创作者丁玲的成熟，其自恋倾向融入一个大时代中，虽然仍然以刻画女性角色为主，但是更加强调的是女性个体的解放如何引导时代女性解放，以及如何达到对传统男权主宰社会的反叛的。

丁玲自始至终关注女性在现代历史条件下的命运，其作品中饱含着对自我的热爱，充斥着真切的生命体验。丁玲在构建自身身份的同时举起反省的大纛。在她看来，只有在认同和反省之间达到平衡，女性才能打破自身的桎梏，跳出困境，飞入更广阔的世界，以自己的经历来审视整个世界。

延伸阅读

1. 文贵良：《中国现代女性作为女性的第一声"绝叫"——论丁玲〈莎菲女士的日记〉的汉语诗学》，载《社会科学》2024 年第 1 期。丁玲《莎菲女士的日记》的白话是一种"野生"的白话，源于日记体现代女性絮叨的语言形式，口语化以及声音的突出是其重要特征。小说的叙事采用了后撤性焦点叙事方式，这种后撤性叙事的形成基于莎菲的认知方式。剖白的辩证法拉紧了后撤性焦点叙事的强度，从而把女性的声音一步步推向绝叫。从晚清至 20 世纪 20 年代，随着出版业的发达和文化思潮的兴起，女性得以在现代公共空间发声。莎菲的声音、孙舞阳的声音与许广平、庐隐等人的表达一起构成了时代女性的尖音。

2. 宋剑华：《互为镜像的莎菲与丁玲——重读〈莎菲女士的日记〉兼谈丁玲早期的情感生活》，载《现代中文学刊》2023 年第 3 期。《莎菲女士的日记》是丁玲情感生活的隐喻性表达，揭示的是一种青春期的心理学现象而非思想启蒙视域中的社会学现象。莎菲内心的"苦闷""孤独""忧郁"和"焦虑"以及她的生活经历与情感经历，其实都是丁玲在借莎菲以喻自己，进而构成了她们两人精神人格的内在统一性。

3. 顾甦泳：《从话语空间到情感政治——论丁玲〈太阳照在桑干河上〉的土改叙述》，载《现代中文学刊》2023 年第 3 期。《太阳照在桑干河上》不仅集中体现了丁玲自"整风运动"以来写作作风的新变，小说最突出的贡献是在土改的具体时势中，将村庄构造为包含诸种话语形态的话语空间，并调用各类叙述策略，广泛开掘人物内心，最终生成了整体性的情感政治图景。

因此，小说中出现了不少无法为主导话语所涵容的话语样态和情感表达，小说结尾弥合性的抒情声音由此成为一种形式症候，提示我们进一步关注其与新兴文学规范之间的内在张力。

4. 汤艺君：《爱与逃避：丁玲早期创作嬗变中的情感实践与主体性困境》，载《汕头大学学报（人文社会科学版）》2023年第6期。在丁玲早期创作中，以偏为爱的创作风格内含着因怕而爱的情感原型，使人物在强烈的"唯爱"诉求中反而呈现出"失爱"的悖论体验。正是在"逃避—依恋"的意义上，丁玲的创作超越了一般的情感写作，呈现出所谓"左转"的文本表征，揭示了"爱"的悖论景观，也触及了"内曜不足"这个现代中国的主体性困境。

5. 王晓平、张瑾瑜：《"向左转"的内面"秀"场——论丁玲20世纪30年代上海时期的风景书写与主体建构》，载《湘潭大学学报（哲学社会科学版）》2023年第3期。"风景"是丁玲擅长的书写策略，以作品中的风景为媒介，"在场"与"不在场"的外在装置解码了城市知识分子的自我纠结，地理场域的视点转移也烛照出乡村革命的蓬勃生机。总的来说，"向左转"的风景书写自然带有左翼风景描写的整体特征，但丁玲"向左转"之路是一条渐进的思想轨迹，田园牧歌的诗意书写承载了她的审美个性，深挚的乡恋情结与大胆的色彩构图也让她步出左翼的合流，架设了偏向内面的风景"秀"场。再访丁玲的"向左转"之路，观照独具魅力的风景书写是深入其主体建构的有效途径。

6. 唐小林：《在战争与革命中"生长"——论丁玲的主体性思考（1936—1942）》，载《中国文学研究》2023年第1期。1936年至1942年是丁玲主体位置、写作方式和内在心境"转变"的关键时期，她结合自身的战地经验和"生长"体会，重新思考了政治实践情境中自我与革命的内在性关系。写于这一时期的《新的信念》《我在霞村的时候》《在医院中》等小说既有共同的危机叙事结构，也展现了不同的自我"生长"方式。丁玲尝试在战争与革命的历史中生成具有"生命饱满"感的主体规划，是为了应对现实政治结构中隐含的危机。以丁玲有关"生长"的感受与思考为入口，重新探讨这段时期她的经历和写作，也将为20世纪中国革命实践中的主体性问题研究打开新的面向。

7. 沈文慧：《艺术形式的革命化与自我革命的形式化——论丁玲文学风格的流变与作家主体精神的辩证关系》，载《河南大学学报（社会科学版）》2022年第3期。从新女性作家到左翼作家再到革命作家，丁玲的生命历程是一个不断改造旧我、构建新我的革命化过程，也是她的文学实践与其主体精神彼此形塑的过程。革命化的文学形式是丁玲不断进行自我革命的艺术呈现和文学表达，经由文学形式的革命化，丁玲实现了自我革命的形式化。丁玲文学风格的流变与其主体精神形成了同构与互文的辩证关系，体现了革命文艺工作者及其文学实践对时代精神的积极回应和主动对接，这种宝贵的精神品质值得发扬光大。

思考题

1. 如何评价丁玲早期小说中的女性主义色彩？
2. 如何看待丁玲小说中爱与欲的大胆表白与主动追寻？

（金心怡　执笔）

第4讲 《虹》中的青春成长试炼与身份认同

在大革命失败的阴云散开后，中国的小说家们纷纷呈现出"回望五四"的书写姿态。在普遍质疑五四精神的氛围中，以茅盾、叶圣陶为代表的小说家表现出"质疑中的坚守"，他们大多想用作品来表现出"五四运动"对资产阶级知识分子的影响。旷新年指出："1928年的'文化批判'和无产阶级革命文学的倡导使瞿秋白在30年代提出的'无产阶级的"五四"'的口号已经呼之欲出了。"① 而这一时期关于青春成长的书写，也大多根植于宏大的叙事主题之中。也就是这样，以个人青春成长为脉络"回望五四"的创作之路逐渐形成。茅盾作为一位资深的共产党员，在经历了大革命的失败后，个人的漂泊经历和社会的黑暗现实促使他对革命文学形成了自己的看法，也招到了革命文学阵营批评。作为一个革命者，茅盾始终保持着对革命前途的美好憧憬。他明确标举"文学是为表现人生而作的"旗帜，认为文学是宣传新思潮的先锋队，文学家要有"传播新思潮的志愿"，要在著作中表现"正确的人生观"，故他的作品大多基于重大的政治事件，素材来源于现实。小说《虹》以主人公的成长和社会经历为发展主线，以"教育小说"的结构描写时代新女性从"五四"到"五卅"心路历程的转变。

一、家庭困厄：封建旧制下的压迫与顺从

在封建社会，女性往往扮演着依附男性的弱势角色，且被要求遵守"三从四德"。在时代转型的背景下，抛弃旧有观念却少了既定生存法则的现代女性的人格精神出现"摆荡"的现象，即一面抵抗封建旧制的压迫，一面潜意识顺从封建男权话语机制。

（一）变异的家庭关系

对于五四新女性而言，需要打破传统家庭与婚姻对女性的束缚，并在社会上找寻一席立足之地，选择正确的人生方向。《虹》中的梅行素作为一个"五四女性"，要解决这两大课题，通过重重考验，才能成为一个完整的"个

---

① 旷新年：《1928：革命文学》，山东教育出版社1998年版，第46页。

人"。家庭是人出生后接触到的首个社会组织，其环境对人的性格形成起着不可忽视的作用。梅行素十几岁便失去了母亲，之后与父亲相依为命。而在这样的畸形的家庭背景下，梅行素逐渐显现出顽强的"斗性"。

茅盾对于梅医生的描绘并不多，但只言片语间就显示出了这段看似和睦的父女关系不过是停留在表面的、虚伪的父女情而已。首先，梅行素和柳遇春的婚姻是其父梅医生一手促成的。小说写柳遇春的圆脸上长着一对机警的眼睛，身上有市侩气。从这我们可以看出柳遇春的相貌算不上出众，那为什么梅医生要将自己的宝贝女儿嫁给这样一个人呢？柳遇春其实是一个偷卖东洋货的小商人，在道德上是为人所不齿的。梅医生不过是看中了柳遇春家境殷实，女儿的婚姻成为他"敲竹杠"的工具，以此还清自己身上的债务罢了。其次，梅行素对包办婚姻的态度也摇摆不定：她虽然深爱着姨表兄韦玉，但是并没有和父亲明确表达自己与柳遇春婚事不满的情绪，而是在心里偷偷计划着如何逃出这封建家庭的牢笼。这也表明，梅行素对于父亲并不完全信任，假如梅医生真是全心全意待她，就不会不顾女儿自身意愿而逼迫她走向一段并不幸福的婚姻。因柳遇春"眠花宿柳"，梅行素与其大吵一架并回了娘家。而梅医生的第一反应竟然是觉得女儿处事不当，但是，当梅行素说出柳遇春可怜他落魄一话后，他又一反常态，让女儿安心地留在了家里。待到晚上柳遇春上门，其讥诮的态度让他心中的不快升级为愤怒，至此他才完全站在女儿这边。由此可以看出，让梅行素住在家里的原因并不是他觉得柳遇春劣行让女儿受了委屈，而是柳遇春的态度触及了自己的面子和身份，目的是想让柳遇春对他尊重些。其实在梅医生的心里，女儿梅行素并没有他既得的利益重要。

（二）矛盾的婚姻状态

梅行素虽出生于封建家庭，但由于父亲的疼爱得以接受新式教育。"五四运动"席卷全国，这股"爱国运动"与"启蒙运动"结合而成的浪潮涌入成都时，梅行素已经跟着同学一道参加了少城公园抵制东洋货的爱国运动，而她即将成为"偷卖日货的苏货铺女主人"，这一身份困扰反而将她推向"五四运动"浪潮——茅盾巧妙地将人物置身"爱国"与"个性解放"的漩涡。当还在反抗到底还是临阵脱逃这两者之间徘徊不定的时候，梅行素承担着为父亲还债的沉重压力，不得不顺从了这一场违背自身意愿的婚事——嫁给自己所厌恶的经营苏货铺的姑表兄柳遇春。虽然嫁给柳遇春成为既定的事实，但梅行素在思想上仍旧十分抵触，想尽各种办法来对抗。梅行素所采用的第一种方法是"进牢笼里看一下，然后再打出来"。为了救人将"性"作为交换条件而丝毫不感到困难，因为她是忘了自己是"女性"的女人，这是梅行素在出演《娜拉》中的林敦夫人之后的感悟。她把自己的婚姻当作解救父亲的良方，并立志要让柳遇春成为自己的俘虏。表面上梅行素十分自信，欲让柳遇春人财两失，但婚后的稳定生活、丈夫的讨好温柔以及对性欲的渴望都使她无法挣脱婚姻的枷锁。梅行素从话语上表现得越凶狠，也就越能表示出她此时的不自信与怯懦——被困在牢笼里面，自由个性被柳条刺得千疮百孔。梅行素所采用的第二种方法就是逃离。婚后仅三天，梅行素就找机会回到娘家。她摸清了父亲的心理弱点，把父亲作为挡箭牌暂时抵挡住了柳遇春的骚扰。在柳遇春示好请她回去时，梅行素也没有就此顺从屈服，更是在娘家一待就待到了年关。她也主动向同窗旧友徐绮君求援，盼望时机成熟时可以逃脱家庭的牢笼。

而此时的梅行素正处于情欲与理智相矛盾的婚姻状态之中。在小说中，婚前处处可见梅行素对于柳遇春的嫌恶，小时候柳遇春便调戏过梅行素是梅行素鄙视柳遇春的起因。但在婚后，梅行素的女性特征日益显现，"女性"当指和柳遇春结婚后萌发的性意识及复杂的情感①。茅盾并没有把柳遇春刻画成恶人，他会赚钱，但很庸俗（婚前婚后都嫖妓），与接受过新式教育的梅行素极不相配。但他的庸俗主要来自其成长经历——他是一个孤儿，出身贫苦，从小被送到苏货铺做学徒，吃过不少苦，靠自己的努力爬到了老板的位置这一经历冲淡了读者对他的反感。柳遇春深爱梅行素，他以商人的务实与投机来讨好梅，常常买带"新"字的杂志给梅，如《新潮》《新青年》等，但他根本不理解新思想意涵，甚至把《棒球新法》《卫生新论》之类的书也带给她，一度让梅陷入惶惑与徘徊：

> 她觉得这是些无形的韧丝，渐渐地要将她的破壁飞去的心缠住。可是她又无法解脱这些韧丝的包围。她是个女子。她有数千年来传统的女性的缺点：易为感情所动。她很明白地认识这缺点，但是摆脱不开，克制不下，她有什么办法呢！②

此处关于梅行素自我成长、自我辩护的心理描写，形象地呈现出新女性成长的艰难。面对柳遇春这带有强烈目的性的讨好，梅行素是享受的，身为女性的她此时虚荣心高度膨胀，所以她动摇了；但是她又是害怕的，对于这

---

① 祝光明、安成蓉：《"虹一样的人物"——梅行素初探》，《重庆工学院学报》2003年第6期。

② 茅盾：《虹》，载《茅盾全集》（第二卷），人民文学出版社1984年版，第77页。

样温柔的柳遇春，她是无法抵抗的，继续下去就会被困在这"柳条笼"里永远做一只金丝雀，成为只能供他人享乐的"玩偶"与泄欲的工具。梅在前往重庆的途中与韦玉擦肩而过，柳遇春卑鄙地阻止了他俩的重逢，这使她痛下决心离开父亲与丈夫，此时的梅已经成为独立自主的新女性，其勇敢坚定的性格已初具雏形。

二、社会桎梏：残酷的成年礼

梅行素冲破家庭的罗网踏入社会后，试图开始自己崭新的人生，她先是到泸州新式学校任教，后来又奔赴上海。然而，人们的冷漠与排斥以及社会上的不良风气，都给刚踏入社会的梅行素带来了难以治愈的心灵创伤。

（一）职业理想的破灭

梅行素在泸州任教员时，群体的冷漠与"二女师派"的排外主义让她感到十分烦闷。梅行素原以为到了泸州，她就能摆脱封建礼教的束缚，在开学茶话会发言时，将自己的经历与思想宣泄了出来，却遭到了众人的排挤与笑话，四面八方投来的打量的目光令她全身燥热，神经触电般敏感；初进学校，梅行素有时间就去观察同事的教书方式与师范部各教员的工作，看到的却是同事们乱糟糟的教法和在课堂上"打扑克"的学生，于是她发现这一所所谓的"新式学堂"并不符合自己最初的职业设想。在这所挂着新招牌的旧书院里，她虽能勉强自食其力，但是自我发展却完全不可能，于是她消灭了自己的职业幻想。在梅行素与徐绮君游玩龙马潭时感喟不已："美丽的山川，可只有灰色的人生。"[①] 不难看出梅行素此时对于现状的无奈与消沉。第一次志气满满地踏入职场社会，同事就对自己产生莫名敌意，努力融入群体却被排斥在外；职业又并非自己所想的那么炙热滚烫，与原先设想并不相合。融入群体不易，现实与理想碰撞、矛盾，这都是青春成长的底色。

> 明白的自意识的目标并没有，然而确是有一股力——不知在什么时候占据了她的全心灵的一股力，也许就是自我价值的认识，也许就是生活意义的追求，使她时时感到环境的拂逆，使她往前冲；现在可不是已经冲出来了，却依旧是满眼的枯燥和灰黑。[②]

这不仅是梅的困境，也是泸州的同事们共同面对的问题。这些同事并不关心教育事业，也没有明确的人生目标，而是利用个性解放之名乱搞男女关

---

① 茅盾：《虹》，载《茅盾全集》（第二卷），第 111 页。
② 茅盾：《虹》，载《茅盾全集》（第二卷），第 160 页。

系，甚至闹出醒醐阁的丑剧，事后却担心名誉受损。梅在这一群庸俗无聊的教员当中无疑是一汪清泉，男同事觊觎她的美貌，女同事则嫉妒她的容颜。而随后的两起谣言，更是体现出这所学校的知识分子的虚伪、自私与怯懦，以及在"新思想招牌"的掩盖下的守旧与落后做派。然而，梅行素真正的困惑不是同事的攻讦与算计，而是对前路的迷茫。在出现"拥梅派"和"反梅派"后，梅行素从温柔地抿着嘴笑到后来的冷笑，从中可以看出她此时对于周围环境的倦意。由此可见，梅行素在经历过现实的磨炼之后，性格逐渐变得坚硬、泼辣。在泸州的这种"天天打仗一样的生活"已经让她感到十分烦闷与绝望，她迫切地想要去另外一个更新、更广大的世界——上海！

（二）无人可解的孤独

在泸州新式学校里，虽然男性们都对梅行素抛出了橄榄枝，他们有意无意地找话题与梅行素闲谈，尤其是李无忌，他甚至先入为主地将自己看作是梅行素的保护人，但梅行素深知他们都只是垂涎自己的肉体；而女性则对她的"出众"抱有莫名的敌意，例如茶话会上张逸芳低头的轻笑与秘密被发现时似是憎恶的瞪视。众人的种种表现都让梅行素的心灵受到极大的伤害。到了上海之后，梅行素便进入了一个更为复杂的新社会环境。当她故意对梁刚夫说要回去并期待他对此作出回应时，梁刚夫却让她早日回去："太复杂，你会迷路。"从未这样被人看轻的梅行素感到愤怒又心痛。在刚开始与黄因明、梁刚夫、秋敏等人接触时，她带着一腔热情，想要融入他们的组织。而众人的躲避与冷漠，深深地刺痛了梅行素的心，她感受不到丝毫大家庭般的革命群体温暖。他们"防贼似的防着她"让梅行素十分愤怒，于是她想要自己开始个人活动与他们一群人比一比。就这样，梅行素开启了她的新事业与新生活。她开始融入上海的生活，开始穿着旗袍、踩着高跟鞋，搭上黄包车，俨然成了一个"新都市丽人"，同时她也开始"自立门户"："留心看报，去接触各方面的政团人物，拿一付高傲的脸孔给梁刚夫他们瞧。"[①]

在上海与黄因明合住的第一个晚上，看着身旁黄因明安详甜美的睡颜，梅行素感到羡慕又嫉妒。随即又联想到自身，终究还是难以克服当下的孤独困境，甚至流下了几年都不曾流过的泪水，她自叹：

> 这是有生以来第二十三个冬呀！在自己的生命中，已经到了青春时代的尾梢，也曾经过多少变幻，可是结局呢？结局只剩下眼前的孤独！便是永久成了孤独么？是哪些地方不及人家，是哪些事对不起人，却叫

---

① 茅盾：《虹》，载《茅盾全集》（第二卷），第202页。

得了孤独的责罚呀？①

这种孤独，是为人猜忌、憎恨、纠缠时无处可诉的孤独，也是对无人理解自己、无人愿意用心感受自己的绝望，更是追逐理想时如浮萍一般漂泊无依的孤苦无助。

（三）求而不得的爱情

"恋爱神圣"是"五四青年"的口号，能唤起他们走上个性解放的道路②。在《虹》中，梅行素坎坷的"追爱之路"是推动故事发展的主要情节，见证了她的青春与成长。与梅行素关系密切的异性主要有四个——韦玉、柳遇春、李无忌、梁刚夫。

韦玉是梅行素的初恋情人，梅行素在他身上倾注了全部心思，可惜的是韦玉过于懦弱，不肯冒险。她想和韦玉一起离开，但是韦玉以有病在身为借口拒绝了她。他一边说和他这样有病的人一起就是耽误人生，一边对家中的安排"不作为"。梅行素恨极了这样懦弱的韦玉，但是她又斩不断对韦玉的感情，于是她的初恋就这样陷入了无尽的"死循环"。等到韦玉想通了，准备殊死一搏，他们终于有机会打破这一僵硬局面时，病魔却带走了他。韦玉的懦弱自私与梅行素的勇敢无畏形成强烈反差，这也决定了他们之间将渐行渐远。

柳遇春作为一个小商人，文中多刻画他的性格而对他的身份落墨甚少。夏志清称赞道："在描述梅和柳遇春间婚姻的不和与纠纷时，茅盾用了近百页的篇幅，细意刻画这出戏中两人微妙的心理。在他以后的小说里，再也见不到同样长度的绝妙文字了。"③柳的自私过于鲜明：梅行素去往重庆的路上与回成都的韦玉错过，便是他一手策划。梅行素被困在牢笼里面，自由个性被柳条刺得千疮百孔。

在泸州新式学校任教期间，李无忌时常给予梅行素关心和温暖，众人诽谤她时为她开导解忧。但是李无忌却在最紧要的关头选择了退缩——梅行素处于谣言的风口浪尖时选择中立保全自身。从中我们不难看出，李无忌的"新"，是能保全自身的"新"。韦玉的托尔斯泰主义、柳遇春的封建主义、李无忌的保守作风，最终都不如梁刚夫的真正意义上的新思想、新革命。

---

① 茅盾：《虹》，载《茅盾全集》（第二卷），第 234 页。
② 祝光明、安成蓉：《"虹一样的人物"——梅行素初探》，《重庆工学院学报》2003年第 6 期。
③ 夏志清：《中国现代小说史》，复旦大学出版社 2005 年版，第 107 页。

在上海，梅行素遇见了第二个爱人梁刚夫。在描写他们刚见面时，小说就隐晦地指出他们已经见了许多次，而且梅行素对梁刚夫极有好感。梁刚夫之于梅行素是双刃剑，在照亮梅行素前行革命道路的同时，也让梅行素饱受了爱情的凌虐。为了离爱情更近，梅行素选择和心上人梁刚夫一起进行革命活动。贺桂梅将《虹》归入了"革命＋恋爱"小说模式的第一类，即革命决定或产生恋爱①。梁刚夫照亮梅行素的革命道路，给予了梅行素勇气与力量。革命随着爱情产生，也因爱情而涌化出持久的动力。由此可见，梅行素投身革命，并不是被革命主义和热情感染，而是在对爱情"求而不得"的情况下转而投身革命。

三、破茧成蝶：青春的成长与蜕变

茅盾在《虹》里自觉地去构建了无产阶级的意识形态，在梅行素的形象中注入历史进步观念。茅盾对梅行素的上海经历的描写，就显现出了一个具有现代主体意识的"新女性"的青春成长历程。茅盾虽然推崇现实主义，但是他并不独尊现实主义。《虹》虽然取材于生活，但在创作时，作者对情节多加修饰，在细致之处将人物幻美化，赋予了人物新的历史意义。茅盾曾表示："'虹'是一座桥，便是春之女神由此以出冥国，重到世间的那一座桥。"② 通过"虹"这座桥，茅盾使梅行素实现了自身的成长蜕变。

（一）从"东方美人"到"都市丽人"

《虹》的开篇方式，与电影镜头切换形式相近。先由金光射散晓雾的江面，转至行驶在江面之上的"隆茂轮"，然后到在船舷阑干上纵眺风景的游客们。当笔墨集中在主人公梅行素身上时，茅盾丝毫不吝啬词汇："她是剪了发的，一对乌光的鬓角弯弯地垂在鹅蛋形的脸颊旁，衬着细而长的眉毛，直的鼻子，顾盼撩人的美目，小而圆的嘴唇，处处表示出是一个无可疵议的东方美人。"③ 然而，美丽的事物总是容易受到非议。她被作者设定在时代的风口浪尖之上，她的人生历程也折射出社会与阶级之间尖锐的矛盾。

小说开篇即写梅行素从四川出夔门前往上海的行船路途中的感受，包含对长江巫峡险峻壮丽的风光的描写，并通过她沿途感触折射出其对社会人生的基本态度：

---

① 贺桂梅：《性政治的转换与张力——早期普罗小说中的"革命＋恋爱"模式解析》，《中国现代文学研究丛刊》2006 年第 5 期。
② 茅盾：《回忆录》，载《茅盾全集》（第三十四卷），第 421 页。
③ 茅盾：《虹》，载《茅盾全集》（第二卷），第 4 页。

她的已往的生活就和巫峡中行船一样：常常看见前面有峭壁拦住，疑是没有路了，但勇往直前地到了那边时，便知道还是很宽阔的路，可是走得不久又有峭壁在更前面，而且更看不见有什么路，那时再回顾来处，早又是云山高锁。过去的是不堪回首，未来的是迷离险阻，她只有紧抓着现在，脚踏实地奋斗；她是"现在教徒"。①

经过五四洗礼的梅行素凭着勇敢坚强的意志和决心挣脱了封建枷锁，在社会上摸爬滚打，探索人生的方向与定位，前路一片迷茫，但她又不能回头，所以只能把握"现在"。当船过夔门时，她发出如此感叹："呀，这就是夔门，这就是四川的大门，这就是隔绝四川和世界的鬼门关！""从此也就离开了曲折的窄狭的多险的谜一样的路，从此是进入了广大，空阔，自由的世间！"②他人眼中的美景对梅行素而言则是生命历程的隐喻，她将远离多险的四川（即磕磕碰碰的过去），怀着满腔热情奔向未来的广阔世界。

在川中时期，梅行素已然成为明星般的风云人物，但她不知如何从这个"顶点"下来，我们可以看出来梅行素此时心情的焦灼与不安。在上海的梅行素更是被孤立无援的情绪团团包围，她感到深深的不安与焦虑。想要融入黄因明、秋敏她们的集体反而被避开，众人的不信任让她感到孤独又愤懑；对梁刚夫迷恋，迫切地想要得到回应，而梁刚夫冰冷与不屑的态度让她难堪又伤痛。此时无人理解也无人关爱的梅行素只能常常独自在夜晚舔舐伤口，其脆弱的特点暴露无遗。

但是梅行素的脆弱在后面逐渐被克服。她并没有因这些挫折与困难而屈服，在一段时间的沉淀之后，她忍受不了在泸州"天天打战一样的日子"，要去走那些自由广阔的道路！茅盾在1958年发表的《夜读偶记》中曾经提到过："'人'是在'环境'中行动的"，"人物的性格是在他特有的环境之中形成的"，也就是说，人物也应该形成他自己的个性③。在上海融入不了集体那就自己以个人名义展开活动，得不到爱情的滋润就转身投向革命事业，种种迹象表明梅行素骨子里的倔强气质，她并不是"弱女子"其实文章开头就已经埋下伏笔："如果从后影看起来，她是温柔的化身；但是眉目间挟着英爽的气分，而常常紧闭的一张小口也显示了她的坚毅的品性，她是认定了目标永不回头的那一类人。"④ 不同于茅盾笔下其他文学作品中所描写的女性形

---

① 茅盾：《虹》，载《茅盾全集》（第二卷），第12页。
② 茅盾：《虹》，载《茅盾全集》（第二卷），第15页。
③ 茅盾：《夜读偶记》，载《茅盾全集》（第二十一卷），第27页。
④ 茅盾：《虹》，载《茅盾全集》（第二卷），第4页。

象，这一段对梅行素的描绘真是极具新意。从泸州到上海的人生历程之中，梅行素既展现出了女性的柔美，又显现了男性的阳刚，外表的美丽温柔与内心的坚韧刚毅逐渐融为一体，最终成长为了一名个性独立的"都市丽人"。

（二）从"资产阶级知识分子"到"革命战士"

茅盾在《读〈倪焕之〉》一文中指出："人们的集团的活力又怎样地将时代推进了新方向，换言之，即是怎样地催促历史进入了必然的新时代。"①《虹》以梅行素的个人成长历程擘画出革命历史道路，呈现出知识分子从个人主义到集体主义价值观念的华丽转换。

陈建华认为："以《蚀》三部曲中的静女士、方太太、孙舞阳、章秋柳、《野蔷薇》里的娴娴为序，以《虹》的梅女士为终结，从各篇小说创作的先后时序来看，她们呈现某种曲线的运动，向'革命'的历史运动与方向愈益靠拢。换言之，随着作者描写技术的改进，她们在思想气质上更具时代性或社会性，她们的主体意识表达得更具革命性。"② 梅行素是个"现在主义"者："不要依恋过去，也不要空想将来，只抓住了现在用全力干着。"③ 茅盾曾对"现在"做过解释："真的勇者是敢于凝视现实的，是从现实的丑恶中体认出将来的必然，是并没把它当作预约券而后始信赖。真的有效的工作是要使人们透视过现实的丑恶而自己去认识人类伟大的将来，从而发生信赖。"④ "现在"即对"现实"的凝视，在与现实的肉搏中逐渐寻找未来的出路与方向。

一开始，梅行素只是和封建旧婚姻制度作斗争，对新思想感到十分新鲜，所以对《新青年》等刊物充满热切期待，也使她与刚见面的徐绮君迅速成为无话不谈的密友，所有陌生的新名词都令她极度亢奋。然而茅盾对此并不乐观，认为这些对身处困境中的梅而言都是"架空的理想"：

> 个人主义，人道主义，社会主义，无政府主义，各色各样互相冲突的思想，往往同见于一本杂志里，同样地被热心鼓吹。梅女士也是毫无歧视地一体接受。抨击传统思想的文字，给她以快感，主张个人权利的文字也使她兴奋，而描写未来社会幸福的预约券又使她十分陶醉。在这

---

① 茅盾：《读〈倪焕之〉》，载《茅盾全集》（第十九卷），第210页。
② 陈建华：《"时代女性"、历史意识与"革命"小说的开放形式——茅盾早期小说〈虹〉解读》，载《"革命"的现代性——中国革命话语考论》，上海古籍出版社2000年版，第338页。
③ 茅盾：《虹》，载《茅盾全集》（第二卷），第12页。
④ 茅盾：《写在〈野蔷薇〉的前面》，载《野蔷薇》，开明出版社1994年版，第2—3页。

些白热的新思想的洪流下,她渐渐地减轻了对于韦玉的忧虑,也忘记了自身的未了的问题。①

借此,她摆脱了婚约的束缚成为一个独立的生命个体,使她周遭的男子(韦玉与柳遇春等)都黯然失色,她的勇敢而坚决使她具有"雄强美"。然而这些"架空的理想"虽给梅规划了美好的愿景,让她短暂地逃避了现实生活的困扰,但无助于个人问题的解决,故邻家男女的高谈阔论使她不禁产生嫉妒与不平,婚后的无助甚至让她产生了对"新文化"的怀疑与敌视:

> 他们有什么特权这样快乐呢?那当教员的男子大概也就是高谈着新思想,人生观,男女问题,将烦闷的一杯酒送给青年,换回了面包来悠然唱"人生行乐须及时",却并不管青年们怎样解决他们的烦闷的问题。梅女士的忿忿的心忽然觉得那些"新文化者"也是或多或少地牺牲了别人来肥益自己的。②

作为一名只接受过五四思潮洗涤的资产阶级知识分子,梅行素一直崇尚自由,追求个性发展,当乘船沿长江出三峡,行船至夔门时,她满怀喜悦:"从此是进入了广大,空阔,自由的世间!"但她尚未真正感受到"群"的存在,正如她的自述:"什么团体,什么社会,这些话,纸面上口头上说得怪好听,但是我从来只受到团体的倾挤,社会的冷淡。我一个人跑到社会里,社会对我欢迎么?"③但直到梅行素身在上海了,她才开始慢慢有了除个人外还有"群"的意识。在"妇女会"时,梅行素并不认同群的存在,答应黄因明的邀请,不过是因为黄因明对她的坦白,以及梁刚夫的请求。因为她接受的五四思想都是关于个人主义以及发展个性的,所以在与梁刚夫辩论时,她满脑子都是韦玉的托尔斯泰主义和李无忌灌输的富国强兵的大经论,没有任何与之争辩的说辞。在梁刚夫的启示下,再加上马克思主义著作给她带来的"新宇宙",她逐渐树立了正确的革命观。

而真正激起梅行素战斗欲望的是老闸捕房的流血事件。水泥地上的玻璃碎片中殷然的血迹,却被皮靴肆意地践踏,然而对于如此愤慨的场景,过往的行人却十分漠然,对他们来说牺牲了的战士如同最卑微的尘土,仿佛什么事情都没有发生过。看到这里,梅行素感到无比痛心。也是直到这个时候,她才明白了个人的力量是多么渺小,集体革命是多么重要。她时时刻刻提醒

---

① 茅盾:《虹》,载《茅盾全集》(第二卷),第53页。
② 茅盾:《虹》,载《茅盾全集》(第二卷),第67页。
③ 茅盾:《虹》,载《茅盾全集》(第二卷),第166页。

自己："纪律是神圣的！"如果是以前，她会仅凭个人意志而单独行动，这会给敌人各个击破的机会。经过"五卅运动"的洗礼，她了解到革命运动的严肃性与集体革命的重要性，开始有意识地压抑自己强大的"个人主义"。然而，在参与集体活动时，她还能保持自身对革命活动的个人看法，这也就意味着她在参与集体时并没有消融在集体之中，她时刻保持着高度的个人自觉。

在梅行素的生活历程之中，她慢慢变得像一个"战士"一样英勇无畏。相较于茅盾笔下其他作品中的女性形象，梅行素是一个更具主体性与时代性的"英雄"。梅行素这种强悍的"战士精神"更集中地反映在小说中对人物两性关系的处理上：韦玉与梅行素就形成软弱与坚强的对比，柳遇春的"柳条笼子"也没能困住她，李无忌对她来说只是"萤火虫"，革命者梁刚夫最终也没能让她拜倒，漂亮虚荣的徐志强也成了她斥责的对象。同性角色比如徐绮君、黄因明、张逸芳、秋敏也都比她逊色了许多。也正是因为这种无畏的"战士精神"，梅行素屡陷绝境而又化险为夷。

在感情与能力方面，梅行素都超越了其他的"独立女性"，她顽强、自信、不拘泥于男女之情，既不留恋过去，又不空想未来："天赋的个性和生活中感受的思想和经验，就构成她这永远没有确定的信仰，然而永远是望着空白的前途坚决地往前冲的性格！"[①] 这样一个充满战斗精神的人物，在刚刚经历过大革命失败后的文坛里，不要说是女性，就是男性也没有。《虹》中的梅行素是茅盾"时代女性群"中最具主体性与时代性的女性形象。她的成长转变不仅映射出在"五四"这一特定历史时期影响下资产阶级知识女性的思想转变，也隐喻着女性从受封建压迫到自我解放意识的变化过程。梅行素的生活历程，不仅揭示了从"五四"到"五卅"这一时期的知识分子从个人主义到集体主义的艰苦历程，也展现了梅行素是如何从一名资产阶级知识分子蜕变成为一个英勇无畏的"革命战士"。

《虹》以梅行素的成长蜕变为小说情节发展主线，正如茅盾所说："这是我第一次写人物性格有发展，而且是合于生活规律的有阶段的逐渐的发展而不是跳跃式的发展。"[②] 茅盾第一次也是唯一一次使用"教育小说"的结构模式来呈现从"五四"到"五卅"这段历史，也喻示茅盾已经走出写作《蚀》三部曲时的自卑颓唐，开启了革命的道路。《虹》所开创的长篇小说新格局，不仅体现出小说反映社会的客观性，也彰显茅盾社会认识与个人风格的成熟。

[①] 茅盾：《虹》，载《茅盾全集》（第二卷），第209页。
[②] 茅盾：《回忆录》，载《茅盾全集》（第三十四卷），第421页。

延伸阅读

1. 陈思广、任思雨:《革命的"断裂"与茅盾的"矛盾"言说——茅盾长篇小说〈虹〉之未完成探因》,载《天津社会科学》2021年第2期。《虹》是一部处处留下"断裂"和"矛盾"的未完成之作,主要有如下三个因素:其一,在个人与集体的纠葛中,深受"五四"知识分子自由和个性解放思想冲击的茅盾,与要求服从、强调阶级和整体性的政党纪律的茅盾,产生了难以剥离的矛盾与痛苦;其二,在对社会现状与未来的认识上,即在出路与绝路的博弈中,曾为中共党员的茅盾,与革命者及革命文学派对中国革命现状和革命文学的具体内涵的理解,产生了迥然相异的认识;其三,在现实与审美的冲突中,作为革命者的茅盾与作为艺术家的茅盾,游走在政治与文学之间,不得不在政治角色与艺术生命中,艰难地寻找二者的平衡点。

2. 吕周聚:《论"虹"的多重象征意蕴——对茅盾〈虹〉的重新解读》,载《首都师范大学学报(社会科学版)》2016年第4期。"虹"具有多重象征意蕴,它是革命的象征,是时代女性妖气与魔力的象征,也是男女两性关系的隐喻。希望与虚妄、革命与爱情、妖气与魔力、男性与女性,构成了"虹"的复杂的内涵,"虹"也因此而变得复杂神秘,摇曳多姿,给我们留下丰富的想象与阐释的空间。

思考题

1. 如何评价茅盾小说中的新女性形象?
2. 比较《倪焕之》与《虹》中主人公的成长经历。

(胡志明　朱彩凤　执笔)

第5讲 《寒夜》中的身体书写与人性勘探

巴金作为历史的见证人，从他的作品中可以品味出时代的激情浪漫与风霜雪雨，虽然是两种全然不同的内容，却足见其深厚的文学修养和杰出的文学才华。巴金在创作前期主要是激情浪漫的抒情咏叹，具有一种振奋人心的力量，而后期便转向了对人生世相深刻地、有力地揭示，笔调开始变得悲凉和忧郁。《寒夜》是其后期写作风格的代表，作者写没有英雄色彩的小人小事，写社会委顿下的重压，写"血和痰"，对旧社会和国民党的反动统治予以辛辣的讽刺和深刻的揭露。20世纪40年代，国统区文学实行了严格的文化审查制度，作家的创作自由被严格限制，面对国民党的文化管制，文学中的"身体"便可成为"失声"语境下发声的武器。只有正确理解"身体"如何成为文本意义的增殖，如何传达时代的话语，被赋予了何种文化想象，才能深入把握巴金的思想和小说的文学史意义。

一、医病和医人的伦理与纠葛

疾病不仅仅是医学领域的研究对象，文化、哲学、历史、社会等都有对疾病的渗透研究。在文学作品中，疾病是常见的意象主体，"隐喻和写实，分别代表了疾病的修辞和叙事功能"[1]。苏珊·桑塔格在《疾病的隐喻》中指出，疾病具有道德批判和心理批判功能。作家对于疾病的描写，不仅延伸了反映社会医疗条件、经济状况、社会环境的思考维度，也拓展了小说文本的审美空间和文化意蕴。

（一）肺结核：浪漫隐喻的消解

对于疾病的书写可有两种情形："一是作家所面对的现实存在性的生存与生命的困境，即书写疾病，表现疾病与社会与人之间的关系。另一种情形则是写作者本身就是显在或潜在的带病者，因自身疾病的痛苦与生命压抑，而激发出一种创作能力。"[2] 19世纪是肺病最流行的时代，许多文人作家都曾染

---

[1] 余悦：《疾病·性格·叙事——对巴金小说〈寒夜〉的一种解读》，《广播电视大学学报（哲学社会科学版）》2016年第2期。

[2] 蔚蓝：《疾病：文学创作的内在驱动力》，《长江文艺》2019年第15期。

上肺病，尤其是浪漫主义的诗人。如尼采、梭罗、爱默生、史蒂文生、纪德、托马斯·曼、曼殊菲尔德、卡夫卡、屠格涅夫、济慈都是肺病患者。浪漫主义被引介到中国之后，深刻地影响了五四一代的文人，李欧梵称五四的作家为浪漫的一代，就是因为五四作家大都受到西方浪漫派影响，发现了个人并且勇于追求自我、表现自我。肺病甚至被认为是一种灵魂病，肺病的残酷美学带给患者的是虚无和感伤。纵观巴金前后期的作品，疾病是重要的叙事对象，尤其是对肺结核的叙事。这与巴金本身的经历息息相关：巴金的好朋友王鲁彦因肺结核去世，巴金本人在 1925 年也因为身患肺病而错失了北京大学的考试资格，这都成为巴金对肺结核关注的一种内驱力。

《寒夜》通过身患肺结核病的小知识分子汪文宣的悲剧，揭露旧社会的丑陋现实与国统区的黑暗统治。苏珊·桑塔格指出："我的主题不是身体疾病本身，而是疾病被当作修辞手法或隐喻加以使用的情形。"① 肺结核本身是一种具有浪漫主义象征疾病，具有自我修饰的意味。在巴金笔下，这种浪漫主义色彩却被消解。在汪文宣身上，肺病是生存的灰色和困境。感染肺结核的主要症状有面色潮红、发低烧、咳嗽咳痰咳血、胸闷等等。也正是因为感染者脸色发红，西方人认为这是一种病态美。但是，在《寒夜》中汪文宣的疾病表现是："多么瘦！多么黄！倒更象鸡爪了！"② 病态的黄色成为身体的主色调。汪文宣肺结核的特征完全没有优雅、病态美的存在，相反，审丑意识更加强烈。肺结核的隐喻，即修辞功能在《寒夜》中被解构，表现更多的是写实功能。汪文宣不过是个普通的小职员，但是社会动乱、物价飞涨等问题伴随着他的生活。他的生活贫困到买一块生日蛋糕都是奢侈，在这样经济窘迫的情况下不可能有很好的饮食条件、居住环境。而肺结核对饮食、环境要求很高，因此汪文宣可能是饿得发黄、苦得发黄。肺结核的另一种临床表现就是失声。《寒夜》中，汪文宣在病情最严重时，日常的交流都是通过铃铛、笔纸进行传达。从"他那五根手指不停地在喉咙上擦揉，动作仍然迟缓而且手指僵硬"③ 中可以看出汪文宣的挣扎与绝望。他一直在等待着抗战胜利，当所有人都在欢呼时，他却连声音都发不出来，多么讽刺。假使他是健康的，我们能想象他是多么地激动，街上欢庆的人影必有他在列，他会用尽所有的力气告诉曾树生："抗战胜利了！"可这一切却只能存在于读者的想象之中。肺结核同时被认为是缺乏激情的人所患的疾病，这与汪文宣的性格相符。在

---

① 桑塔格：《疾病的隐喻》，程巍译，上海译文出社 2003 年版，第 5 页。
② 巴金：《寒夜》，载《巴金选集》（第六卷），四川人民出版社 1982 年版，第 395 页。
③ 巴金：《寒夜》，载《巴金选集》（第六卷），第 467 页。

《寒夜》中，汪文宣的修饰词是"老好人"，口头禅是"忍耐忍耐""等抗战胜利了"。在单位，忍受着领导的压榨、同事的嘲笑；在家庭，忍受着婆媳的争吵、生活的打压。汪文宣成了善于"忍辱负重"的男人，他这种忍耐、"好脾气"的外核是一种性格的优点，其本质是自我意识的消解、激情的褪去。

《寒夜》中肺结核的隐喻功能被解构，汪文宣从患病到死亡的整个过程的惶恐、挣扎到最后放弃的心路历程，可以看成四十年代"大后方"社会制度的腐朽，也是当时中国社会环境的真实写照，折射出生活的困境、民生的凋敝、统治的不合理等问题。

（二）心理危机：时代病的显现

细腻生动的心理描写是巴金小说创作的艺术特色之一。《寒夜》中大量的梦境描写、内心独白、环境烘托等构成了小说情节的情感张力，显示了巴金高超的艺术水准。《寒夜》注重人物情感的宣泄与流露，通过心理描写淋漓尽致地表现出人物内心的痛苦与创伤。这不仅展现了更加立体化的人物形象，同时提高了小说的艺术感染力。

1. 梦境

梦境的本质是人物内心欲望的一种显现，是人物内心活动的不自主的延伸。《寒夜》中汪文宣的梦境来自两方面，一种是身体疾病的表征，一种是精神上的创伤。"（梦境）肯定来自我们已客观地或主观地体会过的事物中。"① 汪文宣经常做噩梦，或梦见婆媳之间的争吵，或梦见曾树生抛弃他去了兰州，或梦见唐柏青可怕的面容等等。"（这些）梦境不单是汪文宣对过去生活境遇的特殊形式的回忆，而且是他对未来境况的形象化预测。"② 梦中的一切在现实生活中或实际存在，或梦魇成真，因而具有一定的真实性，仿佛冥冥之中已经注定了汪文宣可悲又孤独的命运、阴郁又寒冷的人生。"心脏病和肺部疾病多会导致焦灼梦的发生。"③ 自从汪文宣患肺结核后，他对生活的感受无限地放大，变得更加敏感和脆弱。他时常认为没有光明的未来，甚至害怕睡觉。他说："我怕睡着了，又会做怪梦。"④ 对于妻子要离开家庭去兰州，表面上大大方方地同意妻子离开，其实内心充满了焦虑和恐惧。在他的梦境中，曾树生去了兰州，醒来却看见曾树生在床前，他的内心充满惊喜和忧虑。他想

---

① 弗洛伊德：《梦的解析》，姜春香译，时代文艺出版社 2011 年版，第 5 页。
② 徐道春：《〈寒夜〉心理描写艺术初探》，《河南师范大学学报》1991 年第 4 期。
③ 弗洛伊德：《梦的解析》，姜春香译，第 17 页。
④ 巴金：《寒夜》，载《巴金选集》（第六卷），第 305 页。

在曾树生身上得到他想要的答案,便颤抖地问道:"你不会丢了我走开罢?"①可见,汪文宣对妻子离开这件事情是在意的,他那焦灼与恐慌的梦境凸显其内心的清醒与情绪的颓丧。

2. 内心独白

内心独白属于第一人称叙事,是心理描写的一种重要手法,便于塑造饱满的人物性格,揭示出人的自我心灵与外部世界之间的紧张冲突。《寒夜》中,作者对内心独白的运用将汪文宣的懦弱与敏感、曾树生的欲望与善良刻画得栩栩如生。汪文宣讥讽周主任刻薄,认为就是他的苛刻导致他和曾树生吵架,结果却只是在心里暗骂,并且"他连鼻息也极力忍住"②。他甚至出现了幻觉,性格稍有扭曲的嫌疑——他总认为公司的同事在背后跟着他,想窥探他的隐私,想发现他不能说的家事,以此来嘲笑他。在曾树生去兰州后,他一个人落寞地去咖啡店点了两杯咖啡,想象着曾树生还在自己的身边。没有勇气和自信留下曾树生的是他,独自想念的也是他。他人的一举一动都能让他浮想联翩,周主任的眼光都能让他感到痛苦和不安。曾树生作为一个年轻充满活力的"花瓶",她既坚守自己的道德操守,又不甘心被这个黑洞般的家庭蚕食青春,不满于"老好人"的丈夫、顽固的婆婆、老成的儿子,想要反抗,在两者之间彷徨与苦闷、迷茫与痛苦。她曾想过相夫教子,放弃一切欲望,但是,绝望的生活、婆婆的怨恨、自由的吸引,让她无法继续留在这个"黑洞"中。在咖啡店,曾树生和汪文宣的短短对话,将婆媳间的紧张关系、夫妻间的不对等地位、母子之间的疏离关系全盘托出。曾树生的耳边总有声音在告诉她"滚啊""飞啊",看似是外在的因素将她推了出去,实则也有她内心欲望的加持。她想要享受自由、追求幸福、过有品质的生活。在陈主任抱着她的时候,作为已婚妇女,她竟然羞涩起来。她在精神上已经有了第三者陈主任,不愿在他面前提及自己生病的丈夫,毕竟他比汪文宣年轻有为、健康有力。在"离婚"信中,她的不满、自责、欲望跃然纸上,指责丈夫的软弱、不满婆婆的刁难,希望汪文宣能够放她去寻找自己的幸福、能够在汪母和小宣面前多说说她的好话。

《寒夜》之所以是现实主义的成功之作,不仅仅是它具有现实性和真实性,同时也是因为心理描写的巨大成功。巴金的笔锋直抵人物内心深处,不仅将人物的所思所想一览无余,同时在不知不觉中融入了作者自身的主观情愫。巴金在《寒夜》中大量运用心理描写手法揭示人物内心深处的隐秘与潜

---

① 巴金:《寒夜》,载《巴金选集》(第六卷),第358页。
② 巴金:《寒夜》,载《巴金选集》(第六卷),第235页。

意识，使得人物形象更加立体化。

二、性别和性命的存在与辩证

创伤是 20 世纪兴起的学术热点，逐渐成为精神学、心理学、社会学乃至文学的研究对象。创伤原指外界环境对机体的组织器官以及患者的心理造成的隐性伤害，在医学层面主要是指身体和心理的戕害，在文学层面则是指精神创伤、心理创伤与文化创伤。《寒夜》中描写了众多病态人物，他们大多心痂百结，性格扭曲。

（一）历史性创伤：封建文化的迫害

"历史性创伤是指特殊的、常常是人为的历史性事件。"[1]《寒夜》中历史性创伤主要是封建旧文化对汪母和曾树生的迫害。巴金常常站在人道主义、个性主义的角度书写和关怀女性，这与他"爱"的信仰有关，因而他并没有批判汪母和曾树生，只是客观地陈述事实。汪母自身受到封建旧文化的迫害，不仅没有从中反思，反而成为封建旧文化、男权文化的守护者，利用旧道德绑架、迫害曾树生，导致婆媳不和、家庭走向破裂。

《寒夜》中，婆媳矛盾历来是学者关注的焦点，他们之间的纠葛不仅仅是简单的婆媳关系不和，更是一种新式文化和旧有观念之间的冲突。汪文宣的人生悲剧与婆媳之间的争吵是分不开的，这个家庭没有丝毫温暖与爱意，只有无休止的争吵和攻击，似寒夜般冷彻心骨。

汪母代表父权家长，要求并威逼儿媳妇以找到自己稳当的存在意义，其攻击力道有时比男性更激烈。汪应果认为："当一位母亲只是满足于自己对儿子的单向慈爱，而毫不顾及儿子的个性发展与多重感情权利时，这样的母爱就失去了无私、博大与宽厚的应有品格，而带上了自私、狭隘与专断的瑕疵。"[2] 汪母是一个深受重重封建教条束缚的寡妇，在父权社会中饱尝了身为女人的痛苦，可是她又在儿媳妇面前不自觉地充当起父权的代言人。在她看来，儿媳妇是她发泄痛苦与不满的工具，这是弱者对更弱者的压制。旧社会中的母权通过母凭子贵来实现，反过来则借儿子的地位来打击、迫害其他女性。汪文宣与曾树生经自由恋爱的结合本是两情相悦，但因为不见容于传统社会的婚姻制度，就成为汪母攻击儿媳妇的口实，对儿媳妇颐指气使，尖酸刻薄，句句充满了父权的语言暴力；她沿袭着"男主外，女主内"的观念，

---

[1] 王欣：《文学中的创伤心理和创伤记忆研究》，《云南师范大学学报（哲学社会科学版）》2012 年第 6 期。

[2] 汪应果：《巴金论》，上海文艺出版社 1985 年版，第 237 页。

对于抛头露面撑起家庭经济的儿媳妇，她以"不守妇道"论之，儿媳妇的优越感造成了儿子的自卑感，她为儿子抱不平；作为传统文化背景下成长起来的老者，她形成了一套比较固定的行为模式，并且想把它固定、保留、遗传下来，家庭的日常起居、儿子的言行举止、儿媳妇的一举一动，她无不要将其控制在自己容忍的底线之上，否则就要履行父权，发作一番，这种病态的"恋子"情结往往通过伤害儿媳妇来找到自己的存在感与归属感。汪母显然继承了传统的父权思想，妄图借以经营管理儿子的家庭生活，从而把封建家长权威凌驾于现代知识青年的自由意志上，必然导致矛盾冲突，进而演绎成无法挽回的家庭悲剧。

曾树生作为时代新女性，接受过五四新文化的熏陶，也曾怀有最真挚的理想，追求个性解放和精神自由，但是她的反抗和叛逆带有动摇性与不彻底性。她大学时学教育专业，毕业后曾希望以教育救国，并有"为理想工作的勇气"，但残酷的社会现实没有为她铺就一条实现理想的道路，没有为她提供一个表现自己、施展个人才能的天地，最后只能背负着对丈夫的深深的歉疚，面对着亲子离散，成了徘徊在寒夜中的孤影。她不满于传统家庭的固有秩序，不甘心被传统角色所规范，她要改变自己在家庭中的从属地位，面对生活的困难与压力时，她仍然勇往直前地成长自己，她靠自己的能力获得经济上的独立，解决了家庭生活上的困难。然而，她也曾有过"男主外，女主内"的念想，当她看见汪文宣痛苦的模样，也曾认真反省过自己是不是做错了，自责为什么不能够像汪母一样投入家庭之中。懦弱且多病的丈夫，是她不愿多和他人特别是年轻多金的上司透露的。她不满现状，最终选择了逃离，但是这个过程无比煎熬——她一直考虑着丈夫的感受，也曾拒绝过上司的邀请，想要好好地留下来照顾家庭，但是事与愿违。曾树生的出走可以说是意料之外、情理之中。从道德角度上看，她在汪文宣艰难的时刻选择了飞往兰州并且提出"离婚"，这是不顾夫妻情义；从个人角度上看，她受尽了委屈最终选择放手和逃离，追求自在和充满生气的人生，这是能够理解的。世俗的变幻、生活的一地鸡毛、"老好人"的丈夫，让她感觉不到希望，只有寒夜般的阴冷和凄凉，因此她的选择虽让人觉得不合情理，却又有共情之处。

汪母对曾树生的苛责无疑是封建旧文化对女性的束缚，曾树生的反抗本质上是女性意识的觉醒。曾树生不顾世人的眼光，也要坚决地做"花瓶"，何尝不是她摆脱束缚人性的枷锁的方式。巴金在小说中不只是简单地描写家庭矛盾，更是将矛头指向封建旧文化以及一切压抑人性的束缚，对传统的男权文化、妇道妇德进行了解构。曾树生在两个选择之间的犹豫不决和精神折磨，生动地呈现了女性在走出封建旧文化藩篱时的艰难与困苦。

（二）结构性创伤：边缘人物的困境

"结构性创伤通常指超越历史的失落。"[①] 这种不能融入群体、被社会所抛弃的小人物在《寒夜》中比比皆是，大气不敢喘的汪文宣、惨死的唐柏青、死于霍乱的钟老等，他们希冀在乱世中老老实实、本本分分地做人，但是生活却没有给他们喘息的机会，他们的命运告诉世人：在黑暗的旧社会，奋斗和挣扎永远都是徒劳。他们只是徘徊在社会、工作和生活中的边缘人。

根据帕克边缘性的人格表现特征，"由于边缘人不可能归属于两个群体中的任何一个，所以边缘人严重缺乏归属感，再加上边缘人需要经常出入两种不同的文化，所以经常陷入自我分裂，显示出焦虑不安、空虚和寂寞的心理症状"[②]。汪文宣挣扎于传统和现代之间，"在而不属于"的身份焦虑导致分裂情感性障碍，时刻处于焦虑、不安之中。汪文宣受过高等教育却被不被社会所容纳，心怀大志却没有施展的空间，曾经的梦想是和曾树生一起办教育，最终却为生计甘受他人凌辱，为了保住工作，保住自己的"自尊"，即使受尽了委屈也不敢反抗，而是一味忍耐。在职场中，汪文宣简直就是活生生的透明人。在为上司庆生的聚会上，他只是默默地吃着自己的东西，插不进话题，蜷缩在自己的世界中。面对烦不胜烦的工作，虽然有怨言却不敢拒绝，只是在心里控诉着不公。在家庭中，作为家里唯一的成年男性却没有承担起男人应有的责任，只是一味地逃避。他明知母亲和曾树生两人之间存在着尖锐的矛盾，却没有拿出该有的气魄和担当解决问题，而是逃避甚至带有埋怨。在婚姻中，他丧失了男人的尊严和配偶应有的权利。看见妻子和其他男人具有异样的谈笑风生，他不敢上前质问，而是选择默默跟随，甚至心里感到自己比不上第三者，最终落得曲终人散。汪文宣在任何一个地方都找不到自己的存在感，多重的挤压将他原本的生存空间压缩到无。唐柏青也是社会的边缘人，其出场便是不幸的，结局更是惨烈。原本以为自己能过上平凡且幸福的家庭生活，却遭逢事业与家庭的双重毁灭，因没有请到假去陪产，从此与妻子和未出世的孩子阴阳两隔，痛苦不堪，借酒浇愁，成了城市的流浪汉，最终也走向了人生的尽头。

汪文宣和唐柏青作为中华民国的同龄人，是苦闷知识分子的典型，都接受过五四新思潮的洗礼，身处传统和现代的夹缝，在新旧文化的冲击下，灵

---

① 王欣：《文学中的创伤心理和创伤记忆研究》，《云南师范大学学报（哲学社会科学版）》2012年第6期。

② 车效梅、李晶：《多维视野下的西方"边缘性"理论》，《史学理论研究》2014年第1期。

魂无处安放，对自己产生怀疑，找不到人生的方向，走向人生的死胡同。他们具有愤世嫉俗和自卑颓唐的双重人格，最终沦为时代的边缘人。

三、伤身和伤逝的困惑与反思

社会批判小说一般都会描写死亡，死亡可以驱动情节的发展，成为作者控诉社会或者不合理现象的武器。《寒夜》中，汪文宣死于肺结核、唐柏青死于车祸、钟老死于霍乱、唐柏青的妻子死于难产等，他们的死亡都具有影射意味和指涉功能。作者如果只是简单地描写生理死亡，则缺少张力和深度，只有身体和精神的双重死亡才更有杀伤力和指控力，也更具彻底性。

（一）对病态社会的控诉

死亡是不可违背的自然规律，也是作者创作中较为常见的话题。作家笔下的死亡不是简单地陈述死亡，而是立足死亡且超越死亡，旨在探讨死亡背后的意义。"当我们走进文学的世界，透过铅字所散发出来的压抑的、颓废的、接近死亡的气息总是更能打动我们的心，因为这类文学触及了人类最感到恐惧的话题。"[①] 这也是作者为什么如此热衷描写死亡的主要原因之一。

对于讲究中庸美与和谐美的中国文人来说，更愿意描写大团圆式的结局，避免悲剧式结局的出现，死亡更是他们所忌讳的。"到了现代，中国文人对待死亡不再那么唯美，有更多作家去'面对淋漓的鲜血'。"[②] 巴金完全不顾及所谓的传统创作，反而大量描写死亡。《灭亡》中杜大心为革命牺牲、《家》中鸣凤为"人"投河等等，小说中人物的死亡不仅是不可避免的，更是悲剧的一种高级形式。"死亡对于生者来说都是一面镜子，只要我们善于严肃认真地审视死亡，就一定能够折射出人类生存中的问题。"[③] 在《寒夜》中，汪文宣、唐柏青、钟老的死亡就是国统区很好的一面镜子，甚至可以说《寒夜》是反映20世纪40年代国统区时代变迁、人民心理变化的一面镜子。汪文宣最终死于肺结核，这只是作者赋予死亡的一个借口。假设汪文宣不是患有疾病，最后也会在时代的洪流中死去，这与当时的社会环境、人与人之间的隔膜、不合理的旧制度、黑暗的统治都是分不开的。尽管《寒夜》描写的是抗战时期的生活，但是并没有对抗战生活有直接的描写，而是从不断拉响的

[①] 康艺青：《死亡与文学的纠缠——论死亡与文学的关系》，《文学界（理论版）》2012年第2期。

[②] 晁真强：《论中西文学里的死亡意识》，《安阳工学院学报》2008年第1期。

[③] 吴圣刚：《死亡的叙事方式及其文学价值——迟子建〈世界上所有的夜晚〉批评》，《南都学坛》2008年第4期。

警报、人们逃难的恐慌、经济的失衡等侧面烘托。汪文宣深知自己患的是肺病，但是选择不去做检查和治疗，而是掩耳盗铃式地欺骗自己，这主要的缘由就是经济窘迫。当时国内正值抗日战争时期，面对着列强的入侵，重庆的物价飞涨，没有权力的普通人只能生活在贫穷之中，从一块蛋糕的价格就可以看出当时的经济萧条。在这种情况下，汪文宣怎么有钱去治疗"富贵病"？社会制度是不合理的，贫富悬殊。汪文宣连病都治不起，但是上层社会的人却经常出入咖啡厅、舞会等场所，与他的生活形成一种鲜明的对照。诚如巴金所言：

> 我"不敢面对鲜血淋漓的现实"，所以我只写了一些耳闻目睹的小事，我只写了一个肺病患者的血痰，我只写了一个渺小的读书人的生与死。但是我并没有撒谎。我亲眼看见那些血痰，它们至今还深深印在我的脑际，它们逼着我拿起笔替那些吐尽血痰死去的人和那些还没有吐尽血痰的人讲话。①

巴金写作《寒夜》是为了要替在旧社会、旧势力下的小人物申冤："唯一的原因是：那些被不合理的制度摧残、被生活拖死的人断气时已经没有力气呼叫'黎明'了。"② 就像巴金早期的作品《家》，作者并不是写一个家庭的不幸，而是通过一个家庭的没落和不幸写出整个社会的悲剧，以小见大，将个人、家庭与国家联系在一起。

（二）对生存价值的思考

笛卡尔的身心二元论认为，人的身体受灵魂支配，灵魂高于身体。对于灵魂的探寻是作者们的艺术追求。巴金不只是停留在表面的探讨，而是在从孱弱的身体、虚无的灵魂、扭曲的观念等图景中挖掘灵魂深处的内容，将人物和人性置于可见之处，从而找寻人的价值所在之处。《寒夜》虽写的是平凡人物，写的是日常生活中的平凡小事，却依托家庭这个小窗口透视出了20世纪40年代中国社会的风云变化以及小人物的悲惨命运。这些小人物具有深刻的内涵，重要的原因就是他们悲得很彻底，他们称不上是"人"，只是一群失去了灵魂的肉体，在世俗中苦苦地挣扎，却难逃失败的命运。

"生"与"死"的灵魂对话，是《寒夜》独特的艺术特色。从哲学角度来说，人的价值的实现主要是从社会价值和自我价值两方面考察，因此人们在

---

① 巴金：《寒夜》，载《巴金选集》（第六卷），第481页。
② 巴金：《寒夜》，载《巴金选集》（第六卷），第481页。

这两者之间找寻存在感。在《寒夜》中，汪文宣是过度自省的"老好人"，这样的性格特点反而成为一种负担、一种压抑，"更是深刻反映了现代精英知识分子的内心矛盾——他们现实社会身份的难以确定性"[①]。环绕在汪文宣身边的人都是接受过教育的人，但没有一个人是幸福的。他们不但在社会中找不到自己的位置，反而受尽了嘲笑和苦难。其实所谓的梦想可以说是证明灵魂活着的一种方式，人一旦失去了梦想就会失去方向和希望。《寒夜》描写的是小人小事，他们在生活的磨灭下，失去了自己的追求与理想、失去了主体意识，融入了大众的洪流之中，甚至是连平庸对他们来说都是奢侈，他们的灵魂丢失在了路上，最终屈服于所鄙弃的世俗。汪、曾、唐等人，原本都是一群刚刚毕业充满理想的大学生，最终只能沦落成为一群没有追求的人。汪文宣在现实的碾压下，曾经拥有的抱负和干劲都褪去了，成为一个懦弱、忍耐、善良的小职员，个人的价值既没有社会意义，也没有得到自我的认同。汪文宣这种"老好人"的性格，其实也是对传统美德的解构，汪文宣想做"老好人"，处处谦让忍耐，最终在寻找出路的过程中失去了自我的灵魂和个性。《寒夜》中没有人拥有完整的灵魂的，即使是拥有女性主体意识的曾树生，也甘愿沉沦在享乐之中，看似生活光鲜亮丽，实则是行尸走肉般活着的"花瓶"。要替"无用"的丈夫承担起生活的重担、要负责家庭的日常开销，甚至还要忍受婆婆的辱骂和讽刺，在这样的情况下不得不思索另外的出路。作为女子，她很难甚至无法克服这一切困难，只能用自己年轻的身体和姣好的面容当作自己的资本，当初的一腔热情丢弃了。另外一个女性形象就是汪母，汪母的爱是变态扭曲的，不是家庭的润滑剂，反而成为挑拨者，不断要求儿子与曾树生离婚，仿佛用这种办法就能在儿子面前找到存在感。汪母没有自己生活和想法，一切都是以儿子为中心，为了儿子任劳任怨，为了节省家庭支出每天坐在暗黄的灯光下缝缝补补，冬天用年迈的双手洗衣做饭，将自己累得让人心酸。汪母是被封建枷锁束缚住的女性，不仅丧失了自我，甚至想用这种思想困住儿媳，最终成为一个扭曲、病态的悲剧人物。

综上可知，巴金通过人物的疾病、创伤、死亡对旧制度、国统区的不合理统治、旧文化进行了猛烈地抨击，正如巴金所说："我的目的无非要让人看见蒋介石国民党统治下的旧社会是个什么样子。"[②] 而人物所受到的所有不公和伤害，都通过身体的各个切入点得到了反映，身体作为反映社会、政治、

---

① 宋剑华：《寒夜：巴金精神世界的苦闷象征》，《燕赵学术》2009 年第 2 期。
② 巴金：《谈〈寒夜〉》，载《巴金选集》（第十卷），第 231 页。

经济等方面情况的载体作用也得到了极大的发挥，社会的黑暗、小人物的挣扎、战争的恐惧、经济的萧条等均得以展现，达到了批判和控诉旧制度的目的。

延伸阅读

1. 邹理：《伤病生产、中国抗战时期的医疗卫生管理与世界战时叙事——以巴金的〈寒夜〉与〈第四病室〉为例》，载《中国比较文学》2020年第4期。《寒夜》和《第四病室》是巴金关注抗战时期中国医疗卫生状况的重要作品。巴金的战时叙事展现了侵华战争影响下中国的公共卫生策略的变迁。由于医疗卫生资源和政府政策的变化，中国的公共卫生管理由战前注重提升生命健康水平的积极干预，转变为战时以"放任死亡"和"制造死亡"为主的伤病生产模式。这不仅表明侵华战争影响了中国改善人口健康状况的社会进程，也展现了战争对公共卫生权力主体在社会中角色的改变。

2. 陈思广：《家构模式·文本旨意·艺术范式——〈寒夜〉新探》，载《首都师范大学学报（社会科学版）》2020年第4期。《寒夜》对汪文宣、曾树生及汪母三人的性格、身份及命运的展示，旨在告诉人们，汪文宣的家庭境遇与他的个人悲剧命运是必然的。在家构模式中，女强妻＋男弱夫＋个性婆婆＋自尊心强是一种极危险的组构模式。由于在夫—妻—婆三者关系中，相互的循环链较为脆弱，仅以血亲或情感相连而非一以贯之，因此，这一家构模式与人物各自的自尊心，会使家庭成员之间矛盾丛生且具有持久性和尖锐性，婚姻也极不稳定，必然会在大概率上使男弱夫成为这一模式最坏结局的不幸承受者。

3. 李怡：《巴金，反什么"封建"与如何"反封建"？——重述〈家〉到〈寒夜〉的精神脉络》，载《四川大学学报（哲学社会科学版）》2018年第3期。巴金所追求的"反封建"秉承的是五四的传统，实施的是"伦理"层面的思想革命。与政治革命不同，伦理的反叛属于一种文化思想的新旧对话，是新思想在分歧、矛盾中逐步推进、传播，是情感的转移、重塑与涅槃，它并不追求对于"传统文化"的毁灭和破坏，而是将人的生存权利和精神解放作为最大的目标，沿着这样的方向，巴金的《家》满怀激情，而《寒夜》则走向深沉，这里所体现的恰恰是伦理革命在"反叛"中自我调整、自我完善的能力。

4. 张引：《从症候出发：〈寒夜〉的接受障碍与题外之旨》，载《南京航空航天大学学报（社会科学版）》2016年第2期。《寒夜》的文本中隐藏着诸多悖逆、反常、不合逻辑的现象，即所谓的作品"症候"。这些症候在造成读者接受障碍的同时客观上也使得文本产生了超越作者本意的题外之旨，这可以看作是作者潜意识中利他主义与个性主义相互纠结所产生的结果。挖掘其潜意识动因，对于揭示症候背后作品更深的内涵和寓意是有帮助的。

思考题

1. 从曾树生的出走梳理一下中国现代小说中女性出走模式。
2. 试析无政府主义思想对巴金小说创作的影响。

（黄平丹　执笔）

第 6 讲　老舍小说中的相声艺术及喜剧美学

　　老舍出生于一个风雨飘摇年代里的没落满清家庭，父亲作为正红旗旗兵在反侵略战争中献出年轻的生命，母亲独自一人艰难地维持一家人的生计，终日为人浆洗缝补脏污破旧的衣裳，将老舍拉扯大。因此，老舍的童年注定是灰暗的，贫困的物质生活不但造成他面黄肌瘦、营养不良，也影响着他的精神状态。然而悲惨不幸的过往并未使其作品基调阴郁低沉，北京市民特有的旷达幽默浸染着老舍的心灵，为他日后的艺术创作产生了重要的影响。奔走在京城西北角的各个大杂院和胡同亦是他童年时期为数不多的快乐之一，这里的人和事成为他永远写不倦的题材。"在这片浸润着父精母血的民族'热土'中，萌发出来的文化心理意识，对作家的一生，产生了何等深刻的潜在影响。"[①] 北京一直是老舍创作的主题，其小说的风格氛围、贴近社会底层市民生活的内容、京腔京韵的文字及最具特色的北京民间打哈哈性质的幽默均与这座城市息息相关。不少研究者将目光聚焦于"京味"和"幽默"，但较少注意到相声与老舍小说的不解之缘。相声出现于晚清，北京是孕育它的摇篮，相声以逗趣为目的，以说、学、逗、唱为形式，广受民间群众喜爱。老舍非常喜欢流传于市井巷里的戏曲和民间说唱艺术，其中自然包括相声，他不仅创作过 31 段相声作品（如《过新年》《假博士》），并且将相声通俗幽默、滑稽有趣的元素引入小说创作，对小说的语言、叙述方式及人物塑造均有不同程度的影响。

一、幽默的语言艺术

　　老舍的文字在同时期作家里独树一帜，仿佛是从北京的胡同口、四合院飘出来的，读起来通俗幽默，朗朗上口。他的语言与相声有异曲同工之妙，通篇是浅白流畅的北京口语，效法相声生动明快的节奏和高低起伏的韵律，借鉴特殊民族形式俏皮话和群众喜闻乐见的相声套话，运用多样的修辞手法制造诙谐风趣，无论是表现事物或是塑造人物，均形象有趣。

[①]　关纪新：《别样惨淡的"人之初"——老舍的童年》，《满族研究》1996 年第 4 期。

(一) 浅白流畅的北京口语

苏敏逸认为：" 构成老舍小说创作的思想内容和整体风格的根源是古都北京，北京所代表中国传统文化集大成的文化氛围，以及老舍所生长的北京小市民的风俗民情是老舍小说最肥沃的土壤。"[①] 老舍在北京文化的熏陶滋养之下，以北京白话口语构建充满古都风土人情的文学世界，反映各阶层市民复杂黑暗的生活与命运。而北京是相声的发源地，艺人往往操着纯正、洪亮的京腔。老舍的小说使用清脆、灵动、感情色彩浓重的北京话进行创作，摆脱沉闷平淡的艺术氛围，与通俗大众的相声表演不谋而合。因此，作家浅白幽默、京味十足的文字既得益于自幼所处的语言环境，也离不开他对相声艺术的热爱和效仿。

老舍追求纯朴自然、简约精练的语言风格，从不雕文织采、铺锦列绣。错落有致、低矮破旧的四合院，不计其数、狭长破碎的胡同，琳琅满目的老字号和商铺，在七弯八拐的小路上跑来跑去的洋车，宁静澄澈、生机盎然的积水潭，老舍如同与挚友闲聊一般将北京的风光娓娓道来。尽管生于天子脚下，他不爱写象征帝王权贵的紫禁城、高大气派的古城墙，独爱老北京的民间味道。令人最为印象深刻的是热闹的九和居饭馆，一进门，浓烈的油烟气息和烧饭做菜的阵阵热浪便扑面而来，伙计殷勤尖锐的嗓音萦绕耳畔，"几步几个年高站堂的，一个一句：'老爷来啦！老爷来啦！'然后年青的挑着尖嗓几声'看座呀'！接着一阵拍拍的掸鞋灰，邦邦的开汽水，嗖嗖的飞手巾把，嗡嗡的赶苍蝇"。在这间脏乱嘈杂的饭馆里，客人吃饭的规矩仪式却很多，点菜前先唱上几段"二簧"，"酒菜上来，先猜拳行令"。他们极讲究排场和体面，点酒要菜不论健康口味，盲目追求丰盛昂贵。不等押阵的大菜上来，众人便撑肠拄腹，烂醉如泥，"饭碗举起不知往那里送，羹匙倒拿，斜着往眉毛上插。然后一阵恶心，几阵呕吐"[②]。老舍通过对饭馆全方位的场景描写，包括介绍地方招牌菜、特色小吃、餐饮的规矩习惯，反映繁华喧闹的北京民间生活。他大量使用生动准确的动词、口语化的拟声词，营造出强烈的画面感。如一套"掸""开""飞""赶"的服务动作，发出"邦邦""嗖嗖"的声音，写出伙计的热情客气；而顾客荒唐诙谐的"倒拿""斜插"动作，让讲究排场和体面的北京人在过分铺张浪费的排场中丑态毕露、失了体面。

---

① 苏敏逸：《"社会整体性"观念与中国现代长篇小说的发生和形成》，秀威资讯科技股份有限公司 2007 年版，第 198 页。

② 老舍：《老张的哲学》，载《老张的哲学　猫城记》，人民文学出版社 2017 年版，第 47—48 页。

充满个性及生命力的人物形象亦归功于活泼俏皮的北京白话，作家通过描写言语、动作、情态塑造个性鲜明、血肉丰满的角色。以赵子曰买烤白薯为例，赵子曰睡懒觉被烤白薯的叫卖声吵醒，破口大骂："妹妹的！你不吆喝不成吗！""大冷的天不在家中坐着，出来挨骂！""不出去打你个死东西，不姓赵！"卖烤白薯的春二则是毕恭毕敬地叫赵子曰"财神爷"，收钱时更是表示"跟先生敢讲价？好！随意赏"。二人差异化的语言形成鲜明对比：前者粗俗无礼，其间包含民间吵架的惯用句式，言语中也缺乏对他人的尊重；后者是底层小人物，为赚取微薄的收入用卑微的姿态巴结讨好顾客，其游刃有余的逢迎奉承的态度体现着北京下层百姓自在自为的生存方式与生命力。之后赵子曰拿了春二的烤白薯，眼看快要吃完但他不愿付账，便装模作样道："呸！呸！还没漱口，不合卫生！咳！啵！"① 人物的语言极具戏剧性。他肆无忌惮地耍无赖，百般刁难可怜的春二，不禁让人联想到老舍描述赵子曰最初看到烤白薯馋得"舐了舐上下嘴唇，咽了一口隔夜原封唾地浓唾沫"的样子，其前后行为大相径庭，翻脸比翻书还快。由此可见，北京口语的相声性形象生动地呈现出赵子曰傲慢粗俗、狡猾刁蛮、胡闹好吃的丑恶嘴脸，也刻画出春二小心翼翼、刻意取悦、阿谀谄媚的模样。

老舍的小说充分汲取北京方言与相声的养料，朴实俗白的语言具有特殊的节奏和韵律，读起来朗朗上口。相声作为以说为主的民间曲艺，除了使用脆生响亮的北京话抓住观众耳朵，还包含诸多技巧来打造听觉盛宴。首先，相声最初的受众是文化水平有限的普通市民阶级和贫苦劳动人民，他们的审美追求偏向通俗娱乐。其次，相声表演没有供观众反复阅读揣摩的文本，主要依靠艺人用语言向观众传达信息。这都要求相声演员的台词应简单易懂，不宜过长，以确保台下观众听感顺畅，便于理解领会。老舍曾表示自己写文章喜用七字句、八字句和十字句，碰到较长的句子便会设法断开②，这点可谓与相声殊途同归。他的小说少有复杂的句型和华丽的藻饰，处处是简明干脆的短句，如"拉车的舍着命跑，讨债的汗流浃背，卖粽子的扯着脖子吆喝"③，"响晴的蓝天，一点风儿没有，远处的车声，一劲儿响"④ 等。各式各样、长短不一的句式交错混杂，构成丰富多彩的节奏变化。另外，由于相声没有直观呈现的场景画面，为避免观众感到疲惫无聊，艺人在表演中常出现

---

① 老舍：《赵子曰》，载《赵子曰 离婚》，人民文学出版社 2017 年版，第 17—18 页。
② 老舍：《老舍文集》（第十六卷），人民文学出版社 1991 年版，第 95 页。
③ 老舍：《赵子曰》，载《赵子曰 离婚》，第 125 页。
④ 老舍：《二马》，载《二马 牛天赐传》，人民文学出版社 2017 年版，第 140 页。

节奏鲜明、字句押韵的贯口,他们精神饱满、吐词清晰语速飞快、一气呵成。《报菜名》《地理图》是家喻户晓、耳熟能详的贯口段子,罗列了数百种同类型、相关联的事物名称。类似此种非叙述性贯口的文字在老舍的早期小说中已然出现:"那里是繁华,灿烂,鸦片,妓女,烧酒,洋钱,锅贴儿,文化。那里有杨梅,春画,电灯,影戏,麻雀,宴会,还有什么?——有个日本租界!"① 平平无奇的二字词语经过排列组合,绘出外来糟粕与本土文明碰撞融合的图景,规律的节拍契合读者的审美预期。小说亦存在向叙事性贯口学习的痕迹,如"沏了一壶茶,煮了一个鸡子。喝了一碗茶;吃了一口鸡子,咽不下去,把其余的都给了拿破仑"②。这段话虽未安排合辙押韵,但重复出现"一""茶"和"鸡子"三个词,读起来顺溜,尾字平仄搭配巧妙,依次为平仄平仄仄平,构成抑扬顿挫的声调美和韵律美。上文提到饭馆伙计接待客人的选段则更像韵脚相合的贯口,结尾字"啦""呀""灰""水""把""蝇",分别为平平平仄仄平,其中"啦""呀""把"合辙,"灰""水"合辙。老舍将口语化的尾字依照平仄押韵进行搭配,创作出活泼跳跃的旋律。最后四句字数相近,结构相似,含义接近,产生强烈明快的节奏,带来酣畅愉悦的审美体验。这四句也能反映作家的相关创作理念:并不盲目追求韵语,而是注重平仄相协、结构规整灵活所生成的贯口气势,坚持形式与内容统一。老舍的小说吸纳了贯口内在的音乐性与艺术性,以下例子极具代表性:"点酒要菜,价码小的吃着有益也不点,价钱大的,吃了泄肚也非要不可。酒要外买老字号的原封,茶要泡好镇在冰箱里。冬天要吃鲜瓜绿豆,夏天讲要隔岁的炸粘糕。"③ 不难看出,老舍不但崇尚天然去雕饰的语言,运用通俗易懂的北京白话口语写作,而且从节奏和谐、韵律优美的角度出发,精心慎重地选用合适的句式,用字讲究合辙平仄,其朴实自然的语言是深思熟虑、反复推敲的结果。

此外,老舍还将俏皮话、相声套话引进京味小说,增加语言的丰富性与趣味性。俏皮话即歇后语,是千百年来民间生活经验的总结,凝聚着中国劳动人民的智慧,用词日常通俗,语句风趣形象。例如洋车夫赵四讽刺巡警说道:"拿我们当拐带妇女看,可是小鹞子拿刺猬,错睁了眼!"④ "小鹞子"是凶猛鸟兽雀鹰的民间叫法,猛禽去捉浑身是刺的刺猬,必定是自讨苦吃,这

---

① 老舍:《赵子曰》,载《赵子曰 离婚》,第 75 页。
② 老舍:《二马》,载《二马 牛天赐传》,第 112—113 页。
③ 老舍:《老张的哲学》,载《老张的哲学 猫城记》,第 47 页。
④ 老舍:《老张的哲学》,载《老张的哲学 猫城记》,第 151 页。

句歇后语意指眼力差。赵四不屑小心翼翼地辩解，也没有言辞激烈地争吵，以俏皮的民间俗语嘲讽欺软怕硬、趋炎附势的巡警，这体现出他的率性耿直、幽默机灵。面对挖苦，巡警却是无动于衷、闭口不语，进一步印证了他们畏强凌弱的本性。还有赵子曰拒绝武端提议的时候说："这真是打着鸭子上树呀！"①他不想得罪好友，也不愿依靠拉拢魏女士谋取官职名利，故通过俏皮话"打鸭子上树"表示自己的不满。然而赵子曰不情愿的原因却令人哭笑不得，他并非不齿裙带关系，而是嫌弃魏女士长得不够标致好看。如果说赵四口中的歇后语凸显了他直爽正义的本性，那么赵子曰的油腔滑调则显露出自身花痴好色的心理。老舍的小说也不乏相声的语言套路，多用于介绍人物开场、叙述新的事件，如"赵四何许人也"②，"无论怎么说吧，我们不能不由天台公寓全体的人物中挑出几个来写"③，"这段事情现在应从马威从李子荣那里走了的那一天往回倒退一年"④。相声因其艺术形式的特殊性，采用程式化语言帮助观众理清思路、加强记忆，老舍化用此类套话吸引读者注意，使文章脉络更加明了清晰，给人亲切之感。

老舍早期京味小说少有跌宕起伏、一波三折的情节，亦没有光怪陆离的剧情，但他的作品决不会与枯燥、乏味、单调扯上关系。其浅白传神的语言、原汁原味的京腔京调蕴含着节奏韵律之美和民族传统文化特色，如同一位相声艺术家用精彩绝伦的北京方言讲述故事，令读者沉湎陶醉。

（二）诙谐风趣的修辞艺术

相声是以语言魅力取胜的喜剧性说唱艺术⑤，其常运用各种修辞手法以达到诙谐风趣、形象生动的艺术效果。老舍的早期小说出现了许多为笑料服务的相声式修辞手法，给作品增添喜剧色彩，让人耳目一新。

反语是相声经常使用的修辞，演员在已经透露事实真相的情况下故意反话正说或正话反说，使观众在极端相反的说辞中获取审美体验。老舍喜用反语描写小说人物，以此对他们幼稚错误的行为举动予以讽刺、嘲弄和批评，这比直白的表达更深入人心，印象深刻。开学堂敛财、放高利贷逼得他人惨死的老张为小镇上不可或缺的"重要人物"，"要是不幸死了，比丢了圣人损

---

① 老舍：《赵子曰》，载《赵子曰　离婚》，第136页。
② 老舍：《老张的哲学》，载《老张的哲学　猫城记》，第131页。
③ 老舍：《赵子曰》载《赵子曰　离婚》，第5页。
④ 老舍：《二马》，载《二马　牛天赐传》，第11页。
⑤ 侯宝林、薛宝琨、汪景寿、李万鹏：《相声溯源（增订本）》，中华书局2011年版，第4—5页。

失还要大"①；整天吃喝玩乐、荒废学业、苛待仆役、一味向父母索取钱财的赵子曰被称作"最和蔼谦恭的君子"②；在大学待了七年之久还无法毕业的欧阳天风被"赞扬"有"学而不厌，温故知新的态度"③；任意踢踹残疾洋车夫以满足无聊好奇心的武端被说成"决没有欺侮苦人的心"④。以上均是老舍反话正说，用正面、褒义性质的词语嘲讽行为不端的人物，语言与所描述的内容之间形成巨大反差，是笑料的直接来源。作品中亦有正话反说的例子，例如老舍对赵子曰裹小脚的妻子用的量词为"头"和"匹"，这并非作者不尊重这位女性。老舍用此种侮辱轻蔑性质的量词，暗示赵子曰对不符合新式审美的裹小脚妻子感到嫌恶厌烦，体现了他追求新潮形式却不改封建老旧的思想。

相声表演几乎不使用道具，单凭演员的语言和动作将故事画面绘声绘色地描绘出来，其间比喻修辞手法起到重要作用，不仅有利于把事物说得更加具体逼真，并且语言活泼搞笑，充满趣味。老舍的比喻手法极具相声色彩和个人风格，喻体通俗而出乎意料，带给读者新奇愉快的体验。恶棍老张上掀的鼻子被比作"柳条上倒挂的鸣蝉"，外翻的嘴配上摇摇欲坠的门牙被比作"夹馅的烧饼"⑤，老舍毫不掩饰对老张的厌恶之情，以滑稽可笑的事物比喻其丑陋恶心的外貌，暗指其本性阴毒恶劣，为非作歹。老舍不仅喜欢对丑角进行漫画式比喻，并且喜欢使用京味比喻。如老张劝龙树古卖女还债时说道："你也得替我想想，大块银饼子放秃尾巴鹰，谁受的了？"⑥"放秃尾巴鹰"是北京特有的方言俗语，"秃尾巴"指鹰被关进笼子、尾巴受到磨损，此句俗语的意思为驯鹰者的鹰有放无回，比喻钱财损失，借出去的东西收不回来。老张放高利贷攫取巨额利息，逼迫借债人卖儿鬻女还钱，却假装善解人意，用借喻委婉地表达自己的"难处"。惺惺作态的模样暴露其居心叵测的阴谋，俏皮套近乎的语言难掩残忍恶毒的本质——一个油嘴滑舌、十恶不赦的无赖。

相声艺人钟情于运用夸张的修辞手法，通过对事物的夸大或缩小，带给观众语言与想象画面冲击，增强诙谐幽默的效果。老舍深知夸张与幽默是如影随形的孪生姐妹，他用与事实不符的语言描述事物，营造荒诞滑稽之感引

---

① 老舍：《老张的哲学》，载《老张的哲学　猫城记》，第6页。
② 老舍：《赵子曰》，载《赵子曰　离婚》，第5页。
③ 老舍：《赵子曰》，载《赵子曰　离婚》，第11页。
④ 老舍：《赵子曰》，载《赵子曰　离婚》，第25页。
⑤ 老舍：《老张的哲学》，载《老张的哲学　猫城记》，第6页。
⑥ 老舍：《老张的哲学》，载《老张的哲学　猫城记》，第73页。

得读者注意和思考。《二马》描述英国人眼里邪恶恐怖的中国人，常年"袖子里揣着毒蛇，耳朵眼里放着砒霜，出气是绿气泡，一挤眼便叫人一命呜呼"[①]。老舍的夸张对事实的修饰达到了一定的限度，即夸张处于级差的某个合理区域，没有太过离谱，也不完全接近事实，有力地间接引发态度意义[②]。其笔下英国人的想象过于夸张荒谬，显然无法在任何一个真实世界的人类身上实现，不符合事实与逻辑，令读者忍俊不禁。然而，他们所想象的阴森可怖元素多来自西方神话传说，这说明英国人不熟悉了解中国，通过道听途说的传闻结合英国本民族的历史文化捏造出中国人魔鬼般的形象。老舍这样的艺术处理遵循了一定的现实逻辑，使小说情节荒诞不失真实，合理不失夸张，表达了自己的不满与反思。

二、捧逗的叙述方式

老舍早期小说不拘泥于传统小说叙述模式，甚至有别于其鼎盛期的创作，其作品中常有两个叙述的声音出现，一边讲述剧情一边议论评价，颇似单口相声演员自逗自捧"抖包袱"。同时，人物间京味十足的交流对话，与对口相声逗哏与捧哏互相打趣、耍嘴皮儿十分相像。这样独特的叙述方式往往使作品产生意想不到的幽默之感，拉近读者与作家之间的距离。

（一）单口相声法

依据演员人数的差别，相声分为不同的类型。单口相声的表演者为一人，身兼逗哏、捧哏两种角色。逗哏负责以第三人称的形式讲述节目的故事情节，捧哏则跳到剧情之外，对逗哏所叙述的事物作出简短搞笑的评价，相声演员随时在两种身份中来回切换，因此表演难度大，考验演员功底。

老舍的小说的叙述方式借鉴了单口相声表演。隐含于作品的叙述人既作为逗哏叙述小说情节，亦跳出叙述扮演捧哏，以诙谐的口吻进行主观评价。例如，老奸巨猾的老张在选举自治会会长时企图操控结果，获取最大利益。他计划让孙守备挂名会长，自己则担任会计要职，利用其侄儿孙八控制自治会。不料聪明机智的龙树古让老张的阴谋落空，并利用指定职员这一环节化解了他的第二场诡计。一肚子坏水的他岂会善罢甘休，很快计上心头，拉上为人作嫁却气得要哭的孙八去饭馆商量新对策。"老张显出十分英雄的气概，用腿顶屁股，用屁股顶脊骨，用脊骨顶脖子，用脖子顶着头，节节直竖的把自己挺起来。"此时叙述人沉浸在逗哏的角色中描述老张的状态，接着话锋一

[①] 老舍：《二马》，载《二马　牛天赐传》，第52页。
[②] 布占延：《夸张修辞的态度意义研究》，《当代修辞学》2010年第4期。

转,扮演捧哏说道:"听说在《进化论》上讲,人们由四足兽变为两足动物,就是这么这挺起来的。"① 顿时,捧哏一本正经的讽刺让老张的丑态无处遁形,揭穿他与英雄气概毫不相干。他从阴谋失败失魂落魄,转变为想出新计策沾沾自喜,不过如同狼狈不堪的"四足兽"——落水狗变成道貌岸然的"两足动物",不改的是老张肮脏的内心、"动物"的本质。又如:"'我们的文明比你们的,先生,老得多呀!'到欧洲宣传中国文化的先生们撇着嘴对洋鬼子说:'再说四万万人民,大国,大国!'看这'老'字和'大'字用得多么有劲头儿!"② 此段话中亦有两个声音,叙述人完成了一次不同身份口吻的转换,先以客观的视角叙述当时中国人向他国盲目吹嘘自己悠久古老的历史、源远流长的文化以及地大物博、人口众多,如同井底之蛙无视本国与先进国家之间的差距落后,接着转变为捧哏以北京口语调侃打趣他们骄傲自满、自以为是的语气神态,毫不留情地击碎中国人隐于盲目自大之下的可怜的自尊心,指出国家落后于西方、积贫积弱的现实问题。玩笑中饱含批判与忧虑,因为老舍深爱这个"人人可以赏识踏雪寻梅和烟雨归舟的地方"③。

　　有时作者也将叙述人以捧哏身份说的话放入括号内,既保证整体情节的完整性和连贯性,又突显叙述人调皮自然、生动风趣的自逗自捧。《老张的哲学》开篇介绍老张时说道:"洗尸是回教的风俗,老张是否崇信默哈莫德呢?要回答这个问题,似乎应当侧重经济方面,较近于确实。设若老张'呜乎哀哉尚飨'之日,正是羊肉价钱低落之时,那就不难断定他的遗嘱有'按照回教丧仪,预备六小件一海碗的清真教席'之倾向。(自然惯于吃酒吊丧的亲友们,也可以借此换一换口味。)"④ 相较于正文直接嘲讽老张荒唐离谱、吝啬抠门,言他的宗教信仰随猪羊肉价格涨跌变化,以确保丧礼菜式省钱经济,括号内的话则更为委婉有趣,看似漫不经心转移话题,从无关紧要的角度评价揶揄老张的行径,却强调突出了他小丑般的模样,促成笑料的形成。又如:"打着国旗的守旧党,脖子伸得更长。(因为戴着二寸高的硬领儿,脖子是没法缩短的。)"⑤ 作者通过对其服饰不合身和体态扭曲的补充,暗示顽固守旧派痛苦不适、狼狈不堪的处境。短脖子、高衣领形成鲜明对比和强烈视觉冲击,小说以极度不和谐的画面凸显他们可悲可笑的丑陋面目,批判守旧党抱

---

① 老舍:《老张的哲学》,载《老张的哲学　猫城记》,第76—77页。
② 老舍:《二马》,载《二马　牛天赐传》,第41页。
③ 老舍:《二马》,载《二马　牛天赐传》,第149页。
④ 老舍:《老张的哲学》,载《老张的哲学　猫城记》,第3页。
⑤ 老舍:《二马》,载《二马　牛天赐传》,第4页。

残守缺、故步自封，打着爱国的旗号拥护落后封建势力，勾结帝国主义的反动派，不敢顺应时代潮流依据国情参与变革。于嬉笑中批评讽刺是老舍显著的个人特色，括号内外内容相映成趣，为小说带来了相声的热闹气息和喜剧色彩。

（二）对口相声法

对口相声由单口相声演变而来，显示出独特的生命力。不同于单口相声表演者一人分饰两角，对口相声的表演由两位演员完成，一逗一捧，逗哏负责制造大部分的笑料，捧哏则说话较少，通过简洁的言语起到四两拨千斤的作用。由于相声是一门与观众互动性较强的艺术形式，捧哏演员是观众和逗哏对话的传声筒，观众的即时想法借由捧哏表达出来，从而实现节目与观众的思想交流和情感互动。

老舍早期小说中的人物交谈，颇似捧哏演员与逗哏演员对话，捧哏发挥穿针引线的作用，在逗哏叙述时作出简短询问，表示肯定或否定的态度，二人用地道的京味口语一唱一和，相映成趣，极具节奏感和音乐性。如沽名钓誉的赵子曰被学校开除，又谋求官职未果，武端在饭局上与其讨论未来打算的片段，充满捧逗哏的默契。由武端抛出问题主导问答节奏，赵子曰给出回答交代自己"不再念书、追求名利"的计划，双方不着调的言语中透露出对知识学问的不屑一顾以及功名利禄的贪慕向往。期间武端适时插话，反复出现北京口头禅"你猜怎么着？我也这么想"[①]，前半段上扬的语调、揶揄的语气设置悬念，后半段出其不意的回答表现认同、赞赏的心理。角色接二连三说出京味惯用语，使读者从无声的文字中获得响脆灵动的听觉享受。

捧逗紧凑的对话节奏，为小说增添勃勃生机，一来一往的针锋相对，为小说增添趣味，令人发笑。如老张想压榨学生王德省下一笔找人算账的开支，二人间的周旋极其富有相声演员对话争辩的味道。老张的如意算盘打得叮当响，但王德一眼看穿他的意图，与这只老狐狸打起了太极。面对老张的好言相劝，王德假意听不懂，而当老张逐渐失去耐心，语气变得暴躁时，王德则半开玩笑与他贫嘴、唱反调。无论老张施以利诱，还是"设身处地"为王德出主意，王德都不为所动，见招拆招。二人引人发笑的对白反映出严峻的社会现状，在动荡的21世纪初，中国倾颓的教育事业令人担忧，混乱的教学秩序无人规范。有一批如老张一样贪婪虚伪的教师，以营利为目的开办学堂。他们枉为人师，不择手段地敲骨吸髓，学生敢怒不敢言，而王德则是少有的反抗者。

[①] 老舍：《赵子曰》，载《赵子曰　离婚》，第104页。

一般情况下，日常对话及书面用语"要求说话中心明确，不应有歧解。相声会话中则常常违反此规则并因而构拟'包袱'。其方法是由甲给出一个明显有歧义的话题，设置一个陷阱，让乙及观众在理解上误入歧途，而甲最后得出与误解不同的结果"①。现实与心理预期的差异使观众恍然大悟，产生意外惊喜，以及对相声演员的机智报以欣赏。小说充分借鉴对口相声构拟包袱的方法，由"全飞了"一句省略不明产生歧义引出双方对话。这与逗哏故意设下语言陷阱稍有差异，文中更多是"说者无心，听者有意"。老张省略主语，造成妻子误以为二人谈论的对象相同，因此妻子未提及关键字眼，导致老张不解其意而步步追问。仅看语言现象，固然是有趣的，但老舍叙述的高明之处是以相声说尽悲凉。老张步步紧逼让我们看到了一个视钱如命、刻薄暴躁的丈夫，而妻子总是在回答中省去"小鸡"，不仅是信息差营造喜剧效果，又何尝不是一位地位卑贱、身不由己的女性在潜意识中对丈夫深深的恐惧。老张的一句"小鸡就是命，命就是小鸡"②不是夸张，一只小鸡固然不等同于他的命，却与他的妻子无异。他的妻子只因丢失了一只鸡，险些被他踹得丧了性命。"全飞了"，"飞了"的不是钱，也不是小鸡，而是老张的良心。

三、滑稽的人物塑造

老舍创造过形形色色的人物，有为理想甘愿赴死的进步青年，有封建守旧、苟且偷安的老派市民，有热血反叛又天真软弱的悲剧性角色，以及在旧社会苦苦挣扎、没有出路的底层女性……每一个角色身上都有时代专属的烙印，他们鲜活地站在读者面前诉说抱负，控诉苦难，低吟彷徨与不安。值得注意的是，作家笔下有一群滑稽怪诞的人物，集中出现于早期小说，他们多为中间人物或反面人物，外表、言行荒诞夸张，常常自相矛盾。这与相声的寓庄于谐、讽刺逗趣的特点相似，这也是老舍的小说具有相声性的一大缘由。

（一）荒诞夸张

滑稽的人物形象具有浮夸、异常、畸形的外表，往往做出与常理相悖、致人发笑的事情。作者塑造此种类型的人物，并非为幽默而幽默，旨在于荒诞夸张中揭示最真实的社会现实。

鹰鼻、狗眼、猪嘴的赵子曰是就读于名正大学的纨绔青年，虽然对知识

---

① 池昌海：《相声"包袱"构拟与语用"合作原则"偏离》，《南昌大学学报（社会科学版）》1997年第2期。

② 老舍：《老张的哲学》，载《老张的哲学　猫城记》，第26页。

学问一无所知、一窍不通，却精通麻雀牌和二黄。他对麻牌的狂热到了废寝忘食、走火入魔的地步，经历通宵打牌后幻想第二天在球赛上一展风采，不料被足球砸得眼冒金星、倒地不起，嘴里仍念叨着前夜的"白板""东风""发财"。唱二黄也是赵子曰的拿手好戏，在某次排练时赵子曰听信好友欧阳天风胡诌乱扯的建议，为历史英雄的头上增加两盏莫名其妙的红绿灯，其荒唐的行径跃然纸上。另外，女性与恋爱是他生活中不可或缺的要素。住院期间，他无时无刻不聚精会神地关注女部病房，不放过传来的一点门响、笑声、咳嗽，甚至给看护妇送小费打听女病人的消息。在日租界，他遇到妆后貌美的谭玉娥便一见倾心，被迷得神魂颠倒，夜不能寐。他与人仅有一面之缘，便开始一厢情愿地构思预备婚礼。然而，在他看见谭女士憔悴的素颜后态度大变，前后判若两人，不仅不识意中人，且阴阳怪气地解释自己变心的原因："谁叫你变了模样！"① 除此之外，这个花花公子还好吃懒做，一块白薯便能让他垂涎三尺；与人约定早起踏雪，外面的雪变成了泥他还在睡梦中。他与父母唯一的联系是定期索要高额生活费，如水蛭吸血一般贴在勤俭节约的父亲身上。小说中生动夸张的情节将赵子曰的虚度年华、挥霍无度、多情贪色以及好逸恶劳描画得淋漓尽致，其令人难以理解的行为却是当时中国大学生乃至社会青年的真实写照。他们整天不思忧患、游手好闲、贪图享乐，无法敏锐觉察时局变化，更未意识到肩上的民族大任。老舍将苦闷、忧愁的情绪藏匿于荒谬好笑的人物形象，将期许与希冀寄寓于尚未醒悟但手握国家希望、未来的新生力量，坚信中国人终会拯救水深火热、满目疮痍的中华大地。

《二马》中的温都太太长着标志性的小尖鼻，走起路来小鸡啄米似的。每逢想起死去的丈夫她总要哭湿几块手帕，她的眼泪似乎不是因为逝去的亲人，而是难过于丈夫没能留给她丰厚的遗产且不是战死不能得恤金。当遇上中国人租房，她害怕他们在屋内抽鸦片、煮老鼠吃，甚至担心自己的宠物狗被吃掉。她的女儿玛力，一个像"小圆缩脖坛子"②"帽子上插着一捆老鼠尾巴"③的年轻姑娘，也与母亲一般奇怪，她害怕中国人在茶水里下毒，笃定中国人血腥残忍又手无缚鸡之力。中国人的吃饭工具、饮食习惯在母女二人看来"都是根本不对而可恶的"④，在她们以及所有英国人的眼里，中国人"永远

---

① 老舍：《赵子曰》，载《赵子曰 离婚》，第88页。
② 老舍：《二马》，载《二马 牛天赐传》，第28页。
③ 老舍：《二马》，载《二马 牛天赐传》，第37页。
④ 老舍：《二马》，载《二马 牛天赐传》，第185页。

和暗杀，毒药，强奸联在一块儿"①。有时她们也会出丑，由于马氏父子让母女二人逐渐转变了对中国人的态度，温都太太为追求新潮的玛力在帽箍上绣上中国字"美"，不料"给钉倒了"。想要引起"帽子革命"的玛力像极了头上顶着"大王八"三个字，惹得老马笑出眼泪。作品以笑再现中国人旅居国外留学缺乏尊严的生存困境，温都母女荒唐的所作所为，多源于部分英国人见识短浅、思维狭隘，也因当时衰败落后的中国只能任由世界将其妖魔化，他国民众亦对中国带有民族偏见。

小说中的英国守墓人则因金钱至上闹出的笑话。老舍极其擅长对人物进行漫画式的刻画，在他的笔下，这位英国老太太的脸是个"软肉球"，嘴里只剩一颗又长又宽的牙，她的身子像个"小圆辘轴"，走起道来"小短腿像刚孵出来的小鸭子的"，"脸上的肉一哆嗦一哆嗦的动，好像冬天吃的鱼冻儿"②。她不是亡灵的守卫者，而是金钱的奴隶。马氏父子来墓地祭奠客死他乡的亲人，她在一旁满脸悲痛、哭得涕泗横流的同时不忘推销上坟的鲜花，陪着逝者家属痛哭更是与她索要买花钱毫不冲突。或许是难得遇上购买鲜花的冤大头，她一不小心当着马氏父子的面说出了心声："谢谢！盼着多死几个中国人，都埋在这里！"③ 整本小说守墓人仅出现一次，其荒谬可笑、不可思议的行为折射出英国资本主义社会普遍的心理结构。早在1848年，马克思和恩格斯的《共产党宣言》描述了这一现象，资产阶级取得统治地位"使人和人之间除了赤裸裸的利害关系，除了冷酷无情的'现金交易'，就再也没有任何别的联系了。它把宗教虔诚、骑士热忱、小市民伤感这些情感的神圣发作，淹没在利己主义打算的冰水之中"④。守墓人在利益的追逐中丧失了理性与情感，这是资本主义腐蚀人类灵魂的结果。老舍力图以滑稽冲淡人物的虚伪冷漠，以幽默揭露社会的冰冷可怖，以荒诞夸张哀叹黑暗而真实的世界。

（二）自相矛盾

自相矛盾是相声构拟"包袱"的艺术手法之一，演员在同一时间、同一条件、同一关系下，对相同的对象得出两相矛盾的结论，便会产生不协调的境况，笑料因此生成⑤。

---

① 老舍：《二马》，载《二马　牛天赐传》，第195页。
② 老舍：《二马》，载《二马　牛天赐传》，第49页。
③ 老舍：《二马》，载《二马　牛天赐传》，第50页。
④ 马克思、恩格斯：《共产党宣言》，中共中央马克思恩格斯列宁斯大林著作编译局译，人民出版社2018年版，第30页。
⑤ 王力叶：《相声艺术与笑》，广播出版社1982年版，第109页。

小说中存在许多自相矛盾的人物，主要表现为语言逻辑混乱，言行不一致，如《老张的哲学》中满口胡言的蓝小山，他一面对王德夸夸其谈，表示自己无意于婚姻恋爱，将男女关系视作洪水猛兽，一面吹嘘自己精晓爱情理论且极受女性欢迎、青睐。蓝小山的言辞透露出满不在乎、清心寡欲的态度和谈论时兴致勃勃、口若悬河的状态，形成极度怪异、不协调的画面，暴露他虚荣伪善、谎话连篇的本质。之后他询问王德的恋爱对象，假意为他们的婚恋困境出谋划策，实则包藏祸心，打算对年轻漂亮的李静下手。老舍着重抓住蓝小山洁言污行、表里不一的特点，通过展现言语和行为互相矛盾，揭破伪君子虚假面具之下猥琐卑下的灵魂，后续以地上破碎的蓝眼镜暗示热血正义的洋车夫赵四识破蓝小山的花花肠子、将他打得落荒而逃，再次嘲讽否定微不足道、不成气候的恶势力。

又如《赵子曰》中武端在学生会议上宣传闹学潮运动时，说话前后矛盾，漏洞百出，无法自圆其说。他号召众人："本着平等，共和的精神，我们也不能叫卖布的儿子作校长。"① 读者读到前两句，大概以为他要发表一番严肃正经的言论，谁知后一句令人啼笑皆非。将校长父亲是卖布小贩作为推翻校长的理由，恰恰违背了真正的平等与共和精神，武端的这套说辞不攻自破。之后这群大学生又借这番无稽之谈将校长捆起来殴打，无辜的庶务员被残忍地割下耳朵，连一月挣十块的老园丁也未能避开这场无妄之灾。这件事情充分反映了"五四运动"以后部分青年学生的无知与偏执，他们不辨是非、盲目发动闹学潮，与科学民主的五四精神背道而驰。蔡元培曾对此感到担忧心寒，表示"国民可以革政府的命，学生就可以革教职员的命"② 本身是伪命题，大学生于动荡的社会政治冲击下应保持清醒理智的思考判断，不可在学校盲目地实验革命。

主角赵子曰出尔反尔的言行亦是滑稽。他的姓名取自百家姓之首、《论语》开头，隐含事事追求第一、争强好胜之意。他因租住的公寓是"第三号房"而大失所望，将其改名为"金銮殿"才消除不悦和不满的情绪。然而，当他看到自己"名列榜末"的成绩时，却自我勉励："倒着念不是第一吗！"③赵子曰对待一塌糊涂的成绩泰然处之，全然失去了对无关紧要的房间编号斤斤计较的气势，非但不反省检讨自身问题，反而若无其事地自我宽慰，其任意变化的双重标准与杂乱的思维逻辑可见一斑。赵子曰甚至屡次否定自己之

---

① 老舍：《赵子曰》，载《赵子曰 离婚》，第 14 页。
② 蔡元培：《蔡元培全集》（第四卷），中华书局 1984 年版，第 247 页。
③ 老舍：《赵子曰》，载《赵子曰 离婚》，第 7 页。

前的行为，他一会儿声称没有烟便不做会议主席，一会儿"猛的把烟卷往地上一扔"①，向朋友们发誓从此不再吸烟："以后再看见我吃烟，踢着我走！"②没过多久，他又把烟的害处以及自己的誓言抛之脑后，浑然不在乎地抽起烟卷。其前后想法背道而驰，语言动作激烈夸张，读者极易从中收获出乎意料的愉悦。"扔"的猛烈动作，"踢"的坚定誓言，在赵子曰若无其事、毫不在意地再次吸烟之后，沦为了巨大的笑柄。老舍用寥寥数笔勾勒出赵子曰嗜烟如命、自制力差的个性特征，对其荒废学业、不学无术、只知吃喝玩乐的形象进行进一步补充，但其幽默的艺术手法也是对这一成长型人物予以包容的。

总之，老舍怀揣对北京民间文化的热爱，凭借丰富的生活经验、深厚的语言功底及独具一格的审美追求，形成个性特色鲜明的风格。在小说创作中融入相声因子，尽管前人已有类似的尝试，但老舍在语言、叙述、人物塑造方面进行了创新性实验，做出重大突破，包括借鉴通俗幽默的相声性语言，将逗哏捧哏互相调侃打趣巧妙地融进小说叙述，以及塑造令人捧腹大笑、滑稽的人物形象。然而，相声只是老舍为小说穿上的幽默外衣，其实质是以笑反映国家动荡、民族危机，讽刺作威作福的封建势力，批评尚未觉醒、浑浑噩噩的普通民众，揭示底层人物被剥削压迫、凄惨可怜的命运。

延伸阅读

1. 韩琛：《三城记：异邦体验与老舍小说的发生》，载《文学评论》2017年第 5 期。跨界东西的异邦体验、多元一体的身份认同，让老舍小说变得杂音起伏、多义交响，形成了一个复杂的文本世界。老舍小说的发生过程表明，现代社会在某一时段确立起来的文学体制，既发明出一种特殊的文学主流，也暗示了"执拗的杂音"的普遍存在，是后者而非前者，构成了文学现代性之无限趋新求变的永恒动力。在汇流于五四文学传统的同时，亦敞开其作为一个历史原点的开放性与复数性，这才是老舍及其小说的真正价值所在。

2. 何云贵：《老舍小说中的"两性问题"》，载《当代文坛》2016 年第 3 期。老舍较多注重从性别角度去关注和思考两性关系问题，他对妇女解放问题的敏锐关注，对婚姻问题的深入思考，以及对性别压迫现象的尖锐批判和生动的文学表达，已达到了同时代其他作家所没有达到的思想与艺术高度。

3. 季剑青：《老舍小说中的北京民俗与历史——以〈骆驼祥子〉〈四世同堂〉为中心》，载《民族文学研究》2015 年第 1 期。老舍擅长在一个相对稳

---

① 老舍：《赵子曰》，载《赵子曰　离婚》，第 13 页。
② 老舍：《赵子曰》，载《赵子曰　离婚》，第 13 页。

定的空间内铺展北京市民生活的人情世态，为了保持北京市民生活世界的自足性，历史事件和历史变迁往往被有意无意地推到模糊的背景位置上，其代表作《骆驼祥子》中表现得尤为明显。《四世同堂》中历史的巨流开始冲破北京民俗文化的自足性，小说中的人物也摆脱了民俗文化标本的特征，成为了自主选择命运的主体。

4. 卢军：《清末至民国民间经济生活的生动写照——论老舍小说的经济叙事》，载《东岳论丛》2014年第7期。经济叙事在老舍的多部小说中占据很大篇幅，对塑造人物、建构情节起到重要作用。对经济的书写涵盖了人物的商品经济意识、经济来源、消费观等方方面面。通过对不同人物的商品经济意识和经济行为的描述，老舍在小说中揭示了农耕货币观念与商业货币观念的鲜明对比；展现了东西方经济思想的差异及经济伦理观的尖锐冲突。

5. 曹金合：《族群意识的抒写与民族文化的凸显——论老舍小说创作的满族文化情结》，载《东岳论丛》2013年第2期。老舍在小说创作中表现出浓郁的满族文化情结，不过在不同的时期，具体的表现形式不同：中华人民共和国成立前，主要采取"隐式满族文学"的形式，对满族的尚武文化、贞节文化、风俗文化采取压抑性的抒写策略；中华人民共和国成立后，对满族文化采取了张扬性的抒写方式。但不管采取何种形式，都与老舍的满族文化情结的创伤性记忆有关，反映在小说风格上，"含泪的笑"的幽默艺术和悲剧结局正是他的创伤性记忆的典型表征。

思考题

1. 《骆驼祥子》隐含着"乡村/城市"二元对立结构，试着梳理一下，老舍还有哪些作品包含着或者体现了这个结构？

2. 以《鲁滨逊漂流记》为例，比较笛福的"个人主义"和《骆驼祥子》"个人主义"不同精神内涵及其历史遭遇。

（胡志明　郑如琦　执笔）

第7讲 《暴风骤雨》中的日常身体与性别化空间

对于周立波的长篇小说《暴风骤雨》的研究，在1948年5月举行的《暴风骤雨》座谈会上，宋之的、草明、赵则诚、金人、黄铸夫、李一黎、舒群、周杰夫等诸多文艺工作者都发表了读后感言，他们的发言涉及作品的人物形象塑造的典型性与否，素材的掌握、组织和处理，作品的结构艺术和叙事模式，作品的思想性，作品的地域性与民族性等主题，但大多是比较笼统的或琐碎的意见，不够细致，对文本的看法也是褒贬不一。蔡天心从《暴风骤雨》里看东北农村新人物的成长并就作者回避了土改斗争思想上本质冲突的问题提出了创作方法上的意见。陈涌则指出《暴风骤雨》虽显著地表现了周立波的强烈的政治热情，但作品在艺术上显得过于单纯[1]。在特殊的历史时期，《暴风骤雨》也曾被"四人帮"及其御用的舆论工具污蔑，认为其是为"推行修正主义路线鸣锣开道"，"拼命宣扬布哈林的富农路线"的"反动小说"[2]，刘锡诚先生在《谈〈暴风骤雨〉及其评价问题》一文中对这一颠倒黑白的说法进行了驳斥。除此之外，学界通常把丁玲的《太阳照在桑干河上》与周立波的《暴风骤雨》放在一起进行研究比较，考察二者在重大历史事件下的历史深度。对于《暴风骤雨》一书的写作经过，周立波也曾自言其"三不够"，即气魄和气质不够，材料不够和语言不够[3]。

无论是读者的反馈还是周立波的自省，都可以看出对于《暴风骤雨》文本的研究，其社会历史、创作背景、作家经历等是学者们重点考察的方面，在简单的、机械的社会反映论和决定论的基础上研究文本，《暴风骤雨》就被打上了深深的时代烙印。由于政治的直接影响，"身体"一词在比较统一的意识形态和高度一体化的历史语境中是与资产阶级"欲望"相关联的词语，而"欲望"又会衍生贪婪、暴力、血腥，在阶级斗争二元对立思维的支配下，"身体"是不被国家宏大叙事主题所容纳的，它意味着"未知"，所以主流意

---

[1] 李华盛编：《周立波研究资料》，知识产权出版社2010年版，第273、277页。
[2] 刘锡诚：《谈〈暴风骤雨〉及其评价问题》，《社会科学战线》1979年第4期。
[3] 李华盛编：《周立波研究资料》，第245、246页。

识形态对身体的感性持或本能控制或训诫的态度。但是，身体与人类的理性法则之间具有难以弥合的冲突，它像人的智力一样，是隐而不彰的。

需要说明的是，关键词中的"身体"是美学和文学意义上的"身体"，是诗性的身体，而不是简单被定义为生理意义上的血肉之躯。如果对身体内涵的理解局限于传统意义上的"性"，或者泛化为抽象化的人性，忽略"身体"的诸多面相（如情爱、创伤、暴力等）以及"身体"所展现的生命感性因素（如欲望、体验、感觉等），那么对"身体"的主题研究和视角选择就会比较狭隘，研究质量也会大打折扣。

《暴风骤雨》虽然成书于1947—1948年，但是它所遵循的文学观念和态度早在1942年就已经定型，所以它常被纳入十七年文学讨论之列，对其中的身体书写也在十七年文学研究的身体阐释之列，但前者只作为后者的整体性、系统性阐释的论据稍有提及，并无细致的研究，如此，从身体视角关注《暴风骤雨》中的身体是如何呈现意义的，以及其身体书写具有怎样的表达功能，有利于加深我们对小说的认识。

一、"讲话"背景下的身体话语构境

自毛泽东在延安文艺座谈会上发表讲话始，阶级立场就成为无产阶级文学创作的意识形态使命，于是，兼具自然性和个人性的"身体"自然而然存在于主流意识形态合法的集体政治信仰的关注范围之外、被贯注在控制个体的权力之上。作为革命干部的周立波在《暴风骤雨》中对"身体"的书写，明显受到了特定政治环境的干预和规范，他必须以革命工作的立场将身体的生理欲求放逐到故事情节的逻辑发展之外，但是集体化的政治生活毕竟不能占领人的生活的全部，个体的感觉首先便是个体独有的，别人无法体会，人口的生育、健康与疾病、衣食住行等都需要身体在场并参与，即使在真实的"一体化"政治历史语境下，作家的理性层面会被革命理想所制约，"身体"在一些细枝末节处仍然会露出蛛丝马迹。周立波的《暴风骤雨》明显体现了既要极力漠视身体，应和主流意识形态话语，又在不自觉地涉及国人的身体，这就构成了"身体"在主题与细节、结果和过程上的"悖论"。

（一）周立波的身体观念

从《暴风骤雨》中可看出，周立波既有对肉体、疾病、暴力、性的直接描写，又与身体的诸多面相和体现形态有复杂的互动。南帆认为，"代码"是作家建构人物躯体形象最重要的组织要素，作家们"根据特定代码所表示的意义系统可以建构出相应的人物躯体形象",所以代码的接收者可以通过分析代码解读出"社会文化对躯体的预设和假定"①。周立波有强烈的政治热情,《暴风骤雨》是在毛泽东《在延安文艺座谈会上的讲话》(以下简称《讲话》)以及党中央发布的《五四指示》和《中国土地法大纲》影响下的产物,这些文件以及会议指示精神对周立波小说文本身体的建构产生了深刻的影响,他根据早已拟定的特定"代码"代表的"意义系统",创造出符合主流意识形态的身体形象。英雄型的正面人物和恶魔型的反面人物都在周立波的自觉臆想下突破了身体原型的极限,最大限度地打破了身体原型的束缚,仿佛被赋予了特异功能,正义的使者被神化,邪恶的帮凶又颇具魔性,而神与魔是在超凡的、无实体的观念上得到存在,是不需要真实身体在场的非生命体,本身就以对身体的抛却为本质,在这种情况下,身体就是作者基于特定的社会、文化和人际关系虚构的一个"代码"。

　　与此同时,周立波又是一个忠诚的现实主义者,他创作的题材、人物、情节,都以深入现场生活积累的素材为基础,尤其是细节,必以亲身所见所闻为基础,他不可能将他笔下的所有人物全部神化、魔化,也不可以随意地用"代码"拼凑贴合身体,所以他对于笔下的"身体"进行了某种程度上的"乔装打扮",把他们的神性和魔性适当"祛魅",写农民既要写出他们与一般农民不同的新质,又要表现出他们的"人间性"和"世俗性",点出他们不那么完美的一面,比如小说的主人公之一郭全海,作为一个世俗的个体,他并不天生完美——郭全海因张富英等坏分子的欲加之罪被无辜赶出农会,从此独善其身,抱着清静无忧的态度回到了个人的小天地,新婚燕尔之际他不想参军也是人之常情。

　　身体具有日常存在性特征,也是人感知世界、认识世界的最原始通道。"日常生活"是人基本的生存状态,它最大的特点便是身体的在场与参与,但自"讲话"始,"日常生活"便与革命事业之间的关系发生了微妙的变化,现实世界中真实的日常生活和文学对本该绚烂多姿的生命活动的描写都被特定政治环境规定了终极意义,政治主宰着日常生活,"身体"的日常生活状态也被公共视阈下的集体化政治空间所占领。作为一个革命事业的肱股之臣,一个有着强烈生命情怀的作家,周立波并没有将政治与"日常生活"完全对立,而是将对政治主题的表达自然而然地融入日常身体的描写之中,寻求两者的妥协与融合。1946年寒冬腊月之际,肩负起领导东北松江省尚志县元宝区人

---

① 南帆:《躯体修辞学:肖像与性》,载《身体写作与文化症候》,中国社会科学出版社2011年版,第110页。

民投入土地改革运动洪流使命的周立波随工作队一起来到了这片广袤肥沃的黑土地上，他秉持"三同一片"的原则，与贫苦农民直接对话，虚心向群众学习，长期的农村生活经验让他对农民的生活和感情有较多的理解和同情。从《暴风骤雨》中作者对元茂屯中几对贫苦夫妻——赵玉林与赵大嫂子、白玉山与白大嫂子、花永喜和张寡妇、侯长顺和李兰英、郭全海和刘桂英、田万顺和田大嫂子等的日常活动的描述中可以看出，作者并没有回避对家务事和儿女情等琐碎的日常生活的描写，农民对革命的认识、对暴力的反抗、对道德的评判、对情爱的表达，都在政治理性与生命感性之间摇摆，这正是作者在观念与现实之间所做的一个平衡，也正因为如此，作者对"身体"的书写既符合革命宏大叙事，又饶有生活情趣。

（二）阶级话语与身体形态

《暴风骤雨》中对"身体"的书写带有明显的阶级预设和想象，站在无产阶级立场，对待革命英雄是"歌颂"，对待人民大众的敌人是不遗余力地"暴露"，而对待统一战线中的各种同盟者，是既联合又批评。以阶级来分"人"，以政策来定创作态度，因此对身体的书写必然表现为"身体"的写意化。在《暴风骤雨》中，对"身体"的书写大体分为以下三类。

第一类是被肯定的"身体"。英雄人物形象所呈现出的身体大都归为"崇高的身体"和"浪漫的身体"[①] 一类，这是周立波以仰视视角塑造出的一种具有模范性质的身体形态，深藏心底的英雄崇拜情结在无意识地泛滥，使得作家对笔下的人物缺乏理性分析，身体成了超越自然的存在。《暴风骤雨》中被肯定的"身体"，是在革命战争和建设环境下经受了洗礼的农村干部形象，如赵玉林、郭全海与萧祥等，他们明显具有一个共同特点：公而忘私。诚然，人对世界的观察和感受必然会带有主观情绪，在日常生活中会有烦恼，有各种各样的冲动和私念，所以要做到完全公而忘私是非常困难的，首先要"灭人欲"，最大限度地扬弃身体的本能欲望，忽视甚至革除身体所有的真实感受和本能反应，不能被苟且的生存欲和贪婪的性欲所蒙蔽，也不能被它们所操控，劳累、饥饿、疾病、伤痛、死亡在集体的政治信仰面前是微不足道的，身体对自然界的感知功能可以被漠视，如低温对身体的折磨，光线不足对眼睛的损害，饥饿时食物香味的诱惑，都远比不上革命工作重要，所以书中的英雄人物基本上都是废寝忘食夜以继日地工作，他们总是行色匆匆，像机械一般在流水线上自动化生产，他们积极响应共产党的政策和号召，蔑视个人

[①] 李蓉：《"十七年文学"（1949—1966）的身体阐释》，人民出版社 2014 年版，第 54 页。

私利，在日常生活中显得笨拙，对处在客观环境下的身体的不适感表现为木讷、麻木，个人的身体欲求让位于集体无意识，这样的让步和牺牲既崇高又浪漫，本质上却是对个体身体的抛却和否定。

  第二类是被彻底否定的"身体"。这类身体是作家站在政治、道德伦理的制高点俯视被革命的对象，诸如追求个人享乐的阶级敌人、叛徒、小资产阶级、堕落腐化的反动派。以韩凤岐为首的"元茂屯三大粮户"，他们势力较大，社会关系盘根错节，处于元茂屯社会关系的中心，他们有一个共同的特点：自利损人。韩凤岐在元茂屯俨然是一个"土皇帝"。元茂屯里的乡亲差不多都受过地主的迫害：地主使用强力、硬性地霸占农民地血汗、财物、粮食、农产品、布帛、家宅井地等都被他们据为己有；凡能够从中牟利的大小事的决定权都掌握在家族手中，巴结日本侵略势力，勾结权贵；以公谋私，将私人恩怨军事化、政治化，并把武器都聚集在自己手中，"弱民"是为了"控民"；逛窑子，抽大烟，强暴妇女，贩卖女性，娶三妻四妾，无恶不作。韩凤岐的外号"韩大棒子"就是他作为一个贪欲者罪恶的象征。

  第三类是需要联合批评的"中间人物身体"。它与上述提到的两类"身体"相比更复杂，能鲜明地表现出其不稳定性。小说中花永喜和侯长顺都在革命大我和家庭小我之间摇摆不定；中农刘德山对土改既惧怕又犹疑，谨慎地反抗政策，后又迫于形势适度遵从；贫农王老太太在农会帮助解决操心已久的儿子的婚事后才遵从工作队的领导；二流子李毛驴在地主的长期压迫下自轻自贱，破罐子破摔；赶车的老孙头思想守旧，好扯淡，爱打小算盘；田氏夫妇胆小顺从，麻木地忍受地主的残害。这类"中间人物身体"反映的更多的是一种对东北农村生活的感性记忆，包括贫苦、饥饿、暴力下的身体记忆，这种感性记忆关乎身体，而非"话语"。他们有一个共同点：意志软弱。意志软弱的原因是身体的不安全感，表现为物质上的无保障，对位高权重者性情、行为的不可控以及精神上的无力感。期待身体获得舒适感的人沉溺于日常生活，追求身体的生活质量，无法放弃个人生理欲求得到满足时的愉悦感；热爱置办土地家宅的人有强烈的身体归属感，他们需要一纸地契把漂泊不定的身体"定"下来，使不安定的心有个避风港；而胆小顺从的人往往身体敏感、细腻，当身体的某种存在方式面临威胁时，他们会条件反射地迅速反应，这是因为以往身体在某一阶段的记忆使他们产生了某种思维定式，比如被占便宜、被抢劫、被毒打、被欺骗、被残害等产生的痛苦在受害者心里形成权威，由此导致的"变天思想"在工作队的土改动员工作中一直是不利的因素。小说中，许多农民认不清土改形势时所采取的一些"自保"行为，例如偷奸耍滑、开小差、装傻充愣、转移话题、使苦肉计、假装妥协等等，都是身体在不确定安全与否情况下所选择的生存策略。作者对这类弱势群体渴望稳定、安全的心理需求都给予了同情和理解。

二、日常身体与社会场域互嵌的文化审视

（一）东北民间情趣下的身体狂欢

周立波的小说善于展现具有地域特征的农村日常生活，其小说《山乡巨变》与湖湘文化以及益阳风情息息相关，而《暴风骤雨》则真正体现了东北民间诙谐文化的独特魅力，从其在小说中驾轻就熟地使用东北方言就可见一斑。巴赫金的"狂欢化理论"认为，"狂欢"可以概括为四个方面，一是"随便而亲昵的接触"，二是在狂欢节上颠覆权威的"插科打诨"，三是转换阶级身份后的"对立和俯就"，四是"用不雅的、与人体生殖器官有关的语言对神圣的形象进行仿讽"。[1] 可见，当底层民众长期处在紧张的、阶级秩序森严的政治氛围中时，他们会采取多样的形式来放松身心，而这些形式无疑是一场"身体的狂欢"。在《暴风骤雨》中，我们常常可以看到一些颇具东北民间情趣的身体行为和身体语言，如元茂屯邻里夫妻间玩笑性的荤话，老孙头"坠马"时诙谐的身体行为，"赵光腚""胖疙瘩""韩长脖"等与身体有关的绰号，都涉及身体的民间书写现象。

荤语言带有荤的元素，通常会以插科打诨的形式含沙射影地调侃主流，在给人幽默之感的同时又带有强烈的讽刺色彩。荤语言是民间习用的话语形式，在文中出现有好几处，例如白胡子在第三次斗争韩老六时突然插话问韩有没有逛过妓院，用转移注意力的方式给了韩老六一个先入为主的机会，使得农民的斗争情绪转入退潮期；在扳倒韩老六这根毒瘤后，有人劝花永喜娶一个老婆或者"拉帮套"，花永喜怼了句："找你娘们行不行？"[2] 别人把这句话当成玩笑性的荤话，但花永喜回家就开始翻来覆去地寻思要找个媳妇，于是就有了后来花永喜因与张寡妇相好而脱离农会的情节；抓地主坏根时，老初扯起大嗓门羞张富英和老杨家女人小糜子跑到榛子树丛里行苟且之事，张富英在众人面前羞愧难当，随即被赶出农会；搜地主浮物时，刘桂兰要杜家二儿媳脱衣裳检查，瘦麻杆子羞刘桂兰是黄花闺女，不能抹开脸叫别人脱衣裳；杜家的两妯娌吵架，各种粗俗下流的粗话都毫不避讳地脱口而出，胖疙瘩骂瘦麻杆子："骑马带子露出来给千人瞅，万人看，也不害臊，也不识羞的。"又说："你病是你自己作下的，黑更半夜，是谁叫唤的？月子里作下病，

---

[1] 王巧霞：《狂欢化理论与大众文化之剖析》，《北方文学》2017年第29期。
[2] 周立波：《暴风骤雨》，人民文学出版社2005年版，第167页。

怪人家。"① 仔细品读发现，这些带有性暗示的荤话和身体攻击语言的出现并不是偶然的，一方面，它滑稽逗乐，使现场的氛围和民众斗争情绪有张有弛，另一方面，它使全文情节之间的联系更加连贯活跃。

底层农民和知识分子相比，前者是泥土里生长的，后者"喝过墨水"，后者善于运用语言文字表达情感，而前者由于切肤的身体记忆，更习惯用身体来表达感受，就连给人起外号都会涉及身体或身体的某些部位，具体体现为以个人姓氏加身体的某器官或以某显要特征为名来代指整个人物，如赵玉林外号叫"赵光腚"；韩世才外号叫"韩长脖"；韩凤岐的大老婆长得"中间粗、两端尖"，身形像枣核，于是称其"大枣核"；杜家小儿媳和二儿媳一个胖得像球，一个瘦得像麻杆子，于是分别被称为"胖疙瘩"和"瘦麻杆子"；韩老六的磕头兄弟唐田的外号"唐抓子"，是为爪牙之意；跑腿子的侯长寿外号"侯长腿"；李发外号"李毛驴"。以上小说人物的"中国式绰号"，多与身体的各部器官相联系，虽然命名方式简单粗糙，但体现的是原汁原味的民间文化形态。作者像《水浒传》那样给在东北农村的泥土里生长的底层人物做"传"，体现了其小说创作的平民意识。

作者在文中对家庭伦理纠纷的描写颇有东北"二人转"或喜剧小品的风格，也具有民间生活趣味：如白大嫂子平日总是和白玉山干仗，两口子犹如针尖对麦芒，因韩长脖的挑拨离间，白大嫂子吃醋犯猜疑，先是不给白玉山留饭，再抢了他的鸡子儿，最后两人忍无可忍干起仗来，有趣的是白玉山不知道吵架的原因；杜家胖疙瘩和瘦麻杆子两妯娌吵架时彼此将对方的隐私公之于众。女人争风吃醋、妯娌间家长里短的经济纠纷、伦理纠纷，结果上没有造成你死我活的身体伤痛，过程中没有政治意识形态的参与，脱离了政治色彩而较少有阶级斗争意味，既还原了原本的乡村生活面貌，也给小说增添了一种轻松、自由、趣味、幽默的生活气息。

老孙头是全书贯穿始终最具"诙谐"特质，也是最能表现东北"民间"特征的一个人物。这主要表现在他言行的不一致上：在第一次群众摸底大会上，老孙头见许多落后分子找借口逃离现场，指责他们是"满洲国脑瓜子"的同时，自己也悄无声息地逃离；老孙头夸耀自己走南闯北，就是凭胆量大，可是工作队分批牲口给他，他不敢要，还犹豫要不要把分给他和邻近三家的一匹青稞马归还农会；老孙头当面满脸带笑地尊称杨老疙瘩为"杨主任"，背后却说他是"狗腿子"主任；老孙头在"分果实"时把"华达布"说成是哗啦一声就撕破的"哗啦布"，把地主仓库说成鞋铺；老孙头嘴上说分什么就领

---

① 周立波：《暴风骤雨》，第 271—272 页。

什么,"眼睛却骨骨碌碌地总是瞅着马圈";当配给到两个上面绣着字样的洋枕时,老孙头插科打诨道:"一对花才开,送给我?我老孙头今年平五十,老伴四十九,说是一对花才开,这花算是啥花呀?老花眼镜的花吧?"① 这话引得哄堂大笑;老孙头听开玩笑的老万说李桂荣来告他的状,他信以为真,强装镇定又慌忙辩解。书中曾对老孙头有这样一段生动形象的描写:

  老孙头脸吓得煞白,一面甩鞭子,一面瞪着眼珠子,威胁地叫道:"你敢来,你敢来!"狗不睬他的威胁,还是扑过来。老孙头胆怯地往后退两步,狗逼近两步,老孙头大胆地朝前进两步,狗又退两步。正在进不得,跑不了,下不来台的时候,他情急生智,往地下一蹲,装出捡石头的模样,狗远远地跑到小猪倌跟前,去和他打交道去了。老孙头直起腰来,用手背擦擦沿脑盖子上地汗珠子,脸上还没有转红,嘴上嘀咕着:"我知道你是不敢来的。"②

  在上文中,我们可以看到一个久经世故的赶车老把式趣味的语言与滑稽逗乐的身体行为的不一致性,这种差异,营造了一种欢乐、兴奋的"诙谐"风格,"一方水土养一方人",老孙头幽默、豁达的性格,正是东北这片广袤肥沃的黑土地养育的,他身上残留着旧式农民的"自私",但这并不是罪大恶极的,农民追求生活的质量,身体获得解放和满足,本就是土改承诺的结果。老孙头身上释放出的是身体感性的日常化生活情绪,嬉笑怒骂间都没有遮掩人性的理想和身体的本能,人们可以对他随意调侃,读者也在势不两立的阶级斗争和凝重的政治化写作氛围中获得情绪上的舒缓与愉悦。

  从上述"诙谐"的身体描写中可以看出"民间"与"身体"在审美上的一致性,"向下性"的荤话,吵架斗狠的夫妻、妯娌,趣味的身体绰号,中间人物滑稽的身体行为和语言,都体现出传统民间的自由与欢乐,透露出身体的感性与民间的日常气息相契合的一面,也因为它们的存在,让小说在政治意识形态的强力渗透下,还保留着原生态的"民间"特质,焕发出艺术生命力。

(二)集体创伤视角下身体与权力的对话

  元茂屯里的农民在工作队到来之前都遭逢过暴力压迫,他们都直接或间接地受过地主的毒害,农民的伤痛和死亡就是地主书写的罪恶史,且是农民以"诉苦"和"唠嗑"的方式呈现的。

---

① 周立波:《暴风骤雨》,第164页。
② 周立波:《暴风骤雨》,第245页。

第 7 讲　《暴风骤雨》中的日常身体与性别化空间 ｜ 97

"日本鬼子把他和别的三百多个抗联同志一起，一个一个装在麻布袋子里，一个一个在石头上高高举起，又啪嗒摔下，血和脑浆从麻袋里流出来，在麻袋上凝成一片一片的黑疙脂。"①　这是工作队成员王春生父亲被害时的血腥场景。挖井的老张辛苦工作，满心以为付出能得到回报，结果他们的劳动成果被韩凤岐以无地契为证为由硬性霸占。贫农赵玉林因缴租粮过了三天期，"韩老六罚他跪在铺着碗碴子的地上，碗碴子扎进他波棱盖的皮骨里，鲜血淌出来，染红了碗碴子和地面，那痛啊，直像刀子扎在心窝里"②。中农刘德山在连饿带冻的情况下被强迫搬运尸体。郭全海的父亲郭振堂被韩老六拉着陪赌输光了金钱，在患病之际被韩老六毫不留情地叫人抬出去，寒冷的暴风雪下，郭振堂被活活冻死。白玉山三岁的儿子小扣子被韩老六掀倒，"头碰在一块尖石头上面，右边太阳穴扎一个大坑，鲜血往外涌"③。老田头三年累死累活盖的三间房被韩老六霸占做了牲口圈，他的女儿裙子被韩老六扒光衣服抽打致死，尸体上没有一块好肉，妻子因此悲伤过度，哭瞎了眼睛。小猪倌吴家富的母亲被韩老六霸占，后又被卖到双城的窑子，他自己也差点被韩老六和李青山毒打致死，"马鞭子抽在吴家富的脊梁上、光腚上，拉出一条一条的血沟。李青山也用木棒子在他头上、身上和脚上乱打，血花飞溅在韩老六的白绸裤子上"④。北门张寡妇的儿子张清元被韩老六派人用绑靰鞡的麻绳勒死，后来韩霸占了他的媳妇，最后又把她卖了……

如果要对书中此类兽行做一个统计的话，韩老六和其爪牙明着杀害暗暗整死的人命有二十七条，强奸、霸占、玩够了又扔掉或卖掉的妇女有四十三名。如此多的血债，残忍至极的虐杀，怎能不引起群众的暴怒？身体的伤痕会愈合，但身体遭受暴力时会伴随羞愧、耻辱、愤怒和悲痛的记忆，"好了伤疤不能忘了疼"，工作队的到来就是要激起甚至加深农民的身体记忆，阶级敌人的凶残，恰恰是为了表现革命的必要性和合法性。"受创的身体往往通过伤疤、疾病等记号来显现"，"表面的伤疤因此讲述了人与世界的深层的关系"⑤。小说中，农民多会在诉苦时把身体的伤疤暴露给人看，比如赵玉林把韩老六让他跪碗碴子留下的伤疤给人看，小猪倌吴家富在谈历史、定成分的"分果实"大会上把被韩老六毒打留下的鞭痕给人看，刘桂兰提出与小丈夫离

---

① 周立波：《暴风骤雨》，第 26 页。
② 周立波：《暴风骤雨》，第 53 页。
③ 周立波：《暴风骤雨》，第 80 页。
④ 周立波：《暴风骤雨》，第 140 页。
⑤ 柯倩婷：《身体、创伤与性别——中国新时期小说的身体书写》，广东人民出版社 2009 年版，第 10 页。

婚时把被婆婆用锄头锤打留下的伤口给人看。暴露伤疤给人看，一方面是为了控诉，另一方面是为了宣传，身体的伤疤不仅是地主施虐的罪证，也起到了宣传阶级意识的作用，在这种情况下，带有伤痕、残缺的受难身体确实是神圣而庄严的。

在土改中，地主经常会以中央法令对八路军不得使用暴力的纪律规定做顽固的抵抗。在第一次斗韩老六时，韩老六就对愤怒的小王说："八路军共产党不兴骂人打人的呀，小同志。"韩老六心里得意，觉得抓住了小王的把柄，韩老六的小老婆江秀英又对萧队长说："你们扣起咱们当家的，这不是抗违了你们的伟大的政策吗？"① 从进化论的角度看，施暴是动物在弱肉强食、适者生存的残酷环境下得以生存的重要能力，也是一个生命破坏另一个生命的必要手段，人虽与自然界中的其他生命区别开来，但其属性中仍有自然属性，即人的兽性。"人类的兽性是潜藏的，一般不显现外露，受人的思想支配。如果不介入活动，不表现为一种行为，它只能是一种潜在的存在，并不危害他人和社会。"② 阶级斗争是群众性的你死我活的战斗，要推翻地主阶级，就要激发"人类的兽性"，当然，激发兽性并不是要危害他人和社会，而是从中获取反抗的力量。农民要解恨，想到的第一个方式便是对地主的身体进行折磨和惩罚，横拉竖割，继而消灭他的身体，这也是人潜在的"兽性"的影响。由此可见，革命一定会涉及身体的暴力，地主对农民如此，农民对地主也是如此。

"战争是对人类和平的挑战，它必须以正义之名才能获得合法性，而当战争被自我赋予了这种特殊的权利，暴力也就变成理所当然。"③ 在阶级斗争中，由于地主阶级直接或间接地背负着巨额血债，且有着罪恶的剥削史和反革命史，因此，审判他们时，施暴就成了理所当然的仇恨宣泄方式。正如赵玉林所说："非革他的命，不能解这恨。"民众暴力情绪的激起离不开工作队的介入，小说中，工作队队长萧祥掌握了韩凤岐的各种罪证，但是他并没有径直公布，也没有包办，而是让群众以诉苦的方式一次次累积情绪，在忆苦之中将他人的痛苦记忆嫁接在个人身体的感受上形成共鸣，所以，在最后审判韩凤岐时，民众的暴怒是自卫队拿枪都挡不住的。在第三次斗争大会上，张景祥提出要揍韩凤岐为母报仇，结果一呼百应，场面一度混乱，有的人还

---

① 周立波：《暴风骤雨》，第56—57页。
② 龚家淮：《再探人的人性与兽性》，《内蒙古师范大学学报（哲学社会科学版）》2019年第4期。
③ 李蓉：《"十七年文学"（1949—1966）的身体阐释》，第55页。

错挨了棒子，但是谁也没有埋怨；在打土匪头子韩老七时，花永喜对着已死的土匪尸首补枪，就因为太恨他了怕他没死透；还有的人在韩长脖的尸首前长篇大论："你皱着眉头干啥？不乐意？咱们是不能叫你乐意的，要你乐意，元茂屯的老百姓，都该死光了。"[1] 韩凤岐最后的结局是县委同意杀人偿命，枪毙论处。可见，在斗争大会这样公开的仪式上，对地主进行镇压，是对主权者权威的象征性展示，地主及其帮凶的身体变成了高度可见的惩治对象，成了众人宣泄仇恨的承受体，而民人则从打压、击溃"敌人"的身体中获得复仇的快意。

地主阶级对农民阶级的身体施暴，身体的创伤凝聚着痛苦的身体记忆，但在阶级斗争观念的支配下，身体的伤痛和死亡反而成为农民翻身的动力因素。在革命取得胜利之际，阶级敌人的身体是众人宣泄仇恨的出口，对阶级敌人的身体进行打压是可以得到理解的情感宣泄方式，只不过，能够得到原谅的暴力行为必须站在阶级仇恨的高度上，而非出于个人的私仇，这也是作者所持有的阶级立场和创作态度。

（三）革命叙事遮蔽下的身体本能表达

身体的感性本能在革命中是要被极力排斥的对象，尤其是关乎个人感性生活的婚姻情爱，更是与革命信仰直接关联，革命英雄人物的爱情建立在共同的集体化政治信仰之上，私人的感情只能被认为是革命工作的拦路虎，所以十七年文学长廊中许多"革命＋爱情"模式的小说都极力削弱甚至消灭对个人感情生活的描绘，但在周立波笔下，我们却看到了身体本能的委婉表达，这也是《暴风骤雨》的突破性所在。

赵大嫂子是典型的遵从"男主外、女主内"的日常生活模式的传统女性，她对赵玉林有明显的依赖，她把这个男人当作自己的天、自己的一切，以及生活的主宰。在赵玉林去世之前，她一直心甘情愿、毫无怨言地操劳着家里的大小事务，但她并未沉溺于日常生活或沉迷于家庭角色，也没有像张寡妇一样阻止男人为集体服务，而是因为"恋着精明强干而又心眼诚实的老赵"[2]选择投身革命的洪流。多年来，她跟着赵玉林受苦受累，甚至贫苦到露着腚务农的地步，分果实时，赵玉林秉持着先公后私原则，分得几件破旧衣裳，她也没有争夺更多果实的欲望和奢求，朴素地认为穿衣只要不露肉就行。赵玉林死后，她没有改嫁，尽心尽力地抚养儿子锁柱，还继续完成丈夫的未竟之业——收养了小猪倌吴家富并供他读书。这样一个善良的女性积极参加妇

---

[1] 周立波：《暴风骤雨》，第 183 页。

[2] 周立波：《暴风骤雨》，第 175 页。

女农会、投身革命的出发点是其对赵玉林深切的爱，而非完全出于阶级仇恨。

花永喜与张寡妇的结合、侯长寿与李兰英的结合，是作者在政治理性和生命感性之间做出的艰难选择。花永喜是打土匪时立过功的英雄，萧祥想把他介绍为党员，但是花永喜的功劳和荣誉都在与张寡妇的结合中毁于一旦——张寡妇代表的是家庭小天地，代表着沉溺于日常生活享乐，花永喜与她的结合便是脱离政治群体，被认为是"忘本"。侯长寿是受尽苦难的贫苦农民，按道理他有权利获得斗地主胜利的果实，但是因为与李兰英结合，他就不配去比成分、分果实——李兰英是地主的女人，与她结合意味着向地主投降。花永喜沉溺于家庭日常生活的舒适感，侯长寿则出于身体需求以及对地主女人的同情，他们的婚姻都是由于身体内在的情欲，而非政治目的。那么，问题就来了，工作队在土改之前就承诺了要带领农民"翻身"，获得幸福生活，而花永喜和侯长寿对幸福的定义就是"老婆孩子热炕头"，身体获得解放和满足，那为什么他们的结合不被大家认可呢？这显然违背了工作队的承诺。从这两对夫妻的结合中，周立波就提出了这样一个问题：世俗的爱情与婚姻在革命事业面前当真没有一丝呼吸空间吗？身体的本能在革命中到底有没有表达的权利呢？周立波在郭全海与刘桂兰的结合中给出了答案：毫无疑问，郭全海与刘桂兰是相互青睐的，从他们在相处中出现的羞涩反应就可以看出，工作队队长萧祥希望郭全海先安家后立业，郭全海的生活质量提高了，工作就能更安心。也就是说，周立波认为婚姻和爱情是革命事业的助推剂，他希望将世俗的爱情和婚姻作为革命工作长久顺利进行的保障，积极分子只有在生活与情感上没有后顾之忧时，才能安心为集体做贡献，这也是后来郭全海刚新婚就去参军的原因——郭全海已成家，妻子刘桂兰也已怀孕。

从以上几对夫妻可以看出，身体的本能表达在革命中并不是完全被拒绝的，赵大嫂子对赵玉林的爱慕没有政治目的，而是来自身体的内在情欲，她参加革命不完全出于阶级仇恨，还有对丈夫的爱；在阶级观念规范下，花永喜和侯长寿的结合虽然受到了批判，但是从结局上来说他们并没有被强制拆散，也没有被定性惩罚；郭全海的婚姻是身体情爱得到满足的同时，也为革命事业长久顺利发展提供了可能性。由此可见，革命中身体的本能是可以得到委婉表达的。

三、女性身体的划界与越界

（一）对立的女性身体群像

戈夫曼认为"身体的确是个体的属性"，但是却"被社会界定为富含外在意蕴和内在意义",也就是说,身体在人的"自我认同"和"社会认同"之间充当了桥梁,特定身体的面相和体现形态被社会赋予了外在意蕴,同时,社会意蕴被内化又会对个体的自我和内在价值产生深刻的影响①。《暴风骤雨》中的女性在整个社会公共的阶级斗争观念的支配下表现为一种"去性别化的政治身体"②,被权力赋予外在意蕴,成为政治叙事中的一隅。此外,我们也可以看到,在阶级话语的预设下,小说中崇高的女性身体多会按照社会给出的观点和偏见为框架来规训自我,以期获得社会认同,她们希望把自己塑造成一个"正常"的人,而呈现为反面形象的女性身体多与社会给出的标准与规范相左,一旦她们的身体挣脱了社会对女性的审美和性别定位,就会被贴上了"堕落""反动""淫靡"等带贬义色彩的标签,这就形成了两种女性身体群像的归类与对立。

小说中的正、反两面女性形象从身体外貌描绘上看通常是一目了然的,比如韩老六的"大枣核"是个长得"中间粗、两头尖",穿着"青绸子大裥""衔一跟青玉烟嘴的长烟袋"③的胖女人;丰满的韩爱贞喜爱打扮精致且性感,时常穿着"白绸子大衫里面,衬着粉红洋纱汗衫子"④;杜善人的小儿媳"长得溜圆",长着一副"白瓜瓢脸庞";张富英的相好小糜子领导着"破鞋"妇女会尽贩卖口红、香水和香皂这些小玩意而不参与农活。白大嫂子长得"瘦骨棱棱"且有着"两撇黑得像黑老鸹的羽毛似的漂亮的眉毛"⑤;刘桂兰个子高,扎着双辫子,脸蛋泛红,身板壮实,胳膊溜圆。从外形上来说,地主阶级女性多是细皮嫩肉、白白胖胖、丰臀肥乳。"胖"和"圆"是作者极力强调的特点,虚胖正是她们好逸恶劳的表现,也是热衷于追求身体享乐的结果。与此相反,贫苦妇女则有的瘦骨嶙峋,有的健康壮硕,有的皮肤粗糙,有的面色黝黑、红润,她们身形的养成多与辛勤劳作有关,表现为朴素的劳动健康美。

除了外形,反面女性形象的身体行为也有类似之处,最突出的特点是:撒泼耍赖。比如第一次斗争大会韩家的大老婆、小老婆、儿媳、侄媳和侄女等一帮人都闯进农会又哭又闹;李振江老婆指桑骂槐地指责郭全海,弄得人

---

① 希林:《身体和社会理论(第二版)》,李康译,北京大学出版社2010年版,第73页。
② 韩敏:《"十七年"女性政治身体书写的美学批判》,《西南民族大学学报(人文社会科学版)》2012年第11期。
③ 周立波:《暴风骤雨》,第14页。
④ 周立波:《暴风骤雨》,第57页。
⑤ 周立波:《暴风骤雨》,第79页。

尽皆知;韩老六设计杨老疙瘩时韩家三个女人一台戏,又撕又扯又扑又骂,闹得不可开交;小老杜家的老婆子在劝童养媳刘桂兰回家未果时倚老卖老,撒泼耍赖;农会妇女搜身时,地主阶级女性多会利用其身体打掩护,扬言自己有妇道病、来月事以躲避搜查;杜家大儿媳和小儿媳吵架时,双方推脱责任,污言秽语,乱说一气……这些身体行为的描写显然带有否定的意味。中国传统社会对女性的审美标准是温婉贤淑、含蓄,而撒泼耍赖的女性多是市侩女性,在品德和素质上是遭人诟病的,作者对她们的创作态度是讽刺的。

从以上的两类女性身体群像可以看出,正面女性身体和反面女性身体呈现出"美"与"丑"的归类与对立,在阶级斗争观念的支配下,作者对这两类女性带有明显的阶级预设和想象,对人物形象的赞扬与暴露都带有作者主观化的情绪。

(二)色诱、贞洁与女性身体

在艺术家和美学家眼中,女性的身体是爱与美的化身,尤其是画家笔下的女性身体,呈现出"曲线、柔和、平滑、和谐、流畅、圆润"等"为人类迷醉的一切美学特征"[1]。也有学者认为:"女性的身体既不稳定,也被视为诱惑之源,会使男性白人的生存理性趋于腐坏。"[2] 可见,女性的身体在令人迷醉的同时也充满危险。《暴风骤雨》中韩爱贞这样一个女性身体正是如此,韩爱贞在父亲的指使下施展了一出美人计:"她穿一件轻飘飘的白地红花绸衫子,白净绸裤子。领扣没有扣,露出那紧紧地裹着她的胖胖的身子的红里衣,更显得漂亮。"[3] 这是从视觉上展示出来的诱惑信息;她的衣袖里头发上都冒着香气,这是从嗅觉上散发出的诱惑气息;她的手胖嘟嘟的,两个手背各有五个梅花坑,这是从触觉上感受到的诱惑气息;酒过三巡时,韩爱贞就醉着连声叫道:"哎呀,可热死我了。"接着她又贴近杨老疙瘩,让他给自己扇风,这是韩爱贞在言语上的挑逗,是听觉上的刺激。韩爱贞连续的身体诱惑行为,让一个农会干部一步步丧失了理智:他首先是手足无措,慌慌张张地把酒樽里的酒洒得到处都是;紧接着,他不敢直视她的脸,眼光逡巡在她的手上;继而,他被丰满性感的韩爱贞勾得出神;再而,他慌张地给她扇风却因用力过度把扇子给折断了;最后,杨老疙瘩忍不住诱惑向韩爱贞做出了粗鲁的动作。这样一个"色诱"的过程,引诱方和被引诱方的表现都被作者描绘得相

---

[1] 郑崇选:《女性身体的诱惑与恐惧——二三十年代上海漫画中的性别想象》,《济宁学院学报》2009年第4期。

[2] 希林:《身体与社会理论(第二版)》,李康译,第53页。

[3] 周立波:《暴风骤雨》,第129页。

当细腻,韩爱贞作为一个反面人物形象,有意或者无意识地使用与"身体"有关的手段,对正面人物形象的感官造成刺激,形成吸引。对正面人物形象来说,她的身体是不洁的,是反动派用来迷惑农会干部的工具,同时也是邪恶的象征,她堕落于性的身体行为明显与其名"爱贞"的寓意相悖,如果被她吸引,就意味着追求欲望、背叛革命。可以说,这样的女性是一个被"物化"的"代码"。既然女性的身体在革命时代会被"物化"为诱惑正面人物犯错误的工具,那么,参加革命为集体服务的人更应该时刻警惕,以防掉入诱惑的深渊。

中国自古就有"饿死事小,失节事大"的伦理道德观念,中国古代礼教对女性提倡的贞节观是不失身不改嫁,女性失贞分为"生理失贞"和"心理失贞"两类。细读《暴风骤雨》会发现,元茂屯的村民有非常传统的贞洁观念:比如赵大嫂子宁愿带着丫头出去乞讨也不愿被韩老六糟蹋,赵玉林去世后,她也不改嫁,明誓要把赵玉林的遗孤养大成人,她坚贞的节操被元茂屯称赞为"百里挑一的人品"。小糜子是老杨家的女人,但是她和张富英有染,被人称为"破鞋",小糜子当上妇女会长后,元茂屯的妇女会就被人称为"破鞋"妇女会,于是元茂屯的好人家都对她避恐不及,不允许家里的媳妇姑娘再上农会,小糜子属于生理失贞且心理失贞的一位女性,她的身体被认为是肮脏糜烂的、堕落的、邪恶的,人们应该避而远之。可见,"性堕落"在叙事预设下确实很大程度上与"政治堕落"是一致的①。被韩老六强奸霸占的女性有很多,但是她们都属于生理失贞而非自愿,所以没人唾弃她们,反而同情她们,并把她们的身体当作指证韩老六的物证。按元茂屯的贞节观,刘桂兰作为小老杜家的童养媳是不能改嫁的,人们没有对她进行指摘的原因是她还没"上头",即在生理上没有失贞,否则,她就算参加了革命,元茂屯的村民也会觉得她配不上从未碰过女性的农会干部郭全海,这也是"搭伙"过日子和正式"结婚"的差异所在。

总之,从身体视角去解读《暴风骤雨》,土改中的暴力问题、婚姻问题、爱情问题、生活问题、性别问题都能得到新的阐释。周立波笔下多样化的"身体"书写告诉我们,"身体"虽然在"文学为政治服务"的时代受到了主流意识形态的干预和规范,但是,它并没有消失在阶级话语之下,它依然扮演着重要的角色。周立波将身体书写以生活化的方式自然而然地融入革命叙

---

① 林霆:《政治话语中的女性身体——以十七年文学中的农业合作化题材小说为例证》,《齐鲁学刊》2010年第3期。

事之中，反映了作家在观念的政治规范与真实的生命本能之间所作的思考与取舍，有别于同时期的模式化写作，具有一定的开创性。

延伸阅读

1. 李国华：《论周立波〈暴风骤雨〉的叙述与形式》，载《文艺理论与批评》2023年第1期。土改小说《暴风骤雨》不仅包括对土改运动的远景、工作队的具体工作和土改运动中的元茂屯进行叙述的三个交叠层，而且蕴含着第一人称集体叙事，即"我们"的形式。作家以此有效表达了土改的情感政治，书写了农民在土改运动的人民内部关系及敌我关系中呈现出来的美好品质。而农民的美好品质作为小说中剩余物的存在，则再次说明《暴风骤雨》是一种丰富而细腻的文学。

2. 康富强、蔡翔：《土改小说的空间叙述与形式——以周立波〈暴风骤雨〉为中心的考察》，载《文艺论坛》2022年第3期。对工作队下乡的土改小说而言，其空间叙述与形式是不容忽视的。不仅"时间开始了"，从空间叙事开始也是其重要的叙事特征。对工作地空间的打开和离开决定了土改叙事的进入与结束，不同的空间叙述形式也影响了土改小说的具体生成面貌。不同于赵树理和丁玲土改小说中的内部空间构造法，周立波的《暴风骤雨》扣着工作队的视角，由外而内地进入未知的空间，这意味着小说要处理未知的"暗处"并向内探明。由于这种由外而内的空间叙述形式无法呈现出乡村社会"内爆"的革命路径，元茂屯的土改斗争不得不依赖于工作队不断地向内发动，而"三斗韩老六"就是这一系列的结果。作为典范土改的表达性建构，《暴风骤雨》及其错位的空间叙述形式反映了北满土改的急促性和区域性特征。

3. 李博权：《"工作队下乡"与"东北"叙事——重读周立波〈暴风骤雨〉》，载《中国现代文学研究丛刊》2021年第4期。"改造—动员"结构作为一种"普遍性"的阐释方法对独特文本分析的"剩余"。正是通过这些可能无法被框定在"动员结构"中的"文本"，我们看到了"工作队下乡"模式与解放战争下的"东北叙事"的"同构"关系。同时"工作队下乡"模式所蕴含的"未完成"性重新将"东北叙事"放置在中国革命、中国农村变革的整体进程之中。因此，"工作队下乡"不只是"政治元命题"的自我演绎，还具有了"历史的整体形式"，是带有深刻实践性的小说叙事结构。

4. 戚学英：《反封建话语与土改小说的翻身叙事——以〈太阳照在桑干河上〉、〈暴风骤雨〉为中心》，载《江汉论坛》2018年第1期。土地改革为题材的小说将反封建话语植入传统的乡村社会，借助苦难言说唤醒农民的阶级身份意识，激起他们无比强烈的阶级仇和家国恨，并将这种仇恨转化为不可遏制的土改渴求和"暴风骤雨"式的革命力量，进而生成了以阶级平等为指向的利益机制和权力结构。然而，反封建话语与沿袭日久的乡村秩序或乡土文化凿枘不入，二者的扭结冲突形成了一种独特的翻身叙事。

5. 苏奎：《现代革命与传统复仇——〈暴风骤雨〉的内在冲突》，载《文艺争鸣》2013年第9期。20世纪40年代后期开始的土地改革，是一场波及整个乡村的社会运动，对政治、经济以及民族心理产生了广泛而深刻的影响。这种影响远远超出了经济层面——在整个社会范围内对土地进行重新分配，使生产资料的占有平均化，而是波及了政治观念、道德伦理、社会心理等各个方面。在革命风暴的挟裹之下，乡村社会发生了"天翻地覆"的变化：传统的价值观念和伦理道德，在土改当中被阶级斗争话语所质疑所否定；血缘和地缘不再是维系乡村社会的主要纽带，阶级划分模式把乡村变成了敌我分明的阵营；宗族与乡绅的权威地位被取消，来自国家的意志第一次深入到了乡村基层。

6. 张均：《区分的辩证法——〈暴风骤雨〉人物本事研究》，载《南京师大学报（社会科学版）》2012年第5期。《暴风骤雨》之郭全海、赵玉林、韩凤歧等人物形象在故事发生地多有原型基础，其原型人物皆是生活于东北乡村自身生存逻辑与符号系统之中的普通人物。这些混杂难辩的人物本事进入小说后，被"社会主义现实主义"重新增删、归类和组织，进而被重建为历史化的"自我"与"他者"。"自我"与"他者"之间的功能性结构为当时"弱者的反抗"生产了新的人生认同与价值秩序。

思考题

1. 比较周立波与浩然土改小说的异同。
2. 试分析周立波小说创作中的地域性格。

（龚梦姣　执笔）

第8讲 《白鹿原》中的身体话语与民族国家想象

　　从小在关中农村长大的陈忠实，对这块有着深厚农耕文化积淀的黄土地饱含深情。从踏入文坛至今，陈忠实始终关注着农村的变化和农民的命运，以关中农村生活为文学创作的根据地，依循现实主义原则描写改革时期农民生活和心理状态的嬗变。自 20 世纪 80 年代以来，在西方文化思潮的冲击下，陈忠实逐渐意识到仅关注现实生活远远不够，自己对于脚下这块土地的历史知之甚少，必须重新审视这块土地的昨天和今天。正是基于此，他的创作产生了质的飞跃，由单调的政治视角逐步转向文化视角，从简单的生活演进的表象描写转向民族历史文化的深描。《白鹿原》的写作从构思到完成历时五年之久，他在小说扉页题上了巴尔扎克的话："小说被认为是一个民族的秘史。"关中地区深厚的历史文化底蕴是陈忠实创作《白鹿原》重要的依凭，他从身体视角切入，通过对地域文化的解读展现了对民族文化心理、精神价值的思索。他对关中地域文化乃至于民族传统文化的深情回望，颇具文学寻根的意味。当陈忠实将文学的根扎进关中地区深厚的土壤时，他的创作也在原先平浅质朴的风格之上添加了犹如这块黄土平原的地貌般厚重的底蕴，《白鹿原》中关中农村五十年的风云变幻造就了一部大气磅礴的民族秘史，散发出雄浑厚重的史诗意蕴。

一、身体历史与民族国家的批判性重构

　　从小在关中农村长大的陈忠实，这块积淀着深厚农耕文化的黄土地是他情感的归宿。从踏入文坛伊始，他就关注农村的变化与农民的命运。老旧中国的宗法制度以及代代相传的传统文化烙进了他的心灵深处，也影响着他的思维方式与审美眼光。关中质朴醇厚的风俗以及儒学的道德教化均成为其作品的重要题材，而关中文化的理性务实精神促使陈忠实关注现实生活，坚持现实主义的写作方法和理性的情感表达。

（一）身体训诫与"老中国"的桎梏

　　文化心理结构旨在阐释人与地域之间的关系。一个地方的自然水土会创

造特定的文化形态，而文化一经塑造，便会反过来制约生活在这个地方的人的的心理思维、情感方式以及人生态度，从而塑造出特定的心理秩序与行为准则。文化心理结构为陈忠实塑造人物提供了新途径：

> 你怎么能写活人物、写透人物、塑造出典型来？文化心理结构学说给我一个重要的启示，就是要进入到你要塑造的人物的心理结构并解析，而解析的钥匙是文化。这以后，我比较自觉地思考中国人的文化心理，从几千年的民族历史上对这个民族产生最重要的影响的儒家文化，看当代中国人心理结构的内在形态和外在特征，以某种新奇而又神秘的感觉从这个角度探视我所要塑造和表现的人物。[1]

正是基于此，陈忠实往往从文化角度来分析、结构小说人物心理，一改过去人物性格的扁平化塑造，使人物形象富有文化意蕴。早期的中国，不论是统治者还是被统治者，都以儒家的中心思想——修身为本。《大学》中有一段论述："自天子以至于庶人，壹是皆以修身为本。其本乱而末治者否矣。其所厚者薄，而其所薄者厚，未之有也。"[2] 儒家文化时刻关注、训诫并规范着人的身体。

《白鹿原》中，族长白嘉轩可以说是儒家文化的化身，是儒家文化完完全全的践行者。他以身作则，在规范自己身体的同时，也规范着白鹿原原上百姓的身体。白嘉轩是个"耕读传家"的农民。作为农民，白嘉轩自然精通各种农活，他的耕作场景在《白鹿原》中多处出现。种罂粟耕翻土地时，"太阳升上白鹿原顶一竿子高了，这块一亩多点的土地耕翻完了，卸下犁具再套上铁齿耙，白嘉轩扯着两条套绳指挥吆喝着红马耙磨过一遍，地面变得平整而又疏松"[3]。当白嘉轩被土匪打伤腰杆，休养了3个月，再次站在地头时，他"扔了拐杖，一把抓住犁把儿一手夺过鞭子"[4]，"只顾瞅着犁头前进的地皮，黄褐色的泥土在脚下翻卷，新鲜的湿土气息从犁铧底下泛漫潮溢起来"[5]。作为地主，白嘉轩不摆地主的谱，也没有游手好闲、坐享其成，他反而精通各种农活，不仅和长工鹿三以兄弟相称，还与鹿三一起劳作分担农活。作为族

---

[1]　陈忠实：《文学的信念与理想》，载《陈忠实：我的心灵独白》，华文出版社2021年版，第195页。

[2]　陈明彬：《身体话语与先秦儒、道美学》，《宁夏大学学报（人文社会科学版）》2006年第3期。

[3]　陈忠实：《白鹿原》，人民文学出版社2012年版，第46页。

[4]　陈忠实：《白鹿原》，第286页。

[5]　陈忠实：《白鹿原》，第287页。

长,他以身作则,犁地翻土,浇水,种菜,不荒废一块土地,自食其力,带动整个白鹿原原上百姓依靠自己的劳动来维持生活。

白嘉轩秉持"仁义""学为好人"的为人处世之道。对待长工鹿三,他的态度和他的父亲一样,"在同一个铜盆里洗脸坐一张桌子用餐"①;对待打伤他腰的黑娃,他以德报怨。作为族长,他翻修祠堂,旨在"要充分体现县令亲置在院里石碑上的'仁义白鹿村'的精神"②;兴办学堂,聘请知识渊博、品德高尚的徐秀才教原上孩子诵读圣贤书,劝说鹿三送黑娃上学堂;他试图将白鹿原打造成礼仪之邦,设《乡约》"教民以礼义"③,要求原上所有人背记《乡约》的内容,以此来规范自己的行为,不得触犯《乡约》。由此可见,白嘉轩个人在自种自耕、自纺自织、"学为好人"的同时,时刻关注着原上百姓的一举一动,带领他们读圣贤书,行仁义事,规范自己的行为。

当时的天下人如原上百姓一样,知宗亲,知天下。何为天下?梁启超曾解释道:"中国自古一统,环列皆小蛮夷,无有文物,无有政体,不成其为国,吾民亦不以平等之国视之,故吾国数千年来,常处于独立之势。吾民之称禹域也,谓之为天下,而不谓之为国。"④ 当时中国人的"天下"观念,止步于皇权管辖区域的范围之内,有皇帝统治的地方便是"天下",四周居住的百姓乃是蛮夷之族。即使在先秦时期,秦始皇统一中国,建立了以汉人、汉族为核心的中央集团,《唐律疏议》说:"中华者,中国也。亲被王教,自属中国,衣冠威仪,习俗孝悌,居身礼义,故谓之中华。"⑤ 显然,这里的"中华"指的是一个以文化为核心的文化共同体,并不是我们现在所谓的民族与国家。《白鹿原》前六章的时代背景为晚清,当时的最高统治者仍为皇帝,但是皇权的渗透力度不够,无法遍及偏远地区,且白鹿原位于关中地区(今陕西省),"白鹿原是西北关中平原上的一个古老地域"⑥,离京城(今北京)非常远。俗话说,山高皇帝远,皇帝事事兼顾是非常困难的。在小说中,我们不难发现白鹿原没有官僚机构,不论是翻修祠堂、兴办学堂,还是处理原上百姓的纠纷,均内部解决。对于族人之间的纠纷,族长白嘉轩有绝对的话语权,比如处罚赌鬼和烟鬼,鞭打田小娥和白孝文。而对于原上两大家族白家

---

① 陈忠实:《白鹿原》,第5页。
② 陈忠实:《白鹿原》,第65页。
③ 陈忠实:《白鹿原》,第93页。
④ 王蒙、王绍光主编:《中国精神读本》,浙江文艺出版社2019年版,第43页。
⑤ 杨义:《中华民族文化发展与西南少数民族》,载《寻找大国学术风范:杨义自选集》,首都师范大学出版社2015年版,第399页。
⑥ 刘宁:《当代陕西作家与秦地传统文化研究》,陕西师范大学学位论文,2011年。

与鹿家因为李家寡妇六分地而产生的纠纷,则请原上德高望重的冷先生和朱先生判断和分析哪一方占优势,不管是族长白嘉轩还是仅次于族长的鹿子霖,对这二人都是心服口服的。由此可见,白鹿原相当于一个小型的带有自治性质的社会团体组织,该组织由族长、乡绅和族人组成,族长是权力的象征,拥有话语权,是族人敬重和拥护的对象。乡绅是封建社会特有的一种阶级,《白鹿原》中朱先生和冷先生是乡绅的代表,他们拥有一定的文化水平,地位稍次于族长白嘉轩,有着一定的话语权,同样受人敬重。

祠堂在小说中多处出现,祠堂具有祭祀、惩处与教化三大功能,对家族内部的团结和生活秩序的稳定发挥着重要作用。《白鹿原》中的主要故事情节都在祠堂里展开,祠堂小说身体书写的重要场域。除了白嘉轩翻修祠堂之外,惩罚烟鬼和赌鬼、背记《乡约》等都是在祠堂进行的。祠堂不仅是用来供奉祖先,也是原上百姓议事和处理族中事务的重要场所。祠堂在整个宗族中不可或缺,它是宗族的象征,有祠堂才有族。所以,白鹿原显然是一个由族长、祠堂、乡绅和族人构成的,远离皇权带有自治性质,而且只知天下不知何为民族国家的社会团体组织。因此,"老中国"的弊病也就显露了出来。

(二) 身体诊治与乡土中国的审视

《白鹿原》不仅呈现了关中地区的文化心理形态,而且是中华民族文化心理的投影。关中地区生化出的农耕文化、儒家文化与家庭文化构成了陈忠实小说的深层心理结构,是"文化最具特色的部分,是民族文化之所以是该种或该类型文化的根源所在。倘若它没有或失去了独特性,民族文化也就没有特殊性,即不再是为本民族所特有的、与其他民族文化相区别的文化"[1]。陈忠实构思《白鹿原》时翻阅了大量的历史与理论书籍,就是"为了把《白鹿原》的人物和情节不是仅仅投放在这个原,而是投放到我们民族近现代以来的精神历程上去"[2]。

陈忠实指出:"(揭示)这道原的'秘史'里裹得最神秘性形态,封建文化封建道德里最腐朽也最无法面对现代文明的一页,就是《贞妇烈女卷》。"[3]翻阅地方志中大量关于忠妇烈女的故事后,陈忠实反向塑造了一个充满肉欲色彩的女性形象——田小娥,她的雪白柔软的胸部、臂膀和丰满浑圆的臀部

---

[1] 李炳全:《文化心理学》,上海教育出版社 2007 年版,第 226 页。
[2] 陈忠实:《在自我反省中寻求艺术突破——与武汉大学文学博士李遇春的对话》,载《陈忠实文集·七》,广州出版社 2004 年版,第 404 页。
[3] 陈忠实:《寻找自己的句子——〈白鹿原〉创作手记》,上海文艺出版社 2009 年版,第 79 页。

在《白鹿原》中是最醒目的存在，她身体散发出的肉欲气息让宗法社会中的"正经"人士深感不安，他们极力排拒她，使其一生坎坷。尽管与黑娃两情相悦，但他们不容于宗法秩序只能落脚于村外的窑洞。以她的肉体为中心，《白鹿原》编就了一张欲望之网，揭示出白鹿原上各色人等的性格和命运。身体是田小娥掌握命运的唯一筹码，也让她成了封建宗法秩序雪崩的替罪羊，最终死于鹿三之手。田小娥临死之前的一声"大啊……"唤起了鹿三的良知，"父杀子媳"的罪孽让他精神崩溃，终致精神失常而死亡，被宗法秩序反噬。这极具反讽意味。田小娥生前无法发声，死后也只能用一种充满民间传奇色彩的方式进行"反抗"，即瘟疫流行与阴魂不散，继而上演了一出人鬼斗法的传统戏码：田小娥腐烂的肉体被尘封，一座高高的镇妖塔在窑洞上矗立，使其永世不得翻身。"镇妖塔"是男权社会与封建礼教对人性欲望的野蛮镇压。田小娥以一薄命肉身来反抗强权，其对性爱的追逐正如飞蛾扑火，最终香消玉殒，这使其悲剧命运具有强大的艺术张力。

  冷先生从城里带回"城里反'正'了"的消息，面对这一消息，白嘉轩提出诸多疑问："没有了皇帝的日子怎么过？皇粮还纳不纳？是不是还按清家测定的'天时地利人和'六个等级纳粮？剪了辫子的男人成什么样子？长着两只大肥脚片的女人还不恶心人？"[①] 从白嘉轩的疑虑中，我们可得出结论：城里的反"正"之风，刮走了一千多年来对于女性身体的束缚，女性畸形、孱弱的身体获得初步解放；反"正"之风也刮走了对于男性身体的约束，男性剪去辫子，留起了新式头发。正是在西方强健身体的对照下，中国身体的病态与孱弱才得以显现，一批先进的有识之士最先意识到若想和西方列强相抗衡，就必须对中国身体予以诊治与重塑。在诊治与重塑身体的同时，这批先进的有识之士又以现代性的目光审视乡土中国无处不在的落后、蒙昧、迷信，而白鹿原不过是当时大环境下的小小缩影。

  白鹿原的落后是有目共睹的。"白嘉轩后来引以为豪壮的是一生里娶过七房女人"[②]，即使是在前一房过世之后再娶的下一房，且接二连三地娶妻，使原本宽裕的白家有了经济压力，但是仍旧没有打消白家娶媳妇的念头。白嘉轩的父亲白秉德在临死之前依旧叮嘱白嘉轩，就算是卖牛卖地卖房卖光所有家当，也要娶个媳妇传宗接代，给白家留后，"不孝有三，无后为大"的传统思想观念深深地植根于他们的脑海中。

  冷先生有意和鹿家、白家结成亲家，在冷先生和鹿子霖、白嘉轩，甚至

---

① 陈忠实：《白鹿原》，第91—92页。

② 陈忠实：《白鹿原》，第3页。

是原上百姓眼里，这是天大的喜事，但对于接受了新式教育的鹿兆鹏而言，这显然和他追求的自由恋爱、自由婚姻背道而驰。纵然他有千万个不愿，甚至赖在城里不回家，也终究抵挡不住鹿子霖的三个巴掌，在不情愿中与冷先生的大女儿成了亲。鹿兆鹏只在新婚之夜在她身上有过短暂停留，留下一个有名无实、无性无爱的婚姻。但新婚之夜带来的强烈生理感受与心理冲击撩拨起尘封的欲望：发羊痫疯似的颤抖，"现在她已从无知到有知，从朦胧到明晰地思想着他的颤抖，渴望自己也一起和他颤抖"[1]。对性的欲求造成了鹿冷氏的人生悲剧，从对性的懵懂无知到渴盼，她频频做起了春梦，甚至开始嫉妒田小娥：

> 她到场院的麦秸垛下去扯柴禾，看见黑娃的野女人小娥提着竹条笼儿上集回来，竹条笼里装着一捆葱和一捆韭菜，小娥一双秀溜的小脚轻快地点着地，细腰扭着手臂甩着圆嘟嘟的尻蛋子摆着。她原先看见觉得恶心，现在竟然嫉妒起那个婊子来了，她大概和黑娃在那孔破窑里夜夜都在发羊痫疯似的颤抖。当她挎着装满麦草的大笼回到自家洁净清爽的院庭，就为刚才的邪念懊悔不迭，自己是什么人的媳妇而小娥又是什么样的烂女人，怎能眼红她！[2]

她对田小娥的评判既有道德的苛求，也有欲望的投射，自家洁净清爽的庭院提醒她要做一个"贞妇"，父亲的教导"我的女子从一而终这是门风"告诫她要贞夫，于是，她只能苦苦承受着无法平息的生理欲念的煎熬。鹿冷氏的内心情欲无疑具有"不由自主"和不由"自主"双重意涵，前者想克制而无法克制，后者想释放而无法释放，无法排解的情欲让她患上"淫疯病"，让无法发"生"的欲望通过发"声"的方式得以释放："俺爸跟我好、俺爸跟我好……"最后，其父冷先生施以重药使其喑哑，导致她最后失声（身）。这揭示了封建礼教规约下贞妇烈女的悲剧命运。

白鹿原也呈现出迷信、虚伪、蒙昧无知的一面。一场不同于往年的干旱降临到白鹿原上，白嘉轩带领他的族人向神灵祈雨。而惩罚烟鬼和赌鬼也暴露了当权者的虚伪和看客的蒙昧无知。前文谈到白嘉轩是儒家文化的践行者，讲"仁义"，但他对于赌鬼和烟鬼的惩戒却非常地残忍——赌鬼手插滚水锅，烟鬼吞屎。对于田小娥的惩罚同样残酷，不仅在她生前多次公开鞭打她，使她的肉体遭受摧残，遍体鳞伤，而且在她死后，朱先生还建议建塔镇压她的

---

[1] 陈忠实：《白鹿原》，第159页。
[2] 陈忠实：《白鹿原》，第160页。

灵魂。这些行为和他们所信奉的"仁义"精神相矛盾，他们打着儒家"仁义"的名号，却做着违背仁义、违背人道主义的事情，还有一群蒙昧无知的看客在一旁为其呐喊助威，这将白鹿原百姓的迷信、虚伪、蒙昧无知淋漓尽致地展现在世人面前。

白鹿原的落后、迷信、蒙昧无知折射出当时整个中国的落后、迷信与无知。先进的有识之士在审视乡土中国之时意识到了中国的落后、迷信与无知，他们对此进行批判，试图重构一个崭新的中国。然而，在对"新中国"进行批判性重构的过程中，他们即使对"旧身体"进行了诊治与重塑，也仅是将身体的附加物抛去，塑造一具完整的身体罢了，这于民族国家的构建显然是远远不够的。

二、身体启蒙与民族国家的现代性演绎

陈忠实深入关中历史文化肌理，从身体的角度塑造人物心理，重构革命、家族历史，较之其过去作品的单一、平面化的书写，《白鹿原》具有厚重的历史文化底蕴。

（一）身体示众与国民劣根性批判

白鹿原原上百姓对族长的决定言听计从，白嘉轩打着仁义的幌子，暴力惩戒赌鬼和烟鬼，他们不仅没有意识到问题的存在，反而觉得白嘉轩的行为十分正确，之后对白孝文和田小娥的残忍鞭打也是如此。就个体而言，比如鹿三，他和白嘉轩的主仆情、兄弟情毋庸置疑，适当地听取白嘉轩的建议毫无问题，关键就在于他事事听从，无论是做农活还是处理生活中的琐事。作为人，他已经失去了自我思考的能力以及人的主体意识，和行尸走肉又有什么区别？反观族长白嘉轩，反"正"之风从城里飘荡到白鹿原，白嘉轩为此感到非常担忧，没有了皇帝，今后的日子该怎么过？虽然他是一族之长，但在封建王朝统治时期，百姓对于国家的最高统治者皇帝以及一家一姓之朝廷的效忠度极高，朝廷颁发的条令即使是错误的，他们也不会提出异议。愚忠致使生活在皇权下的百姓对于皇帝与朝廷"千依百顺"，失去了自我意识。奴性对中国造成了极其严重的影响，原上百姓如此，族长如此，全中国人民亦是如此。因此，先进的有识之士对国民的奴性进行示众，对其展开有力地批判，尝试以此唤醒国民身体的主体意识。

白鹿原上存在着这样一群人，他们看似老实巴交的农民，兢兢业业，勤勤恳恳，如果仔细观察他们，便会发现，他们十分喜欢嚼舌根，哪里有新鲜事，哪里就会有他们的身影。白嘉轩娶的媳妇接二连三的过世成了看客们闲

暇时间的谈资:"远远近近的村子热烈地流传着远不止命硬的关于嘉轩的生理秘闻,说他长着一个狗的家伙,长到可以缠腰一匝,而且尖头上长着一个带毒的倒钩,女人们的肝肺肠肚全被捣碎而且注进毒汁。"① 看客们异常喜欢窥探别人生活中的秘事,这能让他们获得满足感。而对于比他们更弱势的人,他们则抱着看戏的心态。惩戒赌鬼和烟鬼时,赌鬼把手插进滚水锅里,被烫得哀号连连,而烟鬼被迫以吞屎来戒烟。这些对于赌鬼和烟鬼而言非常残忍,而于看客而言只是个笑话,或者说是幕滑稽戏,一笑而过之后也就罢了。当白嘉轩惩罚淫乱男女田小娥和狗蛋时,看客们在一旁起哄,对这对淫乱男女没有丝毫的同情心,至于后来争先恐后地拿过刺刷(由干酸枣棵子捆成)向田小娥和狗蛋身上抽去,不过是因为"鹿三的出现激起了几乎所有做父亲母亲的同情,也激起了对淫乱者的切齿愤恨"②。又当白嘉轩抽打给他和整个家族蒙羞的白孝文时,在场的还是这群看客,他们依旧抱着看戏的心理,待在一旁观"戏剧"的发展。缪军荣指出:"以别人之灾祸为己之人生乐趣,于是才乐,于是才欢,于是才觉'好白相'。这其实是看客们的一种心理宣泄,长期被压抑的情感,通过变态的残忍的方式释放出来。"③ 在众多的释放方法中,看客们选择了最为残酷、最为残忍的一种。麻木、冷漠是看客们的另一心理特点,他们甚至在面对惊心动魄的杀人场景——枪决鹿兆鹏及六位杀人抢劫、截路挡道的贼和土匪时也无动于衷,冷眼相看。

白鹿原百姓的奴性和看客心理不正是当时中国人的通病吗?劣根已深深地植根于国民的血肉之中。先进的有识之士将国民的劣根"示众",并对其进行激烈地批判,在去除附加物且已经是完整身体的基础上,试图唤醒国民身体的主体意识。

(二) 身体出走与宗族制度的消解

在风云激荡的时代,白、鹿家族的两代人都必须面对传统文化与革命潮流的冲击:"从沉积着两千多年封建文化封建道德的白鹿原上走出的一个又一个男性女性革命者,怎样荡涤威严的氏族祠堂网织的心灵藩篱,反手向这道沉积厚重的原发起挑战。"④

---

① 陈忠实:《白鹿原》,第4—5页。
② 陈忠实:《白鹿原》,第262页。
③ 缪军荣:《看客论——试论鲁迅对于另一种"国民劣根性"的批判》,《华东师范大学学报(哲学社会科学版)》2000年第5期。
④ 陈忠实:《找属于自己的句子——〈白鹿原〉写作手记(连载九)》,小说评论2009年第1期。

《白鹿原》中一群接受了新式教育的知识分子意识到了自我身体主体意识的重要性，并为之斗争。鹿家二兄弟和白灵是白鹿原上最先响应号召的青年知识分子。随着历史情境的变迁，本为神灵的白鹿被赋予了不同的时代意义与精神内涵。白灵作为白鹿精灵的化身，在动乱时代代表着特殊的文化价值体系与精神信仰，演绎出惊心动魄的当代神话，成了革命理想的借代修辞。白灵从始至终都是以"反抗者"形象示众。她最先是拒绝裹脚，提出去学堂念书，在学堂"调戏"高高在上、受人尊敬的徐先生；之后又不满足于只读圣贤书，不顾父亲白嘉轩的反对孤身前往城里接受新式学堂的教育；拒绝包办婚姻，当白嘉轩逼迫她并把她锁在家里时，她想尽一切办法逃跑，逃跑之后毅然而决然地和家庭脱离了关系，至死未回白鹿原。她的所作所为是在向封建宗法制度的权威发出挑战，她试图冲破封建礼教的枷锁。与此同时，白灵不以看戏的心态漠视和自己无关的事情——和鹿兆海一起搬尸体："那么多人战死了饿死了还在城墙根下烂着，我们受他们的保护活了下来再不管他们良心不安呀！……尸首抬完了埋完了，还要举行全城的安灵祭奠仪式，正在挖着的万人坑将命名为'革命公园'，让子孙后代永远记住这些为国民革命奉献出生命的英灵……"[①] 当然，白灵不是个例，在国民革命时期，众多接受过新式教育的人"站"了出来，他们反封建反传统。鹿兆鹏反包办婚姻，拒绝和冷先生的大女儿结婚，从原上逃到城里；他称赞黑娃大胆自由恋爱的行为，他说："你——黑娃，是白鹿村头一个冲破封建枷锁实行婚姻自主的人。你不管封建礼教那一套，顶住了宗族族法的压迫，实现了婚姻的自由，太了不起太伟大了！"[②] 从他对黑娃的夸赞中，我们可以看出鹿兆鹏赞同冲破封建枷锁、反抗封建礼教和家规、追求民主思想。他为了这个理想付出了许多，自己努力的同时劝说和鼓动黑娃烧掉反革命军阀贮藏在白鹿仓的粮食，他还担任白鹿镇第一所新制小学的校长，向更多的人宣传民主、自由，让更多人的身体得到解放，唤醒他们身体的主体意识——灵魂和精神的双重回归。以鹿家二兄弟和白灵为代表的青年知识分子，在追求身体解放的同时，他们不惜离开家乡，站在落后、蒙昧、封建的家乡的对立面，和封建传统礼教与宗族制度做激烈斗争。

辛亥革命推翻了将近两千多年的封建君主专制制度，建立了中华民国。这场革命无论是在政治还是在思想上都在一定程度上解放了中国人民，传播了民主共和思想，使民主共和思想深入人心，中国人民的民族意识初步觉醒。

---

① 陈忠实：《白鹿原》，第 192—193 页。
② 陈忠实：《白鹿原》，第 172 页。

但这个觉醒不是自发性觉醒，而是在西方列强铁蹄下的被迫觉醒。正因为如此，此时的反帝反封建不够彻底，觉醒同样不够彻底。纵使民主共和思想传入白鹿原，但对深受封建礼教与宗族观念迫害的老一辈来说，其影响微乎其微。县长何德志亲邀白嘉轩做官遭拒绝，于是他和白嘉轩谈论起新兴思想——民主政治，彻底根除封建弊端。对此，白嘉轩感到疑惑，什么是民主、封建、政治和民众？即使何县长对他的疑惑做出了解释，他也完全不当一回事，他依旧是族长，依旧操持宗族事宜，培养下一位族长继承人（白孝武），原上人民依旧听令于白家父子。可见，以白嘉轩为例的老一辈民族意识尚未完全觉醒者，依旧受封建传统礼教和宗族制度的束缚。面对黑娃和田小娥的自由恋爱，他们情绪激烈，持坚决抵制的态度，要求黑娃和田小娥不得入宗族祠堂。从某种程度上而言，他们是造成田小娥悲剧的祸首。同样，他们也间接地造成了白孝文的悲剧。田小娥和白孝文的行为举止与深受封建礼教荼毒的老一辈的观念相悖，对此他们是不愿看到的，甚至进行干预。因此，新旧观念在白鹿原上产生了不可避免的冲突。潜意识追求个人解放的黑娃派人打折了白嘉轩又直又挺的腰，新旧观念的正面冲突给了封建礼教和宗族制度致命一击，这一击使白嘉轩的腰再未挺立起来，族长的权威受到了打击，再不如从前。有人敢向权威发出挑战，这就意味着封建礼教和宗族制度正在瓦解，已经失去了往日的威严。再加上田小娥为了捍卫自己作为人的尊严，把"泡枣"扔在尿盆里，和黑娃自由恋爱，颠覆了女子依附男子而活的封建观念，宗族制度再次受到了沉重打击。最后，白嘉轩的精神导师朱先生逝世，封建宗族制度正式宣告退出历史的舞台。

封建宗族制度的消解肯定不是几个人努力的结果，也不是偶然，它是所有有为青年共同革命的成果，是顺应时代潮流的必然结果。辛亥革命反传统反封建的不彻底性，再加上当时中国内忧外患，国家主权遭受迫害，直接导致"五四运动"爆发。这场运动的最终结果除了更彻底地反帝反封建，还有就是对人的身体的启蒙，宗族制度的消解成为必然。而田小娥潜意识里对人的尊严的追求、鹿家二兄弟和白灵的离家辞乡以及后来的一系列斗争都深受"五四运动"的影响。当然，宗族制度的消解、个人身体的解放、灵与肉的双重回归是有识之士对民族国家有了新的想象。

三、身体解放与民族国家的本体性楔入

从封建社会到现代社会，乡土中国由封闭走向开放，在新旧文化的冲击下，人们的精神世界开始与传统观念剥离，并对新秩序充满期待。陈忠实把乡土秩序的变动与权力结构的分化熔铸到各色人物身上，构成民族国家在特

定历史时期的精神历程,并借此回望与审视传统乡土中国历史。

(一) 身体欲望与社会伦理的抵牾

从祠堂到庙堂,白孝文上演了一出孝子、孽子到浪子的人生三部曲,其戏剧化的人生轨迹,见证了民间宗法制度与官方政治秩序在新旧社会交替过程中的权力消长,凸显出"宗法家族意识形态对人的道德化塑造其实是极其脆弱的"①。"性"在白孝文的人生中扮演重要角色,引诱其从"无违于父之教"的孝子堕落为酒色之徒。白孝文的"不举"起因于宗法家族制度对其的精神阉割,而田小娥的引诱唤起其男性的雄风,他对田小娥说:"过去要脸就是那个怪样子,而今不要脸了就是这个样子,不要脸了就像个男人的样子了!"②性解放意味着精神解放,白孝文出走白鹿原,不仅是身体的空间位移,而且是精神的割裂,"他清醒地知道,这时代只有政治、争夺、倾轧、计算,这才是它的本性。道德是没有地位的。他要升官发财,就一定要和朱先生及他父亲所代表的文化和时代诀别"③,白孝文对传统仁义道德的背叛预示着以白嘉轩为代表的传统守法文化坚守者后继无人的悲剧。

黑娃天生性野,性格刚烈而重情义,其性格中的叛逆与反抗的因子让他义无反顾地走上了革命之路。他在白鹿原上刮起一场"风搅雪",毁祠堂,砸乡约碑,烧祖宗牌位,打折白嘉轩的腰杆(白嘉轩挺直的腰杆使其感到崇高庄重的道德文化的威压),这些无不充斥着暴力与血腥。他与田小娥之间的不伦之恋充满着肉欲的狂欢,而面对知书达理的新媳妇高玉凤,"他想不起已往任何一件壮举能使自己心头树起自信与骄傲,而潮水般一波又一波漫过的尽是污血与浊水,与小娥见不得人的偷情以及在山寨与黑白牡丹的龌龊勾当,完全使他陷入自责、懊悔的境地"④。陈忠实对黑娃和玉凤之间的床笫之欢的描写完全不同于他和田小娥在一起时的激情与冲动。

> 完全是和平宁静的温馨,令人摇魂动魄,却不至于疯狂。黑娃不知不觉地变得温柔斯文谨慎起来,像一个粗莽大汉捫着一双丝线荷包,爱不释手又怕揉皱了。新娘倒比他坦然,似乎没有太多的怛悷,也没有疯张痴迷或者迫不及待,她接受他谨慎的抚爱,也很有分寸地还报他以抚

---

① 孙巡:《世纪末对"老家"的悲情回眸——以〈白鹿原〉为个案的当代家族小说主体心态分析》,《南京社会科学》1999 年第 4 期。
② 陈忠实:《白鹿原》,第 315 页。
③ 金春峰:《对深重的文化危机之忧思》,载《〈白鹿原〉评论集》,人民文学出版社 2000 年版,第 249 页。
④ 陈忠实:《白鹿原》,第 583 页。

爱。她温柔庄重刚柔并济恰到好处，使他在领受全部美好的同时也感到了可靠和安全。①

黑娃不仅在生活上找到了归宿，在精神上也皈依儒家文化，他认同了白鹿原的仁义之风。然而后天的驯化与先天的野性扞格不入，注定了黑娃的悲剧命运，黑娃的回归与死亡，揭示了传统儒家文化面对现代社会的困境。

以鹿兆鹏为首的先进有为之士竭尽全力想要冲破封建礼教和宗族制度的枷锁，这和白鹿原一向以礼教（即儒家）规训个体的身体，同时也要求个体无条件听命于族长白嘉轩的思想观念大相径庭，直接导致了矛盾的产生。鹿兆鹏等冲决家族的罗网，舍身救国，牺牲小我成就大我。在鹿兆鹏等人的革命路途中，他们追求的婚姻自由和白鹿原百姓历来遵循的"父母之命，媒妁之言"形成了冲突。鹿兆鹏反抗包办婚姻，拒绝和冷大小姐成婚，以及白灵悔婚，他们的行为引发了鹿家和白家的愤怒和不理解，乃至整个原上百姓的不理解。而且，鹿兆海和白灵等接受了新式教育的新青年以天下事为己任，搬尸体建革命烈士公园等行为和封建社会规训出来的国民劣根性相违背，矛盾再次显现。鹿兆海、白灵等一批先进知识分子在革命的过程中承受了众多的不理解，即亲人的不理解、原上百姓的不理解，以及整个社会的不理解，随之而来的便是矛盾、冲突和反抗。个人与社会的对立，割裂了先进的有识之士和社会。在革命的路途中，革命者为了革命的需要，必须压制住对于美好爱情和亲情的追求，也必须压制住对于得到社会认可的需求，革命与爱情、革命与亲情、个人与社会形成对立，致使革命者和常人相比少了部分生命体验。也正是因为革命对于革命者身体欲望的压制，革命者的身体沦为了革命的工具。从某种意义上讲，这为民族国家的构建有一定的推动作用。

（二）去身体化与革命伦理的自洽

孙红震指出："革命伦理也即是革命的极端政治化，它彰显了神圣崇高的生命意识与感觉。以无产阶级为领导的革命伦理倡导革命的理想主义，要求对无产阶级革命事业的无条件服从和无私奉献，强调社会整体利益和集体行动，强调革命利益高于一切，这种伦理信念为革命的成功发挥了积极的推进作用。"② 所以，从某种意义上而言，革命伦理等同于献身伦理，个体的身体在历史发展的潮流中必然是牺牲品，因为革命伦理要求革命者将革命放在首位，无条件为革命服务并时刻做好牺牲的准备。

---

① 陈忠实：《白鹿原》，第584页。
② 孙红震：《解放区文学的革命伦理阐释》，华中师范大学学位论文，2008年。

《白鹿原》中，鹿兆鹏以成熟的革命者身份示众。他反对包办婚姻，劝说黑娃等白鹿原上年轻一代"站"起来，并多次不顾个人安危为革命事业出生入死。国共两党内战时期，加入了共产党的鹿兆鹏被国民党通缉，白鹿原上贴满了通缉令，在如此举步维艰的境遇下，鹿兆鹏依旧在白鹿原"活动"。在一次煽动饥民起来闹事的活动中，他遭人告密被捕，幸得冷先生和其父鹿兆鹏鼎力相救，外加田福贤贪财，他才勉强逃过一死。重获新生的他不但没有因此放弃革命，反而全身心地投入革命事业。在和政府军周旋的过程中，鹿兆鹏的生命再一次受到威胁，这一次他的小腿被枪击中："小腿肿得抹不下裤子，整个脚面和脚趾都被血浆染成红紫色。"① 如果没有黑娃和大拇指相救，鹿兆鹏这条命就搭进去了。生命再次受到威胁的鹿兆鹏还是没有放弃革命事业，身体恢复后立马投身革命事业。鹿兆鹏在戏楼上斗其父引来众人围观，"共产党儿子斗老子，真个是睁眼不认六亲啦"②，这个情节内隐弑父（人伦之父）与认父（以党为父）的双重意味，在这里，革命伦理彻底解构了传统伦理，血缘与孝悌不再是维系家庭关系之道。

再观白灵。白灵是一个有主见、有胆识的新女性，"女儿身，男子气"的英姿飒爽让她迥异于常人。白嘉轩从她的字迹中能感受到"完全是自成一格的潇洒独到的天性，根本不像一个女子的手笔，字里划间，透出一股豪放不羁的气度"③。朱先生则从白灵的眼睛里发现"这种眼睛首先给人一种厉害的感觉，有某种天然的凛凛傲气；这种傲气对于统帅，对于武将，乃至对于一家之主的家长来说是宝贵的难得的，而对于任何阶层的女人来说，就未必是吉祥了"④。这些描述是透过父辈们的眼光，凸显她与传统社会的颃颉。父母包办的婚事被白灵断然拒绝，她甚至与鹿兆海私订终身，私自写信到婆家退婚，冲决家的牢笼，与以父亲为代表的旧社会秩序做了断。当还热恋着鹿兆海的时候，她邂逅了已经成为"革命者"的鹿兆鹏，对"革命"的向往超出了爱情的魔力，她感情的天平倾向了鹿兆鹏，"鹿兆鹏是一件已经成型的家具而鹿兆海还是一节刚刚砍伐的原木；鹿兆鹏已经是一把锋利的斧头而鹿兆海尚是一圪塔铁坯"⑤。她甚至在一次酒后大胆向鹿兆鹏示爱："我们做真夫妻

---

① 陈忠实：《白鹿原》，第 386 页。
② 陈忠实：《白鹿原》，第 221 页。
③ 陈忠实：《白鹿原》，第 120 页。
④ 陈忠实：《白鹿原》，第 403 页。
⑤ 陈忠实：《白鹿原》，第 206 页。

啊兆鹏哥""我们做一天真夫妻,我也不亏"①。陈忠实并不避讳写革命儿女的性,白灵既有美丽的身体也有高贵的灵魂,而非过去革命小说中经常出现的"无性身体",白灵对自己的爱情与性的自主是作为"白鹿原性文化的将来式存在"②。白灵和鹿兆鹏假扮夫妻,传递信息,为党获取最新情报。在身怀六甲的情况下,她依然斗争在第一线,在国民党官员陶部长宣讲时,她高喊"打这个小日本的乏走狗"③并用砖头砸陶部长,她的行为使学生们的情绪愈发高昂,组建游行队伍揭露国民党卖国行径。而当她被抓并诬陷为政治异己,关押在囚牢之中时,她没有流露出丝毫的胆怯,在囚牢里"日夜呼叫不止,先是呼叫毕政委,……接着呼叫毕政委的尊姓大名,随后就带有侮辱性挑衅性地呼叫毕政委的外号:毕——眼——镜——毕瞎子"④。在和毕政委面谈时,她说"我因为跟你同是关中人感到耻辱"⑤,甚至指责毕政委是个蠢货、无赖、混蛋和软骨头。此时白灵的性命掌握在毕政委手里,她那些带有侮辱性的话语只会加速她的死亡,但是她没有选择求饶,而是试图骂醒毕政委。白灵和鹿兆鹏一样,为革命事业将生死置之度外。白灵和鹿兆鹏不是个例,千千万万的革命战士为革命奉献了自己的力量乃至年轻的生命。他们无条件服从于无产阶级革命事业,摒弃个人利害得失,将无产阶级利益、民族利益和革命利益放在首位,自觉遵循革命高于一切的原则。

综论之,《白鹿原》精致地呈现出了关中地区儒家文化与乡土文化的过去,对时代激流中行将解体的传统乡土社会与文化作出了最后的诀别。民族命运何去何从?道德精神如何重整?这是陈忠实在《白鹿原》中试图解决的难题。借由身体对历史、文化、人性与道德进行深刻反思,这是陈忠实通过关中文化寻根带给读者的最大启示。就其小说创作而言,这无疑具有总结性意义。

延伸阅读

1. 张文诺:《论长篇小说〈白鹿原〉与中国式现代化体验的书写》,载《北方论丛》2024 年第 2 期。《白鹿原》以白鹿原上的白、鹿两个家族的矛盾

---

① 陈忠实:《白鹿原》,第 444 页。
② 叶继奋、颜道胜:《从沉滞到张扬的艰难历程——〈白鹿原〉性文化透析》,《宁波大学学报(人文科学版)》1995 年第 4 期。
③ 陈忠实:《白鹿原》,第 514 页。
④ 陈忠实:《白鹿原》,第 545 页。
⑤ 陈忠实:《白鹿原》,第 546 页。

与纠葛为线索，真实地反映了从清末到新中国成立五十年间中国社会的巨大变革。这一时期正是中国社会从传统向现代转变的重要时期，是中国传统社会的政治结构、经济形态、社会组织与思想意识转变、解体与式微的时期，也是中国现代政治、社会、经济与思想逐渐滋长的时期。《白鹿原》通过白鹿原上人们的生活变化与思想变迁呈现了中国人独特的现代性体验，传达了传统中国向现代中国转换过程中丰富的时代症候。

2. 史婷婷、周保欣：《地方志与"村落"叙事的经典化——关于〈白鹿原〉的一个小说史命题探讨》，载《宁波大学学报（人文科学版）》2023年第2期。《白鹿原》是一种中性的"村落"叙事，作家以地方志、传说等民间史为基，将散落的小历史凝聚为独特的村落秘史，小说兼具史诗的厚重与文学的灵动。白鹿传说，白鹿村陈设的门楼、祠堂、戏台、六棱砖塔等建筑，在充当文化符号的同时，构成了叙事的内在动力。《白鹿原》对地方志的文学化用与村落的文化赋形，也为当代文学如实地反映村落形态，提供了方法论参考。

3. 辛颖：《"现代"之外的团结是否可能？——重读〈白鹿原〉的总体性想象》，载《当代文坛》2023年第1期。《白鹿原》给出了一种来自传统中国脉络之中、针对中国人存在之根基的总体性启示。从意喻着现代性诞生的主体形式，到群体中有限的主体间彼此联合的方式，再到更加广泛的人与人、人与世界的总体性可能，《白鹿原》以文学的方式回答着时代的问题，在现代化进程的机遇与迷茫、突破与失落中，探寻着什么是中国人、什么是中国社会、什么是中国精神的追问。

4. 陈子丰：《从个体生存的万金油到民族兴亡的纪念碑——论〈白鹿原〉的"传统文化"想象》，载《中国现代文学研究丛刊》2022年第1期。《白鹿原》被认为是当代文学中传统文化书写从自卑转向自豪的关键标志。这一转变的背后，是社会议程的转化、传统文化想象本身的漂浮，以及作者和读者对历史叙事中的权力话语的自觉。《白鹿原》中传统文化作为浮动的能指和万金油式的概念回应时代焦虑，以先设定答案再设定问题的方式宣称解决个人存续、历史得失、民族兴亡的问题，并和方兴未艾的民族主义话语融合，生成新的宏大叙事。

5. 许子东：《重读〈白鹿原〉》，载《文学评论》2021年第5期。在现当代文学中历来被怀疑被批判的"族权"（宗法祠堂），在《白鹿原》中成为正面形象。小说中的"神权"也不仅体现为庙宇迷信，而可能包括某种知识教育信仰系统。"政权""族权"和"神权"三种权力系统之间的复杂关系以及历史走向是《白鹿原》重新书写20世纪上半叶中国乡村历史的关键线索。

6. 周明鹃：《儒家文化视域下的〈白鹿原〉》，载《中国文学研究》2021年第3期。《白鹿原》对儒家文化有着强烈的认同与皈依倾向，然其对儒家文化在现代社会转型过程中日益式微的悲慨，则从精神与践行两个层面谱写了一曲儒家文化的挽歌。

思考题

1. 试析《白鹿原》中的世情传统。
2. 试论《白鹿原》中的祠堂文化。

（胡志明　陆　晶　执笔）

第9讲 《额尔古纳河右岸》中的生命意识与性别诗学

迟子建的文笔以细腻、温情和悲悯著称,她的作品表达出一种原生态的美、一种对故乡的热爱和迷恋,但又区别于传统意义上的乡土小说。苏童曾评价她说:"大约没有一个作家会像迟子建一样历经二十多年的创作而容颜不改,始终保持着一种均匀的创作节奏,一种稳定的美学追求,一种晶莹明亮的文字品格。"[1] 她的创作风格是有迹可循的,带有生命的悲悯和韧性。

迟子建的《额尔古纳河右岸》以生动、细腻的笔触为世人展示了一幅幅游牧民族鄂温克人恢宏的生活图景。人们可以了解到这个古老而神秘的鄂温克族,他们生于自然,在爱的风声中降临,长于自然,与自然和谐相处,最后葬于自然,埋葬在自然的风中。鄂温克人面对死亡有着独特态度,他们认为生与死不过是人的存在形式,灵魂是永远不灭的,所谓"生"是在爱的风声中来到人间,所谓"死"是凡间的躯体失去了力量,灵魂会飞往天堂。信奉神明的鄂温克人相信人在去世后并不会消失,只是从一个世界去往另一个世界,葬在风中人会随风飘走,慢慢消失在自然中,从而达到天人合一的境界,因此死亡不是生命的终点,忘记才是。鄂温克人超越世俗的生死观是对生命的尊重与包容,他们相信万物有灵和天人合一,对生命有着执着的坚守。作为神性与人性的统一体的萨满神则是神明的存在,他们拥有超自然的力量,是先知,能够治病招魂,超度亡灵。书中着重描写了两代萨满神,他们舍小家为大家的博爱精神深深打动了无数的人。

一、生命意识的知性书写

中国有56个民族,有的民族我们耳熟能详,而有的民族却鲜为人知。鄂温克族便是后者,它古老又神秘。清晨、正午、黄昏,这是一天中的三个时间段,将它们连起来,便可以看作人的一生。《额尔古纳河右岸》中,从老人"我"一天的话语中,人们看到了百年来鄂温克族迁徙、狩猎的生活状况,也看到了其中蕴含的爱恨情仇。这是一个繁衍于森林的民族,他们随着自然搬

---

[1] 苏童:《关于迟子建》,《当代作家评论》2005年第1期。

迁，与风月同在。他们是最后一个游牧民族，以放养驯鹿为生。他们信仰自然之神，如火神、雷神和山神等，他们敬畏自然，依赖自然，也爱护自然。

（一）万物有灵

鄂温克族人信仰萨满教，他们尊崇的神明被称为萨满神。他们崇拜很多事物，主要包括各种神灵、死者，甚至花草树木和动物。"鄂温克族人对玛鲁神、火神、山神以及雷神的敬畏，这一敬畏背后是生产方式落后带来的对自然神秘力量的敬畏，是鄂温克族人在认知匮乏的状态下对自然现象的想象。"①

尼都萨满讲的第一个故事与火有关，那是很久以前的事了。一天，一个一无所获的猎人愁眉苦脸地回到了家。他非常生气，看到熊熊燃烧的大火，气得直接把火种捅了出去。接下来的几天，猎人无法点燃火种，也没有什么收获。在饥寒交迫中度过了几个漫漫长夜后，猎人再次上山打猎。他看到一个蒙着脸哭泣的老妇人，她的脸上都是鲜血。老妇人说自己的脸被人用刀划伤了。猎人这才意识到自己得罪了火神，于是马上跪下来请求火神的原谅，发誓自己会永远崇拜火神。突然老妇人不见了，只有一只野鸡站在树上。猎人照例打死了那只野鸡，回到了营地。在营地，猎人惊异于重新燃烧的火花，他醒悟过来后跪在火边哭了起来。火对于生活在寒冷的大兴安岭地区的鄂温克族来说，是非常重要的，燃烧的火就像太阳，意味着希望和温暖。而母亲达玛拉将一团火传承给了"我"，送给"我"做新婚礼物，那是她和父亲林克结合的时候，她的额吉送给她的。鄂温克人崇拜火神，在"我"的记忆中，营地的火是明亮燃烧着的，永远也不会熄灭。在鄂温克人的精神世界里，火种代表着光明，是文明的象征，是精神的传承，更是生命的意义所在。无论在哪里，鄂温克人的火种永远存在，永远都是那团火。

在部落迁徙搬家的时候，玛鲁神会由作为"玛鲁王"的白色驯鹿用背来驮载。人们一般不能使用玛鲁王，它是至高无上的权威的象征。玛鲁王身后的驯鹿驮载火种，火种是文明的象征，更是神明的存在。平时，鄂温克族人也会在火上浇点动物油，那是因为鄂温克族的祖先喜欢闻香味。火中有神灵，面对神灵要尊重，所以人们不能朝火里吐痰或洒水，也不能扔脏东西，必须保持神圣的纯净。

鄂温克人祖祖辈辈与自然的山川河流惺惺相惜，他们认为世界万物都是有神灵的存在，正是这些山林间的神明赐予了人类赖以生存的猎物，所以林

---

① 杨亭：《文学中的人与自然——以〈额尔古纳河右岸〉为例》，《汉字文化》2021年第2期。

克经过森林时会保持安静，怕打扰山神"白那查"。山神的头像刻在树上，在额尔古纳河右岸的森林里，这样的树很多，猎人在路过这些树时要保持安静以示对神明的尊重，在打猎时看到这些树树会卸下身上的武器，给山神回敬烟和酒，向山神磕头表示感谢，并祈求山神的庇佑。

鄂温克人对自然的敬畏还体现在民族习俗上。鄂温克人依赖自然界的动物和植物活着，对它们也报以爱护和尊崇。在相依为命的驯鹿死后，他们会将驯鹿像逝去的人一样放在向阳的山坡上。在鄂温克人眼里，熊是先祖的化身，在猎到熊时，营地会举行仪式，割下熊头，放在树架上，大家对其跪拜进行祝福和祈祷，吃熊肉时会边吃边模仿乌鸦的"嘎嘎"声，好像在告诉熊吃它肉的是乌鸦，而不是人。吃完熊后，他们用柳条将熊骨头包好，由男人搬去风葬。在《额尔古的河右岸》中，达西还为山鸡做了风葬仪式达西按传统将山鸡处理好，然后操着一瘸一拐的腿走向外面，虔诚地将其挂在希楞柱外的松树上。

鄂温克人尊重生命，珍爱每一棵草木。在搬迁时，他们会整理好每一块营地，让它恢复原始自然的状态。他们尊重自然，相信人世间的一切都是有灵魂、有生命的，他们与自然相处得和谐有序。白桦树是母亲达玛拉最热爱、最崇敬的树，白桦树象征着生与死的考验，在她看来，白桦树是森林中最美丽的树，它浑身都是宝，它有好看的黑丝绒般的小花，还有森林饮料——桦树汁。桦树汁是纯净透明的液体，喝起来很清甜，满口留香；剥下的桦皮也大有作用，可以入药，也可以做桶、盒子、桦皮船等各种各样的东西。正是因为这些，达玛拉十分热爱白桦树，是"我"见过的世界上最爱白桦树的人。她常常温柔地抚摸白桦树的树身，在她看来，白桦树的身段又细又直！

（二）天人合一

《额尔古纳河右岸》中的死亡很平凡也很频繁，就像自然界中最卑微的生物。这里没有所谓的人类文明，这里的一切都有着和周遭最原始的和谐，这里的人们和森林里的黑熊没有丝毫差异，一样要面对严寒饥饿猛兽和瘟疫。为了驯鹿的食物，人们时常要举族搬迁。在这里，死亡是最平常不过的事情。

故事中所有的生与死都融入了自然。鄂温克族作为一个生活在额尔古纳河右岸的游牧民族，以自然为生，天与人相辅相成，人们与周围的动植物、山川、河流、雨雪冰雹都形成了一个整体，世间万物都水乳相融。书中的生与死都蕴含着神明的意味，一切死亡的降临在自然的冥冥中都有所暗示。老达西去世前，尼都萨满在深夜看到天空中有一颗流星划过；林克带着猎品和子弹去换取驯鹿的那天，达玛拉一遍又一遍地嘱咐猎犬伊兰要把林克的心和身体带回来，结果雨后的两道彩虹突然消失了一道。自然的力量是人类无法抗衡的，因而那拥有决断人生死的权力带着神明的意味，神不会无缘无故地剥夺，神的故事里存在着因果轮回。人们从自然中获得，但又失去；死亡，但又新生。

孩子死后会被装进白布袋里扔在向阳的山坡上，这样可以像一颗种子一样，生根发芽长成参天大树，孩子会得到新生。成人死后则会由萨满神举行风葬。鄂温克人喜欢风葬，这是一种挂在树上的葬礼。风葬，也就是埋葬在风中。鄂温克人按照传统习俗在树上搭一个四方平面的树床，他们先选四棵直向对着的树，再用树枝和树干横在中间，将人头朝北脚朝南地放在树床上，最后覆盖上树枝。"我"的父亲林克是在带着猎品换取驯鹿的途中在森林被雷电击中而死的，尼都萨满为他进行了风葬，在他遇难的林中为他搭了人生的最后一张床。那是一张很高很高的床，因为林克是被天上的雷神带走的，林克要去天堂，就得离天堂更近一些。林克被雷神带走后，"我"常常在阴雨连绵的日子里去听那"轰隆隆"的雷声，林克去了天堂，那些雷声便是林克在和我们说话。风葬实际上是鄂温克人生于自然再归于自然的方式，人从自然的风声中降临，再埋葬在自然的风中，大自然就是他们的母亲，他们是大自然的孩子。鄂温克人相信这样做逝者便能听见风的声音，灵魂也能和鸟儿一起飞翔，逝者会像风一样飘走，慢慢地消失在自然中，然后天与人合二为一。

（三）精神坚守

鄂温克族是一个对生命怀有执着坚守的民族，不仅有个人的坚守，还有民族的坚守。小说中的"我"就是一个坚持留在古老部落的坚守者。

随着科技水平的发展，整个经济社会发生了极大的变化，人类的现代文明经过传播发散到世界各地，各种不同的文化在碰撞中擦出火花，有的文化慢慢地与其他文化相融合。然而在现代化的进程中，有的先进生产力剥削了落后的生产力，也有的先进民族文化侵蚀了古老民族文化。在人类文明向前迈进的历程中，旧文化很容易被新文化所吞没而逐渐消失在历史的长河里。鄂温克族这样一个古老的民族正面临着困难，现代文明的入侵对于鄂温克族而言是巨大的困扰。山上出现了很多伐木场和林场，运输木料的线路一条接一条地开通，毒瘤般的伐木点破坏了鄂温克人赖以生存的山林，也影响了他们原本朴素简约的自然生活。大部分人选择了下山生活，"我"选择留在营地，安草儿也留下来了，这就够了。

同"我"一代的人都相继去世了，只有"我"和孙儿安草儿留下来了。我们并不孤单，"我"想留下来继续守着、陪着他们，额尔古纳河右岸的山林才是"我"的家,就算安草儿不留下来,"我"也不会觉得孤独。"我"是额尔古纳河的孩子,"我"生于山林,长于山林,山中的雨雪从小看着"我"长大,一直到"我"变老了,"我"也要待在山林中让它们看着"我"离开这个世界。所以"我"叮嘱"我"的安草儿,当"我"走了,"我"想埋葬在风中,按鄂温克的传统葬在树上,一定不要埋在土里。但是现在很难找到四棵相对的树了。母亲送的火仍然旺盛地燃烧着,安草儿往里面加了几块柴木,"我"知道希望还在,这团火是生活遗存的物质之火,也是鄂温克族延续文明的精神之火,是民族文化的传承与延续。"我"和安草儿会一直坚守着鄂温克族的部落,坚守着部落的火种,坚守这最后一片山林,坚守着民族的信仰。

"我"喜欢在睡觉的时候透过希楞柱的顶看天上的星星,喜欢和我们的朋友驯鹿一起亲吻森林。从故事的开始一直到结束,"我"讲了一天的故事,有些疲乏,但"我"始终没有留下名字,不想留下。"我"是风和雪的熟人,讲述着鄂温克族的历史,讲述着古老民族的沧桑。"我"这一生,从姐姐列娜的夭折到故事的尾声时孙女伊莲娜的随水而逝,死亡一次又一次地降临在这个部落,带走了一条条鲜活的生命。伊莲娜的死去,不仅意味着个体的死亡,还象征着古老文明在现代化冲击下的迷茫和徘徊,她是文明冲突的牺牲品,最终选择了回归山林。只有"我"这个历史的亲历者,留守在这祖祖辈辈世代守护的额尔古纳河右岸的森林中,守着那团从未熄灭的火种。但在全球化的影响下,很多类似的被边缘化的弱势民族所面临的困境该如何平衡和解决呢?"我"已经九十岁了,在"我"老后还有谁会坚守在这片山林中呢?或许安草儿会,但很多事也说不清楚。

古书记说:"一个放下了猎枪的民族,才是一个文明的民族,一个有前途和出路的民族。"[①] 但是山路开辟后,卡车进来了,森林中的树木和动物越来越少,因为树林的稀疏,山风越来越大。卡车的车辙就像一道道伤痕刻在鄂温克人心里,现代工业文明的入侵,破坏了生态环境,现代人的贪欲远比自然的狩猎和驯鹿的采摘所造成的破坏严重。当搬迁的人看到驶入营地的卡车时,他们的眼中流露出凄凉而迷茫的神色,甚至在下山后一些人逐渐迷失了自我。当时面对络绎不绝的进山砍伐的卡车,马粪包很愤怒地开枪打爆了轮胎,其后被车上的人打死在地上,死前他凄凉地重复着别人骂他的话:"野人。"但是,究竟谁才是真正的"野人"呢?是住在额尔古纳河右岸山林的鄂温克人,还是进山砍伐树林的人?是敬畏自然的淳朴的古老民族,还是道貌岸然喊着拥有先进文明实则破坏自然的民族?想必很多人心中已经有了答案。

---

① 迟子建:《额尔古纳河右岸》,人民文学出版社 2010 年版,第 259 页。

现代社会的发展在很大程度上丰富了人们的物质生活，但是人们的精神生活还是空虚的，还存在很多空白。很多人在现代文明的冲击下思想和灵魂逐渐变得虚无，他们沉浸在享受大自然丰硕成果的美梦中，却没有想过整个民族长远的未来，只顾着眼前的利益，丧失了一颗对大自然的敬畏之心。青年一代一旦走出去离开故土就再也回不去了，没有文化认同感和民族自豪感，失去故乡的鄂温克人会再度成为心灵上的"游牧民族"。"迟子建以女性细腻真切的感受描述了这种变化内部的千疮百孔，叙述人以苍老的叹息和沧桑荒凉的叙述引起我们的警醒。"①

在书中除了讲故事的"我"之外，还有"我"的弟妹妮浩。作为鄂温克族最后一个萨满，妮浩拥有对自身责任的坚守、对人性的坚守、对生命的坚守。妮浩萨满对自己的部落负责，不仅为部落日常的狩猎、生计和祭祀做准备，还为了拯救部落族人的性命，牺牲了自己的孩子。这是萨满作为连接天与地的神明的执着与坚守，当部落外来的人来求助时，妮浩萨满也是默默地承受着失去孩子的痛苦，用心拯救病人。救死扶伤本就是作为萨满的责任所在，妮浩用自己的孩子来以命换命维系生命的平衡，这是一种大爱，是一种常人难以承受的对生命的坚守。而妮浩本人最后的死去也是一种坚守，为了扑灭山火，妮浩萨满拖着年迈的身子跳神祈雨，最终上天被感动了，而妮浩也倒在了雨泼中。妮浩坚守信仰，追寻生命的真谛，她的死，是一种精神坚守。作为萨满，她的一生尽职尽责，为部落和山林生，为部落和山林死，生于自然，而又归于自然。

二、生命场域的沛然呈现

信奉神明的鄂温克人相信人类是有灵魂的，人在去世后并不会消失，只是从一个世界去往另一个世界。每一次离别都是让人动容的，他们不是离开了，而是去了美丽的天堂。死亡不是生命的终点，忘记才是。死亡的只是在凡间的躯体，灵魂是永存的，正如林克被雷神带走，他的灵魂从人间去了天堂。"死亡是迟子建折射人生的一面反光镜。"② 在迟子建如春风般美好的笔下，死亡变得一点也不可怕，尽管死亡迭现，但作品的氛围是温暖的，而不是哀伤的，这正是因为每一种死亡的背后都有温情的存在，同时非自然的死亡被赋予了偶然性。

---

① 申霞艳：《当神性遇见现代性——迟子建论》，《文艺争鸣》2011年第14期。
② 杨桦：《人性美的感怀与无奈——解读迟子建小说的"生命"与"死亡"意象》，《名作欣赏》2016年第24期。

（一）死亡与新生的互化

故事的最开始，"我"的姐姐列娜突然病倒了，于是林克请萨满神尼都来跳神治疗，杀了一只驯鹿幼崽做祭品。尼都萨满同时唱歌和跳舞，想要找回列娜飘走的灵魂。最终列娜活过来了，但是营地里失去了一只灰色的小驯鹿。驯鹿是有灵性的生物，那只小驯鹿代替列娜死了，小驯鹿的妈妈灰色驯鹿因此悲伤得乳汁所剩无几。这是列娜与小驯鹿之间的死亡替换，于大家于灰色驯鹿都是沉重悲痛的。后来，在营地搬迁的路上，一个寒冷的夜晚，骑在灰色驯鹿背上的列娜在睡梦中沉沉地死去。列娜死后，之前灰色驯鹿消失的乳汁恢复了。这便是生命的因果轮回、生死替换。小驯鹿代替列娜死了，驯鹿母亲悲伤得乳汁枯竭，直到驯鹿母亲背上的列娜在冰天雪地中冻死，它的乳汁又恢复了。

"我"的伯父尼都作为萨满活着，他的一生没有结婚，没有孩子，生命的代价是身体的健康，最后他也失去了自己的生命。而作为下一代萨满的妮浩，她为濒临死亡的人们跳神，她救活了别人，可是她的孩子却要死去。大儿子果格力代替生病的孩子死了，可爱的女儿交库多坎代替因不尊敬熊祖先而被熊骨卡喉咙的马粪包死了，耶尔尼斯涅则是化身黑桦树拯救了翻落沟谷的母亲妮浩，唯一一个未出世的孩子因代替偷吃驯鹿肉的汉族少年而流产了。而妮浩最后的结局也是在为灭森林火灾祈福降雨仪式中跳神而亡，那场火灾是林业工人乱扔烟头导致的。

虽然书中交织着沉重且悲痛的死亡替换，但同时死亡与新生也交替在一起，绝望与希望相伴而随。老达西一直想要个孙子却未能如愿，他和他的爱鹰死于狼的复仇，但在他死后，很多年都没有怀孕的儿媳妇玛利亚终于怀孕了。儿子哈谢和儿媳妇玛利亚认为这是天上的老达西在保佑他们，送给他们的礼物。为了纪念父亲老达西，两人给新生的孩子取名达西。在鄂温克民族看来，死亡并不可怕，是另一种新生的存在，因此死亡变得格外神圣和伟大。

尼都萨满走的那晚，由于没有时间搭建生产用的产房亚塔珠，"我"在他的希楞柱里生下了二儿子安道尔。按照鄂温克族的习俗，生产的时候产妇只能靠自己，身边没有人的陪伴，但我相信只要鄂温克族的玛鲁神还在，它和尼都萨满都会保佑"我"。在那座希楞柱的尖顶，"我"看见了发光的星星，听到了安道尔到达这个冰雪世界后的第一声哭泣。当年因为饥饿偷吃了驯鹿肉差点死去的少年被妮浩所救，但是妮浩因此失去了一个孩子。看到母亲接连死去三个孩子后，没有以植物命名的贝尔娜为了躲避死亡的命运逃跑了。多年后，在妮浩的葬礼上，贝尔娜被当年要报恩的少年带了回来，实现了妮浩的心愿。拉吉达的弟弟拉吉米看养了马伊堪三十年，不让她离开，不许她出嫁，她是额尔古纳河右岸的山林中最孤独的花。在三十岁那年，马伊堪第一次飞出了山林，最后她回来了但怀孕了。孩子西班两岁能断奶时，马伊堪选择了跳崖自杀，她把孩子作为最后的礼物送给了养父，让西班代替她陪伴拉吉达。而"我"最喜爱的孙女——家族里第一个大学生伊莲娜在经历了现代城市文明后，为了能和驯鹿在一起，为了能在夜晚睡觉时看到希楞柱顶上的星星，又回到了家乡。伊莲娜彻底醒悟了，只有驯鹿、树木、河流、月亮和清风是最美好的。在看过妮浩的祈雨仪式后，伊莲娜被鄂温克人一百年来的激荡人心所震撼，开始绘制画作，长达两年。但在新世纪的第一个春天的那个晚上，画作完成，伊莲娜随着河流逝去。就在那天，一只象征着纯洁的雪白色驯鹿幼崽出生了，它就像伊莲娜的灵魂一般美好。拉吉米接生了它，还用自己最喜爱的口弦琴的名字将其取名为木库莲。

这些绝望与希望在书中大量出现，新的生命不断诞生，死亡的威胁也一直存在，每一个死亡的背后又暗含着新的希望。正是因为死亡与新生的交替出现，鄂温克族人的生死观是超越世俗的，他们生于自然的风声，死于自然的风葬，撰写了一部让世人为之动容的百年沧桑的民族史诗。

（二）以死观生的生命叩问

生命是无常的、意外的，非自然死亡充满了偶然性，在一定程度上，人类的生死存亡都归结于命运的安排。"而在迟子建的世界中死亡是忧伤而不绝望的'伤怀之美'。"[1]《额尔古纳河右岸》的死亡叙述并不悲伤，是很平淡的、安详的书写。生命的诞生本身就包含着死亡的因素，一个生命从开始到终结，由生的历程走向死的历程，生与死相伴而生。在命运的安排下，人应该坦然地面对生命的起起落落。在书中，几乎所有人的死亡都充满偶然性，我们并不知道什么时候会面对死亡，不知道接下来的每一步走向，死亡总是在不经意中到来，毫无征兆地出现，又悄悄地离去。

在这个史诗般的故事里，列娜在睡梦中死于冰冻，老达西和他的"奥木列"报了妻仇，丧命在狼爪下，林克在给部落换取驯鹿的途中不幸在林中被雷电劈死，达玛拉在林克死后郁郁寡欢，穿着尼都亲手缝制的羽毛裙子在跳舞中结束生命，尼都萨满与日本军官吉田抗衡，不屈服最后死去，拉吉达在寻找驯鹿途中冻死，瓦罗加为了救人和熊搏斗，悲壮死去，坤德被一只黑蜘蛛吓死，妮浩在为灭山火举行的祈雨仪式上因为年老导致精疲力尽死去，金

---

[1] 马宇飞：《死亡：在残酷与静美的比照中——萧红、迟子建死亡书写比较研究》，《文艺评论》2013年第5期。

得为了反抗母亲依芙琳为他安排的婚姻，在婚礼当天上吊自尽，哈谢因摔跤病危而死，小达西用猎枪自杀，杰芙琳娜为了陪伴爱人小达西在林中吃毒蘑菇殉情而死，安道尔在一次狩猎时被哥哥维克特失误射死，维克特因为误杀了弟弟安道尔而郁郁寡欢一蹶不振，最后酗酒而死，家族里的新一代依莲娜选择投河而死。

这些死亡都充满了偶然性、无常性和神秘性。但是鄂温克人认为世界、自然和宿命是统一的，死亡不是世界的终点，而是生命的另一转换方式，也是一种新生。死亡并不可怕，死亡是一种净化和升华，被世人遗忘才是真正从这个世界上消失。所以死亡在书中并没有太多悲惨的渲染，死亡情节虽然多，但和其他情节一样只是故事发展的结果，是叙述的一部分。列娜在冰天雪地里在梦境中沉沉地睡去，人们觉得她和小鸟做朋友去了；安道尔死在了自己美丽的鹿哨下，走的时候脸上还挂着微笑；伊莲娜的尸体在贝尔茨河下游被柳树拦住，"我"觉得伊莲娜就是一条小鱼，她是随性自由的，她应该一直飘一直飘，飘到了我们看不见的远方。

三、生命价值的终极追问

"'鄂温克'在汉语中的意思是'住在大山林中的人们'。"[①] 鄂温克人信仰萨满教，称巫师为萨满。"'萨满'一词缘于古代鄂温克语，它产生于狩猎时代，属于满-通古斯诸民族的语言文化体系，含义为先知者、神通者、无所不知者。"[②] 萨满拥有超凡力量，是集治病招魂和超度亡灵于一体的神明，甚至能预知事物发展的未来，比如死亡。

（一）两代萨满

萨满是书中最具神性色彩的人物，他们是充满力量的，是连接天与地的神明。萨满神拥有上天赋予的神力，是被神选中的人，他们以跳神和唱神歌的方式来施展神力，拯救病人，庇佑族人。萨满文化源自原始社会的母系氏族时期，一般是氏族的女性继承萨满这个角色，男性萨满也是存在的。《额尔古纳河右岸》写了三个萨满式人物，着重描写了部落的两个萨满，分别是长一辈的尼都萨满和同辈的妮浩萨满。书中这样描述尼都萨满："额格都阿玛是

---

① 大勐龙：《大兴安岭的鄂温克人：中国惟一被允许狩猎的民族》，《环球人文地理》2014年第8期。

② 危婷：《历史长河中的生命赞歌——〈额尔古纳河右岸〉生命意义主题分析》，《新乡学院学报》2019年第2期。

个男人,可因为他是萨满,平素的穿着就得跟女人一样。"① 被上天选中的萨满们都很善良,他们有博爱的心灵,爱别人超过爱自己。但是成为一个萨满会经历被神灵左右时的心灵和肉体的痛苦,或许这就是萨满神力的代价。

尼都萨满是"我"的伯父,也是"我"出生后有印象的第一个萨满。尼都萨满曾经使失去光明的中年人重返光明,在跳神的舞蹈中使孩子的疥疮飞快结痂,止住了流脓。在乌力楞里,尼都萨满是大家的保护神,他为了救治生病的驯鹿拼尽全力,年少时将自己喜欢的女孩让给了弟弟,在弟弟死后依旧没有僭越,只是默默地守护,为了心爱之人穷尽一生也孑然一身。尼都萨满人性的光辉达到了一种至高的境界,他的爱也感动了所有人。在尼都萨满与日本人抗衡的那天,他跳了人生的最后一支舞。舞蹈结束的时候,吉田脚上的伤没了,他的战马倒在地上。在吉田要求尼都萨满为日本人效力后,尼都萨满转身离开,边走边扔东西,妮浩则在后面捡。当尼都萨满的身上没有操纵神力的神衣和法器的时候,他便倒在了地上。

在尼都萨满去世后的第三年,新的萨满会在氏族里产生,被神选中的人在成为萨满前都会有异于常人的举动。妮浩在离开达玛拉风葬之地的时候就有预兆,听尼都萨满的送别神歌时一直在打颤,她说:她的骨头有一天会从树上落下来——落到土里的骨头也会发芽②。这句话暗示了妮浩会用自己的一生来保护氏族。妮浩曾光着脚在冰地上奔跑,生病后睡了七天便宛如无事地坐起来,很自然地解下死去的玛鲁王颈下的铜铃放入自己的口中,预知了新的玛鲁王的诞生,并在埋葬死去的玛鲁王时唱起了第一支神歌。

"神不会无缘无故地赐予,而只是在完成一种转换,以致趋向于一种平衡与和谐。"③ 孑然一身的尼都萨满跳神的代价是自己的健康,而作为萨满的妮浩先后怀了六个孩子,她救治病人的代价是以命换命,她的孩子代替别人离去,以此维系生命的平衡。她的身上具有神性,而她的痛苦也来自这种神性与人性的冲突。妮浩先后失去了四个孩子,她的果格力、黑桦树般的耶尔尼涅斯、百合花般的交库拖坎,还有一个未出生连名字都没有的孩子。妮浩就像一个救世神,我们在这个故事里看到了她一次又一次牺牲自己的孩子来挽救他人的性命。她把每一个人都看作自己的子民,当看见她的孩子们受苦,遭受病痛的折磨,她没有办法坐视不管。拯救是她的职责所在,面对私人与

---

① 迟子建:《额尔古纳河右岸》,第5页。
② 迟子建:《额尔古纳河右岸》,第101页。
③ 王雪峰:《萧红与迟子建笔下的萨满文化内涵解读》,《长春师范大学学报》2018年第5期。

集体，她毅然地选择牺牲自己的孩子来挽救别人的性命。在妮浩身上，我们看到的是人性的至真至纯升华到了一个近乎完美的高度，到达了神性。

迟子建在描写妮浩这个角色时，将人世间所有人性最美好的品质都倾注其中，真善美在妮浩身上得到了充分体现。迟子建对萨满文化的过度渲染也使人质疑其情节和人物的传奇化，但恰恰是在这样一个极度尊重民族信仰的民族，古老的民族文化才能传承下来，赢得后人的尊敬。"山火熄灭了，妮浩走了。她这一生，主持了很多葬礼，但她却不能为自己送别了。"① 这个近乎神性的女性萨满，牺牲了自己的孩子，救活了无数的人，她的归宿，理应是在天堂。

（二）超自然的力量

鄂温克氏族的萨满神作为人与神之间的中介者，他们拥有天然的能量，在书中被描述得神乎其神。鄂温克人相信萨满，认为整个民族的命运和生死存亡都掌握在萨满的手中，对他们来说，萨满就是神明，就是能够庇佑他们的人。萨满通过传统的祭祀来保佑部落，使部落人丁兴旺，族人平安顺遂。每当萨满神穿起神衣，跳起那神秘而古老的舞蹈，唱起那悠远而哀伤的旋律时，人们总是双眼噙满泪水，莫名地感动。超自然的力量向来吸引人，这就是神的力量。

作为拥有超越自然的神秘力量的萨满，通过跳神和唱神歌来治愈病人。书中对萨满神力的第一次描写是关于"我"的姐姐列娜。那时候列娜生病了，她不仅发高烧，还神志不清，不知所云，什么也不吃。于是父亲林克请萨满尼都来跳神治疗，按传统杀了一只驯鹿幼崽做祭祀。尽管尼都萨满很胖，但是神奇的是在跳神时他的动作十分轻盈，充满了活力。在舞蹈和歌声中，尼都萨满寻找着列娜的灵魂，从黄昏跳到有星星的夜晚，跳了很久很久，直到他倒在地上。就在他倒地的那一瞬间，列娜终于活过来了，而一只灰色驯鹿幼崽失去了灵魂。除了在自己的部落跳神，尼都萨满还被别的部落请去跳神，他用自己的神力治好了失明的中年人和有疥疮的孩子。但是萨满也有无能为力的时候。有一次，尼都被拜托去别的部落为生病的驯鹿跳神。结果那边的驯鹿非但没治好，尼都萨满还将带有瘟疫的新驯鹿带回了部落。尼都萨满黯然地跳着，跳了七八个小时，也没有将驯鹿救回来。这场瘟疫给整个乌力楞带来了前所未有的严重的灾难，尼都萨满也在这场瘟疫中彻底老去。

妮浩萨满是"我"的弟妹，也是尼都萨满后的下一代萨满。作为书中重

---

① 迟子建：《额尔古纳河右岸》，第253页。

点描述的核心人物，从成为萨满那天开始，她的生命不再只属于她自己，她的命运与整个氏族的生死存亡联系在了一起。她是一个母亲，也是一个萨满。作为萨满，她尽职尽责地履行自己的责任，拯救生命。为了救人，她只能用自己孩子的灵魂代替别人的灵魂，以命换命来维持生命平衡。上天要那个孩子去，妮浩将他留下来了，那么她的孩子就要代替前去。那是自己的孩子，可作为萨满，她怎能见死不救呢？妮浩是如此地伟大且无私，这样的博爱精神，正是鄂温克民族的伟大精神，是这个古老民族用生命谱写的宏大史诗。

（三）萨满的神歌

鄂温克族的萨满是天生的歌舞者，鄂温克人举办葬礼时会请萨满来跳神，伴随着萨满那悠远而绵长的神歌来为逝去的亡灵祈祷。人们虔诚地相信他们的亲人会去到另一个极乐的世界，会在那里幸福快乐地继续生活下去。通过不停地跳舞和唱神歌，萨满施展神力，变得疯狂而轻盈。萨满神有许多神歌，在不同场合他们会唱不同的神歌，每首神歌都独具特色，有着美丽的故事。

在鄂温克族的祖先看来，人从这个世界去往另一个世界的路上，会经过一条以生前德行为考验的血河。萨满神会为每一个逝去的亡灵祈祷，让他们来世平安顺遂，此生度过血河到达幸福的彼岸。尼都萨满唱了一支关于"血河"的丧歌送给达玛拉，流露出他这一生纯真而深厚的爱。

> 滔滔血河啊，
> 请你架起桥来吧，
> 走到你面前的，
> 是一个善良的女人！
> 如果她脚上沾有鲜血，
> 那么她踏着的，
> 是自己的鲜血；
> 如果她心底存有泪水，
> 那么她收留的，
> 也是自己的泪水！
> 如果你们不喜欢一个女人
> 脚上的鲜血
> 和心底的泪水，
> 而为她竖起一块石头的话，
> 也请你们让她
> 平安地跳过去。

> 你们要怪罪，
> 就怪罪我吧！
> 只要让她到达幸福的彼岸，
> 哪怕将来让我融化在血河中，
> 我也不会呜咽！①

在埋葬死去的玛鲁王时，妮浩唱起了她的第一支神歌，她的歌声凄美而哀婉，如风一般飘向远方。在尼都萨满和玛鲁王走后，氏族里将诞生一位新的萨满，妮浩就是在那个春天里成为萨满。从此，妮浩用她小小的身躯肩负起萨满的重任，完成其保佑氏族保护族人的使命。妮浩在鲁尼成为族长的那个冬天，为乌力楞猎到的熊做风葬仪式时，唱了一首有关祭熊的颂歌。生活在山林里的鄂温克族将熊认作祖先，公熊和母熊分别是祖父和祖母，所以在日常狩猎中若是猎到了熊便会为其风葬，食用熊肉前为熊祖母唱歌以祈求祖先的原谅。下面这首体现鄂温克族历史文化风俗的神歌在敖鲁古雅里流传。

> 熊祖母啊，
> 你倒下了，
> 就美美地睡吧！
> 吃你的肉的，
> 是那些黑色的乌鸦。
> 我们把你的眼睛，
> 虔诚地放在树间，
> 就像摆放一盏神灯！②

身为氏族的萨满，妮浩身上肩负着常人难以想象的重任。她知道她救人的代价是以命换命，但救人是她的使命，作为萨满，她必须这么做，也只能这么做。在歌声中，她送走了自己的四个孩子。妮浩以一个母亲伟大而无私的胸怀，庇护着部落的族人。下面这首神歌是萨满的悲歌，听了让人心痛让人惋惜。

> 世上的白布口袋啊，
> 你为什么不装粮食和肉干，
> 偏偏要把我的百合花揉碎了，

---

① 迟子建：《额尔古纳河右岸》，第100—101页。
② 迟子建：《额尔古纳河右岸》，第137—138页。

将我的黑桦树劈断了，
装在你肮脏的口袋里啊！①

鄂温克族的萨满神不仅庇佑族人和驯鹿，还庇佑他们赖以生存的黑土地与山林。1998年的春天，氏族里的最后一个萨满神妮浩跳了生命中的最后一支舞，唱了最后一首神歌。进山砍伐的工人乱扔烟头导致森林爆发山火，为了跟随鄂温克族百年的驯鹿，为了养育鄂温克族的山林，年迈的妮浩萨满拼尽全力地跳着唱着，老天深受感动为之泣泪，可神歌还未唱完，妮浩就倒在了雨泼中。

额尔古纳河啊，
你流到银河去吧，
干旱的人间……②

这场史无前例的山火终于熄灭了，妮浩完成了作为萨满的使命。这一生，她为生者的降临和亡者的离别都送上了神的祝福，但她不能为自己送别。这最后一支神歌，是唯一一支未完的歌，是妮浩萨满的生命之歌，她用自己的生命向玛鲁神和熊祖母祈雨。大雨倾盆而下，那个瞬间，所有人都看到了鄂温克人一百年的风雨，激荡人心。

这是一个关于死亡与新生的故事，关于鄂温克人的百年孤独。这个民族在额尔古纳河右岸的山林里生活着，既享受着大自然的馈赠，又在自然的雷电、雪灾等灾难中生存。故事从"清晨"的尼都萨满时期讲起，各色人物相继登场，到"正午"时期是"我"这一辈人的婚姻和生活，再到"黄昏"时期是对下一代人生活图景的描述，期间穿插了上一辈人的死亡，伐木工人进山后，族人们纷纷下山定居，最后是"半个月亮"时期，"我"对下山之后的人们的简单讲述。

综论之，在额尔古纳河右岸的森林里，有茂盛的绿林、清澈的河流，有白桦树、驯鹿、白云、风、星星、月亮等美好的事物。人们仰望天空，沉醉在山河之间，心中敬畏神明，唱着独属于鄂温克人的歌曲，在爱的"风声"中降生，成长在自然的风中，最后又埋葬在风中。但在现代文明的冲击下，鄂温克人不得不在古老的游牧生活和现代化的定居生活之间进行选择。书中描写了大量的死亡，死亡向来是让人沉重和悲痛的，但在迟子建的笔下，《额尔古纳河右岸》是一种哀而不伤的温情书写。她以悲悯的视角对死亡进行净

---

① 迟子建：《额尔古纳河右岸》，第190页。
② 迟子建：《额尔古纳河右岸》，第253页。

化和升华，讲述死亡背后暗含的新希望，表现出对于真善美的人性光辉的追求，以及对生命、自然和民族的敬畏和坚守。故事的最后，大多数人选择了离开，只有少数人选择了坚守，孤独地执着地承载着一个民族的岁月和记忆，一直走下去。这是额尔古纳河右岸的故事，是鄂温克族人与守护他们的神明——萨满神的故事，是一支苍凉悲壮的挽歌。

延伸阅读

1. 王宇：《自然、族群与性别——迟子建〈额尔古纳河右岸〉的启示》，载《南开学报（哲学社会科学版）》2021年第4期。《额尔古纳河右岸》的独特性正在于对自然生态、族群身份与性别三者间错综复杂关系的书写。小说写出了保护自然生态与维护族群文化身份之间的两难，以及与此密切相关的驯鹿鄂温克弱小族群坚守古老生存方式与现代转型间的两难。而小说对女性与族群、自然关系的想象，特别值得注意。它将性别身份与族群身份重叠编码，凝固、本质化的性别身份与凝固、本质化的族群身份互相表达，彼此支持。这一叙事策略有两大思想资源：其一，中国文化现代转型的内在逻辑，本质化的女性形象可以作为不被现代性侵蚀、污染的本质化原乡的象征，以抚慰本土文化身份的焦虑；其二，对女性与自然关系的本质化理解，而这种理解既受到生态女性主义思想的影响，又植根于20世纪80年代以来中国社会特殊的性别文化语境。

2. 张学昕：《迟子建的"文学东北"——重读〈伪满洲国〉〈额尔古纳河右岸〉和〈白雪乌鸦〉》，载《当代文坛》2019年第3期。迟子建的百年东北文学叙事，是关于我们民族沉重、坚实的历史记载，也是重新寻找历史的厚度和活力、积蓄东北的存在力量、整饬东北文化和精神哲学的文学叙事。这种叙事，无疑将与东北的历史进程一道，生生不息。

3. 李玫：《诗性话语建构与新时期生态写作的本土化生成——以〈额尔古纳河右岸〉为中心》，载《东南大学学报（哲学社会科学版）》2017年第6期。新时期生态写作主要通过两种话语系统演绎现代生态理念：西方生态科学影响下的自然科学话语，以及与本土资源对接产生的诗性话语系统。诗性话语的建构，是新时期生态写作在审美层面的本土化生成，并以此形成与世界生态写作的对话。其话语体系体现为：故事层面，"天人合一"的生存方式产生"天人合一"的生命观与时间哲学；话语层面，"立象尽意"的话语建构方式，在勾通自然万物的内在关联中呈现文本形态层面的生态伦理精神；思维层面，对"人道"的认知与对"天道"的认知相通，一方面通过"推己及人"获取对待万物之理,在人际伦理的基础上衍生出生态伦理立场,另一方面,通过对自然的感悟,实现对人类自身的认知。

4. 田泥:《笔尖上的天使栖居——以迟子建的〈额尔古纳河右岸〉为例》,载《当代文坛》2015 年第 6 期。迟子建一改小格局的情态叙述,将笔触伸展到历史、生命大背景上,考察人类文明在历史进程中的遭际,以现代文化视角进入原始文化生态,展示原始文化元素、自然与人的和谐共栖,以及现代文明所遭遇到的进入原始文化生态的尴尬。但迟子建承接本土生态女性话语的写作实践,很具有先锋性,她避开西方女性主义理论等对中国本土现实的直接影响与对接,按照自己的叙述逻辑与经验书写,以文学展开与现实、历史、生命的对话,在现代、传统的潜在关联上,在民间文化资源中掘进,寻找生态文明的生长点。这不仅具有现实意义,也对中国女性文学乃至当代文学的经典建构与生产,起到了不可或缺的作用。

思考题

1. 试论迟子建小说都市叙事的审美内涵与价值维度。
2. 试论迟子建小说中的异国文化呈现。

(李　叶　彭钰湘　执笔)

第10讲 阿来"山珍三部曲"中的乡土修辞与疏离美学

乡土往往被视为固化的前现代空间，或者幻化的乌托邦家园，而阿来笔下的乡土是变动不居的，既非批判的对象，也非乡土人情之美的讴歌，更非全然的乡愁哀思，阿来将乡土置于时间序列与空间移动中，摆荡在自我、他者、时代、文化与世界的多重辩证中，以智性的分析视角想象乡土，使之充满矛盾、冲突与疏离。阿来往返乡土的寻根之旅往往采用"定居主义"式的移动形式，深掘西藏文化内蕴的原初性本源，其小说之所以具有浓厚的藏地风情，起因于他以藏人身份发现了藏人特有的空间经验与本源想象，并将其扩大到先验的范畴，由此建构根基于藏地独有的地方民族志与感觉结构。阿来小说中的藏地风情并非完全建立在对藏地神话与传说的运用上，也有对地方性知识的挖掘，即源于血缘藏族、地理藏区以及文化西藏构筑起的地方感。2015年，阿来陆续推出中篇小说《三只虫草》《蘑菇圈》《河上柏影》，由于这三部作品描述的植物冬虫夏草、松茸、岷江柏都是藏地珍稀的自然资源，并以此冠名，遂被称为"山珍三部曲"。"山珍三部曲"并非简单轻松、单纯浅薄的作品，正如他在接受《南方周末》专访时所言："当时的想法就是写得轻松一点，单纯一点。不曾想，还是越写越复杂，越来越沉重。"[①] 这三部作品探赜索隐，其中蕴含的生态意识、家园忧思、人性关怀、宗教信仰和伦理文化等丰富内涵值得精研覃思。

一、家园危机与信仰迷失

在青藏高原藏地流行的苯教或者藏传佛教文化中，"三"这个数字往往有特殊的含义，如：藏民逢年过节待客必捧敬三杯酒，这是表示客人吉祥尊贵的风俗礼节；对佛教"三宝"——佛、法、僧（喇嘛）的敬畏是其宗教信仰的完整体现；藏人认为保持人体三大元素——隆、赤巴、培根的协调平衡状态是健康的必要条件……南文渊在《藏族生态伦理》中阐明，用"三"来认

[①] 朱又可、阿来：《疯狂的虫草，疯狂的松茸和疯狂的岷江柏——专访作家阿来》，《阿来研究》2018年第1期。

知世界并不是因缘巧合,"而是一种立体把握的整体论、和谐论、同一论"①,反映了藏民"三维"认知世界的思维方式。简而言之,"三因说"是藏族文化的重要内容,与藏族生态伦理息息相关。一方面,它"构成了藏族认识宇宙、自然与社会空间结构、时间顺序的基本理论"②,另一方面,它孕育了藏族儿女的价值观念与实践行为,例如强调人、自然、社会的整体和谐,强调保护自然、尊重生命的自然信仰,强调供奉"三宝"的宗教信仰,强调"节制"的观念与实践等等。作为一个深受藏族综合思维方式陶养的作家,阿来在其创作的"山珍三部曲"中浑然天成地融会了藏族自然认识论中的"三因说",巧妙地通过三种生命微征的植物——冬虫夏草、松茸、岷江柏失落甚至惨痛的结局,揭示出作为三维统一体的人、自然、社会的现实现状,从而凸显藏民生存困境,传递对未来藏区发展的担忧。

(一)家园内外的现代性危机

保护世世代代藏民生存所依的青藏高原生态环境、爱惜世世代代藏民繁衍所依的藏地资源是藏族生态伦理文化的基本特征之一。高原藏民在藏族生态伦理文化的熏陶下形成了敬仰自然、崇敬生命、万物共生的价值观念。他们通过自然禁忌行为、神灵崇拜、风俗习惯等有力地保护了藏地的生态环境,为藏族原生态生活打造了一个充满藏地风采的自然家园。但是,不管是《三只虫草》中被破坏的虫草山乃至草原,还是《蘑菇圈》中被肆意毁坏的三个蘑菇圈,抑或是《河上柏影》中被砍伐的五棵神树岷江柏,三种植物都表明了消费时代下青藏地区原始生态系统危如累卵。盛产虫草、松茸、岷江柏的被称为"世界屋脊"的青藏高原,生态极为脆弱,一旦对其生态环境进行破坏且无补救措施,藏地生态环境会持续恶化,甚至无法挽回。在"山珍三部曲"中,阿来将满目疮痍的藏地环境困境融入"三"文化中,揭示出作为三维整体的人、自然、社会的解体。三种植物敲响了藏区自然生态的警钟,即养育了世世代代藏民的自然家园已危机四伏。

藏地生态困境体现在时空顺序的基本理论中。首先,在藏族生态伦理文化中,"三"是事物发展时间、顺序、过程的基本概念说明。阿来将三部作品刻画的三种藏地山珍融入"三"文化,以此来说明藏区生态破坏的时间、顺序、过程。在时间顺序上,虫草的稀缺代表藏区生态破坏的早期,蘑菇圈的破坏代表藏区生态破坏的中期,岷江柏的消亡代表藏区生态破坏的后期,早

---

① 南文渊:《藏族生态伦理》,民族出版社2007年版,第205页。
② 南牧介犛:《藏族文化中的"三因说"——兼论藏族对自然环境与社会和谐并存的认识》,《青海民族研究》2000年第1期。

期、中期、后期的连续性对应藏区自然遭受人们行为活动影响的破坏程度。随着时间推移，藏区自然环境的受损程度日益加深。在空间顺序上，阿来从沙漠化的草原落笔，然后写到饥荒、干旱的机村，最后写到消失的乡村，草原、机村、乡村的空间顺序代表藏区生态遭受人们行为活动影响的蔓延方向。因草原、机村、乡村存在着生活方式与生产方式的差异，藏地生态破坏的现象朝着藏民经济开发程度更高的地区扩张。在过程上，藏地生态破坏的过程"实际隐喻的是人们的家园被一点点破坏直至消失的过程"[①]。

在《三只虫草》中，面对金钱的诱惑，不同职业的人对待虫草的价值取向殊途同归。虫草当季，普通草原人民疯狂采挖冬虫夏草发家致富；僧侣喇嘛们跌落神坛，增加供奉虫草的数量并暗自索要；商贩们通过倒卖虫草牟取暴利；官员们利用虫草疏通关系，贿赂上级。市场需求大涨，冬虫夏草的需求量随之上升。草原藏民在供应冬虫夏草的同时，也在破坏藏地草原，进而引发藏区草原的沙漠化。对于生于草原，长于草原，最后魂归草原的藏民而言，草原的沙漠化等于生命的流离失所，意味着未来留给草原儿女的生存之路只有一条，那便是离开。

《三只虫草》书写的生态破坏仅仅聚焦于虫草的挖掘，而《蘑菇圈》描写的生态破坏甚于《三只虫草》，集中体现在资源利用的无理性与破坏对象的广泛性上。从资源利用的无理性来看，过度施肥让机村的庄稼"疯了一样地长，就是不肯熟黄"[②]，机村面临饥馑的生存困境，"机村有史以来长得最茁壮的庄稼几乎绝收"[③]。工作组没有在绝收中吸取教训，反而造成二次资源浪费，影响更深。由于麦草的过度喂养，羊群养了一身膘，又肥又懒，睡眼惺忪是它们的常态。从破坏对象的广泛性来看，滥砍滥伐以及森林火灾，导致林木消失，只留下光秃秃且坑坑洼洼的地貌。在没有林木等涵养物的情况下，水土流失严重，机村在那年春天遭遇了前所未有的溪流干涸、田地干裂。阿来从《三只虫草》的草原延展到《蘑菇圈》的森林、水土、田地、地表地貌等，洞察到藏地生态不断恶化的趋势。

其次，"三"是事物从量变跳跃为质变的折点。《三只虫草》《蘑菇圈》从量变积累的角度具体描写藏地生态困境，《河上柏影》则从质变的角度进一步写出了肆意开发岷江柏资源带来的悲情苦果——栖居家园湮灭。在藏族生态伦理文化中，神树神圣不可亵渎，它们既是灵魂的寄存之所，又是人们精神

---

① 何梦洁：《论阿来"山珍三部"的生态思想》，《阿来研究》2018年第1期。
② 阿来：《蘑菇圈》，人民文学出版社2016年版，第22页。
③ 阿来：《蘑菇圈》，第22页。

栖居的魂命物。人与魂命物休戚与共，一旦魂命物因千疮百孔而消亡，人也会步入穷途末路。在《河上柏影》中，有着几百年生命的柏树是村庄的神树。因此，随着神树岷江柏被电锯肢解，切割成一段段木料，"卡车载着柏树干，树干上坐满了失去了这个村的人们离开了"①。魂命物的消失以及人们的离开影射出村民的悲剧命运——生命无根、精神无依。

就自然生态而言，虽然"山珍三部曲"主要以虫草、松茸、岷江柏这三种植物及其环境的困境为重点，但阿来的思索绝不仅仅局限于藏地别具风貌的自然生态。事实上，"山珍三部曲"揭示出了藏区生态环境破坏由量变到质变的过程，从土司时代到全球化，嘉绒藏地在不到百年间发生了巨大变化，此地成了他乡。作家虽然对环境破坏与人事兴亡完全无能为力，但作为讲故事的人，阿来可以写下心里积郁的痛苦与迷茫，正如他在《大地的阶梯》中所言："对于我亲爱的嘉绒，对于生我养我的嘉绒，我惟一能做的就是保存更多美好的记忆。"②他以写作记录美好旧物的同时，也批判历史进程破坏生态，践踏信仰，戕害人性，写下族群在外来文化与权力冲撞下怎样丧失自己的历史。可以说，忠实记录故乡的变迁，是阿来身为知识分子的使命，也是他以文学方式进行抵抗的一种方式。

（二）生存悖论下的信仰迷失

原始宗教在嘉绒民间广泛流行，这既是他们的信仰，也是他们的生活方式。自然信仰与宗教信仰是藏族生态伦理文化的核心内容，在"山珍三部曲"中，阿来察觉到藏民信仰的时代缺失，揭示出藏地环境的满目疮痍与藏民族信仰迷失的困惑。

"三"象征着相互依存、整体和谐。人、自然、神灵相依相存，处于和谐平衡的奇奥境界。古代藏民认为自己活在一个受神灵庇护的世界，神灵无所不在，自然界也不例外。于是，崇敬自然、尊重生命便成为他们虔诚的信仰。但是在"山珍三部曲"中，阿来巧妙地通过三只虫草的散落流离、三个蘑菇圈的悲剧命运、五棵神树的肢解分离展现神灵信仰的迷失。随着神灵的没落，边地藏民的自然信仰走向穷途。作为小说书名的三只冬虫夏草在故事中有着不同的命运，除了第三只虫草在未知中开启神秘的流浪旅程，另外两只也不过是在泡水、煎药熬汤、打磨成粉中落入平凡的归宿。被书记拿来泡水的第一只虫草在咀嚼中徒留恶心感；普通人买来救命的第二只虫草被熬作汤药，却从死去的老人的嘴角边流淌滑落。平庸寻常的归宿打破了藏民努力保持的

---

① 阿来：《河上柏影》，人民文学出版社2016年版，第198页。
② 阿来：《大地的阶梯》，云南人民出版社2000年版，第152页。

人、自然、神灵的和谐状态,并没有被神灵赋予起死回生灵力的虫草在人们眼中丧失神性,最后成为金钱的符号,尊重生命与崇敬自然成为可笑之谈。毋庸置疑,《蘑菇圈》中被斯炯阿妈精心呵护却被欲壑难填的人们毁掉的三个蘑菇圈,《河上柏影》中被电锯砍伐成一截截木料的五棵神树,都体现了绝大多数藏民的自然信仰的无"价值"。

宗教信仰是藏族生态伦理的核心内容之一,"三宝"——佛、法、僧(喇嘛)的崇高圣洁以及人们对"三宝"的敬仰是宗教信仰的完整体现。在"山珍三部曲"中,阿来将笔墨触及世俗化的佛、法、僧(喇嘛)以及人们畸形的宗教信仰,进一步揭示藏区信仰缺失的现实困境。虫草季开山,喇嘛一反常态,第一天就上别人家讨要更多的作法报酬,其动作、神情虚伪世俗,盯在帐篷一角木板上晾着的虫草的眼睛,脸上消失的笑容,完全是世俗之人面对金钱利益时的丑恶嘴脸。在《蘑菇圈》中,阿来通过寺院喇嘛们的卑鄙行径将整个佛教寺院系统从神圣崇高的位置拉到世俗低谷。宝胜寺喇嘛们严守保护区的山林,"他们不但插上了林业局发放的封山育林的牌子,还把年轻体壮的僧侣组成了巡山队,每人一截长棍,把守住每一条上山的小径"①。这些行径表面上是为了保护自然生态,实则是为了防止松茸资源外流,防止金钱漏于指缝。不仅如此,他们还以商人的"精明"倒卖虫草,把村民一齐销售给宝胜寺的松茸转手贩卖给游商。阿来的卓越在于他视野开阔,将个别喇嘛的世俗延伸到整个佛教寺院系统的世俗,将代表藏族精神信仰的喇嘛和神圣不可侵犯的佛教寺院置于"金钱至上"风气盛行的消费社会,进而在金钱利益面前洞察藏区日益严峻的信仰迷失困境。

藏区宗教信仰内忧外患,内有喇嘛跌落神坛,外有藏民态度变异。在《三只虫草》中,阿来书写了人们对"三宝"的敬畏和虔诚。如:桑吉母亲招待喇嘛吃一大碗面片,先特意用干净水把碗洗过,然后双手恭敬地递给喇嘛享用;父亲称呼喇嘛为"上师",告诫儿子要敬畏"三宝"。但是到了《河上柏影》,阿来笔墨一转,展现人们消解了神性、殆尽了虔诚的佛法态度,深刻揭示消费时代藏民信仰迷失的生存困境。在科学发达的时代,驱雹喇嘛的法术不被人信服,没有人要他再回来重操旧业。在喇嘛感叹末法时代来临的同时,主人公王泽周也发表了自己对时代的认识,"一个新的时代开始了,不过,信教的时代确实太长久了"②。这个新的时代是崇尚科学的时代,也是虔诚坚定的精神信仰走向虚假、开始晃动的时代。信教的时代,传统藏民在朝

---

① 阿来:《蘑菇圈》,第132页。
② 阿来:《河上柏影》,第105页。

圣之路上庄重严肃，心虔志诚，信仰内化于心、外化于行，不需要借助过多符号化的东西表达信仰。但是到了消费社会，以贡布、多吉为代表的高官为了旅游开发，通过刻"六字箴言"、悬挂五彩经幡、搬演充满神秘主义的宗教故事等哗众取宠的形式，营造浓厚的宗教氛围，吸引游客前来消费。这种形式化的行为反映了人们庸俗而虚伪的佛法态度，揭示出宗教早已沦为谋财工具的事实。至此，藏区宗教信仰迷失的生存困境一览无余。

二、欲望纵恣与人性畸变

面对破碎混乱的精神原乡，神性溃灭、人性变异、灵魂无法归依的土地，阿来通过作品昭示了人类生存的虚幻本质，对现代性、权力与欲望的追逐及人性的堕落进行了辛辣的反讽，现代性文明改变了中国乡村的面貌，破坏了人与大自然的和谐关系，在支离破碎的现实世界中，社会失去稳定，人对命运失去自主。阿来通过冬虫夏草、松茸、岷江柏这三种植物的现实困境，对欲望进行强烈批判，并从"节制性的经济"观念的淡化、藏民思维方式的异变、人性的晦暗三个方面深刻反思横流的欲望，借此表达对藏族生态伦理文化的隐忧。

（一）"节制性的经济"观念的淡化

作为藏族生态伦理文化的重要内容之一，"节制性的经济"是青藏高原藏地传统的经济开发活动，"限制、节制、节约是其主要特点"[①]。《三只虫草》中，逃学去挖寻虫草赚钱的少年桑吉，在草坡寻到十五根之后便心满意足，"也没打算还要遇到新的虫草"[②]。不单单小孩，大人们虫草季上山挖虫草，也必须等待祭山仪式的开始。从这可以看出，藏民朴素的经济开发活动秉持着节制与限制的原则。但是，阿来创作"山珍三部曲"意在"反思我们今天消费社会当中建立起来的，以城市为中心的消费模式"[③]。与藏地"节制性的经济"截然相反的是现代消费模式。阿来描写了藏民传统的节制约束与城市过度的消费之间的碰撞，在碰撞中观察现代消费模式对藏地乡村的节制性经济以及经济活动主体的影响。当藏民传统的克制约束遇到消费市民的巨大需求时，在商品流通中没有定价权的边缘乡村太过微小羸弱，无法在供求市场中保护权益，悲哀地沦为中心城市的盘剥对象，并在盘剥中冲破传统的限制

---

① 南文渊：《藏族生态伦理》，第293—294页。
② 阿来：《三只虫草》，人民文学出版社2016年版，第16页。
③ 朱又可、阿来：《疯狂的虫草，疯狂的松茸和疯狂的岷江柏——专访作家阿来》，《阿来研究》2018年第1期。

节约。藏地生态破败以及人们栖息家园的湮没，反映出虫草、松茸、岷江柏的市场需求削弱了"节制性的经济"在边地藏区的影响。

除此之外，阿来还洞察到藏地"节制性的经济"观念的淡化与欲望之间的密切关系。一方面，节制性经济观念的淡化为追求经济利益的欲望种子提供了肆意繁衍的土壤。《三只虫草》中草原藏民游牧的生活方式，《蘑菇圈》中机村半耕半牧的生活方式，都是节制性经济观念所倡导的勤俭节约、清贫朴素的生活方式。传统藏民奉行艰苦朴素的生活方式，他们不会太注重追求效益、利润。"山珍三部曲"中，像桑吉父母亲那样的传统藏民在牧民定居计划下集中生活在一个陌生的、新建的村庄，退牧还草，只放一点点牧甚至不放牧，他们传统的生活方式被改变。生活方式的改变让他们无所事事，柴米油盐、供养寺院、上学看病、添新衣换家具所需的费用使这群依靠传统游牧、耕种而生存的藏民感受到了生活的压力。"只有挖虫草才能挣到钱"[①] 的想法催化了人们对金钱的欲望。总而言之，节制性经济观念的淡化，在一定程度上瓦解了藏族人践行的只需要满足最低生活物质需求的价值观念，使他们在欲望驱动下对金钱利益趋之若鹜。

另一方面，欲望的猖獗反过来加快了节制性经济观念的淡化，这主要体现在劳动工具和劳动技术两方面。控制可能对青藏高原环境和藏地资源造成破坏的劳动工具和劳动技术是"节制性的经济"维护高原生态环境的有效手段之一。从劳动工具方面来看，虽然高科技化的生产工具提高了藏地的生产效率，但是欲望的猖獗促使人们采用科技化生产工具过度开发自然资源，以此图谋更多的金钱利益。《三只虫草》中炸矿山的两百吨炸药，《蘑菇圈》中定位阿妈斯炯松茸圈的GPS、拍摄野生松茸生长状态的摄影机，《河上柏影》中砍伐岷江柏的机械都是破坏生态的生产工具。从劳动技术方面来看，阿来通过人工培植松茸的技术揭示消费社会中藏族节制观念的淡化。丹雅的公司欲图通过现代化成熟的培植技术，批量生产松茸，从而流通市场获取利润。阿妈斯炯在参观丹雅的食用菌养殖基地时，毫不掩藏她对养殖基地与人工培植技术的厌恶与反感，她认为蘑菇不该生长在这鬼地方般封闭闷热的塑料大棚，认为人工培植出来的蘑菇奇怪丑陋。总之，生产技术改变了自然植物生产的环境与条件，大自然露天的生长环境变成了封闭闷热的大棚，自然的水土条件也变成了塑料袋里的土和肥料。批量生产蘑菇的技术打破了植物自然生长的规律，与尊重自然的节制禁忌形成鲜明的对比。即使藏族"节制性的经济"观念流传已久，约束和限制藏族人民，训诫藏民族敬畏自然与爱惜资

[①] 阿来：《三只虫草》，第23页。

源，但它在狂热的欲望面前不堪一击。

（二）藏民思维方式的异变

南文渊认为，受佛教的影响，藏族人民形成了"整合同一、恒常和谐、中和平顺"的思维方式与民族性格[1]。在"山珍三部曲"中，藏族朴素的生态伦理文化与现代消费文明相碰撞，"金钱至上"风气冲击着藏民的生活，欲望的膨胀弱化了藏民族传统。

贪欲改变了藏民"整合同一"的思维方式。藏族传统生态文化将人、自然、社会看成一个整体，坚守人与自然相互依存、共同发展的关系，鼓励人们采取行动，促进社会的可持续发展。但是，冬虫夏草、松茸、岷江柏这三种植物值大钱的时代，也是人们为金钱着迷疯狂的时代。社会的市场发展激起社会人的欲望，金钱的欲望横扫边地藏区，打破了人与自然的平衡。为了经济发展与赚取金钱，藏民挖掘虫草导致草原沙漠化严重，砍伐原始林木导致溪水河流枯涸，开采矿山导致地表面貌破裂，踩踏一条条小路使道路板结导致蘑菇们无法生长，文化旅游业的开发导致五棵上百年的神树丧失生机后成为木料……所有可怜可怖的生态破坏现状，都在控诉藏民对自然实施的罪恶行径，嘲讽藏民只关注眼前利益而忽视长远发展的短浅无知，批判欲望对人、自然、社会统一整体的割裂，揭示藏民整体性与同一性思维方式的改变。

贪欲改变了藏民"恒常和谐"的思维方式。在人与自然的关系上，古代藏民敬畏自然，顺从自然，按自然规律办事，遵照保持自然环境的原生态面貌恒常不变的传统，以人与自然的和谐融洽达到吉祥安宁。在人与人的关系上，古代藏民遵循佛教伦理道德，以慈悲良善、宽厚仁慈、包容尊重等品质达到人际关系的和谐。但是在"山珍三部曲"中，阿来笔下的绝大多数藏民在欲望的驱动下，背离"恒常和谐"。首先，在人与自然的关系上，他们的自然信仰崩塌瓦解，自然失去神性成为人们赚钱牟利的工具。在金钱利益与自然保护之间，多数藏民选择了前者，一改之前在自然面前小心谨慎的态度。故此，践踏自然成为常事，打破自然的恒常成为常态，忽视人与自然的和谐融洽成为惯常。其次，在人与人的关系上，人与人的交流来往充满虚假伪饰、妒忌猜疑、金钱利益等。在《蘑菇圈》中，阿来通过描写宝胜寺喇嘛们独占自然保护区松茸资源以及倒卖虫草的行为，写出了他们的道貌岸然、虚伪丑恶，并将他们和村民的来往禁锢在一个金钱物质的空间里，这个空间里没有温情与友善。喇嘛与村民的人际交往如此，邻里的交往亦如此，和谐不复存

---

[1] 南文渊：《藏族生态伦理》，第217页。

在。机村村民妒忌阿妈斯炯,说她儿子胆巴是商业局长,猜忌和怀疑胆巴与他的合作社建议,信任危机在共同拥有阿妈斯炯蘑菇圈的欲念中暴露无遗,他们卑鄙无耻地跟踪阿妈斯炯,采摘她蘑菇圈尚未长大的松茸。

贪欲改变了藏民"中和平顺"的性格。古代藏族人民性格的一大特点便是顺从与和平,"顺从与和平的性格源于坚定的出世信念"①。出世精神使藏族人民顺其自然,清贫朴素,知足安适,柔和平顺,并且厌恶唯利是图与贪得无厌的处世态度。然而贪欲动摇了藏族人民出世的坚定信念,改变了藏民"中和平顺"的性格。在《三只虫草》中,喇嘛与小沙弥诛求无厌,多索要报酬。在《蘑菇圈》中,机村村民人心不古,对没长成脑袋和四肢的胎儿松茸施以暴行;丹雅唯利是图,私自在阿妈斯炯身上安装 GPS 定位器。在《河上柏影》中,接待高端信众的星级酒店豪华奢侈,每个房间都"打造一组有藏文化元素的现代酒店家具"②;有着藏族纯血统的贡布丹增粗暴嚣张,傲慢无礼,联合其他室友轻视与排挤汉藏血统的王泽周。不管是诛求无厌,还是人心不古,不管是豪华奢侈,还是粗暴嚣张傲慢无礼,都体现出藏族人民"中和平顺"性格的改变。

民族的思维方式和性格特点是民族独特性的重要因素,当它们在欲望的潮流中泯没,民族问题便随之而来。阿来通过描写欲望对藏族儿女整体和谐、恒常普遍、同一中和、顺从和平的思维方式和民族性格的改变,反思藏族人民如何在现代化进程中保持民族特性。

(三)人性晦暗的示众展演

阿来认为:"文学更重要之点在人生况味,在人性的晦暗或明亮,在多变的尘世带给我们的强烈命运之感,在生命的坚韧与情感的深厚。"③ 他在描写冬虫夏草、松茸、岷江柏这三种植物的市场需求引发藏区生态破坏的现实困境时,不忘以人与自然的关系为切入口,精妙地通过天然纯洁的白色与人为制造的黑色的对比,细致入微地观察消费社会中横流的欲望对藏民"人心"的影响。

藏族人民将祯祥洁净寄寓于白色,将邪恶灾难附着于黑色。他们严格区分白与黑,白色不能被混淆,尤其忌讳被黑色污染。但是在《蘑菇圈》中,阿来将黑白二色放置在一个时空,极具深意地描写了白色转变成黑色的画面。被贪心不足的机村村民翻掘到地表的白色菌丝,"迅速枯萎,或者腐烂,那都

---

① 南文渊:《藏族生态伦理》,第229页。
② 阿来:《河上柏影》,第133页。
③ 阿来:《蘑菇圈》,第2页。

是死亡，只是方式不同而已。枯萎的变成黑色被风吹走，腐烂的，变成几滴浊水，渗入泥土"①。白色的菌丝是自然的化身，代表着生命；黑色枯萎的菌丝是破坏的化身，代表着死亡。白色被污染成黑色，自然被破坏，生命走向死亡，白色危机直观显露出欲望风暴下的自然生态危机。

在人与自然的关系上，藏民崇尚的佛法特别强调"人心"的作用，认为"人心"与自然环境存在因果关系，密不可分，例如"净土唯在心""心杂秽故世界杂秽"等。当人心干净纯洁时，自然生态环境自然会干净清洁；人心险恶，对自然怀揣着恶意，优美的环境自然会被一点点毁掉。被欲望操控的白色危机背后真正隐藏着的是灰黑性质的"人性危机"，"那都是令人心寒与怖畏的人心变坏的直观画面"②。藏族生态伦理文化以白和黑区分人性的良善与邪恶，阿来根据自然环境与人心的关系，用自然客体的白色与黑色隐喻人性的纯洁明亮与丑恶晦暗，传递出自己向往温暖明亮人性的价值观念。

三、精神突围与自我拯救

地方空间对阿来的影响远比血缘重要，而精神与肉体的双重面向也正是阿来小说的基调。作为原乡的追寻者，阿来通过小说创作获得了归属感，并在持续实践的过程中完成精神突围与自我拯救。专注于边地生态伦理的"山珍三部曲"，不仅蕴含了阿来对现实社会以牺牲自然来满足消费需求的批判，还寄托了他鼓励人类主体针对生存困境进行精神突围的美好希冀。面对作为生命共同体的人与自然，阿来从坚守藏族生态伦理中与现代可持续生存与发展道路相适应的价值观念、传承有节制的生活方式、执着追求美好的人性、强调教育的作用等方面呼吁人与自然和解。

（一）坚守藏族生态伦理

藏族生态伦理是"藏族关于宇宙、自然、人生的伦理道德观念和生活方式"③，它以爱惜保护藏民生存所依的青藏高原生态和藏民繁衍所依的藏地资源为关注点，强调打造和谐的人与自然生命共同体。藏族生态伦理中存在着与现代社会弘扬的可持续生存与发展观念相吻合的生态价值观。在"山珍三部曲"的写作中，针对藏地在现代化过程中遭遇的生态困境，阿来通过挖掘藏族生态伦理文化中与现代可持续生存与发展道路相适应的价值观念，对日益严峻的生态危机提出解决建议。

---

① 阿来：《蘑菇圈》，第138页。
② 阿来：《蘑菇圈》，第138页。
③ 南文渊：《藏族生态伦理》，第2页。

首先，阿来紧紧围绕"依正不二"的核心要点，呼吁人们正视人与自然的关系问题。"依正不二"是藏族生态价值观之一，主张人类主体与生存环境客体在整体统一中辅车相依，利害相连。在三种藏地山珍的兴衰中，在藏地村民朴素生态意识的消退下，"山珍三部曲"写出了人类主体与自然客体的割离。但阿来正是通过五棵神树的消失和村庄家园的支离来说明人类主体与自然客体应是生命共同体。阿来在《河上柏影》的跋语中直接点出了人类主体与自然客体的整体依存关系，"这个世界上已经消失过很多树了，这个世界也已经消失过很多人"①。阿来指出，如果再不以岷江柏和岷江柏下人的命运为警戒，那么人会在地球上消失，甚至养育了树与人的地球也会消失，这显然不符合当代社会可持续生存与发展的价值观念。

其次，阿来坚守藏族文化中人与自然平等的生态价值观念，承认并尊重自然的内在价值与权利，进而展望人与自然的可持续生存与发展。人与自然平等的藏族生态观，即人要发展，植物也要生长。与自然客体平等的人类主体不能为了自身的发展牺牲自然，相反，要在尊重和保护一切自然生物生存权利的基础上与自然和谐。《三只虫草》以小孩纯真稚嫩的视角，展现人与自然的平等。桑吉为了挖虫草，逃学奔跑在草原上，他奔跑并不是为了什么急事，而是"为了让自己像一只活力四射的小野兽一样跑得呼哧呼哧地喘着粗气"②。透过桑吉纯净的想法，我们可以看到小野兽与人的地位平等，即自然与人地位平等。《蘑菇圈》中，阿妈斯炯在旱灾年代，用水滋养蘑菇圈，特意剩一点水倒在叶片上以供画眉鸟饮用。采摘蘑菇时，她也不会全部摘完，总会留上些许给其他需要依靠蘑菇生存的鸟儿。她说："山上的东西，人要吃，鸟也要吃。"③《河上柏影》中，王泽周的母亲怀着对自然的怜悯之心，提醒儿子不要碰坏苔藓，说："它们生长得那么不容易，应该怜惜的啊。"④不管是阿妈斯炯对鸟儿的真诚关怀，还是王泽周的母亲对青苔的怜惜，都展现了宝贵的藏族生态观念，即在人与自然平等的关系中承认并尊重自然的生存权，促进自然的可持续生存与发展。

（二）传承有节制的生活方式

在生态系统的消费链中，必然存在着消费与被消费的关系。人们要生存，必定会对其他生物进行消费。节制的生活方式倡导人们对自然的消费保持在

---

① 阿来：《河上柏影》，第217—218页。
② 阿来：《三只虫草》，第3—4页。
③ 阿来：《蘑菇圈》，第181页。
④ 阿来：《河上柏影》，第26页。

一定量的范围内,不因过度消费而破坏生态平衡。"山珍三部曲"中,具有生态意识的藏族朴素人民选择节制性生活方式,消费以满足基本需求为目的。在《蘑菇圈》中,机村男女老少对鲜美可口的自然山珍并没有味觉上的沉沦,相反,"他们烹煮这一顿新鲜蘑菇,更多的意义,像是赞叹与感激自然之神丰厚的赏赐"①。在《三只虫草》中,桑吉母亲看电视剧,对城区人的生活十分不理解,她疑惑地问:"那些人吃得好,穿得好,也不干活,又是很操心很累很不高兴的样子,那是因为什么?"②阿来通过桑吉母亲的疑问突出了两种人和两种生活方式,一种是生活朴素、消费节制、知足安适的藏民,另一种是不满足于简单生活而欲壑难填的城里人。阿来通过《蘑菇圈》中阿妈斯炯的言语对两种生活方式进行了选择,"人在变大,只是变大的人不知道该如何放置自己的手脚,怎么对付自己变大的胃口罢了"③。节制的满足在发展中走向偏差,成为变大的胃口,所以城里人才会在丰衣足食中愁眉苦脸,丧失了对美好纯真生活的追求。故此,阿来批判城里人的生活方式,鼓励人们传承有节制的生活方式,希望通过节制的生活方式缓解自然紧张。

(三)执着追求美好人性

虽然阿来通过"山珍三部曲"揭示出生态环境困境背后隐藏的人性——黑暗丑恶、低劣卑鄙、功利权谋,但是在这个人心变坏的时代,阿来仍旧相信扎根于内心的善良仁慈、宽容友爱等美好品质。他在"山珍三部曲"序言中坚守信仰,执着追求美好明亮的人性,即使这个世界还在滑向贪婪无厌与罪恶过错。

第一,阿来把人性的温暖寄托于人们对自然的善意怜爱、感恩谢忱。《三只虫草》中,虫草既是生命的象征体,也是物质金钱的代名词。面对二者的矛盾结合,草原儿女即使心生纠结,也只能挖掘虫草养家糊口。但是,他们会在挖掘虫草的前后对自然馈赠珍宝表达谢意与感恩。虫草季的祭山仪式正式开启之前,桑吉父亲因攫取了一只冬虫夏草而愧疚,他主动对山之灵表达歉意:"对不起,我把你藏下的宝贝拿走了。"④《蘑菇圈》中,阿妈斯炯重视与爱惜蘑菇,对鸟儿抱以关心与善意。《河上柏影》中,王泽周的母亲怜惜青苔。这些都代表着人性照耀在自然上的善良与美好、温暖与明亮。

第二,阿来把人性的温暖寄托于人与人相处的好心慈善、宽容亲和。《三

---

① 阿来:《蘑菇圈》,第9页。
② 阿来:《三只虫草》,第18页。
③ 阿来:《蘑菇圈》,第160页。
④ 阿来:《三只虫草》,第14页。

只虫草》中,桑吉是美好人性的象征。他怀揣着好心好意对待自己的亲人,挖掘草原山珍只是想要奶奶有钱看医生,姐姐有钱穿漂亮的衣裳,表哥能戴一副手套和一顶棒球帽。对待师长,他同样怀揣着好心好意,即使是伤害了自己的校长,他也宽容地选择了原谅,更不要说自己喜爱的多布杰老师与娜姆老师了。"山珍三部曲"中,不仅稚童怀揣着善意,陌生人对待陌生人,邻里对待邻里也怀揣着友爱仁慈和善良和气。素不相识的司机祝福桑吉会得到百科全书,陌生的小饭馆老板娘真诚帮助桑吉,阿妈斯炯在旱灾饥荒年代给邻居送了四回蘑菇,邻居对她进行回报。这些都代表着人性照耀在人际交往上的善良与美好、温暖与明亮。

第三,阿来强调了教育在协调人与自然关系方面的重要作用。《三只虫草》中,调研员因为人事调整结果不合自己心意,便将心里的不痛快撒在学校的虫草假上。他以学生的主要任务是学习为理由取消了假期,说:"虫草假,什么虫草假!不能让拜金主义把下一代的心灵玷污了!"[①] 虽然最后调研员又因为需要虫草疏通关系允许学校放假,整件事情以调研员的个人利益贯穿始终,但是我们不得不承认教育对下一代保持心灵良善和思想清明的重要作用。少年桑吉阅读了《百科全书》后,逐渐了解到虫草并不具备神奇性。同样,他通过《百科全书》这本工具书不外借这件事,明白了事理,心存良善的他原谅了校长。教育使人明智,使人正确把握人与自然的关系,做金钱欲望的主人而非被金钱欲望所奴役。《蘑菇圈》中,知识分子胆巴想通过蘑菇合作社的创建来保护自然资源,也想通过城镇化的发展保护生态环境严重恶化的地区。他鼓励通过退地还树和退地还蘑菇来保护自然生态。《河上柏影》中,知识分子王泽周在研究生学习期间主攻人类学。人类学开阔了他的知识视野,系统性的知识使他思维清晰。因此,他既能以旁观者的角色清晰地了解自然、人文、社会之间的关系,又能以参与者的身份努力应用所学为家乡旅游开发建言献策,虽然他对领导的劝言并没有多大的效果。教育使胆巴、王泽周这样的知识分子清醒地看到了欲望对自然的威胁,他们试图通过自身的努力去保护环境,促进可持续发展。

综上可知,阿来的"山珍三部曲"讲述了嘉绒藏区社会转型下的历史、现实与人生。事实上,阿来并非固守传统的人,他之所以对现代性抱以批判与质疑的态度,是因为见证了藏人在勉强接受现代化的过程中,改变了传统固有的生活方式、时空观念、精神面貌与社会关系,在现代性冲击面前没有余裕去思考自身,如人性的本质、精神的寄寓以及生命的意义等,因而陷入

[①] 阿来:《三只虫草》,第6页。

迷失的境地。正如本雅明所说："没有一座文明的丰碑不同时也是一份野蛮暴力的实录。"① 作为以汉语写作的藏族知识分子，阿来背负着为嘉绒藏族书写的使命与担当，阿来从"节制性的经济"观念的淡化、藏民族思维方式和民族性格的畸变、人性的晦暗三个方面检视全球化背景下现代文明给藏区带来的冲击。他看到以城市为中心的消费模式冲击并淡化了节制性经济的观念，萌发了人们的欲望，看到欲望的膨胀改变了藏民整体和谐、恒常普遍、同一中和、顺从和平的思维方式和民族性格，明白了白色生态危机背后的实质是人心的丑陋黑暗。虽然藏区自然生态在衰败，社会人心在堕落，但是阿来仍然抱着人与自然和解的美好愿望鼓励人类主体针对生存困境进行精神突围，主张通过坚守藏族生态伦理文化中与现代可持续生存与发展道路相适应的生态价值观、传承有节制的生活方式、执着追求美好人性、强调教育的重要作用等来达到人与自然的和睦共处，欣欣向荣。

延伸阅读

1. 刘一广：《从〈尘埃落定〉到〈云中记〉：阿来小说的"植物密码"》，载《广西民族大学学报（哲学社会科学版）》2023年第6期。从《尘埃落定》到《云中记》，阿来的作品伴随着藏族地区这一神秘世界不断被世人发掘，生长于这片土地上的植物也越发成为其文学基因中不可或缺的组成部分。生态景观与精神世界，两者互相参照，紧密联结，阿来的深切忧虑与文学情思在其间生发，开展，形成独属于他的"植物密码"。

2. 汪荣：《阿来文学创作中的族性表述与跨族际想象》，载《文艺理论与批评》2022年第1期。阿来的创作包含了族性表述和跨族际想象的双重面向，他也是在这种双重面向的结构性张力中产生了"之间"的自觉。阿来将自己的文学实践扎根在嘉绒藏区的土地上，其创作凸显了强烈的地方性和混融的原理。近年来，阿来从藏地角度书写了现代性、生态问题，以及灾难等更具"同时代性"的主题。在这个意义上，阿来的创作是一种"反游客凝视"的少数民族文学。

3. 吴雪丽：《博物诗学视野下的边地书写——以阿来的"机村史诗"为考察对象》，载《民族文学研究》2022年第1期。阿来的"机村史诗"构建了独特的边地文学地图。在博物诗学的视野下，阿来对地方风物、人物群像、历史记忆的书写，呈现出他对人与自然、词与物、个体与历史、村庄志与民

---

① 阿伦特：《启迪：本雅明文选》，张旭东、王斑译，生活·读书·新知三联书店2008年版，第269页。

族史之间关系的新思考，显示了他丰厚的博物情怀与博物精神。"机村史诗"因此在博物志、村庄史、族群的精神图谱等广义的博物文化的脉络上获得了在当代文坛中的独特位置。

4. 李长中：《阿来的文学道路与中华民族共同体意识》，载《文学评论》2021年第4期。作为有着明确而自觉的中华民族共同体意识的藏族作家，阿来的汉语文学在认知"中国的西藏"与"在藏地书写中国"中表述着多民族"和合"的"历史的大势"，并作为中华文明的象征参与世界对话，彰显出全球化语境下"跨文明写作"的在场意义。在全球化与本土化、中心与边缘、传统与现代等多重矛盾吊诡统一的语境中，对于阿来的研究陷入了"藏地书写""藏文明认同"等阐释框架，误读了阿来执着于呈现中华文化多样性的价值诉求，遮蔽了其文学创作对中华民族共同体内涵建设的意义。

5. 王妍：《阿来小说的人物"腔调"》，载《内蒙古民族大学学报（社会科学版）》2021年第3期。阿来的书写立足于"嘉绒"本土，小说中的人物多是他故乡里那些最为熟稔的乡亲，都在不同程度上彰显着人物内在的精神深度和民族文化的隐喻性，他们共同构成了阿来小说的人物"腔调"。在阿来看来，对错、善恶、智愚都是不停流动并随生命一起变化的，他站在历史与现实的交汇点上，透视民族同胞们的心路历程。阿来很少直接描摹人物的外貌和心理，而是注重在动态的历史、环境中来把握人物，并给人物以心灵的留白。在阿来书写的人物身上，我们能感觉到生命的诗性以及孤独的慢时光，而他们的这种慢与所处的时代是相悖的。我们不难从这些拙、愚、智、痴又充满自然灵性的人物身上，感受到悱恻的忧伤、深邃的意蕴以及对生命含混的原宥。

6. 张凡、张银蓉：《生态书写与现代性反思：解读阿来"山珍三部曲"》，载《民族文学研究》2021年第2期。在"山珍三部曲"的系列中篇小说中，阿来以其一以贯之的虔诚与热情倾力书写生他养他的雪域高原和生于斯、长于斯的藏族同胞，作家极目所望及笔触之处不只是故土与乡情里的人情世故，更有藏族地区多样的自然生态与风俗民情，其间的表达与反思彰显出作家鲜明的生态意识和生态整体观。

思考题

1. 试析阿来小说的民族地理学研究价值。
2. 如何正确看待阿来小说中的宿命观与空寂观？

（陈凤银　岳依蕊　执笔）

第 11 讲　贺享雍劳动美学中的在地书写与伦理建构

作为文学介入生活世界的一扇窗口，"劳动"能够为社会生活及历史文化的研究提供鲜活可感的素材，窥视社会劳动群体的精神世界及作家的写作心态。如果说路遥将文学写作视为一种"体力劳动"的话，那么贺享雍便是身体力行地书写"劳动"的一位作家。其小说创作，涵盖包产到户、农村土地变革、乡村政治、民主法治、医疗卫生、家庭伦理、婚姻生育、养老恤孤、打工创业、精准扶贫等诸多社会领域，深入文本的叙事肌理，我们可发现，乡村劳作场景是贺享雍小说景观的重要组成部分，但其笔下的劳动并不局限于乡村土地劳作，而更多的是随着底层生存方式的变革和伦理情感的迁移而呈现出来的复杂的劳动样态，"劳动"是贺享雍小说创作的兴奋点。

一、劳动话语的历史构境

在中国现代化建设的历史语境中，围绕"劳动"的书写，与民族国家共同体意识的构建息息相关，劳动叙事话语的生成与演进更与意识形态及经济发展互文共促。贺享雍乡土经验的生成路线是"乡—城—乡"，该路线从时空两个维度，照应了贺享雍的劳动记忆。一方面，贺享雍由农籍转为城籍时，城乡空间下的劳动体验差异对他的身份认同及创作立场产生了影响，劳动形式及劳动语境的社会变革影响了他的劳动观念，进而影响了他对乡村劳动样态的书写。另一方面，贺享雍体悟劳动的深度和广度与其赓续乡土传统、思索当下乡村现实、展望乡村未来的创作思维是同频共振的。贺享雍小说创作的基点在"乡村"，乡村主体的耕耘本性天然与"劳动"系于一体，其小说创作的起始点与改革开放的社会历史节点不谋而合，因而，将贺享雍小说置于本土文学劳动叙事话语的整体脉络之下进行审视具有不证自明的合理性。

中国本土文学视阈中的劳动书写发轫于古代劳动人民的日常生活。在农耕生产与土地劳作中，朴素的劳动观成为劳动者，尤其是以底层农民群体为代表的体力劳动者的基本价值规范，关于劳动的现实性体验及超越性想象又成为古典文学诸如农事诗、田园诗等艺术创作的重要源头。劳动在为人的品德锻造及社会分工提供价值判断之外，也促成了劳动者地位的分野，孟子的

"劳心者治人，劳力者治于人"的思想主张是对体力劳动者被统治地位合法性的宣扬，因而在传统中国的文化观念与价值序列中，劳动与"出世"及"入世"的隐匿矛盾相勾连，劳动主体也被置于赞美与卑视并存的价值悖论中。"五四"启蒙时代，劳心者与劳力者的悬殊意义因政治与革命的号召统一于"劳工神圣"的思想热潮下，形成了普泛的"劳工"讴歌与社会批判。伴随着马克思主义劳动观在中国的继承与发展，革命中国的劳动话语创造性地接续传统民间的劳动美德论，以阶级眼光来摹写工农兵的劳动实践，关注集体劳动生产及互助组织形式的开展，劳动者因获得政治尊严与文化权力，成为新的历史结构中占据主体位置的社会身体，文学也因对"劳动"的政治效用及改造功能的强调书写了"劳动崇拜"的意识形态奇观。特别是从 1942 年起，身份复杂的文学创作队伍在与群众相结合的文艺政策，以及特定的文学接受群体的影响和规约下，绘制出了独具特色的劳动乌托邦景观（以下简称"劳动乌托邦叙述"）。这种集体化政治之下的劳动书写已经离劳动的本真状态相去甚远，劳动沦为为达成某种政治性目的而采取的路径和手段，被无限放大了愉悦性和精神性。劳动的自由性与自主性被遮蔽于集体化意识形态之下，从本质上来说，这是政治意识形态对劳动的异化。

"新时期"的出场往往伴随着文学叙事话语的割裂式书写与爆发式发展，一方面，"新时期"以自觉的割裂意识对 20 世纪 40 年代以来建构的历史话语进行消解，甚至做出终结式努力，另一方面，"新时期"作为新的历史元点也在"线性展现中构造一处绵延不绝的历史话语景观"，"经典史学的书写同时建立在断代曰断裂的构造与书写之上"[①]。就劳动叙述话语而言，"新时期"的开端提供了劳动价值尺度反转的可能性。以 1978 真理标准大讨论落幕为转折，劳动的政治效用及救赎意义出现降沉，相较于"延安文学""十七年文学"中的劳动狂欢或农村、工业、革命历史题材中的生产神话，新时期以来的劳动想象与书写因意识形态关怀的淡化及社会生活中心的挪移，而渐向劳动的本真状态靠拢回归。乡村劳动伦理也发生了价值论转向，由此岸的、以满足身体感性欲求为旨归的家庭日常劳作的描绘，代替了彼岸的、以结构劳动乌托邦伦理为旨归的集体劳动的描绘[②]。这不仅意味着新时期以来的劳动书写与革命文学在劳动伦理的书写上实现了乡土性与政治性的关系置换，同

[①] 戴锦华：《面对当代史——读洪子诚〈中国当代文学史〉》，载《印痕》，河北教育出版社 2002 年版，第 166 页。

[②] 王朱杰：《乡土文学写作中的劳动伦理研究（1942—2010）》，山东大学学位论文，2020 年。

时也意味着"劳动"作为一种人的生存和发展手段被再次提出。

(一) 解构劳动乌托邦

乡村劳动叙事的线性叙述状态很容易让人产生劳动乌托邦叙述会在转型初期的乡村图景中占据一席之地的思维定式,这种思索有其合理性存在,即虽然新时期以来劳动审美因子在不断变化,但革命时代的集体劳动记忆并没有随着乡村劳作关系的解放而被彻底淘换,相反,作者会携带着社会主义革命建设时期的集体劳动记忆或乡村生活体验,参与转型期的乡村图景构造。具体到贺享雍的小说文本,我们会发现贺享雍对乡村劳动的描绘,已经离以往的劳动乌托邦叙述相去甚远。

其成名作《苍凉后土》已露端倪。在该小说中,贺享雍将笔尖对准了一家种粮大户。佘家小女儿佘文英为摆脱"面朝黄土背朝天"的土地劳作生活而主动献身于拥有城市户口的新闻记者庹平,不料陷入情网,沦为有妇之夫的情妇。依此关系的运作,文英跃身为工人阶级。后来,在哥哥佘文义的帮助下,文英摆脱情欲的渊薮,与朱健喜结连理,但曾经求爱而多次受辱的朱健之所以能最终俘获文英的喜爱,得益于文义威胁庹平之父而帮农民朱健争取到了工人的身份。在文义看来,将妹妹与朱健的身份"拉平"才是撮合二人的最佳方案。文义的想法折射出了农民普遍的"工人崇拜"心理。可见,在彼时婚姻的天平上,工业劳动乃至体制劳动在农业劳动面前显示出了优越性,且劳动形式及其生产效益深刻影响到农民的择偶判断。当学成归来的文义再次见到文英时,文英正和丈夫在街边摆摊卖夜宵,冗杂的劳动环境、忙碌的劳动场景以及因劳动而不整洁的外表使文英的形象获得了颠覆性的意义,文义发现"一个农家女孩子天生具有的吃苦耐劳、忍辱负重、朴实好强的本性"[1]在这个曾经虚荣的妹妹身上"复活"了。从费尽心机逃离到自觉参与生产,佘文英通过体力劳动强化了作为一名农村妇女和佘家女人的身份认知,"劳动"在农民乡土德行的复归中起到了净化与疗救作用。这种体力劳动下的身体规训和品德砥砺或许带有社会主义革命建设时期的劳动改造意味,但这种改造的效能已不再强调塑造阶级主体的意识形态,而更多地是强调被视为乡土民间的内在伦理要求。

尽管贺享雍对彼时历史镜像的描绘间或透露出对已逝的"集体活动"的叹惋,比如贺世龙、贺世凤等人时常缅怀那个物资极度匮乏但精神生活丰盈的大集体时代,但这种怀念更多地是因为现代机械的引入使得换工互助的劳

---

[1] 贺享雍:《苍凉后土》,四川文艺出版社2013年版,第535页。

作关系成为历史，在一定程度上减弱了乡村农民的生活依存度。劳动经验交流的减少使得贺家湾的邻里关系日益淡化，过去民间组织化的集体活动（如舞龙舞狮、看露天电影、唱民间歌谣、看曲艺表演等）所营造的热闹狂欢的气氛在乡民的脑海中久久挥之不去，引发了他们对集体劳动生活的追思。

  贺享雍对阶级斗争中的"贺家湾"的记录或许更能从反向证明其劳动书写逸出政治宏大叙事的囿限，而展现出与劳动乌托邦叙述相异的劳动存在，这主要表现在作者倾向于表达集体劳动乌托邦的反现代性上。在现代革命政治话语进入乡村之初，乡土劳动伦理充当了划分地主阶级成分的理论依据，即地主是"占有土地，自己不劳动，或只有附带的劳动，而靠剥削农民为生的"[①]。地主不劳动反而侵占农民的劳动果实，剥削农民的劳力创造，已然不具备乡土劳动伦理优势。《土地之痒》中，贺家湾因为地主贺银庭的出逃而没有了斗争的对象，村农会和土改工作队决定把富农贺茂富和村医贺老五划分为地主以给土改运动制造声势。为了发动群众，村农会主席要求贺茂前诉苦以指明贺茂富剥削农民的罪状，然而在贺茂前的心里，贺茂富并不具备划分为地主的条件。原因之一是"贺茂富两口子也和湾里的庄稼人一样，披星星、戴月亮，雨天披蓑衣、晴天戴草帽，在地里像蚂蚁一样劳作"[②]，贺茂富自身是参与劳动的。原因之二是虽然贺茂富雇农劳作，家产丰厚，但并不具备剥削性，贺茂前感恩地将其视为给自己一家提供生计的雇主。因而，当贺茂前分到了贺茂富的窝窝地时，他"一下子觉得很内疚，好像是自己抢了人家的地似的"[③]，这种心情与土改时期农民分到土地的喜悦大相径庭。贺茂前在农业合作化时期固守自己的生活方式，合作社成员对他采取极端手段，连儿子贺世龙在学校都因为他坚持单干而受到同学的欺侮和排挤。贺茂富是符合乡土劳动伦理的个体，却最终成为斗争的对象，这反映出乡土劳动伦理在大规模的行政动员下的弱势地位。由于劳动乌托邦叙述压制世俗欲望，因此，贺享雍在反拨的意义上倾向于呈现在取消这种压制的过程中劳动个体被侮辱与被损害的处境。对劳动农民被错划为地主的悲惨命运，贺享雍持鲜明的批判态度，他不以阶级斗争视角对地主进行政治化评判，而是秉笔直书，以劳动者被错当成斗争靶子的惋惜和痛心激发起人们对阶级斗争的深切反思。在这个意义上，贺享雍早期的小说在乡土写实的基础上带有伤痕反思的意味。

---

  ① 毛泽东：《怎样分析农村阶级》，载《毛泽东选集》（第一卷），人民出版社1991年版，第127页。
  ② 贺享雍：《土地之痒》，四川文艺出版社2012年版，第7页。
  ③ 贺享雍：《土地之痒》，第10页。

贺享雍对劳动乌托邦叙述的解构还体现在他将人性编织进权力及金钱结构中，呈现其粗粝世俗的一面。比如《土地神》中，牛二的政治成长史也是他的权欲追求史，其政治欲望的延伸建构在审美快感的满足之上。在学习了前任村长的官场秘术之后，他得心应手地运用"暗示法""日妈学说""搁平论"等一系列潜规则，从村民代表一路晋升村长。他权力地位的上升是通过占有杜艳艳与楚淑琴这两个女性来验证的，现代的民主政治论为人性欲求的包装，成为他捞油水、潜规则、偷婆娘便利的幌子。再如，《猴戏》中的侯大才利用领导干部追求政绩、敷衍上级的心态，抓住他们害怕上级视察、怕出乱子的心理，钻政策的空子谋取利益，三次让乡长和村长手足无措。侯大才的算计，都只为温饱和繁衍，他从废旧报纸中攫取的现代化知识都成为他谋取利益的手段。侯大才这一形象与贺享雍早期中篇小说《下水》中世故狡黠的务实农民杨友志是一脉相承的。贺享雍以一个个平庸之辈争取话语主体的故事展开去表现人性本身的真实，一定程度上削弱了劳动乌托邦指向的精神性的伦理内涵。

贺享雍乡村小说对劳动的书写，已然切割了劳动乌托邦叙述在政治、文化尊严与劳动之间建构的有机联系。可以说，贺享雍已经开始寻求可以与劳动建构其他有机关系的叙事主题和叙事模式。

（二）接续书写异化劳动

虽然延安文学所奠定的劳动乌托邦伦理总体而言是以崇高神圣的美学风貌出现的，但在这种明丽的主色调之下存在一个悲苦的序曲，即对"异化劳动"现象所作出的冷峻剖析。马克思在批判资本主义政治经济学的基础上，创造性地提出了"异化劳动"理论。在他看来，私有制的起源即劳动本质的异化，"劳动为富人生产了珍品，却为劳动者生产了赤贫。劳动创造了宫殿，却为劳动者创造了贫民窟。劳动创造了美，却使劳动者成为畸形……劳动生产了智慧，却注定了劳动者的愚钝、痴呆"[1]。因而，在异化劳动之上的审美创造，带有压抑、沉闷、同情、憎恶、心酸等审美体验。以鲁迅为代表人物的乡土写实文学以冷峻且温情的眼光书写底层劳动农民艰辛的劳动过程与劳苦生活，揭示劳苦大众在异化劳动历史之下的创伤记忆以及愚钝、麻木的精神痼疾。其后，延安文学承继了"五四"传统对异化劳动的苦难化表达，并以《毛泽东在延安文艺座谈会上的讲话》为政治导向，将异化劳动之下的身体苦难视为开展阶级斗争的合法性依据。可以说，异化劳动的影子在乡土文

---

[1] 马克思：《1844年经济学—哲学手稿》，刘丕坤译，人民出版社1979年版，第46页。

学中是挥之不去的存在。

在改革开放的历史语境之下，劳动在传统与现代之间、城市与乡村之间、现实发生与文学想象之间都发生了巨大的裂变，如何攫取新的劳动质素，结构新的劳动主体，书写新的劳动体验，呈现新的劳动形态，成为建构新时期劳动美学的难题所在。随着市场经济的深入发展，乡村已经打破了以农业生产为生存基础的劳动观念，逐渐将劳动视为生活的一种存在方式，人们开始注重劳动形式的选择与生活方式、人生价值和生命意义的关系。这种劳动观念的解放，首先表现在对土地形式的突破中。如《苍凉后土》中，家庭联产承包责任制下农民依旧丰收成灾，新一代农民佘文义、佘文英等都纷纷抛弃土地，迁徙到城市。这种生活选择显示出一种冲出土地、摆脱耕种收获的劳作生活方式的欲望，彻底颠覆了劳动指向土地的单一想象。

正是由于劳动形式的多元化发展，人们离手工劳动越来越远，机械化生产极大提高劳动生产率的同时，也使劳动与劳动者的尊严从神坛跌落，社会结构的巨变警示人们重新思考"资本"与"劳动"的关系。贺享雍清晰地看到了改革开放以来劳动者尤其是农民等体力劳动者地位的变迁，因而对处在资本之下的劳动异化现象做出了理性的思考。

《村医之家》中，贺享雍以一位德行医生后继无人的落寞处境传达出劳动在消费主义面前的尴尬境遇。该小说讲述了贺家湾村村医贺万山与其后代贺春、贺健迥异的行医之路。贺万山的父辈是悬壶济世的铃医，贺万山承其祖训，恪守医德，然其子贺春当游医，卖假药，唯利是图，养子贺健与人合伙开医院，收受贿赂，出卖婚姻，与医道仁心渐行渐远。父与子的背道而驰，不仅源于职业道德素养的差异，更与劳动形式的迁变息息相关。劳动与政治脱敏后，与资本的关系愈发亲密，在乡村医疗改革以及市场化态势下，父辈的不辞劳苦与自负盈亏在子辈眼中变得不合时宜。贺健回绝父亲留乡开诊所的提议，其原因是他认为村医所承担的责任和风险，与其收入不成正比，"赤脚医生"的行医身份在贺健眼中譬如城里的"叫花子"，贺万山"德行医生"的声誉在日趋务实的时代氛围中渐趋黯淡，曾经辉煌的村医之家因后辈的改弦易辙而成为令人唏嘘的悲情神话。传统劳动所蕴含的道德意蕴与价值意义在资本的支配下，发生了异化。

这种劳动异化在《苍凉后土》中同样有所展示。为完成土地承包期限内的种植任务，佘家投入了极大的劳动力成本，基于"庄稼为本"的朴素想法，佘老汉将三个儿子紧紧地拴在土地上，宁愿打断小儿子的腿，也不允许他外出打工。种粮带给佘老汉体面的声誉，他享受着劳动与收获带来的尊严。然而，农业所需的劳动付出与实际劳动收益的巨大差异，使得二儿子文富在婚姻的天平上输给了脱离土地进城当包工头的石太刚。不仅如此,佘家还经历了沉重的税费摊派、村支书挟私报复、种桑养蚕血本无归、水稻灾害和假农药骗局等坎坷,导致"丰收成灾"。佘家人的农民本分与勤劳品性成为欺骗、剥削的落脚点,劳动的创造力越飞驰,越使人堕入被欺骗的虚空之中。最终,佘老汉以种粮建立起的"劳动"与"尊严"的有机关系被狠狠切割,文义等青年也纷纷抛却传统的农业经营方式,走上了探索适应彼时农村发展的商品经济模式的道路。

马克思认为,"劳动者同自己的劳动产品的关系就象同一个异己的对象的关系一样"①,是外在于其中的劳动。因而,劳动异化的过程以及结果都对人的能动性产生影响,并最终导致劳动者无法领略劳动的意义,乃至对劳动产生片面或畸形的价值认同。《盛世小民》中描绘了一位被异化的父亲形象——贺世跃。基于"有儿子才有盼头"的传统观念,贺世跃与"超生游击队"几番周旋。如愿生下命根子贺松后,他对乡上催收计划生育罚款的"敢死队员"死缠烂打,并反将一军,前往县政府鸣冤叫屈,抓住乡政府息事宁人的心理逃脱超生惩罚。为了让儿子拥有娶老婆的资本,他铤而走险去农业合作基金会贷款建楼房,欠下一身债务。为了让儿子拥有一套城市商品房,贺世跃向贺世海主动请缨去干最危险的挖桩工作,想制造工伤事故以获取赔偿,"碰瓷"失败后在阴差阳错之下,他在参与贺世海精心组织的与拆迁户的斗殴活动中落下终身残疾。最终,贺世跃怕残疾的身体耽误儿子找媳妇,选择以沉塘的极端方式结束自己的生命。贺世跃在一生中所做出的出格举措都围绕着延续香火这一个目标,这种劳动目标有父爱的伟岸之处,但也充斥着劳动的异化色彩,即他时常拥有一种"为了某种神圣的事业献身的冲动"②,这种冲动驱使他一次又一次地为某种"尊严"而工作,在他朴素的思想中,他认为只有等儿子的事办完之后,才会感觉到自己的意义和成就,才会踏实,因此,与其说贺世跃所受的苦难是为儿子换一个起点,毋宁说他在为繁衍后代的任务和使命而牺牲。从牺牲的结果来看,儿子贺松面对父亲自杀时的不悲伤、反以为是解脱的态度证实了这种劳动之下价值感的轻盈与虚空。作者通过对贺世跃这一形象的塑造,揭示出纯粹价值化的劳动同样无法避免价值感失落的境遇。

当"劳动"从高蹈虚空的乌托邦中苏醒时,劳动的整体性、宏大性特征便被拆解分散到原子化的劳动个体之上,这种向下延展的触角与现实主义合

---

① 马克思:《1844年经济学—哲学手稿》,刘丕坤译,第45页。
② 贺享雍:《盛世小民》,四川文艺出版社2019年版,第221页。

谋时，就激发起像贺享雍这样的农民作家长久浸润的乡村劳动经验与记忆。在解构乡村劳动乌托邦伦理之后，贺享雍在劳动与资本的关系考量下对异化劳动主题进行了接续性书写。贺世跃这一人物形象的劳动轨迹只是贺享雍小说景观中的一个个案，但贺享雍的小说频换观测对象，可以说，每一个文本都是一部劳动者的"创业史"，在贺家湾这个故事的主要发生场域，个体乃至家族式的奋斗作为分支将乡村的挣扎延展到中国社会的不同领域，演绎了细化之下的基层劳动样态。

《人心不古》以退休干部贺世谱为主线，讲述其退休后回农村做民事纠纷调解工作，他在解决乡村纠纷的过程中试图向地方规范和村庄伦理发起挑战，他以普法为目标，最初小有成效，最终却铩羽而归，他的音法过程演绎了现代法律与乡村习惯法之间的博弈；《男人档案》以"西南日化大王"贺世亮起伏的一生为主线，讲述其在知青下乡时期被诬陷强奸女知青而蒙冤坐狱十年，出狱后他辗转创业，摆地摊，做小生意，成为万元户，被女人骗婚骗钱，倒卖国库券被警察抓包……总是在人生稍有起色之际又瞬间一贫如洗；《大城小城》以贺世龙一家三代为故事主线，贺世龙在丧妻之后被儿女送往城市居住，在体验了多种养老方式之后，他又回到了他安身立命的故乡，二儿子贺兴仁作为所谓的成功者，同样被城市的潜规则压得喘不过气，三女儿贺兴琼进城当保姆，遭到残疾男雇主的调戏，贺世龙的孙辈贺华斌研究生毕业却找不到理想的工作，穷困潦倒，因与一时失足、出卖肉体的冬梅结合而丧失了回乡的尊严，至于贺华彦与代婷婷，少爷与千金，从温室走向城市，一方聚众闹事、险入监牢，一方工作被骗、险被强暴，主人翁们漂泊于城市与乡村，演绎了大城小城的人生百态……无论是成功者还是失败者，这些小说人物都有一段被异化成"劳动力"的历史，或是在发家致富、耕读传家、建功立业的目标下，或是在经济、政治、文化的新旧激逐之中。劳动时而被刻画成充满生命力、自由感与创造性的活动，时而又呈现出处于剥削关系中的脆弱而心酸的异化形态。

作者笔下的人物"很少有'成长'的痕迹，而是以个体代群体式的生存"[①]，如《土地之痒》中的贺世龙是大工业扩张背景下乡村土地贬值时中国农民的一个生存性样本。在贺氏家族的分支之下，个体形形色色的生存轨迹与劳动实践组成了基层群体式的劳动景观，因而，个体劳动以"符号化"的意义使异化劳动得到了"寓言化"呈现。

---

① 刘旭：《东方化文学的可能性研究——20世纪乡土文学传统中的贺享雍小说》，四川文艺出版社2021年版，第54页。

二、劳动样态的主体建构

在对人的"种概念"即"类本质"异化的叙述中,马克思将论述重心放在了人生命活动层面的异化上,"异化劳动把自我活动、自由活动贬低为单纯的手段,从而把人的类的生活变成维持人的肉体生存的手段"[①],这意味着人在异化劳动的过程中丧失了"人"的自主性,因此,马克思扬弃异化劳动的目的之一是实现人的主体性复归。关于"主体性"的讨论,刘旭在论述贺享雍小说的"去风景化叙述"时,曾将"风景"所造成的叙事节奏的停顿感视为叙事主体某种无限扩张的"主体感"强力干预时间的结果,他认为"风景"作为现代的标志,"是摆脱了体力劳动之人的'休闲',或者被权力改造为意识形态的装饰",因而"风景"的出现是精英有意识的幻象制造,"风景"中的主体也是伪主体性的[②]。

与启蒙文学的风景化叙事相反,贺享雍笔下不存在真正意义上的风景,有风景也是去诗意化的,其风景直接指向生存,这种生存性风景的描绘与乡村劳动场景的呈现具有一致性。例如《土地之痒》第一章描写贺茂前与贺世龙两父子修渠造田的劳动场面时,作者就通过语言和动作描写演绎了掌钢钎的学问,第三章贺世龙教弟弟犁田时有一段使用犁铧的技术指导,其他文本中也有类似的使用农具或生活用具的描写。贺享雍将农业技能的施展、劳动工具的更新、乡村习俗的传承、劳动歌谣的传唱等都纳入"地方性知识"的框架,使农民的农事经验及自身的体己经验都跃然于纸上。这种劳动书写,直接指向生存,在去风景化叙述的意义上,已然摆脱了情绪化的现代主体性干扰,这表明,贺享雍对劳动的伪主体性幻象制造保持着警惕。

那么,贺享雍笔下的劳动主体是否真的达到了马克思所强调的人的主体性复归呢?对于这个问题,我们可以从贺享雍对乡村主体的构建来进行解析。总体而言,其笔下的劳动样态可以概括为以下几类。

(一)劳动的循环样态

劳动的循环样态是指劳动形式的单一、劳动逻辑的复制、劳动内容的重复,最终指向一种循环往复、如流水线一般的劳动生产氛围。土地是农耕社会最重要的劳动场域,农民以耕地为劳作对象,以部落村庄为单位,构成简单的生产协作关系,土地劳作在实现人类生存和发展的同时,也将多数农民

---

① 马克思:《1844年经济学—哲学手稿》,刘丕坤译,第51页。
② 刘旭:《东方化文学的可能性研究——20世纪乡土文学传统中的贺享雍小说》,第22—27页。

困守在土地之上，因而，无论时代如何风云变幻，中国的农民始终是一个转换较为艰难的特殊阶层，他们的弱势地位以及非话语主体地位使得他们总是以沉默的姿态坚守苍凉大地。土地之上的耕耘充满了农事经验，表现出劳动的技艺美。贺享雍对农民倾注了心血，他对耕种常识和乡土经验的熟稔、对"三农"问题的关注，使他在书写自我的劳作经验以及在场的乡土故事时倾向于表达底层的心态，为农民发声。

其早期的乡村小说，都向我们呈现了原汁原味的农民形象，如，《苍凉后土》中对土地既眷恋又失望的佘中明老汉，《下水》中间于高尚与卑劣、违纪与守法、先进与落后之间的杨友志，《遭遇尴尬》中言语佯狂、似疯非疯的反抗者徐自谟，《猴戏》中世故狡黠、勤劳悭吝的侯大才，《土地神》中蛮横无理、不讲章法的牛二……他们都以生存欲望和世俗生活为轴心，遵守着"春播秋长，秋收冬藏"的劳动作息，然而，他们都在寻找主体的路上步履维艰。

徐自谟是一个普通的农民，却能振振有词地说出一套套逻辑缜密、思路清晰的言语，细究之，原来他背下了领导们发表在县报上的社论，这种滔滔宏论与其身份的错位使得周围人把他当作了鲁迅笔下的"狂人"般的存在。他有过一系列的违法行为，在争取权力和利益时他表现出了鱼死网破的反抗力，在追究责任时他又以装疯卖傻逃避惩罚。徐自谟的胜利建构在把自己演绎成精神病患者的弱势人设基础之上，人的本性及其实现情况还没有达到理想状态。与徐自谟类似，《猴戏》中的侯大才为了拿回修建学校的十万工程款，哭闹，锁教室门，上访，赔笑脸，甚至以死亡威胁乡长，与领导们周旋三次，机关算尽后，被乡长们预谋诊断为精神病患者。与其说他是受害者，不如说他是自愿选择成为疯子，这样，在精神病患者身份的掩护下，他得到了生存的肆无忌惮。徐自谟和侯大才的胜利都以放弃主体的灵性而存在，从本质上说是农民主体性的丧失。再观"村官"牛二。牛二曾经也是普通的农民，在胡村长的点拨之下，他从村民代表一路晋升村长。然而牛二的这种扬眉吐气，却隐含了一个历史循环的危机。我们可以看到，牛二在表达见解时，只能依托上级的口吻假传圣旨，在整个村庄之内，牛二以其无赖和暴力制服了赵德万、牛爵、牛全，也潜规则了赵艳艳和楚淑琴，这使得他在牛家村成为名副其实的"土地神"，没有了唱反调者，没有了监督机制，村民们都被模糊了主体性，而牛二也将与《怪圈》中的集权者龙祥云一样，有陷入官场腐败历史怪圈的危机。

由于劳动形式的逐渐变迁，贺享雍对乡下人进城的劳动生活和生存状态给予了直接而集中的关注。《大城小城》中的农村妇女贺兴琼是农民奔波于劳动力市场的真实写照。在贺享雍的观察下，贺兴琼不仅延续着与乡村劳动和家庭劳动同样的劳作方式，洗菜，洗碗，干杂活，而且承受着雇主的侮辱与调戏，城市依旧延续着乡村劳动的生存艰难。《苍凉后土》中的佘文英是一位乡村的"离心"者，表现出自然个体的逐利本性。她为逃离乡村选择嫁个城里人，表面上看，作者为她的这段感情添加了爱情或者自由的现代质素，实际上这种状态下的主体性带有相当矛盾的性质，马克思将其称为"以物的依赖性为基础的人的独立性"①，这种主体性使人处在物的规定和支配之下，带有异化的特征。从贺享雍的叙事修辞来看，他对为追逐物质而离乡背土的农民添加了否定性修辞。比如存在于"乡村志"系列小说中的农民企业家贺世海，作者在描述他性开放与深谙潜规则的基础上也为他设置了陷阱，即他在情人消费链中被"戴绿帽"，在企业发展项目中被"穿小鞋"。这与《大城小城》中从农村走出去的成功人士贺兴仁的遭遇共享同样的逻辑，作者以两人的性堕落与品德失节来昭示经济世界与乡土伦理的相悖。在《天大地大》中，"第一书记"乔燕看到农村因年轻劳动力都向城市转移而变得死气沉沉，决定举办"千人集体团年宴"及"文艺联欢会"，同时召开了贺家湾回乡打工者座谈会，这种凝心聚力的举动吸引了一大批像贺忠远、贺小川、贺小琴这样的打工者回乡创业。

城市生活的不如意，使打工者将乡村视为诗意温馨的心灵避风港。那些在机械化生产流水线上的城市打工者，对自身生产的产品缺少整体性认识，车间劳动的封锁自闭状态很容易导致他们失去自我获得感。线性生产指向一种机械的标准化劳动②，这种程序化、标准化的劳动氛围常使他们被动地接受外来的经验，因此他们总有劳动焦虑，疲惫感也常侵袭而来，导致"只要对劳动的肉体强制或其他强制一消失，人们就会象逃避鼠疫一样地逃避劳动"③，劳动的价值感危机便此诞生，更遑论人的主体性。

（二）劳动的尴尬处境

贺享雍塑造得最成功的人物形象就是"末等官"。之所以说是末等官，一方面是因为他们首先是农民，而在乡村内部又是相对于农民的存在，另一方面是因为他们的单位性质是村级组织特设岗位人员，而非体制之内的存在，因此"村官"们总是处在上下两为难的尴尬处境之中。但他们对于基层管理来说，无疑又是重要的，民间与国家的中介身份，使他们在民间话语与国家

---

① 郭湛：《主体性哲学——人的存在及其意义（修订版）》，中国人民大学出版社2010年版，第4页。

② 张雪妍：《标准化劳动与标准化叙事》，《创作评谭》2022年第1期。

③ 马克思：《1844年经济学—哲学手稿》，刘丕坤译，第47页。

话语之间来回穿梭，或表现为法制与情理的冲突，或表现为情欲与理智的冲突，或表现为家庭与工作的冲突，既表现出左右逢源的形象特征，又呈现出内外交困的矛盾处境。

贺享雍的《村长三记》以无名氏"村长"为主人公，将工作与家庭的矛盾推向高潮。第一记《兜圈》中，村长为完成乡里交代的催收粮食的任务，冒着酷暑爬坡，上山下乡，结果欠粮最多的李延顺只听见应答声却不见人影，原来他和村长在坡上坡下、屋里屋外兜圈子、捉迷藏；第二记《午炊》中，乡上干部前来协助村里搞计划生育，村长请人安排午饭，一连找了几家都无果，以前的恋人怕村人说闲话委婉推辞，自己的妻子则破口大骂，直言拒绝，万般无奈之下，村长只好自己起灶动手给乡干部做午饭；第三记《过年》中，过年之际，村长曾经处理过的计划生育"钉子户"到村长家报复，大闹一场后解恨而去。与《村长三记》一脉相承的是《遭遇尴尬》。在该小说中，贺享雍以三个乡党委书记的叙述，展示出村干部在乡村世界中的尴尬处境：本要依法处理家族财产纷争的孙书记，正在严厉训斥民间阴阳先生之际，却发现自己不得不依靠巫师的装神弄鬼去平息一场即将爆发的家族械斗；南垭村支书耿洪明和村民们为保护多年植树造林的成果费尽心力，甚至昼夜颠倒地蹲点巡视，不得已采取一些诸如抓人、罚款的土政策来防止村民偷树，但是这些土办法被定为违法，耿洪明眼见多年的成果毁于一旦，痛心疾首之下一把火烧了这片南垭森林；徐自谟装疯卖傻逃避超生款，村干部秉公执法却被告上法庭。制止迷信的反而要依靠迷信，护林者反而成了毁林者，秉公执法的反而被告上法庭，工作的悖谬与倒逆在贺享雍笔下得到了滑稽而又心酸的呈现，村长们越辛劳，越呈现出这种劳动的尴尬与无意义。

贺享雍对这种劳动样态的书写是通过对外部视点的贬义修辞来呈现的，这种尴尬处境的成因正是乡村外部对内部的无知与忽视。《青天之上》集中描写县乡基层官员轰轰烈烈的招商引资举措。这些举措本是为了发展乡村经济，实现脱贫致富，然而这些举措与乡村的实际情况严重脱节，引起了乡村民众的怨声载道。在《遭遇尴尬》的叙述中，贺享雍采用了基层干部的视角，孙书记、钱书记和李书记轮流讲述基层管理工作中的尴尬悖谬之处，作者作为听众，将这些讲述以蒙太奇的方式组合记录成书。这种叙述类似《十日谈》的多声部叙述，作者对他们的所作所为保有善意，但也不会批判。比如，钱书记讲述了农民毁林事件，表示农民毁掉林子的根本原因是自己村的树林被邻村的居民偷伐，但地方官员不作为，各部门互相踢皮球，看笑话，任由乡村内部矛盾激发。由于村民们拒不交出毁林的带头人，因此基层干部们只能在"法不责众"之下接受行政处分。作者以基层干部的视角讲述困顿中的乡村，并没有以外来的启蒙视点或精英视点去挖掘民间的龃龉与不堪，反而巧妙地将外部视点"异质化"，将其重置于故事记录者"我"的内视点之下，以基层干部们的两难处境喻示外部官员世界与乡村内部生活的矛盾。

在夹缝中工作的"村官"们，总是处于内外交困的境遇，对自身的劳动价值产生了怀疑，从情感上来说，他们都来自底层，同情农民的生活遭遇，而在理性上，他们又不得不完成领导的工作任务，身心矛盾带来了人的主体性分裂。

（三）劳动的崇高品格

贺享雍笔下多犁田使耙、开山打石的男性形象，以女性为主人公展开叙述的少之又少。其早期的通俗小说《严家有女》倒是围绕豪门三位千金讲述军阀割据时代的女性悲剧，短篇小说《五月人倍忙》中有操持家务、充当家庭"半边劳力"的贤妻良母云芝，短篇小说《郭家湾的子孙》中有侠骨柔肠的肖槐玉，《怪圈》中有冷峻理性的龙玉，但总体而言，她们都算不上主角，只是成功男人背后的生活点缀。到了"乡村志"系列小说，贺享雍开始有意识地突破在女性书写上的困境，致力于书写女性在走出操持家务的家庭劳动后，在现代化建设中发挥重要作用。比如，在《村级干部》中，作者第一次以女性为主人公，塑造出颇具光彩的女性群像，在"时代三部曲（《燕燕于飞》《村暖花开》《土地之子》）"中，他也塑造了扶贫女干部群像。在女性群像之下，男性多以支持者或追随者的形象出现，女性精明强干，男性默默坚守，这与其早期小说大相径庭，显示出贺享雍为积极塑造符合时代发展需求的乡村劳动者新形象所做出的努力。

《村级干部》一改贺享雍作品沉郁的色调，充满明朗乐观而又温情脉脉的气息，也一改其典型的写实主义风格，在写实中融入了理想化和传奇性的因素。雷清蓉经历了三段婚姻，每一次都以丈夫的去世而告终，但她不自怨自艾，执着地想要把日子过好。这种劳动目标，最终扩展到对邻里乡亲和一方土地的责任，雷清蓉放下生活的包袱，从个人走向了集体。在大刀阔斧的农村改革背景之下，贺享雍塑造了探索农村文化产业发展新路的新一代农村妇女形象，展现出新世纪年轻农民对重构乡村劳动的信心与热情。在《天大地大》中，贺享雍塑造了扶贫女干部群像。作为驻村干部，她们走出家庭，奔赴脱贫攻坚战前线，在乡村的土地上，演绎了劳动致富的集体景观，她们的忙碌身影展现出同舟共济、团结协作、顽强拼搏的劳动精神。在这个意义上，贺享雍对女性群像的刻画多指向对劳动贡献的褒扬与赞美，这种劳动者形象被赋予了浓郁的道德意蕴和精神指向，表现出人格上的崇高。但作者并没有遮蔽她们对世俗生活的欲求。比如在《村级干部》中，作者首先赋予主人公雷清蓉以世俗色彩，其三段婚姻对应着不同的世俗追求：第一段婚姻为改善家庭贫困状况选择了村革委会主任的儿子，丈夫病弱去世；第二段婚姻想找个身强体壮的，丈夫却死于意外的破伤风；第三段婚姻想破除"克夫"的流言蜚语，把丈夫职业的安全性放在改嫁条件的首位，却遭受婆家的排挤。三次困难都没有改变雷清蓉对生活的期待，反而成为其劳动的动力。

贺享雍是在崇高的劳动氛围之下塑造女性形象的，在崇高的劳动目标下，女性形象的劳动价值和主体诉求都得到了最大限度的呈现，因而具备了崇高的美学风貌。作者在她们身上寄予了一种劳动理想，即塑造兼具传统劳动美德和时代开拓精神的新劳动者形象。

三、劳动理念的伦理重塑

随着城市化进程的加快，传统乡村伦理一次次崩盘重建，城乡结构也发生了巨大转变，乡村在不同文化时空的叠合下逐渐边缘化，产生了文明隐忧与精神焦虑，这不得不令人反思推进现代化进程的负面效应。在这个意义上，贺享雍省思到劳动对乡村伦理的重塑意义。

（一）劳动传家夯实家庭伦理

劳动教育是家庭教育与家风传承的重要环节。在家庭代际传承中，"子承父业"的职业流动和"创业垂统"的劳动期许，都注重劳动历史经验的延续以及劳动精神的正向培育。传统社会对劳动的重视直接体现在"耕读传家""习劳习苦"等家风的表达中，祖辈创立家业的劳动故事经过有效继承与发挥，形成了子孙后代根深蒂固的劳动伦理观念。

《苍凉后土》中，佘中明艰难地扛起了承包多亩土地的重担，在他的号召下，全家都参与了旷日持久的田地耕作战，几个儿子因为父亲对土地的坚守，都暂时性地困守在土地劳作之上，但佘中明的家庭地位很快就面临了挑战。新一代农民佘文义所代表的现代农业生产方式对老一辈农民佘中明所代表的传统劳作方式进行反抗，父子发生冲突，最终，一家之长佘中明的威慑力大不如前，对农业表现出失望，佘家的主事权通过劳动方式的变更实现了交接，劳动效益高的家庭成员，地位得到了提升。贺享雍通过悲剧性的情节及喜剧性的结局凸显出劳动的重要性。一方面，佘家频频遭难，但他们凭借勤劳本分及善良品性一次次逢凶化吉；另一方面，佘家小儿子文义继承了父辈的勤劳坚韧，凭借过人的胆识，帮助文富找到失落的爱情，帮助文英摆脱情欲的渊薮，在南方工厂救下受辱的妇女，回乡创办乡镇企业……他充当了英雄的角色。最终，佘文义回到了乡村，作为"领头羊"带领佘家湾走农村产业化发展道路。而佘文英作为乡村以及佘家的"脱序者"，也是通过劳动重新回归家庭的。《大城小城》中，贺兴琼与女儿代婷婷一直存在隔阂，母亲的艰苦工作与女儿的肆意挥霍形成强烈反差，在一番争吵之下，代婷婷离家出走，一家骗子公司想利用她进行权色交易，代婷婷辗转求职，在高强度的劳动中体会到了母亲的艰辛，母女最终重归于好。家庭结构的重塑是贺享雍劳动传家观念的文本反映。

《大城小城》中，贺兴仁对儿子采用大包大揽的教育方式，使他养成了好逸恶劳的恶习。而贺华斌与贺冬梅的爱情充满了坎坷。贺华斌是贺家湾第一个研究生，但其实际生活相当困顿，高学历带给他自尊与豪情的同时，也带给他劳动焦虑，在社会分工和被迫消费下，贺华斌倾向于追求高薪资的工作，并因这种目标无法达成而羞愧，无颜回到家乡，贺冬梅的出现使他产生惺惺相惜之感。但贺冬梅以出卖肉体为生，这种生存方式与乡土劳动伦理相悖，在劳动精神的正向引导下，冬梅决定靠自己的双手来养活自己，最终两人突破贺家湾同姓不通婚的婚恋禁忌走到了一起。

传统社会以某个固定的时间节点为转折，父辈由抚养者转变为被赡养者，身体机能以及劳动能力的下降，使他们不得不依靠子辈的反哺来安度晚年。然而，在激烈的市场竞争下，子辈的压力越积越重，婚姻、生娃、教育等都需要强有力的经济支撑，出于为孩子减轻负担的考虑，父辈们自动选择"自养"的养老方式，久而久之，传统的赡养伦理发生异变，人们开始默认，父辈只要还有劳动能力就可以自己生存，甚至可以打些零工填补家计。《盛世小民》描绘了一个为给孩子讨媳妇而拼命打工的父亲形象。在子辈的索取之下，贺世跃不但没有安享晚年，反而进城务工，最后又怕拖累儿子而选择自杀。贺世跃的这种心理正是赡养伦理在当下异化的结果，他既不能靠劳动自养，又不想给子辈造成负担，其结果可想而知。贺享雍用贺世跃的悲剧折射出劳动异化对赡养伦理产生的影响，在扬弃异化劳动的基础上提出了重构赡养伦理的建议。

鲁敏将文学形象地比喻成"苍耳"的聚集点，认为从"苍耳"的身上，能感知到特定空间或时代的流变[1]。对于时代巨躯上有自选动作的"苍耳"，贺享雍给予了持续关注和生动描绘，其小说以家庭为窗口，以小人物的命运为线索，串联起社会转型期广阔的乡村家庭伦理图景，通过对民间家庭代际关系及婚恋观念的审视，凸显出劳动对家庭伦理的重塑作用，传达出贺享雍对"劳动传家"观念的强烈认同。

---

[1] 鲁敏、行超：《在别处：人性中委泥与飘逸的永恒矛盾》，《作家》2018年第7期。

（二）劳动致富耦合经济伦理

作为对集体主义的简单反转，新时期以来的乡村文学在书写如何致富的问题上，首先对充当致富路径的个体的、自然的农耕生产作出了关注与表达。家庭联产承包责任制的实施是土地劳动关系的一次解放，极大地唤起了农民的劳动热情。这种传统劳动的回归，使农民的劳作又回归到了自然、自足的状态，但从《苍凉后土》来看，这种"解放"似乎还没有笼盖全篇，佘中明一家仍然处在沉重、凝滞和苦难的压抑氛围中，解放劳作关系带来的生产热情在沉重的赋税摊派面前被冲淡消减了，土地的丰收并没有改变他们经济窘迫的局面。有鉴于此，一种"劳动致富"的新伦理指向悄然生成，即为瑰丽的农村现代化建设提供更好物质基础的劳动形式和劳动要求。过去的人工的土地耕种只能解决温饱问题，社会消费水平的提高亟待探索新的劳动形式。在这种语境之下，劳动的等级秩序发生极大反转，脱离土地、能够快速积累财富的劳动形式更受推崇。贺享雍短篇小说《最后一次社祭》中的"我爷爷"就如《最后一个渔佬儿》的主人公一样，固守着传统的生存方式，但"我爷爷"虽忧伤于土地社祭传统的消逝，却仍然感知到了土地在市场经济面前的贬值命运。

由于劳动形式的多元化发展，资本开始和劳动较量，在乡村，劳动交易从传统的"以人情来维持的，是相互馈赠的方式"[①] 转变为以货币表征劳动力价格的劳动交易。也正因此，乡村伦理在资本逻辑的横行下，表现出"重实利而轻声名，重金钱而轻人伦，重利用而轻交心，重狼性而轻人性"[②] 的经济伦理观念。劳动也因对效率和收益的强调，造就了"人心不古"的伦理图景。大集体时代，贺家湾的人都以工分来计算劳动力价格，经常为了微不足道的实利而不择手段，《男人档案》中的贺世亮被女知青王茵以强奸罪诬告，村民们为了争取评工分，纷纷落井下石，导致贺世亮被判处十年有期徒刑。《村医之家》通过贺乾与贺健两人的行医之路折射出乡村道德伦理在资本影响下的深刻变化。现代劳动观念在乡村滋生出人性变异和道德失范，贺享雍对其进行了省思。

但总体而言，贺享雍还是清醒地认识到了讲究劳动效率和时间成本的劳动观念给乡村经济伦理带来的新变化。《乡村志》中，自从贺兴成率先引入小型现代农业机械，贺家湾村民的劳动观念就发生了变化。由于乡村农业生产

[①] 费孝通：《乡土中国》，华东师范大学出版社 2018 年版，第 80 页。
[②] 贺仲明、田丰：《转型中的乡村图景——贺享雍〈乡村志〉研究》，四川文艺出版社 2019 年版，第 73 页。

工具落后，不违农时的劳作要求将村民们束缚在精耕细作的土地之上，贺兴成引入手摇脱粒机，大大提高了农耕生产的工作效率，村民们开始从繁重的体力劳动中解放出来。但是机械化生产工具的付费使用规则与乡村劳动的换工互助产生了经济伦理上的冲突，以雇佣劳动为代表的现代经济观念与以人情馈赠为代表的传统劳动观念产生了矛盾，因此，当贺兴成向二爸贺世凤提出使用机械需要收钱时，贺世龙指责儿子认钱不认亲。儿媳通过"算账"说服了贺世龙："他也不想想，虽然出了二三十块钱，可省了好多力，又节省了好多时间？把这节省的时间拿去做其他事，要做多少事？"[1] 为了显示机械化生产工具的劳动效率，贺兴成还与村民展开竞赛。可见，劳动工具的更新唤醒了乡村农民的时间意识、效率意识，也改变了传统的劳动观念，乡村劳动开始触摸到与市场经济紧密相连的时间、效率等竞争法则。

由于追求经济效益，劳动对象的地位便显得尤为重要，这是因为"外部自然界或地理环境，是物质资料生产过程中一个经久的、永恒的和必要的条件。劳动对象是自然界供给的，或是人们从自然界取得的"[2]。自然界的环境、资源等要转变为劳动对象，或多或少都要经过劳动的加工或改造，劳动与自然的过滤关系和制约关系，既提示出自然的对象性价值，又对人类劳动提出了规约。对贺享雍来说，自然不是风景，而是与农业劳动生活紧密相连的存在物。早年贺享雍也曾将"太阳""雷霆""月亮"等意象融入作品主题、人物和情节寓意的构造，但这些意象还是可望而不可即的意象化的存在，目前的乡村劳动还无法使其产生对象化价值，与乡村劳动息息相关的都是山、水、林、田、村、居等生态资源。贺享雍对乡村的环境卫生和生态问题给予了重视。《燕燕于飞》中，第一书记乔燕带着大展宏图的干劲来到贺家湾，未料想象中的乡村诗意不存在，黄葛树下的骚乱与肮脏给了她迎面一击，于是，解决水质问题、整治环境卫生也成了她崭露头角的一项工作。乔燕认为，环境对人的身体至关重要。从另外一种意义来讲，环境的美化也改善了乡村的劳动状态。《人心不古》中，贺世普在贺家湾做民事纠纷调解工作时敏锐地意识到改善环境卫生和增强村民生态保护意识的重要性，这一工作的开展起到了为普法工作鸣锣开道的作用。在调解基层纠纷时，贺世普发现贺长安在制作网鸟的陷阱，忙询问原因。贺长安表示，一是山上的鸟类杂多，影响到了庄稼生长，二是网到野货可以卖个好价钱。当贺世普向其说明要保护生态环

---

[1] 贺享雍：《土地之痒》，第122页。
[2] 苏联科学院哲学研究所：《马克思主义哲学原理》，中国人民大学出版社编译室译，人民出版社1959年版，第421页。

境时,贺长安感到非常费解,就连村长贺端阳都开始抱怨:"狗替主人看家,牛为主人耕地,猪让人吃肉,它们自己都没对人提出啥意见,人却替它们喊啥冤枉。"① 可见,在乡民朴素的观念中,鸟类与家禽没有区别,他们理所当然地认为人是万物的主宰,动物应该受人奴役,为人类的生产生活服务,因此像网鸟、电鱼这样的行为在乡村可谓层出不穷。在一种日趋务实的劳动氛围之下,生态环境的恶化提醒人们重新反思劳动与自然的关系。

农民出身的贺享雍以"乡村"为写作基点,对乡村劳动景观的构建有着独特的审视路径。改革开放所带来的欢宵达旦对城市而言可能是狂欢之后的索然,对乡村及身居广袤乡土的作家而言,却是磨刀霍霍、蓄势待发的,社会生产力的变革使乡村的劳动伦理经历了转型期的阵痛和迁移,乡村劳动主体在劳动乌托邦神话覆灭后,又假寐于日趋务实的社会氛围中。正是在贺享雍对乡村历史的关注、对现代性的求索中,我们才看到基层复杂的劳动景观之下,乡村主体寻找主体性的艰难。贺享雍殚精竭虑而又锐意求新,正是因为对乡村生活的熟稔和观测视角的频繁转换,他的小说才呈现出独具特色的劳动景观,经验于乡村之上的"劳动"成为他肯定当下生活的坚实客体和代言人,也是通过劳动,贺享雍感知着社会变革的方方面面,诉说着乡村农民在劳动形式迁移之下复杂的生存境遇和生命体验。

延伸阅读

1. 向荣、陆王光华:《史传追求·民间风味·原生语言——贺享雍〈乡村志〉系列的叙事风格与审美价值》,载《当代文坛》2023年第4期。贺享雍《乡村志》是中国新文学史上体量最大的全景式乡土小说之一,它以一种方志笔法和史传意识体现出作者深沉的写史与立传追求。在叙事策略上,小说化用了四川地区"龙门阵"的摆腔和中国古典小说里的说书情境,力求切入并还原真实的乡村生活景观。这一叙事还吸纳了方言和俗语,在宏大架构中以琐屑的日常生活叙事完成了对近年来临空高蹈、言之无物的乡土叙事的反拨,在乡村原生语言氛围的营造中完成了对新时期以来中国乡村社会改革与现代转型背景下农民日常生活史和心灵史的艺术还原。

2. 田丰:《贺享雍〈乡村志〉独具特色的地方风俗描绘》,载《广西社会科学》2021年第2期。贺享雍在《乡村志》中以审美的眼光呈现出一幅幅多姿多彩而又真实可感的乡土风俗画卷,同时融入对农民命运挣扎的揭示。《乡

---

① 贺享雍:《人心不古》,四川文艺出版社2019年版,第61页。

村志》中的地方风俗描绘不仅肩负着推动故事情节发展和塑造人物形象的功能，而且还有着异常鲜明的特质。这与其有着长期的农村生活经验以及自觉的理性精神是分不开的，根植于乡土的成长经历让他在描绘地方风俗时能入乎其内故有生气，而自觉的理性审视又让他出乎其外故有高致。

3. 张丽军、范伊宁：《乡土中国文学的"农民劳动史""乡村心灵史"——读贺享雍〈土地之痒〉》，载《当代文坛》2019年第3期。《土地之痒》从农村土地政策变迁与影响的角度切入，运用独特的方言和语言技巧塑造了个性鲜明的农民形象，描绘出生动的乡村生活场景，同时揭露了土地政策在实行中给农民带来的困扰以及对乡村伦理的破坏，在表现作家深切关怀情感的同时具有强烈的现实意义。

4. 曹霞：《当代乡土中国的亲历者与阐释者——论贺享雍的"乡村志"系列》，载《当代文坛》2019年第3期。"乡村志"以川东乡村的贺家湾为背景，描绘出了乡土中国当代尤其是改革开放四十年来宏阔的历史图景。作者以对农村生活细节的熟悉与"在场"的情感态度，完成了对当代乡土中国叙事的超越，有着独特而辩证的乡土视角，保持着客观的观察与判断，使乡村经验与社会发展之间的张力得以保留。"乡村志"的地方性色彩鲜明生动，其经验与话语超越了地域，与国族性密切相关，具有丰富的社会学意义。

思考题

1. 试析贺享雍小说对鲁迅乡土小说的传承。
2. 比较贺享雍小说与农业合作化时期小说的劳动场面书写。

（龚梦姣　执笔）

第12讲 《文城》中的叙事伦理与伦理叙事

时隔八年之后,余华推出其最新力作《文城》。毋庸置疑,余华依然是讲故事的好手,《文城》叙写了纷乱世间的恩义情仇、颠沛流离的爱怨痴恨、贩夫走卒的侠义精诚、乡土情怀的人生百态,余华似乎用一针一线牵引出了一张哀切而又充满温情的网,并试图通过一个北方男人携女背井离乡南下寻妻的故事,以小人物的命运来书写大历史。他将故事重心定位在南方小城溪镇,通过对当地风土人情和时代境遇的书写,重现清末民初中华大地上平凡百姓的日常生活。余华以充满温情而又略带悲凉意味的叙事基调,将天灾人祸横行与小人物的悲惨命运有机统筹,在向读者展现生活的荒谬与残酷的同时,又让人坚信苦难的人世间依然充满温情,彰显了信义和良善的力量。

一、人物形象的伦理透视

在20世纪80年代,先锋文学异军突起,余华以其特有的苦难、血腥、暴力、死亡、性等题材书写不断冲击着人们的眼球,这些题材似乎已经成为他写作的底色。后来,为了挣脱这一固有模式的束缚,余华开始探求新的文学话题,尝试以平和的笔调代替尖锐的描写。《文城》对于民间及庶民文化的刻画呈现出世俗化趋向,借由铺陈人物的日常生活,在纪实与虚构中重塑历史。这体现出余华创作风格的转变,"余华将小说的重心放在了人物形象塑造上,透过人物,表达其对生命哲学的探寻,对生存意义的深思"[①]。

(一)正面人物的"异态"返照

《文城》中的正面人物往往展现出相同的道义与良知,他们虽身处乱世,但朴实纯善,具仁义之心。在个人都自顾不暇之际,平凡百姓之间的守望相助,显得更加温情动人。林祥福怀抱女儿林百家在雪冻之时来到溪镇,尽管因为多日雪冻,这里的人们充满了悲观情绪,家家户户被愁雾笼罩,但在林祥福挨家挨户敲门为女儿讨要奶水时,坚强而平和的溪镇妇女们依然选择了无私给予。善良的陈永良夫妇亦热情地招待了他,帮他照顾生病的女儿:"这

---

① 吕沁妍:《从〈活着〉到〈文城〉:余华小说生命意识的变化》,《中国民族博览》2022年第3期。

天晚上，陈永良和李美莲将家中唯一的床让出来，让林祥福和他女儿睡。陈永良告诉林祥福，这是他们家乡的规矩，客人来了睡在床上，他们自己睡在地上。"① 陈永良夫妇的真诚相待，奠定了他们日后持续一生的友谊的根基。冬去春来，林祥福没有选择离去，而是在溪镇扎下了根。在龙卷风和雪冻之后，溪镇尽是变形破损的门窗，林祥福和陈永良二人走街串户为人们修缮。之后二人又合伙开起了木器社，淳朴热情的溪镇人民纷纷前来帮忙："这一天，二十多个邻居陆续走来，这些说话时语调飞快的男人和女人，嬉笑地挤进屋门，风卷残云似的搬空了陈永良的家。他们每人搬起一物，三个孩子也被他们抱到了手上，后来的几个人看看实在没有什么可搬了，就追上去搭一把手。"② 木器社的开张，也代表着林祥福决意在溪镇安身立命。余华通过这些平凡百姓热情坦率的人际互动，将温情的力量传递得淋漓尽致。同时，此种对于善的不懈追求，充分诠释了余华的道德理想。

身为乡绅，顾益民拼命守护溪镇，想方设法对抗军阀和土匪，保护百姓生命财产安危。面对军阀部队来犯，顾益民另辟蹊径，热情款待，满足其财、物，甚至生理需求。面对土匪，顾益民出资创建民团，外聘能人带领民团守卫溪镇。顾益民用智慧与仁义化解了灾难，拯救了陷入困境的溪镇百姓。朱伯崇戎马一生，哪怕壮烈牺牲，也无所畏惧，他虽为受雇于顾益民，却毫不马虎，认真挑选成员打造出一支意志力顽强的民兵团。面对残暴的土匪，他毫不退缩，英勇顽强地与之对抗，不幸被炮弹炸伤后，仍然坚持战斗到生命的最后一刻。溪镇的百姓都被朱伯崇英勇无畏所感染，纷纷拿起武器团结一致抵御土匪的攻击。徐铁匠、孙凤三二人依次接受了团领导的任命，像朱伯崇一样坚强勇敢，他们"成为溪镇的灵魂人物，在动荡不安的岁月里，不断展示了人间最珍贵的信任、情义和仁慈，也传达了正义的伟岸之力"③。

（二）中间人物的"常态"建构

《文城》遵循真实性的方法和原则来描绘中间人物的行为和观念，人物的形象更逼近生活。小美的一生是乡土中国里的悲剧典型：她在家从父，被父亲卖给织补铺子沈家做童养媳；出嫁从夫，从小被婆婆严厉管教，后又受丈夫阿强指使去盗取林祥福家的钱财。她渴望自由，渴望新事物，但在生活的重压下，她的眼睛里失去了"金子般的颜色"。她是《文城》的灵魂，支撑起

---

① 余华：《文城》，北京十月文艺出版社 2021 年版，第 70 页。
② 余华：《文城》，第 75 页。
③ 洪治纲：《寻找诗性的正义——论余华的〈文城〉》，《中国现代文学研究丛刊》2021 年第 7 期。

了整个故事,却迟迟隐而不现,直到补篇的结尾,余华才揭露了故事的真相。林祥福十几年来都遍寻不到小美的踪迹,原来她早已于林祥福重返溪镇的那个冬天,在城隍阁前冻僵死去,小美的尸身就立在林祥福的面前,可是他毫无察觉,女儿因为感应到母亲的离去而哭,也被他误以为是因为饥饿。在溪镇的十几年里,林祥福和女儿无数次来到西山,却没有到过小美的坟前,他们始终不知小美长眠于此。直到林祥福被张一斧杀害,田氏兄弟南下带着他的尸体回乡安葬时途经西山,偶然路过纪小美之墓,"他们停下棺材板车,停在小美和阿强的墓碑旁边。纪小美的名字在墓碑右侧,林祥福躺在棺材左侧,两人左右相隔,咫尺之间"[1]。在林祥福生前,二人阴阳两别无法相见,此时死后再遇,充满了强烈的反讽意味。林祥福十几年的寻找仿佛在此时失去了意义,这出乎意料的结局给读者的心灵带来沉重一击,残酷的命运之神,最终促成了二人的悲剧。

顾益民的儿子顾同年是利己主义的典型代表。这个玩世不恭的纨绔少爷,小小年纪不学好,经常出入妓院嫖娼,不仅败家,还带坏了自己的弟弟。他被自己的年轻气盛所蒙蔽,被骗卖到澳洲做苦力,最终销声匿迹。"和尚"的形象是复杂的,具有两面性:一方面作为土匪为了生存他会烧杀抢夺,另一方面作为普通人他也会表现出人性温暖善良的一面,他十分孝顺自己的母亲,也会对所绑架的人表现出明显的善意。最后他不忍心看到老百姓受张一斧的残害,选择与陈永良合作对抗恶匪,却不幸牺牲,从而完成自我救赎。"和尚"的"善"让人印象深刻,他的形象具有立体感,富有强烈的感染力,凸显了他在动荡年代所坚守的正义与良知。"每个人都是自己欲望的囚徒"[2],顾同年选择了满足自己的欲望,只能踏进罪恶的深渊,而"和尚"选择用自己的善意弥补之前所犯下的过错,完成了灵魂的净化与人格的升华。

(三)反面人物的"变态"塑形

在那个动荡不安的年代,兵灾与匪患是万恶之源。土匪一般采取绑架的方式索要赎金换人,并且会对所绑之人实施身体和心理的双重伤害。"他们对男肉票'摇电话',将竹棍插进屁眼里摇个不停;对女肉票'拉风箱',将竹棍插到她们的阴户里戳进戳出。"[3] 张一斧心狠手辣残忍暴戾,给溪镇人民带来了沉重的灾难。朱伯崇率领的三十人民团与张一斧带领的一百人进行战斗时,溪镇百姓纷纷赶来支援,成功击退了土匪。战斗失败后,张一斧为了发

---

[1] 余华:《文城》,第347页。
[2] 刘小枫:《沉重的肉身》,华夏出版社2015年版,第299页。
[3] 余华:《文城》,第92页。

泄愤怒绑架了顾益民，并用残忍的刑罚虐待他，"压杠子""划鲫鱼"和"摇电话"等酷刑给他造成了身心上的双重打击。仗义善良的林祥福为了溪镇百姓只身一人冒险前往，单枪匹马，寡不敌众，被张一斧残忍杀害了。为了报复陈永良救走了顾益民，张一斧又对万亩荡齐家村进行了大屠杀。张一斧最终没逃过死亡的命运。"邪恶的人最终惨死，善良的人获得救赎。"① 反面人物折射出人性的邪恶、扭曲和变态，同时又传递出正义必将战胜邪恶的信息。

北洋军则烧杀抢掠，奸淫妇女，无恶不作，比土匪更甚，百姓谈"兵"色变，东躲西藏。余华用笔书写了生逢乱世、苟且偷安的悲凉："溪镇的一些居民收拾了自己的行装，跟随难民们的脚步走出溪镇的南门，去投奔异乡的亲友。逃难的恐慌在溪镇蔓延，随着难民越来越多地从北门进来，溪镇的居民接二连三跟随难民走出了南门。"② 亦书写了军阀混战、匪患横生时局下明哲保身的悲哀，"剿匪的官军来了之后，沈店的百姓才知道是引狼入室。官军差不多每月一次扛着枪支浩浩荡荡出城，口口声声要剿灭土匪。与土匪相遇后，官军丢下枪支，捡起土匪扔下的光洋就跑；土匪则是丢下光洋，捡起官军扔下的枪支就跑。"③

二、情节结构的伦理构境

《文城》以林祥福和小美的相遇为起点，以林祥福对"文城"的找寻为串联全文的线索，以林祥福对女儿林百家沉重的爱为核心，构成了一个完整的叙事架构。在这个大的故事框架中，传奇的故事、残酷的命运、血腥的死亡以及深沉的爱贯穿始终。

（一）"传奇"的伦理杂糅

"《文城》与余华既往的作品一样，叙事明快流畅，细节繁复恣肆，同时也显露出求变的努力和追求——作者有意无意地'回流'早期的先锋写作，将悬念、传奇、异怪等先锋元素融入到烟雨江南的想象性抒写之中，力图创造出一部诡谲怪诞而又宏阔浩大的'南方传奇'。"④ 小说开篇以倒叙的手法将读者带到林祥福的童年成长故事中，之后又以传统的浪漫故事为主线，描

---

① 高玉、肖蔚：《论〈文城〉中的暴力叙事》，《中国当代文学研究》2021 年第 5 期。
② 余华：《文城》，第 104 页。
③ 余华：《文城》，第 85 页。
④ 王鹏程：《奇外有奇更无奇——余华〈文城〉的叙事艺术及其问题》，《粤港澳大湾区文学评论》2021 年第 5 期。

写了林祥福对身份不明的女子一见钟情，而与小美同行的"哥哥"阿强的行为让人疑惑。林祥福和小美共同经历了雨雹，感情迅速升温。婚后不久小美就带着家中一半钱财离开，却怀着身孕回来，生下女儿不久后又偷偷离开，从此消失不见。固执痴情的林祥福凭借着小美和"哥哥"对家乡的简单描述，带着女儿离开家乡，跨越千山万水，一路向南，寻找文城和小美。

林祥福与小美的相遇是迷离奇幻的，南下的找寻也始终被迷离的奇异所笼罩。"在小说中，传奇色彩浓重的转折性情节，大多不是源自人物心理逻辑、行为逻辑的起伏，而更多是依靠天灾人祸的反复上演。"[①] 林祥福寻妻过程坎坷，他在溪镇附近经历了龙卷风，到溪镇后又经历了雪灾，作者有意把主人公带到了溪镇。在这场雪灾中，林祥福父女恰好目睹了祭拜之人被冻死，但并没有看到小美和阿强。正因为此，林祥福留在溪镇后，挨家挨户修理房屋，也找不到小美。林祥福在风雪之夜被陈永良一家好心收留，两人因此成为挚友。林祥福在溪镇勤恳创业站稳脚跟，将女儿养大成人，不仅拥有良田千亩，而且找到了灵魂的归宿。好不容易把日子过好了，他却碰上了动荡的年代。土匪横行，先是女儿林百家遭绑架，再有陈永良的儿子陈耀武用自己交换，深受土匪折磨，之后张一斧又绑架了顾益民，他明知有去无回，仍毅然决然前去营救，惨死在张一斧的手下。林祥福死后，田氏兄弟送他北上归乡安葬，中途歇息时，林祥福的灵柩刚好停在小美和阿强的坟墓旁边。林祥福寻妻多年，最终一种传奇的方式与妻相"遇"。

（二）"命运"的伦理安排

"命运可以为一切传奇提供合法性，但这部小说以情义为底色，未陷入宿命论的俗套传奇之中。深陷命运泥潭的人都有着自己的目标和主动的选择，化出一曲曲义无反顾的悲歌。"[②]《文城》一书中，"命运"至少被提及了三次，在错综复杂的社会中，突发事件的因果逻辑揭示了命运对百姓的"不仁"。命是与生俱来的，但运是会改变的，小说中的人物并没有改变自己的运，他们认为一切都是上天安排的，一切都是命中注定。这符合特殊时期故事人物对命运的认知。

小美做童养媳时，婆婆对她很严厉，根本不信任她，也从未认同过她。当儿子阿强带着小美私奔后，婆婆后悔了，她临终时，嘴里不停地喊着小美

---

① 李彦姝：《〈文城〉的纯粹与简薄》，《文艺理论与批评》2021年第6期。
② 刘杨：《极致的张力与审美的浑融——论余华的〈文城〉》，《当代作家评论》2021年第4期。

的名字，带着愧疚离开。小美与林祥福的爱情注定不能修成正果。小美的"离去—归来—再离去"让故事情节跌宕起伏，林祥福感受到了幸福和失落，又想起那段与刘家小姐没成的姻缘，加上小美的来去匆匆，林祥福认为这一切都是命运的安排，觉得自己没有与别人组成美满家庭的命。但他还是为了自己的幸福千里寻妻，一直与女儿相依为命。在林祥福南下寻妻的过程中，自然环境和人生命运形成了十分奇妙的关联，他的命运、林百家的命运和溪镇的自然天气联系在一起。一场龙卷风在溪镇附近肆虐，他和女儿差点走散；好不容易找到平安无事的女儿，他们在溪镇又遇到了十八天的大雪。在这次雪灾中，小美和阿强参加祭拜失去了生命，变成了冰雕无人认领，林祥福自然也没有认出小美，两人就此错过。林百家长大后与顾同年定了亲，但后来陈耀武和已经定亲的林百家暗生情愫，两家人不得不分开，陈耀武和林百家两人彼此喜欢却敌不过命运的安排。"这命啊，都是前世都定好的。"[①] 李美莲认为两家没有做亲家的命，儿子在林百家有婚事的情况下，产生了不该产生的感情，一旦传出去对林百家的名声不好，自知两人不能在一起，只能喟叹命运不公。

（三）"补叙"的伦理整合

余华将《文城》这部小说分为"文城"和"文城·补"两部分，前者写北方男人林祥福携女南下寻妻的一生，后者则以小美的视角，叙述小美和阿强的故事，揭开了整个故事的谜底，满足了读者的好奇心，也使小说的思想得到了升华。"主干部分留下叙事空白，补充部分再通过另一线索的叙述给出谜底，这是《文城》谋篇布局的方法。"[②] 《文城》采用"全知全能"的视角，从两个不同的角度讲述同一个故事。

林祥福南下寻妻，小美得知他找到溪镇时选择躲在家里默默关注不敢相认，她有意躲藏，尽管自己对孩子异常思念。后来发生雪灾，林祥福折返溪镇，看到祭祀冻死了一大批人，其中就包括了小美和阿强。而余华有意让林祥福与小美错过，倘若林祥福得知小美已死，那么他的寻妻之旅便会结束，他不会留在溪镇，之后的故事也就不复存在了。正因为此，作者才有意安排相遇却不能重逢的画面，将读者从爱情故事的叙述中拉出来。补叙不仅回答了前文中设置的悬念，而且使小说结构更加完整，这种结构实际上是积累和

[①] 余华：《文城》，第151页。
[②] 张翔：《叙事"迷局"中的共同体与团结——余华〈文城〉的叙事留白及其意涵》，《文艺批评》2021年第6期。

释放小说情感的理想选择。余华运用"补"的方式，通过小美将爱情、亲情、友情汇聚在一起，从而使小说叙事更具有情感张力。

以"补"的方式结构小说，是余华在创作上的突破。"这个'补'写得好，好在它给人一种震撼，一种神秘，一种惋惜，一种悲凉，以及一种人的命运原来如此的从容。"① 小说的补叙不仅表现了生离之痛，还呈现出了死别之美。小美死后的墓碑与林祥福灵柩并置，看似相遇却不曾重逢，小美遗失的美好一直围绕心头，作者将男女主角分离的遗憾延续到了最后，令人唏嘘不已。

三、历史背景的伦理观照

余华的小说往往秉持一个原则：借由刻画形形色色的人物际遇与情节推演，使读者知晓身处历史洪流中的人们如何在特定时空及外在人事的影响下生活，在面对各自人生难题时彰显出特异的精神强度及生命韧性。林祥福、陈永良、顾益民等小人物们在混乱的时局中同甘共苦，团结互助，小心谨慎地维系着平淡世俗生活中的最后一丝安宁。然而历史具有必然性，在这个动荡的乱世之中没有人能够置身事外，历史的巨流推动着每个人不停前进，所有人都被打上时代的烙印，尽管他们谨小慎微，却难逃残酷命运的捉弄。"一切关涉历史形态的故事，从虚构的远古到现代，只要以个人化的主体视角，表现的是当下此在的生命体验认知。"② 《文城》以一种全新的视角诠释历史的真实，通过以情入史、虚实结合的手法艺术地把握中国历史的脉动。

（一）以情入史的伦理叙述

《文城》中，"生存史"和"情感史"双线交织，聚焦于一个动荡不安、生灵涂炭、民不聊生的时代。小美经历了清朝灭亡民国初立，却因封建家庭的压迫和阿强私奔北上投奔亲戚，长途跋涉囊中羞涩只好寄人篱下。生活所迫，阿强不得不独自离开。林祥福对小美一见倾心，与其喜结连理。而后小美离开，带走了他的钱财和感情，只为他留下了一个孩子。林祥福并不知道小美已死，带着女儿林百家坚持寻找小美，终身未娶，最后被土匪杀害，小美与林祥福的故事就此终结，林祥福到死也没能找到自己的爱人。小美和阿强的故事也是悲剧，作为童养媳的小美在婆家地位低下，得不到婆婆的认可，

---

① 李春雨：《〈文城〉：余华对"人"的又一次叩问》，《文艺争鸣》2021年第12期。
② 张文红：《伦理叙事与叙事伦理：90年代小说的文本实践》，社会科学文献出版社2006年版，第128页。

虽与阿强两情相悦却被强行拆散，只好私奔北上。两人一同回到溪镇后，心安的日子没过多久便得知林祥福找来的消息，他们夜不能寐，愧疚与悔恨在心中滋生。在那场漫天飞雪中，两人双双冻死，令人惋惜。这三个人的情感纠缠，从侧面反映出了时代的风云激荡。

"余华给我们又留下了一个时空、故事和人物的巨大悬念，那个轰轰烈烈、生生死死恋情浪漫故事似乎并没有画上一个结局的句号。"① 作者并没有顾及读者的感受，述写出一个幸福的结局，而是以一种委婉的方式，给读者留下了一个可供解读历史的空间。在这个变幻的时代，人的命运也随之漂浮不定，小美、阿强、林祥福只不过是在历史的长河中挣扎的生命个体，他们已经被改变的命运和错失的感情永远不能修复。然而，在过去的某个时间里，生活的光芒所折射出的真实情感就像一根金色的蜡烛，在人的生命终结后，仍然可以给人带来希望。

（二）虚实结合的伦理镶嵌

文学创作是对历史加以编纂从而获得抽象的文学品位和强烈的艺术幻觉。"文学的创作而非历史的纪实，但这种虚构文本又极大地提供了'真实事物感'，让人信以为真。"② 余华选择了清末民初作为故事的时代背景，描述出了军阀混战、匪祸泛滥的历史事实，反映出了当时民不聊生、生灵涂炭的真实，增加了小说的真实性和厚重的历史感。余华并没有使用大量的笔墨直接书写宏大的历史场景，而是通过溪镇这个小地方所发生的一系列事件映射出历史的真实。

林祥福第一次到达溪镇时，在剧烈的龙卷风中他弄丢了女儿林百家，在一番辛苦找寻后找到了女儿。当他继续南下而后重返溪镇时，又恰遇雪冻。接连的天灾给溪镇的人民带来沉重的打击，"龙卷风之后是雪冻，溪镇破败的景象在门窗上一览无余"③。这也昭示了在大自然面前人类是如此地渺小脆弱。在这以后，冬去春来，这个良善的男人在溪镇扎下了根。他靠着从家乡带来的积蓄和精湛的木匠手艺，与陈永良一起开了木器社。转瞬十年过去了，在这期间，林祥福并没有停止对妻子的寻找。但是余华将这十年一笔带过，

---

① 丁帆：《如诗如歌 如泣如诉的浪漫史诗——余华长篇小说〈文城〉读札》，《小说评论》2021年第2期。

② 邱田：《史蕴诗心：在分裂中重建整体——长篇小说〈民谣〉的叙事伦理》，《小说评论》2021年第5期。

③ 余华：《文城》，第71页。

显而易见，在这平淡安稳的十年间，除却突发天灾给地方百姓带来伤痛之外，他们安居乐业，过着淳朴而宁静的生活。然而随着清王朝的崩塌和民国的建立，地方军阀混战，匪患横生，打破了这座小城的宁静生活，这部长篇小说的叙事逐渐步入高潮。余华一如既往地延续他的苦难主题，书写了闯入溪镇绑票的土匪对二十三个人票进行惨无人道的虐待，北洋军的一个旅在溪镇临时驻扎时祸害溪镇妓女，凶狠残忍的悍匪张一斧率众匪血洗齐家村等，生动形象地向读者展示了一部苍凉婉转的地方志。余华向来不吝于篇幅来描写这些血腥残忍的杀戮场景，他以细腻真实的笔触，呈现动荡时局中人类的生存苦难，凸显生命的坚韧和抗争、渺小和悲壮。在面临严重政治危机的旧中国，个人只能成为历史的祭品。溪镇，这个曾经古朴宁静的南方小城，被历史的洪流裹挟前进，最终失去了它的宁和。

小说还描写了顾益民去除身上腐肉的情节，那一系列操作都是真实可信而不是随意编造的，那是余华从中医书上摘抄下来的方法。还有林祥福遭遇的那一场为期十八天的雪灾也并非胡乱编造，资料显示，清朝康熙年间的无锡太湖区域曾有过四十余日的大雪。当然，小说里也有不少虚构的成分。如，小美和阿强跨越千里，与林祥福一个在南一个在北，距离如此遥远，他们的方言差异应该很大才对，可小说中三人之间的交流毫无障碍。又如，小美与林祥福一起生活了大半年，可是林祥福从来没有问过小美的生辰八字，媒婆对此都感到诧异。然而，以上情节并不影响小说的整体阅读，相反，它们在一定程度上推动了故事情节的发展。

总之，余华的《文城》体现出了"时局决定命运"的历史观，他以细腻的笔触、暴力与温情并存的叙事风格，通过对平凡百姓日常生活的书写，凸显了爱的存在，表现出极其丰富的历史、民间和人性内涵。《文城》的开放式结局是余华一直执着追寻的理想精神世界。余华说："人生就是自己的往事和他人的序章。"老一辈的过去已成往事，只能追忆，但无限的希望和可能寄托在后辈身上，他们的故事尚在讲述，未来仍在书写。

延伸阅读

1. 李佳贤：《"单纯"的辩证法——从〈文城〉反观余华的小说创作》，载《当代文坛》2024 年第 2 期。《文城》保持或重现了"单纯"化的写作特质。该小说延续余华对历史的简化处理，将苦难作为推进叙述的重要手段，在小说文本中建构起一个乱世中的情义乌托邦，残酷与温情、苦难和情义相交织，形成强烈的叙事张力和感染力。但叙事风格的混杂、为突出"奇"而偏离故事主线等"不单纯"的处理，又影响了小说的艺术品质，导致余华并未讲好本该讲好的故事。

2. 刘旭：《双重"文城"：余华〈文城〉的重大转折及叙事分析》，载《文学评论》2023 年第 4 期。《文城》上部的"混乱"是在为下部"造势"。上部是以林祥福为焦点的"梦幻叙事"，夹杂着类似鲁迅创造的阿 Q 式低智视角带来的混乱，有些"反英雄""反传奇"，甚至"反叙事"，故事碎片化为一个拼接式的后现代文本。而下部却画风突变，转而变为以小美为焦点的"蝶梦庄周"式"人间叙事"，带着川端康成式的哀伤，其间上部的不和谐因素全部消失，叙事极其稳定流畅，达到近乎行云流水般的境界。小说叙事所呈现的"哀伤"其实已超越了川端康成，个人的苦难和生死之下，是中华民族顽强生命力的写照与生存伦理的史诗性表达。《文城》可以说是迄今为止余华创作的第四次重大转折，其叙事转型对于当代文学的发展及其研究无疑都有重要意义。

3. 李彦姝：《〈文城〉的纯粹与简薄》，载《文艺理论与批评》2021 年第 6 期。《文城》是一部悲情传奇，它以"寻找"为经，以"情义"为纬，书写超越血缘关系的情感，彰显乱世中的至善人性，在叙事上具有"纯粹"的特点。同时，小说对人物的内在心理及其历史动因的描写不够充分，形象塑造失之简薄。

4. 孟觉之、胡小兰：《先锋作家的"出城"记——从〈文城〉看余华创作的再转型》，载《南方文坛》2021 年第 6 期。《文城》延续了余华前期小说创作风格：叙事背景中依旧隐现着暴力、刑罚、罪恶、阴谋、死亡等交织成的艺术图景，叙事题旨上仍然牵涉着时空乱象的揭示与生存本相的追问，以及生命个体的悲苦命运、坚韧追寻与温情守望，叙事风格上再度延续着重复式的诗学、怪诞性的笔触和暴力化的美学。

5. 刘杨：《极致的张力与审美的浑融——论余华的〈文城〉》，载《当代作家评论》2021 年第 4 期。《文城》借由"追寻"母题的意义转喻，逐步显现出传奇故事的情感底色，在桩桩件件荒诞离奇的事件中，注入了绵绵不绝的深情厚谊。小说在情感与伦理的张力建构中，依靠善与恶犬牙交错而螺旋上升的结构，展现出丰饶的情感内涵，并借由补叙的结构凝聚多维情感力量，于残酷之美中生发出无尽的悲悯与温情。

6. 洪治纲：《寻找诗性的正义——论余华的〈文城〉》，载《中国现代文学研究丛刊》2021 年第 7 期。余华的《文城》是一部怀抱人间、直视苍生的悲怆之作。林祥福"寻妻"这个充满张力的故事，隐含了作家对于传统伦理与美好人性的互构性思考，承载了作家对于道德和人性的严肃的"兴味关怀"，明确体现了"诗性正义"的审美诉求。

思考题

1. 试析余华小说中的世情传统。
2. 试析余华小说中的自我形象建构。

（胡志明　欧文礼　执笔）

第 13 讲 林白小说中的身体修辞与身份建构

20世纪80年代，中国小说创作开始从人性复苏逐步转向身体回归，其中以铁凝的《玫瑰门》、王安忆的"三恋"为发端，继之以莫言与王小波的小说创作，这些作家对"身体与性"的探索凸显了身体所蕴含的深意。20世纪90年代，女性作家"身体写作"热潮兴起，这些女性作家不再传达抽象化的"思想"符号，也不再囿于女性传统意义上被压抑的灵肉冲突，她们超越女性的一般历史情境和现实境遇，深入女性生命本真，以童年记忆、成长期性意识、同性之恋、自恋以及母性意识为书写对象，展现女性的身体与欲望，捕捉人物灵魂深处的真切感受，对人的生命意识做全方位观照。林白凭借小说《一个人的战争》在20世纪90年代末掀起学界对女性文学论争的高潮，丁来先、王小波、徐坤等评论家相继加入这场声势浩大的论争。这些论争，有林白本人的回应与澄清，也有其深陷詈骂与诘难时的自辩与矫枉，论争余波延续至新世纪，至今未有明确的胜负之分，但通过这样的辩驳与反思，学界清楚地达成共识，即1990年代林白的身体写作是女性主义文学的重要组成部分，其作品具有女性文学的显著特征。2021年林白新作《北流》横空出世，王春林盛赞林白彻底打开了自己，打开了生活，打开了世界，打开了人类的存在。可见林白在文学创作过程中实现了身体品格的文化提升。而林白小说世界所呈现出的女性身体的生命本能，又可被视为女性感知外部世界的肉体生命意识取径，这反映了林白对女性身体的"爱恨交织"，展现出有别于男权中心话语与主流叙事的颠覆性特质，林白在努力寻找属于女性自我的话语空间。

一、异质空间的身体凝视

福柯（Michel Foucault）以"异质空间"（heterotopias）来研究对立社会关系。他认为，在异质地方总是预设了开放和关闭的系统，事物可以同时并置或呈现。在异质空间中可能存在一种混合的、中间的经验，可能是镜子。镜子作为一个乌托邦，是一个没有场所的场所。镜子作为异质空间的作用是：它使得我在注视镜中之我的那个瞬间，我所占有的空间成为绝对真实，和周遭的一切空间相联结，同时又绝对地不真实，因为要能感知其存在，就必须通过镜面后的那个虚像空间①。福柯"异质空间"理论彻底颠覆了人们习以为常的隐蔽的空间秩序，打破了单一秩序的宏大叙事，从社会关系出发对空间进行重新界定。

　　林白的写作手法与福柯的"异质空间"理论相契合，镜子在她的小说里反复出现，小说人物在镜子里成了自己的公主，镜子是通向性别、真我、记忆的康庄大道。通过镜中之我与镜外之我的相互凝视，分裂的自我在亦真亦幻间获得了暂时的妥协，这是女性展露自我情欲的手段，而不仅仅是"宣泄女性内心情感的文字堆积以及对女性身体的疯狂迷恋和'自呓'"②。林白的小说注重自我的真实书写，她大胆地将女性成长中的生理感知与心理流程清晰地呈现在人们面前。

　　林白小说中的人物多半是身材瘦弱的女孩，她们自小养成了独自洗浴的生活习惯，唯有身体处在隐秘状态下才会觉得安全，即便是与其他女性在公共澡堂共浴，将身体裸露在同性面前，她们也会感到难堪、绝望。这种对自我身体的严密保护也造成了主人公内心的孤独，而此种面对自我身体的观感向外延伸，间接影响到她们与外界的交往，加强了她们自我幽闭的倾向。"镜子"是窥视林白小说人物内心的捷径，她"将镜子里的那个形象当作女性的本源，'镜像'意味着女性本来面目的呈现"③。《玫瑰过道》中有一段极具代表性的陈述，故事的叙述人称在"我"与"她"之间随意切换——当叙述者以"她"发声时，实际上是"我"在自我反省，具有反讽的效果。

　　　　她无数次在夜里面对穿衣镜绝望地看过它们，看久了会产生一种奇怪的感觉，觉得自己既不像男人也不像女人。看久了连她自己都会感到害怕，但她常常不记得这点，因为她已经习惯了，甚至由习惯变得有点自恋了。④

　　透过"绝望""害怕"等字眼，我们可以看到，叙述者"她"对自己身体不符合男人爱好的标准而深感苦恼，更将恋情的失败归咎于自身"丑陋不堪发育不好"，从而一再否定自我，无视两人交往过程中情感付出不平等的危机。

---

　　① 福柯：《不同空间的正文与上下文》，载《后现代性与地理学的政治》，上海教育出版社2001年版，第19—22页。
　　② 颜琳：《中国当代女性书写的新径——林白个人化写作向社会化写作的转换》，《求索》2008年第4期。
　　③ 刘云兰：《林白小说的空间解读》，《求索》2011年第1期。
　　④ 林白：《猫的激情时代》，中国文联出版社2001年版，第135页。

镜子成了女人将欲望的触角向外延伸的屏障，有一些女人试图破镜突围，使自我情欲从封闭状态中流泻而出，而这往往给她们带来了更多伤害。璁是一个有钱却孤独的女人，她选择以金钱豢养男人，试图借此培养出一种类似爱情的幻觉。最后，她因残酷的现实产生了强烈的失落感，在自杀前发疯地用口红涂绘赤裸的身体，"她对着亮光在镜子里欣赏自己，她异常细腻的白色体肤上布满了艳红的印记，既像鲜血又像花朵"①。

而女人的内在情欲宣泄失败后，她们只能退回房间内对镜自我欣赏。《致命的飞翔》中描绘了女性对镜自照的情景，北诺通过对镜自照对自己身体产生了近于迷恋的自信：

> 在镜子里她看到自己细腰丰乳，她有些病态地喜欢自己的身体，喜欢精致的遮掩物下凹凸有致的身体。……她完全被自己半遮半露的身体迷惑住了……②

北诺和林白小说中的其他女性一样，只对自己的身体有着深刻的迷恋，甚至只是通过对镜想象便能使身体获得致命的快感体验。一旦涉及与男人之间的性爱，她们对于性的美好想象便荡然无存。

二、疼痛失落的身体记忆

女性主义学者认为：性爱是人类生存繁衍的基础，也是亘古的文化母题。"性"是林白小说创作的一个重大题材，她以女性性意识的"异化"为切入点，充分展示其特有的女性写作立场和极端个人化的写作姿态，反映出当代女性想努力摆脱被男权文化叙述命运的状况，充分表达了实现女性自我价值的强烈愿望。

在林白的小说中，男女之间的性事往往充满痛苦与难堪的晦涩记忆。多米在某次只身旅游途中受到男子矢村诱骗而失身，"初夜像一道阴影，永远笼罩了多米日后的岁月"③。在那次性经历的过程中，她收获的不是快感，而是伤害，被陌生男人强暴的绝望感使多米坠落到黑暗的"深渊"，她因男性的性侵而觉得自己只是性对象。后来与青年导演 N 的性经历，同样没有唤起她任何身体快感，她只是通过性爱来证明自己在 N 心目中还有地位。正是在这种感受的指引下，她明白，她对 N 的感受不过是一种自怜与自恋，因此，在离

---

① 林白：《一个人的战争》，《花城》1994 年第 2 期。
② 林白：《一个人的战争》，《花城》1994 年第 2 期。
③ 林白：《说吧，房间》，《花城》1997 年第 3 期。

开 N 之后，她几乎马上就忘了他。

在林白的小说里，即便是在婚姻秩序内的两性关系也远非和谐，《说吧，房间》的叙述者老黑自承"我从来没有过青春年少水乳交融的性生活"。为应付沉重而琐碎的生活压力，老黑已是精疲力竭，对性爱了无兴趣，丈夫却在她身上进行单方面的性发泄，给她造成了一种难以忍受的压迫，做爱中的丈夫"变形的面容、丑陋的动作、压在我身上的重量，这一切都使我想起兽类"①。此处的性爱彻底失去了美好的性质，反而沦为使女性备受压抑的动因。

床第之欢在林白笔下经常被描写成令人不悦的交媾行为。但在偶然出现的美妙时刻中，林白每每选择从女性视角呈现性爱的高潮感受，男人则被有意淡化处理，被大幅度地剔除，仿佛男人只是协助女人获得性快感的工具。

> 这声音又像是一根鞭子，抽打在男人的身体上，它被策动起来，奋力撞击，频繁往返，节奏有如奔腾的烈马，马鬃在飘扬，背部在阳光下闪闪发亮，它的下面就是土地一样的女人，如同草原般芬芳起伏。她浓黑的头发散落在乳白色图案的枕头上，左右滚动、挣扎，像是要挣脱一次酷刑，她像一个疯子用指甲掐进那个想要制服她的男人的背部。②

做爱过程中，女人把男人想象成待驯服的烈马，艾影正是这样一个在征服男人的过程中寻找自我快感的女人，这恰恰是林白小说的特殊之处。在林白的有意形塑之下，女人是对身体异常敏感的感受主体，同时更是主导、掌控自我情欲的主人。

林白对于身体的书写是自我节制的，她并不将身体写作当成一种游戏的消费主义实践，她笔下的身体书写，并不像卫慧、棉棉一样致力于展现女性的癫狂生活状态以及裸露的欲望，而是清醒地与商业化及游戏化倾向保持距离。林白小说中，男女之间的爱情总以失败而告终，缺乏情爱的性爱关系又令人不忍卒读。有无爱情早已不是男女发生性关系的必要因素，即使没有男人，女人依然能以自慰的方式宣泄内心的情欲，并能获得比男女性爱更强烈的满足。

三、心灵创伤的身体疗治

西克苏（Helene Cixous）指出，女作家"通过写她自己，妇女将返回到自己的身体，……她通过身体将自己的想法物质化了；她用自己的肉体表达

---

① 林白：《守望空心岁月》，《花城》1995 年第 4 期。
② 林白：《艾影》，载《林白文集》第 4 卷，江苏文艺出版社 1997 年版，第 217—218 页。

自己的思想"①。林白在小说中虚构了一个驱逐男性的女性世界,这个世界里的女性用自慰与同性恋的方式逃离与反叛男权的压抑。

林白小说中,女性对她者的美妙躯体表现出深层的欣赏与迷恋,女主人公会自慰给自己带来无穷的快感,这些都是女性疗治心灵伤痕的灵药,"她的人物并非毫无欲望,只是在男性一头的绝望使其欲望变成无对象的展示,情色成为一种真正的自娱,在纯粹的意义上完成了女性的自觉"②。

《一个人的战争》中的多米,由于当地居民习惯单独洗浴,致使她对体态优美的女性产生了一窥其裸体的念头,而女演员姚琼"身体修长,披着一头黑色柔软的长发,她的腰特别细,乳房的形状十分好看"③,成为多米的最佳幻想对象。当多米亲眼看见姚琼在她面前更衣时,"我的内心充满了渴望。这渴望包括两层意思,一是想抚摸这美妙绝伦的身体,就像面对一朵花,或一颗珍珠,再一就是希望自己也能长成这样"④。年幼的多米身材瘦小,因此将美丽的姚琼视为女性形象的典范。在面对真实女体的时候,多米认为自己只是纯粹地欣赏女性美,而这种女性审美的目光中不含任何肉欲的成分,因此她未曾兴起触摸她者身体的渴望,更不愿意因此被误贴上同性恋的标签。

《回廊之椅》里的朱凉身影显得虚幻而诡秘。朱凉虽然是被叙述的对象,却并未真正现身,她只存在于七叶的怀想和陈述中,而"我"则成为七叶用来倒映朱凉身影的镜子。在"我"对朱凉的幻想中,朱凉是一名具有不可思议美感的女人:

> 在酷热的夏天,朱凉在竹榻上常常侧身而卧,她丰满的线条在浅色的纱衣中三分隐密七分裸露,她丰满的线条使男人和女人同样感到触目惊心,在幽暗的房间中既像真实的人体又像某幅人体画或者某个虚幻的景象。⑤

"我"对于朱凉的静态美是以"远观""遥想"的方式来呈现的,虽然不是对女性之躯的实质描绘,却呼应着林白屡次在小说中精心雕塑的理想女体。

无论是《一个人的战争》对女性主人公接触她者身体经验的实写,还是《回廊之椅》虚写的神秘而美丽的女性形象,都传达出一个明确而重要的信

---

① 张京媛主编:《美杜莎的笑声》,载《当代女性主义文学批评》,北京大学出版社 1992 年版,第 193—195 页。
② 陈思和:《论林白》,载《大声哭泣》,江苏文艺出版社 2003 年版,第 266 页。
③ 林白:《一个人的战争》,《花城》1994 年第 2 期。
④ 林白:《一个人的战争》,《花城》1994 年第 2 期。
⑤ 林白:《猫的激情时代》,第 163—164 页。

息：女性借助同性之间身体的观照，进一步确认出自我身心认知的位置。这既是作品主人公所向往的理想女性形象，也反映出林白欣赏女性之美的审美趣味。

　　潜隐于女性内心的女性情欲一旦流露于外，其具体展现便是"自慰"。"自慰"是林白笔下的女性人物出现频率最高的性行为，林白以诗意、优雅的语言描写她们从中体验到的快感；而男女之间的性爱则多半丑陋而令人恐惧，两相对照之下产生强烈的反差。年仅五六岁的多米便已经具有这种"经常性的欲望"[①]，其自慰的举止被赋予了优雅的诗意，游鱼与水液的意象彼此融会，女人在"挣扎""犹豫"而又"固执"的自我抚触中得到一种"致命"的高潮，心甘情愿地被极致的自足感所"吞没"。然而，林白对身体的自慰书写是节制的，她笔下的身体是敏感度极高的感受器，且所有的感受都指向了女性身体的自由与解放。

　　而在同性恋方面，林白展现给读者的是失落和无望。在涉及同性恋的性关系之前，女主人公往往从一段可能发生的爱情中落荒而逃，早早遏止了同性恋的发生。多米虽然承认"我真正感兴趣的也许是女人"，但仅止于此，她一再辩称"在我没有爱上男人的同时也没有爱上女人"[②]。《玻璃虫》的林蛛蛛也说："虽然我向来喜欢欣赏美丽的女性身体，但仅限于欣赏，她们的身体从来没有引起过我的性的欲望，我也从来没有要与她们发生肉体关系的想法。"[③] 两位叙述者声口一致，表现出对女性身体的渴望，却又极力否认其中具有同性恋因素。在林白的小说文本中，我们很难找到两情相悦的同性恋情，"林白在表现同性之爱时始终缺乏那种蔑视世俗观念的勇敢无畏的精神。她一直处于无法摆脱的矛盾冲突中：既对同性的身体充满憧憬和渴望，又不遗余力地压制这种难以启齿、不为世人所容的欲望"[④]。不难发现，林白对同性恋的理解与想象仍较为保守，根本不像异性恋书写那样大胆，这与林白主要关注异性恋女性面对同性恋关系时的心理感知过程不无关系。林白小说中的同性恋偏向"无性"交往，即便是《玻璃虫》这部已经触及同性恋的小说，其结局依然设定为叙述者好奇有余而勇气不足，最后临阵脱逃。林白也承认，"一个女人自己嫁给自己"不过是一个理想的宣言而已，甚至只是市场需求于

---

① 林白：《一个人的战争》，《花城》1994年第2期。
② 林白：《一个人的战争》，《花城》1994年第2期。
③ 林白：《玻璃虫》，作家出版社2000年版，第136页。
④ 王宏图：《在禁忌的门坎上：私人经验和公共话语——林白小说略论》，《南方百家》1997年第3期。

女作家的一种姿态罢了。林白小说所书写的同性恋大多缺乏稳固的情感基础，在世俗社会中挣扎生存的同时，更因彼此地位的不平等或付出的多寡而分崩离析，女主人公最终选择远离同性恋的国度，开始向"自然的女性"（即"母性"）的身体回归。

四、回归母性的身体展演

美国当代女诗人艾德丽安·里奇（Adrienne Rich）认为，"母职"是父权体系建构出来的，在父权社会的象征体系中，一直有两种女性概念齐头并进：一是女性是"魔鬼之门"，女体是不洁、腐化的，会造成道德败坏及健康恶化，对男性造成危险；二是女性是"圣洁的母亲"，作为母亲的女人善良，纯粹，无私地付出关爱养育子女，且与性无关。林白关于母性的书写似乎成了一道独特的风景，其小说剥落母亲神圣的面纱，使母亲回归女性性别本真，显示出其凡俗而驳杂的内心世界。林白对母性的书写主要包括未婚先孕、人流，以及生儿育女等女性独有的身心体验，而这恰是当代女性写作中较少关注的话题。

在林白一系列着重描绘女性成长历程的小说中，不少女性有未婚先孕的经历，这往往联系着一段她们自认为刻骨铭心的爱情。《一个人的战争》中的多米和《玫瑰过道》中的"我"即例证。在她们看来，怀孕是确认爱情存在的唯一证据，"因为我们之间什么都没有，照片、信件、誓言以及他人的流言，如果我不提到孩子，对我来说，一切就像是虚构的，是我幻想的结果"[①]。她们对孩子本身的认定仅限于此，当孩子和爱情构成相互矛盾的两端时，男友只要自由而不愿负起婚姻及做父亲的责任，她们的选择是拿掉孩子，"放弃了孩子，却获得了爱情，我想这是值得的"[②]。多米与"我"在盲目的爱情中左冲右突，对爱情的执着远胜过成为母亲的渴望。当女人为了保全爱情而决定放弃成为母亲时，终结孩子的生命使她们永远感到懊悔与歉疚，而爱情还是无法避免地走向了幻灭。"我失去了孩子同时也失去了他"[③]，女人成了最大的输家，她们的爱情并未因此得以延续，自以为神圣的牺牲在世俗面前显得苍白无力。

对置身于婚姻体制内的女性而言，怀孕顺理成章地成为社会赋予的神圣使命，然而对未婚女性来说，怀孕却是可怕的。怀孕时，她们茫然无助，不

[①] 林白：《猫的激情时代》，第196—197页。
[②] 林白：《一个人的战争》，《花城》1994年第2期。
[③] 林白：《一个人的战争》，《花城》1994年第2期。

仅在生理方面产生不适感,她们更心生恐惧。当多米发现自己怀孕时,"这是一个异常严重的事情,我惊慌失措神经紧张"①。二度未婚先孕的老黑感到自己就是个异类。

为了摆脱这层苦痛的纠缠,未婚先孕者万般无奈之下躲进私人诊所施行人工流产。此举虽然解决了这些女人沦为单身母亲的窘境,但她们为此付出了惨重的代价,她们"身体深处"被划出一道改变往后人生的"伤痕"。此外,整个人流过程也是一个令人不安、被人羞辱的过程。从手术器械、诊所招牌到医生处的问诊,这一切在她们看来,无不透露出凛冽的寒光与歹毒的恶意。人流在小说中被描写为极度不堪的人生经历,医生缺乏人性的制式指令她们饱受威胁与羞辱,一切尊严丧失殆尽,手术对身体造成的疼痛紧随其后。毋庸置疑,林白为读者描绘出了一幅令人毛骨悚然的画面,通过小说人物的诉说使读者在逼真的感受中打冷颤,从而对现实女性的处境多一分关注、理解与同情。

当然,在林白的小说中,也有少数女性已婚并兼具孩子母亲的身份。在成为母亲后,这类女性主人公的心理认知也发生了极大转变。《说吧,房间》形塑出"袋鼠母亲"的鲜明形象。老黑"年轻时决心不要孩子的隐秘理由之一就是担心自己变成一只难看的袋鼠"②,然而,生下女儿之后,她的心态发生了极大转变,女儿在成长过程中的点滴变化都给她带来惊喜:

> 这时候我完全跟袋鼠认同了,我完全不记得袋鼠有多难看了,我从来就不认为袋鼠难看,我现在坚信袋鼠的体型是世界上最合理最自然同时也是最优美的体型,我将以这样的体型向整个草原炫耀!③

自内心深处萌生的母性本能使老黑认同了"袋鼠母亲"的形象,她原本认为母亲一律是难看的丑妇,但当她自己成为母亲后,袋鼠形象却变成了"最合理最自然同时也是最优美"的姿影。这是对母亲形象的美化。尽管抚育孩子牺牲了女性的事业和既有相貌,但孩子激发出了女性内心深处的母性,孩子引导女人蜕变为母亲,是女人的美好救赎。

"肉体只有经过了诗学转换走向了身体的伦理性,它才最终成为真正的文学身体学。……肉体必须拉住灵魂的衣角,才能完成文学性的诗学转换。"④总之,林白小说的身体诗学做到了精神与肉体的结合,她以诗性的语言、唯

---

① 林白:《一个人的战争》,《花城》1994 年第 2 期。
② 林白:《说吧,房间》,《花城》1997 年第 3 期。
③ 林白:《说吧,房间》,《花城》1997 年第 3 期。
④ 谢有顺:《文学身体学》,《花城》2003 年第 11 期。

美的意象塑造一系列女性躯体，并以女性视角独自欣赏之，赋予其特殊的审美内涵，亦着墨于女性对自我身体及情欲的探索，传达了女性自我肯定、自我认同的美好愿景。林白透过书写女性的身体及欲望，最终抵达女性精神层面的深度探索。

延伸阅读

1. 贺绍俊：《个人化的宏大叙事——读林白的〈北流〉随感》，载《当代作家评论》2021年第6期。林白在《北流》中露出了她的诗人本相，她以一首长诗《植物志》作为引子，把读者带入小说繁复的叙述，她的诗带有明显的先锋味道。

2. 刘保昌：《王榨：通往开阔民间的路径——地域文化视角中的林白小说》，载《江汉论坛》2020年第12期。林白的《万物花开》《妇女闲聊录》《北去来辞》等小说对王榨地域人、事和历史原生态的民间呈现彻底撕扯了"女性主义写作"或者"私人化写作"的标签，彻底改变了读者和评论界的成见，也实现了林白小说创作破茧而出化蛹为蝶的重要的历史性突破，成为林白文学世界的"异托邦"。

3. 肖庆国：《吊诡的"发生"与"强制阐释"的艰难——林白小说考论》，载《当代文坛》2019年第5期。林白小说从明显的男权意识到对女性主义的自我指认和疏远，造成作品前后意义场域的强烈断裂、文本呈现与自我指认之间的矛盾。文学创作与批评的复杂关系及其所引发的自我标签化，让林白以女性主义代表性作家的身份显露于中国当代文学主潮，但女性主义在其创作中始终属于缘饰性的异质。

思考题

1. 结合具体作品论析林白小说的女性立场。
2. 试析《北流》的先锋文学特质。

（岳依蕊　执笔）

第 14 讲 《无伤时代》中的创伤记忆与情感认同

在台湾"解严"的政策环境下，台湾知识分子像被解救的溺水人，大口呼吸空气，进行文学创作，他们回忆历史，抓住一代人成长的伤痛下笔。童伟格自幼生活在农村，农村的生活百态是他创作的主要来源。大城市日新月异，使本就落后的农村仿佛失去了存在的意义，那些生活在农村的人或选择竭尽全力拥抱大都市的喧闹，或选择被遗忘、被抛弃。不管如何抉择，结果都大同小异。拼命挣扎的一类人被大都市的排挤所中伤，放弃挣扎，不想改变的那类人同落后的农村一起沉入深渊，被时代所区隔，因而建构了一个停滞不前的封闭空间，在那里他们沦为了无伤大雅的"废人"。在精神受到一定程度伤害的同时，他们也缺失了分辨真假、事实与虚构的基本能力，这从《无伤时代》主人公"江"成长的角度可以窥探一二。童伟格让笔下的人物在无知与无能的生活里漫无目的地逃窜，但这并不意味着作者放弃对"废人"的救赎，作者是让他们于"废"中寻求自由，从而达到精神治愈的效果。通过"江"的成长，作者以接近"废人"的口吻将封闭落后的小渔村生活娓娓道来。在他不着痕迹的描写下，人们暗藏心底的对现代都市生活的彷徨与不安、孤独与痛苦都展露无遗。"乡土文学"的核心是人道关怀，对悲惨人物给予同情与关怀，而童伟格却另辟蹊径，他没有对笔下的人物给予温情，而是让他们在败坏的世界里沉沦，这看似脱离了"乡土文学"的初衷，实则是让主人公拥有了前所未有的自由，可以随心所欲地按照自己的意愿生活，没有人可以指责与控诉他。在小说中，主人公是独一无二的存在。

一、屋檐之下：人伦的困惑

（一）父亲的缺席

家庭是依托血缘关系建立起来的小型社会，是人们融入大型社会的土壤，对人的成长发展具有至关重要和潜移默化的作用。在中国传统的家庭结构中，父亲一直是不可或缺的家庭成员。儒家"三纲五常"中的"父为子纲"更是被中国人奉为圭臬，父亲拥有一言九鼎的身份地位和至高无上的权力。"在人类历史文化中,父亲形象象征了权威和力量、规则与秩序。"[1] 父亲对家庭的发展和孩子的成长都具有不可替代的作用。在童伟格的童年里,父亲只有短暂的停留痕迹,在他七岁那年,父亲就因矿难撒手人寰。《无伤时代》中"父亲"形象的缺席是作者本人的诉说与演绎,也暗示着家庭的变异。强势的母亲像块巨石,压着儿子喘不过气来,儿子渴望依靠父亲的庇护来获得解救。但这显然是空中楼阁、黄粱一梦。失去父亲的看护,江发出的求救星火也在现实中被掐灭,他被迫选择放弃挣扎,任由母亲踩躏,一言不发,让伤痛的种子在心中肆虐生长。父亲的失责、现实中秩序的缺失和精神上的创伤都妨碍了江成为一个正常人。"父亲"这一举足轻重的人物在童伟格的笔下消失的情况屡见不鲜,主要有两种:一是飞来横祸不幸离世的父亲,二是莫名其妙不知所踪的父亲。不论是哪种,都无关紧要了,因为对于童伟格来说,父亲已经不是故事的中心,甚至被放逐到故事之外了。父亲的缺席对于底层劳动家庭来说,毋庸置疑是一场大灾难,接踵而来的困难,好像飞击而来的火球,灼伤心灵,无人避免,给家庭成员带来了不可磨灭的精神创伤。但同时这也是一个契机。作者精心构建的父亲缺失的家庭,与"废乡"浑然一体,作者放任他们自生自灭,借此悄无声息地揭开人内心深处的伤痕,彰显在"废乡"中发生在"废人"身上的啼笑皆非的荒唐事。

在《无伤时代》中,父亲是令人难以忘却的对象。小说对江的舅舅和外祖父都有大篇幅详细的描写,对于更为重要的父亲却吝啬笔墨,简单的一笔勾勒而过。但是,作者又让"父亲"这一形象时不时地出现在江的回忆之中,有选择性地被召唤。文中一句"我那不知所踪的父亲",就将"父亲"的形象从生活中剥离开来,没人去追问为什么江的父亲不在。在没有父亲看护下长大的江,慢慢学会将事情埋藏于心底,将一切托付给时间,让时间来冲淡、冻结一切。这就像一杯热气腾腾的茶,成年人会耐心地缓缓吹一下热气再沿着茶杯边缘小抿一口,小孩子才会急不可耐,烫伤了自己也失去了喝茶的兴致,号啕大哭。江觉得只要让重要的事情变得不重要了,那也就没有说出来的必要了,这样既不会表露自己的欲望,也不会因失意而耿耿于怀。每日只有一趟不准时的大班车的小渔村,破败荒凉,与人们的沉默寡言相得益彰,多一抹生机都显得不合时宜。这种环境给江的成长留下了伤痛的影子,让他成为特立独行的存在。

---

[1] 王承斌:《中国南方民间叙事中"父亲缺失"解析》,《贵阳学院学报(社会科学版)》2022年6期。

（二）母亲的强势与偏执

"那多么怪诞，像是在她初识世界的那天，世界已经苍老、已在待死了一般。"[1] 于母亲而言，世界无一例外，万事万物都在静待死亡的到来，所以长期吸食粉灰而患癌症的她，对于死亡的降临并不感到惊讶与悲伤。她无知无觉，像在履行人生中必不可少的流程一般，坦然接受上天的安排。在生死、真假之事上她都淡然处之，唯独对于儿子，她有着强烈的望子成龙的责任感与使命感。父亲的缺席逼迫母亲外出求职，带着悲伤强撑起生活的重担，女性的柔弱在残酷无情的现实面前只能妥协。一次次地怨天尤人之后，她将希望寄托于自己的后代——江。强烈的望子成龙的使命感随着时间的推移逐渐强化，但江的承受能力并没有与日俱增。不对等的输出与输入关系使得母爱变质，母亲的强势与偏执逐渐地显露。在书中，母亲明知江对蛇恐惧，只是慷慨地提供抓蛇的工具和方法，依然态度强硬地逼迫他杀蛇，并以一种看客的身份全程观看，从未施以援手。这是一位冷漠而又强势的母亲，由残酷的现实塑造而成。母亲的强势与父亲的缺失息息相关。因为丈夫不在，她只能把儿子当作生命中唯一的光和可塑的救世主，希望江可以承担起拯救这个破败家庭的重担，成为社会前进的一份子，而不是像她抑或小渔村大多数人一样的绊脚石。

在书中，我们也难以找到母子之间的温情。他们仿佛是两个熟悉的陌生人，总有隔板在阻挡着亲情余温的输送。母亲总喜欢絮絮叨叨地给儿子讲述自己脑海中引以为豪的故事，殊不知自身被困在时间编造的牢笼中，早已无法向任何人说清楚任何事了。文中叙事的片段化让读者迷失在作者精心编织的叙事迷宫之中，进而为了突破迷宫而去细细推敲作者的写作思路。正如书中所说的那般，"母亲的记忆何以像是一座迷宫一般——任何熟悉的事景与任何人，都可能出现在任何地方"[2]。而且，从看似凌乱的片段化叙事中，读者可以觉察到小说人物陷入精神困境的蛛丝马迹。在母亲虚实难辨的故事中，游万忠更像母亲叙事的工具。当江对母亲故事的合理性提出质疑时，母亲不以为然地说："就让他们在场，有什么不好？"[3] 游万忠只在需要的时候被召唤，在母亲带有虚构色彩的故事中穿梭，来去自如，也没有人关心他何时消逝。而故事的编造者——母亲，也未能幸免，同样迷失了，在自己编造的迷宫之中顾影自怜，却不向外界发出一点求救信号，因为她清楚地知道，大家

---

[1] 童伟格：《无伤时代》，四川人民出版社2019年版，第13页。
[2] 童伟格：《无伤时代》，第68页。
[3] 童伟格：《无伤时代》，第168页。

都在时间编织的大网中鄙夷却又贪婪地享受着往昔的美好。在江质疑母亲故事的真实性时，她并不辩解，只是一味偏执地让儿子接受这漏洞百出的故事。母亲，一个完全抽离的旁观者，无法融入社会的边缘人，反复在虚构的故事里游荡。这些自编自造的故事除了人物关系的紊乱，也展示了母亲心灵的空虚。母亲需要编造一个又一个故事来吸引他人的注意力，引导人们将视线停留在过往的美好来抵制时间静止的事实。她明知无法对任何人说明任何事情了，却一直喋喋不休地叙说往事或虚构的故事。在母亲偏执灌输的真假参半的故事中，江也渐渐迷失了。自此，分辨真实与虚幻于他而言是一种奢侈，更是无法言说的痛楚，在成长的过程中，在母亲的影响之下，他逐渐丧失了人的本能。

（三）祖父母的精神创伤

由于父亲的缺席，江与父辈的关系显得更为亲近，他时常听母亲谈论起祖父母的事，虽然母亲讲的故事漏洞百出，总是虚虚实实、真假难辨，可江总算拼凑出了故事的大致脉络。作为一个兵，祖父一生靠卖命谋生，在战乱年代尚可养活一家人，可在和平年代，祖父难以生存，全靠祖母支撑一家的开销。祖母高大魁梧，雷厉风行，毫不逊色于男子，反观之下，祖父身材矮小且干瘦。两者逆转的力量差没少让祖父受挫负气。祖母为了一家的生计在外劳作，日出而作，日落而息，她的身影在农田的各个角落出现。高大宽厚的女子背后，远远可以看见一个身材矮小的男子，男子在妻子的带领下像头笨重的老牛卖力耕作。相伴几十年，祖父和祖母的沟通次数却寥寥无几，疏离与陌生感随处可见，两人都是沉默困兽，被驱赶而抱团取暖，似乎只有模仿正常人才有资格在世界上某个角落苟延残喘。他俩的婚姻是荒谬的开场，两人都是受害者，谁也不能指摘谁的过错。一方是战争过后的精神创伤者，一方是婚姻牢笼的囚禁者，两个受害人结合，只会让痛苦加倍弥漫，愈演愈烈，最终一起沦落、败坏。他们一同陷在矛盾与痛苦之中，默默地背负着苦难艰辛地活着，等待着死亡的光顾，以便让出这令人作呕的躯壳，彻底摆脱精神之伤。这场诡异的婚姻，不只是身高和家庭地位的逆转，更是人际关系的断裂，就像是文中的故事，断断续续。

"但是由于身心的微妙联系，肉体受到伤害后会引起与肉体伤痛相连的精神或心理上的变动，如无助、忧愁、恐惧、烦躁或暴力倾向等，以至于造成言行举止等方面的异常症状。于是精神层面的伤害也成为创伤的主流含义。"[1] 精

---

[1] 张婧磊：《新时期文学中的创伤叙事研究》，苏州大学学位论文，2017年。

神创伤一直是文学作品中屡见不鲜的描写对象。如张爱玲《金锁记》中有着病态人格的曹七巧,苏童笔下在精神压迫下具有变态偷窥欲的陈文治,《无伤时代》中备受折磨的祖父母也是如此。《无伤时代》的故事发生在看似"没有伤痕的时代",读来却是满目疮痍,充满了各式各样的伤痛。这些伤痛没有惊天动地、让人痛不欲生,读者也很难体会到作者明显的情感变化,但小小的伤痕逐渐堆积起来,绝望之感慢慢在心底生根发芽,最后弥漫开来,像那漫山遍野的罂粟,鲜艳得让人恐惧、窒息。在童伟格笔下,创伤与乡村的荒漠、颓废并存。创伤不仅给人带来身体上的疼痛,心理上的折磨更是时时刻刻影响着人的生存姿态。战后的一片祥和,并没有扫除笼罩在人心里的硝烟,战争的阴影在人的心底挥之不去。江的祖父便是最佳的佐证材料。他少年之时便一直满心欢喜地想要找寻一块洁白的画布,画上他的神秘"乌托邦"。暴力血腥的战场如黑压压的云,在祖父的脑海中挥之不去。战后精神受创伤的祖父,因此更加急切地渴望拥有一块洁白的画布,来安放内心快要被恐慌淹没的美好。这样一个暴力血腥与纯洁美好参半的人,注定要忍受两者极力拉扯的痛苦。

书中有座坏了的塔钟,二十年来时间在一个时段不断循环。"停摆的钟面隐喻了时间的凝滞,整个山村在凝结的时间里酣睡静默,村中的人们仿佛数十年如一日,重复着相同的事情……"[1] 这种被遗忘、被抛弃的感觉使村民的精神受到了摧残,于是就有了午前与午后两个版本的祖母。午前的祖母神志清醒,健朗如往昔,会在上学日等着江的归来,扮演着疼爱孙儿的和蔼可亲的祖母形象;午后的她是副行尸走肉般的躯壳,却又虔诚地等待着夕阳的处决,期盼着死亡,并会幻想死后在夕阳照耀下她屋内的一切都自由酣畅,连灰尘也在夕阳的照拂下漫天飞舞,她享受着这种幻想带来的快感。"背负着时代的伤痛与不安,她似乎总觉得自己不该存在,也不想存在,于是等待死亡。"[2] 祖母背负着时代的伤痛,觉得自己的降临本身就是个错误,她无力改变自己存在的尴尬事实,只能在瘫痪后等待死亡的召唤。原本生命之中就不该存在希望,于她而言,遗忘才是最终的救赎。她漠视残余的生命,寄希望于死亡来得到解脱。这些受伤的人仿佛在吸食"精神鸦片",沉溺在精神的荒芜之中,自得其乐。江喜欢和祖母说话,但在一次次得不到回应之后,他学会了保持沉默,逐渐丧失了说话的能力。在祖父母的影响下,江蜗居在小小

---

[1] 王丹丹:《崩毁的乡土　崩坏的废人——论童伟格〈无伤时代〉》,《世界华文文学论坛》2021 年第 4 期。

[2] 张婷:《创伤、死亡与救赎》,福建师范大学学位论文,2020 年。

的壳里,面对亲人也在试探和疏离之间进退。断裂的亲情关系、时代的变化,使得他们在竭尽全力追赶之后依旧望尘莫及,于是,他们画地为牢,构建一个封闭式的空间来暂避伤害。

二、走出屋檐:折翅的飞翔

(一)大都市的无情碾压

20世纪七八十年代是台湾经济高速发展的时期,城市化和工业化快速推进,而这影响了农村人的经济观念。在物欲横流的时代,坚守土地似乎是不太明智的选择。"尽管客观地看,'城'与'乡'是相互依存的,但是,城乡的区隔以及不同的物质条件、生活环境和工作环境,使乡下人必然经受进城之苦。"[①] 大量的农民工选择涌入城市打拼,但他们当中很多人始终无法跟上时代的变化而被淘汰和抛弃,最终回归乡村,成为无业游民,聚众在大树下斗嘴打架,用一种若即若离的姿态与城市拉开了距离。这种距离更是无形的心理鸿沟,大城市中的人有为之奋斗的目标,而废乡的人们连正常的精神健康都是妄想。

在十六岁时,江曾与四十三岁的母亲一起前往大城。"当时的大城,是一座大铁板城,掘地三尺不见泉,不,就是掘地三十尺,也只能看见钢骨打就的地基、塑成的隧道。"[②] 建造大城的工人,面对同事失足坠亡,没有表示出丝毫恐慌和担忧,一声"呵呵"嘲笑坠亡者的粗心大意后,冷漠地继续工作,一条生命的流逝,在他们看来,只是一件微不足道的小事。"每一个人的这种孤僻、这种目光短浅的利己主义是我们现代社会的基本的普遍的原则,可是,这些特点在任何一个地方也不像在这里,在这个大城市的纷扰里表现得这样露骨,这样无耻。"[③] 工人为大城市光鲜亮丽的外表付出了生命的代价,而城市给予的回馈却是少之又少。初来大城的母亲对此震惊不已,而江在城市的打磨下变得格外从容淡定,觉得母亲没见识,说自己见识过更乱的场面。作者通过江的视角揭示出大城建设时期人们对生命流逝的漠视,人们丧失了对弱者与苦难者的同情和怜悯,更丧失了对生命的敬畏和尊重。一次大城之行,人性的弱点展露无遗,无处安放的归属感,让江无法为心灵找到一片栖息之

---

① 余荣虎:《社会转型期乡土"三苦"——论台湾戒严时期乡土小说关于农村衰弱的叙事》,《华文文学》2020年第4期。
② 童伟格:《无伤时代》,第47页。
③ 恩格斯:《英国工人阶级状况》,中共中央马克思恩格斯列宁斯大林著作编译局译,人民出版社1956年版,第304页。

地，这也暗示着江离开大城，重回屋檐是势在必行。

其实走出屋檐通往社会的大道并非畅通无阻，但江最初并没有逃避，而是选择说服自己不要害怕，他安慰自己只要规划好前往大城的路线，就能摆脱荒废的山村。这与年轻时舅舅的想法不谋而合，但满腔热血在现实的打压下狼狈收场。在西西弗斯式的徒劳中，舅舅发出了希望自己从未出生的悲叹。江不向生养他的土地索取任何东西，除了一些能充饥、支撑他到达大城的野果子之外，别无他求。他选择抛弃父辈世世代代眷恋的乡土，前往车水马龙的大城市，只要有容纳自己的方寸之地他便心满意足了。他的行为让人觉得，于他而言，乡土牵绊是枷锁，似乎大城的灯红酒绿才是他梦寐以求的地方。其实并非如此。生活在父亲缺失、母亲强势且偏执，以及祖父母精神受创伤的屋檐之下，他身陷乡村的荒凉、破败却无力挽救。时间可以淡化一切，一向宽容大度的城市却无法容纳他们，在世界的镜子里他们已然成为"无伤大雅"的小丑，在停滞的时间和封闭的空间中反复横跳，无法如正常人般生活。比如，江一直坚信只要自己可以操控时间，让时间等等慢步的他，那么一切皆有转机。虽然他每天都乘坐最早的班车去往学校，可实际上，他从一开始就迟到了，输在了起跑线上。又如，江幻想着人们会对他的家乡感到好奇，他会如数家珍般地向他们介绍村子里那条大马路，那辆每天八点至十点如约而至的班车，以及喜欢漫步看海的抢银行的夫妻。这些看似毫无关联的琐碎小事，都有一个共同之处，那就是江对故乡的眷恋。与城市四通八达的柏油路、司空见惯的公交车比起来，这些确实不值一提，但向来沉默寡言、习惯蜷缩在角落里当个"透明人"的江愿意从自我打造的躯壳中伸出头来，主动在众人面前保持微笑讲述这些事。这是他乡土情结的吐露，是江对乡土刻在骨子里的爱。这份爱有些沉重，让他无法在大城生活下去。《无伤时代》里的人们穷极一生都在追寻新的精神栖息地来安放他们的故乡，却在现代化的大都市中难寻立锥之地。他们在沉默之中学会了自我满足，构建一个又一个回忆来幻想时间的流逝。长期与外界失联、错位，他们丧失了说明事情的能力，但这也不失为自我救赎的好方案。与祖母交谈却得不到回应的江学会了保持沉默，三十而立后，他返回荒村，整日在窗前遥望；祖母"苟活"于卧榻，微笑地面对前来看望的人，淡然等待残缺生命在夕阳下流逝，独自一人沉默地享受死亡后的快感；年老色衰的母亲身患癌症，守望在山野里的舅舅在自我纠缠之中陷入沉默……饱受苦难、伤痕累累的人们，早已失去了反击的能力，他们无法得到外界的理解与关爱，也摒弃了与外界的所有接触，他们被时代隔离成异类，无法获得外界的包容，只能将沉默化为磁铁，在茫茫人海中吸引同类，找到一丝慰藉。童伟格的这部作品，让人再一次进入了时间，又从时间里伤痕累累地出来。时间的法术演变出光亮，纯粹的时光也只存在于过去不曾注意到的罅隙间，现实让悲剧代代相叠。

（二）延宕和随行的母亲

母亲由于长年吸入粉尘，晚年耳后长出肿瘤，到了最后必须直系亲属在手术单上签字时，才将病情告知儿子。这种延宕是母亲刻意为之还是因为江的拒绝交流？我们无法从割裂的叙事中找到答案。毕竟在时间的冻结之下，一切延宕的行为似乎都有存在的理由。延宕的行为在江的成长中，尤其是在寻觅爱情的旅途中成为他名副其实的绊脚石。"并不是所有知识分子都具备延宕的精神气质。根据内心忧郁、精神痛苦，对周遭的一切充满疑惧，但也因此而思想丰富、行动延宕，出现某种流浪退守式的自救行为的标准。"[1] 作为家中唯一接受过高等教育的江，他没有意气风发的年纪本该有的张狂，对周围的一切保持高度的警惕，退守自己的安全区域，让好奇在一次次试探中泯灭。对异性的追求可以帮助江快速成长，同时也能使他更快地觉察自身存在的一些问题。江情不自禁地偷看杂货店的女售货员，在她面前格外紧张腼腆，渐渐发现自己对她萌生情愫后，自身的怯懦阻止了他表明爱意的行动。他决定用祖母教他的积累硬币的方式来决定表白的时机，当硬币积累到一定程度时就去行动。可他的硬币永远不会达到内心的标准，他只能拖延表白计划。延宕的后果不只是失去了一段青涩的暗恋，更使江养成了延宕的陋习，他对任何事情都无法做出果断的决定，一切都在延宕的行为下失去了原本的面貌。

延宕的行为除了自身的原因，更有外在的影响因素，比如母亲。每次在江打算干自己的事情时，母亲总会编造一些真假参半的怪诞故事来挽留儿子，比如游万忠失踪的故事、鬼伯扛着冰箱疯狂逃跑的故事、营救老者的计划等。她需要江充当一个故事的倾听者，只是倾听者，不需要也不允许儿子对自己的故事有任何质疑。母亲的这些行为也阻碍了江的表白计划，一切都在延宕的行为中淡化，重要的事情变得不再重要。

"恋子情结，即母亲对儿子的一种极端的依恋和占有，表现为一种畸形变态的母爱。"[2] 这种题材，在文学创作中被广泛应用，我们在很多作品中都能窥探出恋子情结的蛛丝马迹。比如《孔雀东南飞》中的焦母，《寒夜》中的汪母等，都有寡母与独子家庭模式下的恋子情结。母亲丧失了丈夫，成为寡妇，对儿子的母爱并非纯真无瑕，无人看管下，她们对儿子的爱达到逼近偏执的

---

[1] 全文静：《张炜小说中知识分子的延宕现象》，鲁东大学学位论文，2022年。
[2] 张涛：《文化诗学视阈下"恋子情结"的中国变式研究》，《长治学院学报》2015年第1期。

地步，以至于阻挡了孩子体验正常美好的青春爱恋。她们会把儿子的爱恋对象视为耀武扬威的敌人，担心其会直接威胁自己在儿子心中的地位，所以她们时刻保持警惕，不放过一丝的风吹草动，将一切危险的苗头扼杀在摇篮里。《无伤时代》中的母亲就是如此。母亲在江的成长中时刻存在，她像影子一般，有光亮的地方就有母亲。母亲的如影随形在潜移默化中影响着江对恋爱的态度，青春躁动的小火苗在母亲的监视下一点点熄灭，渐渐地，不管是现实还是幻觉，母亲总在江萌生爱意时跳出来打断他的计划，干涉儿子正常的男女交往活动。江偷看女杂货店员时，母亲在一旁叙说着不明方向的故事；江思考如何向女生表明爱意时，母亲在场看着，让江本就犹豫不决的心更加摇摆不定，以至搁置表白计划。母亲试探着问江，如果以后老婆让他不理自己，他会如何处置？江毫不犹豫回答说会打她。这个答案让母亲很满意。母亲是个掌控全局的人，也是个阴谋论者，她在儿子孩童时就开始布局，从小便培养儿子以母为尊的思维模式，把儿子看作丈夫的替代者，更视自己为儿子的爱人，掌控儿子的一生。在大城求爱未果让江备受打击，他更为清晰地明白了自己心里的伤口并没有找到疗伤药方，而是在渐渐溃烂，无法愈合，所以像正常人一样生活始终是痴人说梦。

三、重返屋檐：放逐与追寻

（一）以"废"求自由

"废人"是童伟格笔下人物的代称，是贯穿作品首尾的中心。人沦为"废人"，究其根本，是时代造就的悲剧。一方是消息闭塞和交通不便的落后小渔村，一方是高速发展的大城市，山村人较低的文化水平与工作岗位的高要求之间存在着巨大的差距，付出与收获成反比，生命不息，贫穷代代相递，家乡愈加荒凉，时间停滞，病痛逐渐渗透每个人的心底，死亡是持续不断的秘密行动。时代突飞猛进，他们无疑是被抛弃的人，缺乏理性的思考和基本的感知能力，"无能"使他们彻底沦为了"废人"。在这样的现实下，即使接受过大城市教育熏陶的第三代人——江，也未能如愿在城里谋取一份体面的工作。他在暗无天日的小出租屋里浑浑噩噩，碌碌无为，想撕掉"废人"标签的行动以失败告终。最终他选择回归屋檐，和"废人"沦为一体。"废人"呈现了当时台湾困境之下的人们的精神状态，他们在时代的洪流中因无法融入而悲恸，他们无力改变现状又不得不接受自己的失能，只好在自己构造、幻想的世界里寻求自由。如同郁达夫笔下的"零余者"和鲁迅笔下的"孤独者"，"废人"既是对文化生活状态的反映，同时也具有思考价值。如何变废为宝,让"废人"也能体面、有价值地活着?这是值得我们思考的问题。

在小说中,江沉溺于回忆中无法自拔,在他的喃喃自语中,有看透生死的无奈,也有隐藏的骄傲,江企图为已经沦为"废人"的自己辩护,寻找一丝慰藉。而江渴望成为"废人"的愿望与母亲的初衷背道而驰,这是江不忠不孝的表现,也暗示着母亲唯一的希望破灭了。虽然救赎失败了,但母亲终于不再像耸立在危崖上的巨石,摇摇欲坠。在母爱的"强势"下成长起来的江,渴望成为"废人"来摆脱母爱的束缚。虽然母亲默默开启了一场名为"拯救儿子"的计划,让懦弱的儿子杀死了人生中的第一条蛇,但母亲在出门做手术前看到儿子那糟糕的农作物,突然一笑,农家子弟居然退化到四体不勤、五谷不分的荒唐地步。她在生命垂危之际学会了和儿子和解,原谅儿子的堕落,彻彻底底地接受了儿子成为"废人"的事实。这是维持母子关系的唯一方法,但是江无法接受的。在江看来,没有什么比让母亲这样的人原谅更为难受的事了。因为她是世界上唯一一个相信自己可以与败坏对抗,恢复正常的人,她的原谅与妥协,无疑使江与大城彻底地失去了联系。得到母亲的原谅的江,也收获了他从未感受到的温情,他们会像普通的母子一样,母亲会对他善意地微笑,他会与她在饭桌上讨论今天的菜价。儿子的拯救计划失败了,可母子关系的挽救计划却成功了。之前的隔阂和试探的举动像夏天雨后湿热的水汽,让人烦躁又沉闷。母亲倔强地抗争了一辈子,最终还是选择与江和解,接受儿子的沉沦。她无谓的挣扎可悲可叹,但不得不承认她是个满腔孤勇的战士,哪怕千疮百孔也要在"废人"的身份里获得自我的价值。一个正值奋斗黄金期的青年选择回到荒村过安逸的生活,而患病的母亲却四处奔波寻找生存的希望,去证明自己的存在价值。这颠倒的角色责任让人唏嘘。作者以平等的口吻将"废人"的生活状态娓娓道来,让一切变得耐人寻味起来。他为"废人"营造了生存的空间,放任他们在无休止的伤痛中沉沦,败坏,在"废"中寻求自由。他好像在为这些受伤的人正名,不是每个人都要寻求存在的价值和理由,他们的存在本身就是价值所在。

(二)追寻诗学正义

"童伟格的深刻在于,他对传统乡村的认识具有双重性,既看到农业与土地的功绩,即养育了一方乡人;又看到土地对农人的身体、精神以及智识上的损害,并通过亡魂将时间折回,重塑真实的人生与渐逝的乡土情怀,恬淡的诗意中带有浓得化不开的苦涩。"[①] 在工业化的肆意扩展之下,小村庄被高

---

① 韦黄丹:《新世纪台湾乡土小说中"返魅叙事"的峰回路转——以伊格言、甘耀明、童伟格为例》,《华文文学》2020年第5期。

楼大厦占领，自然景观在工业废气的笼罩之下黯然失色。日积月累，乡土一点点被啃食殆尽，谁又来谱写乡土哀歌重建精神家园呢？在理性和科技的推动下，城市化铺天盖地而来，可人却在时代的发展下失误延宕，逐渐异化成工具，他们必须时刻保持清醒，按照大都市预定好的程序运转，不允许出现差错。按部就班的生活需要片刻的休憩与安抚，但偌大的城市寻不到心灵的栖息处。高楼大厦、繁华街道，让乡土原貌的追忆逐渐模糊，重构"乡土家园"势在必行。依靠土地生存的老一辈人，勤恳耕作，是土地的忠诚奴仆，但过于执着，让他们渐渐丧失了对生命的崇敬，因此他们期待死亡，等待死神的召唤。第二代人与生养的土地若即若离，渴望向上却摆脱不了命运的捉弄。比如江的舅舅，年轻时也曾对世间万物充满期待，可眨眼间就落入平庸之海，在命运的摆布下发出了本不该生下来的悲叹。江这一代的年轻人用现代化目光审视虚无缥缈的荒村，乡土的尊严在城市面前荡然无存，因此他们只能落荒而逃，自甘堕落，在荒村蹉跎余生。三代人都在时代的大熔炉中选择沉沦，对他们来说，没有比这更好的选择了。堕落不是原罪，而是童伟格异类的救赎。

如果清醒是种罪，那么无知无能反倒是上天的恩赐。童伟格任由无知无能的人在封闭狭小、弥漫死亡的空间中从容自在地游荡，这并不是对小人物的戏弄，而是细声安抚受伤的灵魂。童伟格以"乡土文学"的人道主义立场，表达了对现代人生存困境的担忧，他重新给予荒村关怀和尊重，追求诗学正义。这种"诗学正义"是人们清晰地认识到自己既无法诉说任何事情，也无法感知对方，但依旧愿意不离不弃地照看彼此的创伤，让停滞的时间形同虚设，在荒诞中追寻安放灵魂的栖息地。《无伤时代》中，人们沉浸在自己虚构的世界中，形同虚设的时间在他们眼里成为永恒，荒诞蚕食理性。他们自说自话，在互相试探中打探出彼此的缺陷，却仍愿意一直陪在身边，没有逃脱。比如抑郁的江、等待死亡召唤的外祖母、疯疯癫癫的鬼伯、身患癌症的母亲等，每一个人都学会了与无能的自己和解，只有这样才能让被理想与现实撕扯的灵魂在破碎的躯壳中暂且获得自由。他们偏执又胆小，伤痕累累，可从未想过远离彼此，而是默默接受命运的捉弄。由此看来，童伟格选择用堆砌的情节来展示败坏的壮观，不是扭曲的炫耀，而是某种意义上的救赎。"人类在工具理性的压迫下，又陷入了身份的焦虑中，最后，人失去了他自身存在的意义。"[①] 小说以荒诞和败坏来抵制理性的压迫，让读者迷失在作者精心营造的思维混乱的环境中，暂时忘记对理性的追求，这样，异变的荒村人便获

[①] 许子斌：《台湾后乡土小说中的现代性书写》，集美大学学位论文，2018年。

得了栖息地。文明无疑是社会发展的催化剂，但乡村人早与时代脱节，与文明背道而驰。面对瞬息万变的城市，乡村人该如何保留原有的价值，甚至创造更大的价值？这是个值得思考的问题。童伟格为人的生存迷茫和困境而忧心，他放弃从"人道主义"立场来表示同情与悲悯，而是另辟蹊径，放纵主人公成为"废人"，给予他们史无前例的宽容，让他们与"废乡"融为一体。

综论之，《无伤时代》以江与母亲为故事情节主轴，以落后破败的小渔村和一天只有一趟的公交车为背景，描述了一个封闭空间中无法辨析的年代。末世山村的荒废带给人无尽的思考和同情。从主人公江的成长经历，我们可以窥见时代飞速前进对底层人物进行了无情挤压并给他们带来了精神创伤。城乡差距越来越大，乡村人的价值观念也随之发生了改变。城市带的扩张必然侵占农地，世世代代以种地为生的淳朴村民，被迫外出谋生，摆脱破败荒废的乡村，追赶大都市的脚步。这些人在20世纪七八十年代遍布在各个角落，在挣扎之中默默忍受着一切，等待死亡占据躯壳来解脱灵魂。可时代的熔炉不愿接受这群勤劳和温驯的劳动者，他们被视为入侵者，逐渐游离在城市外围，成为被抛弃的对象。《无伤时代》的创伤是人们在时代冲击之下产生的各式各样的伤疤，这些伤疤随着江的成长一点点公之于众。人们想尽办法来缓解伤痛，让暂停的时间继续流动。江从一个小孩逐渐成长为无伤无碍却伤痕累累的"废人"，这是他向时代妥协的结果。童伟格对江在成长过程中所见所闻所感的创伤书写，无疑是对"废人"的轻柔安抚和深刻共情。

延伸阅读

1. 郭聪颖：《〈无伤时代〉中的晴雨隐喻研究》，载《名作欣赏》2022年第14期。魔幻现实主义和意识流的写作手法造成了童伟格笔下作品晦涩艰难的阅读体验，同时也赋予了读者宽广的阅读和阐释空间。《无伤时代》创设了荒村、细雨、废人的荒败叙事场域。一方面，山村永恒的"无伤细雨"喻指着生活的阻力和苦难，是乡人每一个变"废"节点的固定环境，而"晴"只伴随死亡出现，给了乡人干燥的死的尊严；另一方面，文中永远烈日暴晒的城市和从未干燥的山村构成了新的城乡对峙模式。最后乡人以消极的麻木等死和积极的互相守望抵御苦难之雨，从而赢得了自己的记忆和时间。借由作品中晴雨隐喻的无限延伸，童伟格给了笔下"无伤无碍"的废人以消极自由和诗性正义。

2. 王丹丹：《崩毁的乡土 崩坏的废人——论童伟格〈无伤时代〉》，载《世界华文文学论坛》2021年第4期。童伟格的《无伤时代》充斥着大量

"荒"与"废"的"颓败"意象,其中的"荒村"之景是一个熔铸着时间与记忆的日趋"崩毁"的封闭空间,生活于其中的村人是带有不同创伤的"崩坏"的"废人"。然而,透过这颓伤的描写,我们可捕捉到的是台湾历史风土的样貌,可感受到的是童伟格这些新世代作家在他们特有的时代背景下所表现出的与前代作家们不同的对台湾、对自我的热切关注。

3. 吴天舟:《叙事与创作立场:批判性视角下的〈无伤时代〉——兼论台湾"新/后乡土"文学话语》,载《现代中文学刊》2018年第2期。该文将童伟格划入"新/后乡土"文学的谱系,借由对于长篇小说《无伤时代》叙事线索的复建,给出破译童伟格书写密码的一个不同于前行研究的批判性视角,继而在对童伟格创作立场检视的基础上,探讨镶嵌于"新/后乡土"话语内部的时代缺陷,并最终求索超克时弊的可能路径。

思考题

1. 童伟格小说的乡土叙事与当代台湾乡土文学的内在联系。
2. 试分析童伟格小说中的颓废美学。

(胡志明　陈　慧　执笔)

第15讲 《回响》中狂欢化叙事的建构与阐释

狂欢化是一种独特的思维方式，体现了作家对现实世界的把握和认知方式。狂欢化自中世纪以来，已经成为西方文学的自觉行为。巴赫金认为："狂欢化——这不是附着于现成内容上的外表的静止的公式，这是艺术视觉的一种异常灵活的形式，是帮助人发现迄今未识的新鲜事物的某种启发式的原则。"① 东西的小说《回响》具有巴赫金式的狂欢化因子，通过狂欢化世界、狂欢化文体以及狂欢化意蕴，创造了一个充满狂欢精神的"众声喧哗"的非理性世界，建构了一种属己的狂欢化诗学，洋溢着狂欢色彩。

一、《回响》中的狂欢化世界

（一）颠覆规训的狂欢化场景

巴赫金认为，中世纪的人们过着两种生活，一种是日常的、正规的生活，这种生活有着严格的社会等级和身份的界限；另一种是狂欢式的生活，"是脱离了常轨的生活，在某种程度上是'翻了个的生活'，是'反面的生活'"②。在狂欢节中，所有人都生活在其中，无论贵族还是平民，都可以在这个广场上摆脱日常生活的束缚和规范，自由表达，进入一个充满欢笑、舞蹈、音乐的狂欢世界。它是全民的，而广场是全民的象征。狂欢节演出的基本舞台就是广场和邻近的街道。但狂欢广场渗入文学，其含义也被扩大。巴赫金认为，狂欢节不仅仅发生在室外，"狂欢节也进入了民房，实际上它只受时间的限制，不受空间的限制"③。在狂欢化文学里，"广场"是展开情节的地方，具有双重性，它既是现实中的场所，也是象征性的狂欢舞台。虽然《回响》中没有直接描写狂欢化的场景，但随着故事的发展，不同身份、背景的人物都

---

① 巴赫金：《陀思妥耶夫斯基诗学问题》，白春仁、顾亚铃译，生活·读书·新知三联书店1988年版，第223页。
② 巴赫金：《巴赫金全集（第5卷）》，白春仁、顾亚铃译，河北教育出版社1998年版，第161页。
③ 巴赫金：《陀思妥耶夫斯基诗学问题》，白春仁、顾亚铃译，第183页。

被卷入了夏冰清死亡事件的调查中，他们在这场"狂欢戏剧"中扮演着不同的角色，有着一种全民参与狂欢的氛围。

《回响》以发生在西江大坑段的一起凶案为发端，以受害人夏冰清为主角，将"狂欢舞台"设定在"大坑案"中，由此构成了所有嫌疑人亲昵交往的狂欢"广场"。案件发生后，女警冉咚咚对嫌疑人分别进行审问，西江分局的审讯室成为狂欢化的空间。在对头号嫌疑人徐山川审问时，"他（徐山川）一坐下来就说夏冰清不是他杀的，并掏出一张快递签收单和一个U盘"[①]。面对警察的传唤，徐山川答非所问，像背稿一样享受回忆的过程，尽管冉咚咚一眼识破，但还是放任他自由表演。而后的讯问中，对沈小迎、吴文超、徐海涛、刘青等人每次所谓的交代皆有所保留，前后的口供都不一致，使得案件始终处于团团迷雾之中，几度陷入中断。案件真相掩埋在嫌疑人的层层谎言之下，被包裹得密不透风。在这桩命案面前，所有人都急于撇清关系，试图掩盖真相，在这个充满了戏剧性的"广场"里表演，"狂欢广场"由此隐秘地藏在了文本中，众人围绕着"大坑案"这一特定事件展开来往，形成了不同层面的广场空间。

在人物设定上，徐山川是酒店大老板，夏冰清、小刘、小尹等人是他手下的员工，在社会地位上他们是资本家与劳动者的关系，却后三者都与前者发生了不正当关系，他们在这个完全摒弃道德伦理束缚的狂欢化场合里放肆地享受私欲。徐山川用一份合同将夏冰清的婚外情人身份"合法化"，其他嫌疑人从徐海涛到吴文超、刘青、易春阳，从大老板专职司机到社会民工，社会地位也层层降级，他们因追求个人私利，颠覆了道德准则和社会秩序，由此，这个狂欢场景里充满了插科打诨，也充满放纵的宣泄，凸显了小说的狂欢化色彩。

全民参与的狂欢化场景在《回响》中得到充分展现。首先是人物群像的广泛参与。案件的主角最开始是徐山川和夏冰清，通过冉咚咚的层层勘察，徐山川的妻子沈小迎、侄子兼司机徐海涛、"噢文化创意公司"的吴文超、移民中介公司员工刘青、民工易春阳等一众人慢慢显现，这些人物具有不同的社会背景、身份和职业，这种多元化的角色设置拓宽了故事发展的空间，使得每个参与案件的角色都或多或少成为破案的关键人物，整个破案过程充满了戏剧性和狂欢化的张力，从而形成一种全民参与的叙事氛围。其次是线索的碎片化导致了案件信息的分散，顺理成章地将不同的人物牵引到案件中。这种情节设置增加了人物的参与度，也满足了读者强烈的好奇心和参与感。

[①] 东西：《回响》，人民文学出版社2021年版，第9页。

最后是叙事结构的多维性。东西在《回响》中采用了非线性的叙事方式，以冉咚咚的视角展开叙述，通过倒叙、插叙等手法对相关人物的背景信息进行补充，使得读者可以从不同的视角和时间点了解案件前因后果，这给读者留下了思考的空间。在冉咚咚侦查案件的过程中，小说文本外的读者也成为故事的一部分，参与了案件的勘破。

（二）离经叛道的狂欢化形象

巴赫金提出，在狂欢化小说中，有一类特定的人物形象频繁亮相，即那些扮演"小丑""傻瓜""骗子"的人物。这些人物形象源于狂欢节的庆典仪式，他们常常是这些活动的中心人物。尽管他们时常展现出愚蠢、单纯、天真，甚至有些茫然无知，但在某些关键时刻，他们又能以惊人的聪明才智和狡黠应变，出人意料地扭转局面。他们直截了当地批判时弊，公然嘲笑那些被视为庄严神圣的事物，却能以巧妙的手法躲避应有的惩罚。我们将这一类角色称为典型的"狂欢化人物形象"。通过分析发现，《回响》中许多人物是以"小丑""傻瓜""骗子"的变体形式出现，他们是狂欢的载体，是狂欢的源泉和直接体现者。

首先是有心理缺陷和精神疾病的"小丑""傻瓜"形象。《回响》中的易春阳和吴文超无疑是这类狂欢化人物的代表。吴文超敏感、矛盾且具有一定的自卑感。他的父亲吴东红因他个子矮而怀疑他不是自己亲生的，这种仅仅凭外貌判定血缘关系的行为，充满了滑稽的戏谑性。在夏冰清事件中，吴文超将任务转包给刘青，同时在夏冰清面前维持好朋友的角色，一步步把她推入危险的境地，最终导致了悲剧的发生。他巧妙地将主罪责转移到其他人身上，坐收渔翁之利。东西通过吴文超这一狡黠的"小丑"形象，揭露了虚伪、自私的人性。易春阳是一位民工，面对刘青一万块的定金表现得不可思议："他睁大眼睛，像看着一笔巨款似的看着我。"[①] 为了一万块钱，他断然接下杀人的任务，这种行为显得十分愚蠢，"傻瓜"的形象跃然纸上。在一般人看来，一万块钱并不足以构成杀人动机，但易春阳患有间接性精神疾病和"被爱妄想症"，生活的贫穷和病态的心理足以构成他杀人的动机。为了兑现吴浅草的承诺，他砍断了夏冰清一只手臂。他甚至扭曲地认为，世界上最美丽的女人是那些没有手臂的。这些迹象都表明，他的心理扭曲源于失败的爱情经历，他在实施残忍行径中寻求一种罪恶的快感。这种狂欢化的变态行为使得整场闹剧都充满了狂欢化的氛围。

---

① 东西：《回响》，第 311 页。

其次是具有颠覆性的狂欢化人物形象。在狂欢化的场合，他们不再受社会规范和等级制度的束缚，可以无拘无束地释放自己的本能，推翻现实规范的一切桎梏。女主冉咚咚便是如此。在传统上，刑警这一职业往往与男性相关联，而她以女性的身份出现，打破了性别角色的传统预期。在破案方式上，她往往不按常规出牌，甚至采用非正规的办案手段，这也颠覆了我们对警察的传统认知。在询问丈夫的开房记录时，冉咚咚将办案情绪带到婚姻中："老公不说实话就是案犯。"①"对我来讲他承认强奸比承认杀人还重要，要是他没强奸，夏冰清就是插足别人家庭的第三者。我讨厌第三者，却要为我讨厌的角色去复仇。"② 可见，冉咚咚办案时带有强烈的个人主观色彩，在自己的婚姻中又带有警察的职业情绪。东西以颠覆传统的方式，展现了冉咚咚形象的多面性。

最后是具有怪诞性的狂欢化人物形象。冉咚咚向夏冰清父母了解情况时，他们"'不知道。'他们异口同声，就像抢答"③。徐山川是案发后的头号嫌疑人，面对和女儿的死有直接关系的嫌疑人，他们没有痛恨的情绪，反而坚信女儿不会离开自己，甚至故意称女儿近期一如往常。当夏冰清遭遇徐山川的强奸时，她的精神世界彻底崩塌。然而，作为父母的他们，并没有意识到女儿的痛苦和挣扎，也没有给予她帮助和支持。他们自欺欺人，为了可笑的面子断然否认女儿和徐山川的关系。这一反往常的行为，无疑具有强烈的怪诞性。这一特性还表现在冉咚咚身上。工作中的冉咚咚是一位睿智、能干的女刑警，但在婚姻中她却极度敏感多疑，虽然这在破案中也许是优点，但在生活中却成了令人困扰的特质。在发现丈夫可能出轨的线索后，她并没有选择冷静分析，而是近乎病态与偏执地怀疑丈夫的忠诚，用一种近乎疯狂的追查方式，不顾一切地探寻真相，甚至用计策去试探与考验丈夫。这种极端的情感表达方式，显得既荒诞又令人心痛，而这种身份的转变和情感的爆发，使得她的形象既真实又立体。这正是她狂欢化形象的一种体现。

二、《回响》中的狂欢化文体

（一）加冕脱冕的叙事结构

加冕与脱冕作为狂欢节的传统仪式，反映了人们对既有秩序的态度。在加冕仪式中，被选中的奴隶或小丑，会被暂时赋予国王的身份和权力，象征

---

① 东西：《回响》，第36页。
② 东西：《回响》，第109页。
③ 东西：《回响》，第7页。

性地成为狂欢节期间的统治者。脱冕仪式则相反,原本被加冕的"国王"会被剥夺权力和地位,甚至被众人嘲笑和殴打。巴赫金认为,这是一种合二为一的双重仪式,它象征着权力的交替和更新。当加冕与脱冕的观念融入作家的创作中时,它便成为一种独特的狂欢化艺术思维。《回响》在人物塑造和情节处理上充分体现了狂欢化艺术思维的这一特点,使得加冕和脱冕的狂欢仪式得到了艺术化的体现。

首先,《回响》中的人物被赋予了特定的形象和社会地位。以冉咚咚为例。她作为一名刑侦女警,有着敏锐的洞察力和强大的逻辑推理能力。"任永勇"案和"梁萍失踪"案两个案子的侦破使她一举成名,这是对冉咚咚的一次加冕。而后冉咚咚以假证逼徐山川坦白,且在办案时过分地代入主观情绪,这一行为大大降低了警察的职业素养,是对冉咚咚的一次脱冕。案件接近尾声,为了让作案的人受到惩罚,她依然执着于追查线索,找到徐山川犯罪的铁证,这又是对冉咚咚的一次加冕。随着案件的侦破,冉幕的婚姻也有了结局,婚姻中的她执着于给丈夫"定罪",而实际上精神出轨的人却是自己,这又是对冉咚咚的一次脱冕。这种"加冕"与"脱冕"的交替过程,本质上是对既有价值的深刻审视与再评估,从而使得价值获得了一种相对性。东西通过加冕脱冕的结构形式,呈现出冉咚咚行为的交替和反复,将其内心的矛盾性和多面性彰显出来,使冉咚咚的形象具有真实的立体感。

其次,《回响》的情节推进中充满了狂欢化的诙谐感。在夏冰清事件中,吴文超作为夏冰清倾诉的"耳朵",他同情她的遭遇,帮她策划"生日派对",是她唯一信任的朋友,这是一种加冕。但他收下徐海涛的五十万,策划除掉夏冰清,就产生了脱冕。而后他将这场策划转交给刘青(包括刘青和易春阳的交接),又使这种脱冕转向了加冕。这里包含了人与人之间相互利用、互相依存的利益关系。在这场交易中,所有人都对策划费动心,又害怕承担责任,将这笔生意层层转手,面对冉咚咚的审问又个个谎话连篇,急于撇清关系,不断翻新供词。这些行为无不具有狂欢化的诙谐色彩。小说中的慕达夫作为丈夫,对冉咚咚包容、忍让,并处处为她着想,可谓一个挑不出刺的完美丈夫,这是对他的一种加冕。但解释不清的开房记录、脑海中出现的其他女人、和贝贞的暧昧关系……这些使他的完美丈夫形象遭遇脱冕。最后面对贝贞的勾引,慕达夫看似坚守住了最后的底线,实则进退两难,他只是为了证明自己能抵抗肉欲诱惑。这一切荒唐又可笑。东西用这种加冕脱冕的交替叙事方式,在扑朔迷离的情节中将人性的自私、贪婪层层揭开。

(二)戏谑反讽的语言风格

巴赫金指出:"狂欢节语言的一切形式和象征都洋溢着交替和更新的激

情，充溢着对占统治地位的真理和权力的可笑的相对性的意识。独特的'逆向'、'相反'、'颠倒'的逻辑，上下不断易位、面部和臀部不断易位的逻辑，各种形式的戏仿和滑稽改编、降格、亵渎、打诨式的加冕和脱冕，对狂欢节语言来说，是很有代表性的。"① 在《回响》这部小说中，语言的这种反讽、戏谑性表现得很充分，正是这种欢快的诙谐腔调，使得作品能够大胆戏弄和嘲笑那些为官方所不容的事物。这种戏谑性不仅增强了作品的艺术表现力，也使其更能够引起读者的共鸣和思考。

《回响》是一部充满戏谑性的小说。小说中荒诞的人物演绎着荒诞的故事：夏冰清作为徐山川的情妇，多次纠缠甚至威胁徐山川，逼迫他离婚，为逃离夏冰清的纠缠，徐山川起了杀心。从徐海涛到吴文超，再到刘青、易春阳，所有参与作案的"买办人"把这笔交易连环转手，委托，达成了谋杀的闭环，而罪魁祸首却全身而退，承担罪责的是一个精神病患者；冉咚咚在追查案件的过程中也在勘破自己的婚姻，慕达夫解释不清的开房记录，让冉咚咚始终怀疑他不忠，从质疑出轨到认定出轨，再到最后走向离婚，冉咚咚始终执着于自己认定的"真相"。小说的这两条叙事线的结局，是出人意料的，也是戏谑而荒诞的。

小说语言的戏谑性更是随处可见。面对冉咚咚的审问，徐海涛说："我只要求他做到不再让夏冰清烦我叔叔和婶婶。"② 吴文超说："我没有委托别人杀死夏冰清，我只委托别人不让夏冰清骚扰徐山川。"③ 刘青说："找易春阳是让他搞定夏冰清，搞定不等于谋害。"④ 所有人都含糊其辞，避免直接谈及杀害夏冰清，易春阳说："虽然他没说过要我去杀她，但我认为他就是这个意思，要不然他怎么会找我？"⑤ 这种种转嫁罪恶的言行，使得"交易金额"与罪责形成逐级递减的正比关系，具有强烈的戏谑性。如此戏谑性的回答，不仅揭示了人物内心的懦弱和自私，也揭示了社会道德的沦丧和人性的扭曲。再如，小说第三章写到，吴文超劝夏冰清不要对有妇之夫的男人抱有幻想，夏冰清说："不想当夫人的第三者不是好的第三者。"⑥ 由此可知，夏冰清明确但不满足于自己第三者的身份，除了金钱，她更想要名分和地位，而且以

---

① 巴赫金：《拉伯雷研究》，李兆林、夏宗宪等译，河北教育出版社1998年版，第13页。
② 东西：《回响》，第163页。
③ 东西：《回响》，第239页。
④ 东西：《回响》，第336页。
⑤ 东西：《回响》，第321页。
⑥ 东西：《回响》，第76页。

这种追求为荣。实际上，这句话是对传统道德观念的颠覆和戏谑。在传统观念中，第三者通常是破坏他人家庭和谐、道德败坏的角色，然而，夏冰清以一种轻松幽默的方式，将"想当夫人的第三者"作为一种正面追求，这种观念的反差使得整个文本充满了戏谑和讽刺意味。

有学者指出，反讽"既指一种语言修辞技巧，也指隐含在叙事中的与正面描述意义相悖的暗示或对照，体现为表面含义与内在含义的冲突"[①]。东西的小说中，反讽不仅是一个显著的风格特点，更是他叙事技巧的核心元素。小说第七章的标题"生意"揭示了作案人之间的金钱关系：徐山川为了摆脱夏冰清的纠缠，以"买房"之名"借给"徐海涛二百万元；徐海涛委托吴文超策划让夏冰清远离徐山川的计划，并愿支付五十万元酬金（实际支付二十五万）；吴文超将任务转交给刘青，分两次共支付十万元；然而，刘青却以极低的代价——仅一万元——将任务转包给易春阳，最终导致了凶杀案的发生。这一连串的转包与委托，实际上是将夏冰清年轻鲜活的生命层层"贬值"，最终竟低至区区一万元。这种情节充满了戏谑与讽刺的意味。更令人发指的是，这一起残忍而复杂的凶杀案，在施害者眼中，竟只是一桩被层层转包的"生意"。正如文中所述："冉咚咚想他们都把做这件事当成做生意，徐海涛是这么说的，吴文超也是这么说的，每个人都说得轻描淡写，好像夏冰清的命是一件商品。"[②] 这种将人的生命视为金钱交易中的商品、冷酷至极的语言，无疑暴露了人性中的冷漠与沉沦。东西通过这种叙事手法，将反讽意味推向了一个新的高度，使读者不得不深思人性的复杂与社会的残酷。

（三）多声部的对话结构

巴赫金认为，狂欢广场上平等与亲昵的交往关系，赋予了对话的平等性，进而形成了狂欢化特有的"大型对话开放性结构"。这种狂欢化，其实质在于构建一种无压迫的对话关系，实现平等的交互。在文学作品中，这种狂欢化的对话思维具体表现为各种语言的平行交织，使得文学作品呈现出开放的特性。

有学者在研究巴赫金复调小说理论时指出："复调小说……将作者融入小说中，与主人公一起参与叙事，并且多种声音同时进行，各自体现不同的思想，进而推进叙事情节的发展。"[③] 而"复调"也被称为"多声部"。在《回

[①] 颜同林、王太军：《互文·隐喻·反讽：论东西〈回响〉的叙事策略》，《长江文艺评论》2023年第5期。

[②] 东西：《回响》，第311页。

[③] 白庆华：《巴赫金复调小说理论对我国戏剧创作的借鉴》，《甘肃社会科学》2018年第2期。

响》中，狂欢化的多声部对话始终渗透其中。《回响》内部的不同话语之间，总是隐晦地展现着对话的张力，读者可以听见小说中不同人物之间的对话，同时也能感知到人物与隐藏叙事者之间微妙的交流，甚至能够捕捉到人物与作者之间隐秘的对话。在这样的对话体系中，所有叙述者、人物乃至作者都平等地参与对话，共同构建了一种狂欢式的对话关系。小说不断翻新四个嫌疑人（包括嫌疑人和受害人亲属）的对话，他们的对话互相矛盾、驳斥，凸显了人性的虚伪和薄凉。从徐山川的"借钱买房"计划，到徐海涛的"赌球"交易，再到最后吴文超和刘青的"移民"谎言，他们的对话多以第一人称"我"展开，不知不觉将读者带入每一位嫌疑人的视角，进入案件深处去窥探事实真相，这给读者留下了思考和推理的空间。且四个嫌疑人的对话似乎都在对前者的供述进行查漏补缺，构成了四个叙述者视角、声音交织的复杂叙述时空。夏冰清的父母初次认尸时，他们有所隐瞒否认女儿遇害的事实。在这里，东西的意图渗透出来，呈现几位叙事者的"虚伪"面貌，而这会引起读者的怀疑。在这种怀疑意识下，读者不难发现，作者的声音也参与了文本建构，构成了层层嵌套的多声部对话。

在冉咚咚的婚姻中，她对慕达夫的逼问从未停止。"如果非得回答出轨你才相信，那你就当我出轨了。"[①] "真的吗？"[②] 透过冉慕的对话，我们能看到一个执着于丈夫出轨的偏执型女性形象。慕达夫出没出轨不重要，她所认为的真相最重要。由于缺少证据，冉咚咚从丈夫爱不爱自己的问题入手，她不满慕达夫的肯定回答，通过与女儿、邵天伟的对话来寻找答案。东西借冉咚咚的视角，在他们的对话中，自然地转换第一、第二人称的叙述角度，让读者深入了解冉咚咚内心的情感波动和矛盾冲突。实际上，基于案件的影响，冉咚咚内心深处害怕自己步徐山川的后尘，她不停地寻找丈夫出轨的证据，其实是希望用这个证据来减轻自己精神出轨负疚感。而对于冉咚咚爱上邵天伟这个事实，并非由故事中的人物来阐明，东西通过一个隐藏叙述者和盘托出："她确实喜欢邵天伟，从他报到的那天起她就暗暗喜欢他，当她发现他的钱夹子里夹着她的照片时，她就确证了他也喜欢她。"[③] 在这里，作者的声音和叙述者的声音、人物的声音处在了平等的地位上，构成了新型的作者、叙事者、人物的平等对话关系。

《回响》成功展现了各种价值观的交融与呈现，凸显了去中心化、反权威

[①] 东西：《回响》，第43页。
[②] 东西：《回响》，第44页。
[③] 东西：《回响》，第345页。

的独特特质。各种声音在狂欢广场上平等共存，无论其腔调如何眉飞色舞，都被赋予了自由发声的权利，小说话语不断分裂和再生，构建出一个多音共鸣的复杂世界。在这个世界中，所有声音如同在狂欢的广场上一般亲密而平等，各种话语相互交织和融合，中心被消解，话语之间不断地碰撞和交锋。

三、《回响》中的狂欢化意蕴

（一）价值立场的狂欢彰显

狂欢化的生活，其本质是对官方既定生活模式的颠覆与反叛，它挣脱了等级制度对人们行为举止、语言表达、身体姿态乃至思维方式的桎梏。这种对既定秩序的颠覆与反叛，正是狂欢化文学不可或缺的精神内核。东西在采访中多次提到，对于创作，他一直保持着创新意识，这也是评论家所说的先锋意识。因此，在写《回响》时，他仍然保持着这种底色。在《回响》中，东西的创新意识不仅体现在案件线和情感线的双线并行，还体现在他对婚姻中爱与信任的深度思考，以及对人性欲望的深度解剖与批判。

《回响》借助侦探小说的外壳，直面当代人的精神困境，揭示当今社会中人们普遍存在的信任危机。小说中，冉咚咚不仅是案件侦破者，更是一个心理病患者。警察与病人的双重身份，使她对于婚姻产生了信任与怀疑的复杂纠葛。作为警察，她面对的是一个真相藏匿、扑朔迷离的世界，职业要求冉咚咚必须持怀疑的态度。因此，怀疑，成为她侦破案件的方法论。然而，作为妻子，信任是维持婚姻正常运转的重要前提，家庭的和谐要求她保持信任。以日常的思维模式应对工作，冉咚咚无法解开案件的谜团；而以侦探的方法去应对日常生活，她又无法享受平凡日子中的宁静与和谐。疑与信这两种截然不同的思维模式在她身上相互交织、冲突，蔓延至她的婚姻生活。慕达夫无法解释的开房记录，成为冉咚咚疑心的导火索，使她难以释怀。慕达夫预判了冉咚咚的怀疑后，试图提供一系列看似合理的解释来重建信任。然而，当信任的基础被摧毁，任何真相都显得可疑。实质上，冉咚咚婚姻问题的核心在于，冉咚咚已经启动了怀疑的程序，这个程序不断巩固且难以中止。这种疑与信的纠葛，不仅揭示了人物内心的复杂性，也为读者提供了思考人性复杂性和社会现实问题的新视角。

心理学家马斯洛认为，人的需求可以分为生理需求、安全需求、对社会归属感和爱的需求、自尊需求及自我实现需求等五个层次。尽管马斯洛的层次需求理论未必完全准确地描述了欲望的实质，但他所列举的这五种需求无疑是普遍存在的。《回响》中的每个人物都被各种欲望所驱动，他们追求物质享受、社会地位、情感满足等，这些欲望的表达和追求过程构成了一种狂欢状态，这种状态又在无形中推动着他们的行为和选择。夏冰清与徐山川之间的情人关系，根源于爱欲、占有欲以及对金钱、地位的渴望等。夏冰清屈服于徐山川的金钱诱惑，甘愿做第三者，而后又渴望从"情妇"转变为合法配偶，认为合法婚姻是个人身份地位在社会受认可的标志。徐山川婚内出轨多位女性，实则是掩盖长相不足所带来的自卑感。他对异性的占有更多地是出于证明自己魅力和地位的欲望。徐、吴、刘、易等人之间的"买凶"关系，皆源于对金钱的欲望。在这场买凶交易中，徐海涛是为了给曾晓玲买房，吴文超是为填补公司资金亏空，刘青是为了投奔卜之兰，最终易春阳出于金钱诱惑与变态心理，杀害了夏冰清。金钱似魔鬼一样附在每一个案件参与者的身上，他们突破道德与法律的底线，不择手段地追逐金钱和自身欲望。再来看吴东红和黄秋莹。儿子吴文超没有遗传到他们的身高优势，两人重组家庭，实则是内心无法接受没有达到自己期望的儿子而逃避责任。但东西无意于对人物进行道德评判，而是聚焦在当下的社会背景下，展现人们在欲望的狂欢与道德的规训之间的挣扎与冲突，进而深入探究人性的多面性。

（二）人性深层的狂欢透视

根据巴赫金的狂欢化理论，狂欢节是一种特殊的文化现象，它为人们构建了一个与日常生活截然不同的特殊情境。在此情境中，人们在自由和平等的氛围里真正地释放自我，展现本性，暂时忘记生活的压力和困扰，全身心地投入狂欢。这种逃离现实的感觉，可使人们的心灵得到短暂的慰藉和放松。从这个角度说，狂欢节不仅仅是一种外在的庆祝活动，更是一种内在的心理体验。《回响》中的人物在面对内心的挣扎和外界的压力时，常常体验到一种精神上的狂欢状态，这种状态不仅仅是快乐和释放，更多时候是痛苦与挣扎的混合体。

心理学家弗洛伊德将人的心理结构划分为"本我""自我"和"超我"三个层面，这三个层面共同构成了人的复杂心理活动。《回响》对女主人公冉咚咚的心理剖析尤为深刻，其心理变化与弗洛伊德的心理结构理论不谋而合。"本我"作为心理结构中最原始、最潜意识的部分，在冉咚咚身上得到了淋漓尽致的体现。作为一名刑警，她的询问本能不仅体现在审讯犯罪嫌疑人时，更在不知不觉间渗透到她的生活之中。例如，当她发现丈夫在酒店有开房记录时，她深入调查，查阅出勤表，打探领班和技师，这些都是她在"本我"意识驱动下的潜意识行为。同样，她发现丈夫内裤有破洞，便匿名购买内裤并寄到他单位，还有那些寻找丈夫出轨证据的举动，都反映出她内心深处的多疑和复杂。"自我"则是从"本我"中分化出来的,它与现实生活更为一致,是有意识的心理活动状态。冉咚咚从小就知道父亲有外遇,这种心理阴影使她在婚姻中缺乏安全感。当这种自我世界的抛弃感与现实生活相碰撞时,她毅然决然选择了离婚。而"超我"则代表着人的良知和内在道德判断。在小说中,冉咚咚在面对夏冰清被害案时产生的强烈道德感驱使她克服重重困难,最终成功破案。然而,当这种道德标准转移到她的个人生活中,特别是对待丈夫时,她的"超我"意识变得过于严苛,对丈夫的忠诚近乎病态地找茬。而她自己早就喜欢上了邵天伟,在道德约束下,她把这份情感暂时压制住了。从弗洛伊德的心理结构理论来看,她的"本我""自我"和"超我"意识不断斗争,构成了她复杂而深刻的内心世界。东西对冉咚咚心理的解构与剖析,不仅展现了人性的多面性,也体现了小说在心理剖析方面的独特魅力。

案件的侦破实质上是一场激烈的心理交锋,也是对涉案者内心世界的深度解构与求证。在冉咚咚与沈小迎的首次对话中,沈小迎一眼识破冉咚咚怀疑慕达夫出轨,冉咚咚亦洞察到沈小迎平静的内心背后隐藏着秘密。同样,徐海涛、吴文超、刘青、卜之兰、黄秋莹等人,在受审中也展现出了各自的心理压力与焦虑。徐海涛在被捕后沉默不语,其内心实则忐忑不安;吴文超被发现后逃窜,其内心恐慌不已;黄秋莹因儿子被怀疑,"整个人焦虑得都有了焦虑症的表现:担心、紧张、手抖、尿频、坐立不安"[①];卜之兰在刘青成为嫌疑人后,变得敏感多疑,轻易被外界声音惊扰。冉咚咚针对每个人的心理特点展开攻势,利用"晨昏线伤感"这一特殊心理现象,并借助曾晓玲对徐海涛的感情以及黄秋莹对儿子的母爱,攻破了徐海涛和吴文超的心理防线。而刘青虽然在轮番讯问中保持沉默,但最终还是无法抵挡卜之兰的眼泪,坦白了自己的罪行。

案件侦破后,冉咚咚面对邵天伟的求爱重新审视自己的内心。在这一过程中,她逐渐将对外部世界的求证转化为对自我心灵的深度探索。她试图揭开自己内心的真实情感,但潜意识的自我修饰使得这一过程变得异常艰难。为了寻求内心的真实声音,冉咚咚在书房中模拟审讯场景,请邵天伟审讯自己,以求证"到底是椅子让人说出真话还是提问者让人说出真话"。这种审讯角色的互换,实际上是对她自我深层心理的一次严峻考验。在这次考验中,她主动放下了部分自我防御机制。在故事的结尾,冉咚咚在与慕达夫的对话中终于敢正视自己真实的内心。她意识到,自己对慕达夫近乎严苛的情感求证,其实源于她内心深处对邵天伟的爱,然而,由于潜意识的矫饰和伪装,

---

[①] 东西:《回响》,第172页。

她错误地将罪感和责任转嫁给了慕达夫。到这里，冉咚咚不仅解决了案件，也面对了婚姻的危机，实现了心灵的狂欢，即一种对旧有认知的颠覆和对新生活方式的庆祝。

（三）社会之镜的狂欢映照

东西小说创作的核心在于深入挖掘社会与人性中最为隐秘的角落，这一创作核心离不开他的童年记忆、人生的种种遭遇，以及社会环境、地域文化等多重因素的影响，这些因素在其作品中不自觉地流露出来，展现了他对人性的深刻洞察。通过小说创作，东西深入挖掘人性的卑劣与美好，既对国民劣根性进行深刻抨击，又对生命的意义进行不断追问，呼唤当下社会中美好人性的回归。其中篇小说《没有语言的生活》聚焦残疾人家庭的生存困境，展现出坚韧不拔的生命力和深厚的亲情；长篇小说《后悔录》聚焦人在面对人生选择和道德困境时的复杂心理，展现出人性的弱点和复杂性；《回响》也延续了东西对中国当下社会的深切关照和对人类心理问题的反思，展现出人性的复杂性和社会的多元面貌。

《回响》再现了现代都市生活的错综复杂，在案件与情感的巧妙交织中，小说逐步揭示了各个人物的身份地位、性格特质与深层心理。《回响》的小说人物中，夏冰清的讨好型人格、吴文超与刘青的自卑心理，皆源于原生家庭的影响，他们的父母对子女的期望带有强烈的主观性和预设性，而这种期望与子女的实际发展轨迹存在偏差。夏父认为夏冰清没有成为自己理想的女儿，吴父怀疑吴文超并非亲生，刘父整日讽刺刘青无所作为。东西在小说中不惜笔墨，对这些人物的童年经历、家庭关系等做了较详细的描写，其用意在于反思家庭教育中普遍存在的问题，呼吁人们尊重子女的个性和选择，不要将子女塑造成自己心目中的"理想形象"，批判单一、片面的价值评判标准，提醒人们关注个体的内心世界和真实需求。而冉咚咚的偏执型人格、易春阳的"被爱妄想症"在文中也有迹可循。作为一名警察，冉咚咚面对着复杂的案件以及婚姻信任危机的双重压力，这加剧了她内心的紧张感和疑虑，使其表现出偏执的行为。这是东西对当代社会高压工作现象的关照，在高压和快节奏的生活环境中，人们更容易产生焦虑、疑虑和偏执心理。冉咚咚的经历是这种社会现象的缩影，东西意在引发读者对于人类心理健康问题的关注和思考。再看易春阳。他写给谢如玉的情书被公之于众，对他来说这无疑是巨大的心理伤害。刘青借火给他，夸奖他诗歌写得好，并付给他一大笔钱，对此他非常感激，认为这是第一次有人对他这么好，甚至超过了他的父母。可见，他在成长过程中没有得到过足够的关爱和认可，因此当有人对他表现出一点点的关心和赞赏时，他都倍感珍贵。这种对关爱的渴求和敏感，正是"被爱妄想症"的体现。在易春阳身上，读者可以看到作者对复杂人性和社会问题的深刻洞察。通过易春阳的例子，东西试图唤起读者对家庭教育、学校教育以及社会关怀等的思考和关注。

小说的最后，东西借冉咚咚之口，道出了因果报应和道德伦理的重要性。"祸福无门，唯人自招。善恶之报，如影随形。"[①] 这句话强调了人的自主性和责任性在命运塑造中的核心作用。东西明确指出，个体的命运并非由外部因素所决定，而是由自身的行为和选择所决定。这一观点挑战了宿命论等外部决定论，强调了个体在塑造自身命运中的主观能动性和责任担当。东西借此提醒人们，个体的行为和态度会带来相应的后果，善恶之报如影随形。这也体现了东西对道德和伦理规范的重视，他强调人类行为应受道德和伦理的约束，认为只有坚守道德底线、遵循伦理原则，才能实现个人的内心平和和社会的和谐稳定。

总之，在东西的《回响》中，我们能深刻感受到狂欢氛围，也能看到作者锐意创新的意识。东西首次将"推理"和"心理"元素融入作品，为读者构建了一个全民参与的狂欢化世界。《回响》以狂欢化的叙事关注当今社会，思考人类心理问题，实现了对作者以往叙事风格的超越。《回响》以加冕脱冕的叙事结构、富有狂欢色彩的语言和多语并存的叙述方式，对人性进行抽丝剥茧地剖析，让人性在私欲和金钱利益面前不断"妥协"。通过对《回响》狂欢化叙事的分析，我们可以洞察作品的丰富内涵，以及作者对于人性、社会和文化的深刻思考。同时，对其狂欢化元素的深入探讨，也为我们理解当代文学中的狂欢化叙事提供了新的视角和解读方式。

延伸阅读

1. 陈培浩：《以能动现实主义重建爱的可能——论东西长篇小说〈回响〉》，载《中国现代文学研究丛刊》2023 年第 12 期。该文从《回响》的侦探叙事入手，挖掘其作为侦探小说的可读性、人性叙事的深度、鲜明的现实感和当代性，最终认为《回响》重构心理叙事和通俗叙事，实为重构现实主义文学的形式。

2. 刘大先：《媒介融合与推理类型文学的增生——从东西〈回响〉谈起》，载《小说评论》2023 年第 6 期。该文集中探讨了《回响》一文产生的

---

① 东西：《回响》，第 340 页。

文学场域：从文学组织体制和生产机制的改革到营销渠道的拓展，从新媒体的普及到读者阅读方式的转型，突出地表现为市场因素起到了关键性的推动作用。围绕着文学市场的中心，意识形态宣传部门逐渐倾向于调和资本、媒介技术和个人创作之间的关系，进而引发了文学题材、体裁与形式上潜移默化的变革。

3. 南帆：《〈回响〉：多维的回响》，载《小说评论》2022年第3期。《回响》是开疆拓土的产物，它打开了一个深邃而纷杂的领域，坚硬、明朗的现实世界背后突然显现出一个既熟悉又陌生的空间，各种日常现象闪烁出令人惊讶的意义。这一切迫使作家重新认知相识已久的人物。

4. 林芳毅：《侦探的戏仿与精神的寓言——论〈回响〉》，载《小说评论》2022年第1期。东西的新作《回响》试图解剖荒诞生活的谜底，探索人性罪恶的根源，揭示时代隐秘的心灵危机。《回响》不是一系列悬疑事件的集合，也不是惊悚故事的串联，它既延续了现代侦探小说对破碎、孤独的都市生活的审视与反思，又试图重构某种与传统连续性相反的整体性。

思考题

1. 你能从《回响》中发现哪些悖论与反讽？请各举一例并说明。
2. 你认为《回响》还有哪些问题值得研究？

（胡志明　潘东妹　执笔）